Commissario Pavarotti küsst im Schlaf

Elisabeth Florin arbeitet neben ihrer Autorentätigkeit als Wirtschafts- und Finanzjournalistin. Sie war Redakteurin bei der Frankfurter Allgemeinen Zeitung, Filmemacherin beim Norddeutschen Rundfunk in Hamburg und hat Features für den RIAS in Berlin produziert. Ihre ersten journalistischen Sporen hat sich die Autorin Anfang der achtziger Jahre beim deutschen Sender der Radiotelevisione Italiana (RAI) in Bozen verdient. Aus dieser Zeit stammt ihre Liebe zu Südtirol und seinen Menschen. Die Autorin lebt mit Ehemann und Kater im Taunus.
Mehr über Elisabeth Florin unter www.elisabethflorin.de.

ELISABETH FLORIN

Commissario Pavarotti
küsst im Schlaf

KRIMINALROMAN

emons:

Bibliografische Information der Deutschen Nationalbibliothek
Die Deutsche Nationalbibliothek verzeichnet diese Publikation
in der Deutschen Nationalbibliografie; detaillierte bibliografische
Daten sind im Internet über http://dnb.d-nb.de abrufbar.

© Emons Verlag GmbH
Alle Rechte vorbehalten
Umschlagmotiv: photocase.com/misterQM
Umschlaggestaltung: Tobias Doetsch
Gestaltung Innenteil: César Satz & Grafik GmbH, Köln
Lektorat: Carlos Westerkamp
Druck und Bindung: CPI – Clausen & Bosse, Leck
Printed in Germany 2014
ISBN 978-3-95451-439-7
Originalausgabe

Unser Newsletter informiert Sie
regelmäßig über Neues von emons:
Kostenlos bestellen unter
www.emons-verlag.de

Für Schneeball

Wer mit Ungeheuern kämpft,
mag zusehn,
dass er nicht dabei zum Ungeheuer wird.

Und wenn du lange
in einen Abgrund blickst,
blickt der Abgrund
auch in dich hinein.

Friedrich Nietzsche, »Jenseits von Gut und Böse«, 1886

The wild boys are calling
on their way back from the fire
in August moon's surrender
to a dust cloud on the rise

Wild boys fallen far from glory
reckless and so hungered
on the razor's edge you trail
because there's murder by the roadside
in a sore afraid new world

Duran Duran, »Wild Boys«, 1984

Er saß auf dem Bett des Toten und lächelte.

Er strich über die Kuhle in der Matratze. Da hatte der andere in der Nacht gelegen. Am liebsten hätte er sich in dem Bett gewälzt, um den Geruch der fremden Haut auf sich zu übertragen. Aber dafür blieb keine Zeit.

In der Ferne war das Knattern des Polizeihubschraubers zu hören. Sie suchten nach Leichen oder Leichenteilen. Nichts würden sie finden. Die Explosion hatte alle Körper in Fetzen zerrissen. Die waren mittlerweile unterwegs in Richtung Meeresboden.

Alles war super gelaufen, sogar noch besser als erwartet.

Als er den grellen Blitz gesehen hatte, war ihm ein Ziehen durch den Unterleib gefahren. Er öffnete die Nachttischschublade. Vorsicht. Nicht zu viel. Er überlegte kurz und steckte drei Dinge ein.

Einen handgeschriebenen Brief überflog er. Die Mama des anderen würde bald in den Verbrennungsofen einfahren. Krebs im Endstadium. Ihr Sohn würde nun leider nicht mehr zu ihrer Beerdigung kommen können.

Es lief wie am Schnürchen. Er hatte nicht viel tun müssen. Bloß reden.

Er warf einen letzten prüfenden Blick durch den Raum. Dann erhob er sich und strich die Bettdecke glatt. Es war so weit.

Vorsichtig öffnete er die Tür, streifte die Handschuhe ab und steckte sie in die Tasche. Der Gang war menschenleer. Er stieg zwei Treppen hinauf und trat durch eine Eisentür ins Freie.

Die Sonne brannte erbarmungslos auf Hunderte von Menschen. Weinende Frauen pressten schreiende Kinder an sich. Es roch nach Kot, Urin und Angst. Neben ihm erbrach sich ein Mann ins Wasser.

In der Menschenmenge entdeckte er ein bekanntes Gesicht. Verzweiflung und Entsetzen spiegelten sich darin. Schnell wandte er sich ab. Sein Mund verzog sich zu einem Grinsen, doch niemand achtete darauf.

Als Uniformierte die Gangway hochstürmten, drückte er sich in den Schatten, bis sie vorüber waren.

Auf der anderen Seite der Gangway waren die bunten Häuser einer alten Stadt zu sehen. Niemand beachtete ihn, als er darauf zuging. Niemand hielt ihn auf

... on his way back from the fire.

Erstes Buch

Wer war Michael Cabruni?

1

Meran – Freitag, 13. Juli, am Morgen

»Halt die Ohren steif, mein Alter. Wir sehen uns.« Das waren ihre letzten Sätze gewesen, als sie aus Meran abgerauscht war. *Wir sehen uns, von wegen.* Seit drei Monaten kein Telefonanruf, keine Mail, von einem Brief ganz zu schweigen. Überhaupt kein Mucks. Wenn er sie auf dem Handy anrief, klingelte es zwar ein paarmal durch, aber dann sprang die Mailbox an. Er hatte zwei E-Mails geschrieben – keine Antwort. War Lissie überhaupt in Frankfurt angekommen?

Commissario Luciano Pavarotti überlegte, ob er nicht doch einen Kollegen in Deutschland kontaktieren sollte. Er hatte die Durchwahl eines Bekannten im Frankfurter Polizeipräsidium bereits gewählt und den Hörer am Ohr gehabt, da war plötzlich statt des Freizeichens Lissie von Spiegels helle Stimme, die bei Aufregung scharf werden konnte, aus dem Orkus in sein Ohr gekrochen.

»Sag mal, spinnst du? So dicke sind wir nicht, dass du mir nachspionieren kannst!«

Pavarotti hatte den Hörer auf den Tisch fallen lassen, als ob er kochend heiß wäre.

Es stimmte ja. Es war nichts gewesen zwischen ihnen, jedenfalls so gut wie nichts.

Sie hatten im Frühjahr einen Mordfall zusammen aufgeklärt, damit hatte es sich.

Obwohl sie bloß eine Touristin gewesen war, die sich zufällig in Meran aufhielt, hatte Lissie einen entscheidenden Anteil an der Aufklärung gehabt. Ihr Scharfsinn und ihre Unerschrockenheit, die an Leichtsinn grenzte …

Zickig und widerborstig, wie sie war – was zu ihrer überschlanken Figur und ihren kurzen strohblonden Haaren passte –, merkten die meisten Menschen anfangs nicht, wie warmherzig sie im Grunde war.

Pavarotti schaute nach unten auf den Butterteller, den er in der Hand hielt. Die Butter floss nach allen Seiten auseinander. Genauso wie sein Leben. Früher hatte es feste Strukturen gehabt. Seit Lissie hereingeplatzt war, hatte sein Leben seine Fasson verloren.

Pavarotti zog Beständigkeit bei Weitem vor, auch wenn sie manchmal ein bisschen langweilig war. Er rümpfte die Nase. Die Butter verströmte einen ungesunden, ranzigen Geruch.

Pavarotti fluchte und entsorgte das Malheur in eine Abfalltüte. Am vorigen Abend war er zu sehr mit sich selbst beschäftigt gewesen, um daran zu denken, Lebensmittel in den Kühlschrank zu stellen.

Widerstrebend griff Pavarotti nach der kalorienarmen Butter. Vielleicht war es Zeit, endlich seinem ins Stocken geratenen Diätplan wieder aufzuhelfen. Er hatte in den letzten drei Monaten fünf Kilo abgenommen. Besser als nichts, aber ein Klacks im Vergleich zu den fünfundzwanzig, die noch fehlten.

Pavarotti schaute auf die Klimastation vor seinem Küchenfenster. Erst kurz nach sieben, und schon sechsundzwanzig Grad Außentemperatur. Er seufzte. Die meisten Leute hatten während dieser Hitzewelle, die Meran seit zwei Wochen im Griff hatte, nur wenig Appetit. Leider war bei ihm das Gegenteil der Fall. Je mehr er schwitzte, desto mehr knurrte sein Magen.

Die Küchentür öffnete sich einen Spalt. Justus schlurfte herein und ließ sich grußlos auf die Eckbank fallen. Pavarotti unterbrach seine Frühstücksvorbereitungen, um ihm einen prüfenden Blick zuzuwerfen. Der Junge war immer noch mager und viel zu klein für seine mittlerweile vierzehn Jahre. Seine Epilepsie, die ihm vor ein paar Monaten oben in den Bergen fast das Leben gekostet hatte, hatten sie inzwischen zum Glück im Griff, dank gut eingestellter Medikamente. Es war das tägliche Zusammenleben mit dem Jungen, das Pavarotti den letzten Nerv kostete.

Nicht dass Justus pampig gewesen wäre wie die meisten in seinem Alter. Damit wäre Pavarotti klargekommen. Denn in diesem Fall wäre da etwas gewesen, an dem er den Jungen hätte packen können. Aber da war nichts, keine rotzfrechen Antworten, keine Provokationen. Justus besaß definitiv den schwarzen Gürtel in der Disziplin des trotzigen Schweigens. Der Junge griff nach dem Glas Nougatcreme.

Pavarotti unterdrückte einen Fluch. »Ebenfalls einen schönen guten Morgen, Justus!« Der verzog keine Miene. Pavarotti atmete tief ein und startete einen weiteren Versuch. »Möchtest du einen Toast?«

Kopfschütteln.

Plötzlich fiel Pavarotti auf, dass das T-Shirt des Jungen über Brust und Oberarmen spannte. »Ist dir das Shirt beim Waschen eingegangen?«, fragte er erstaunt.

Justus warf ihm einen verächtlichen Blick zu. Dann bequemte er sich zu einem genuschelten Satz: »K'nn ich'n Kaffee haben?«

Herr, ich danke dir. Er kann noch sprechen.

Pavarotti beobachtete, wie der Junge aufstand, den Kaffeebecher nahm und sich mit gesenktem Blick nach draußen verdrückte. Er hörte eine Treppenstufe knarzen, dann das Öffnen und Schließen der Tür, die zum ausgebauten Dachstuhl führte.

Pavarotti steckte den Kopf hinaus auf den Flur. Und richtig, da war es, dieses knirschende Geräusch, wenn sich ein Schlüssel im Schloss dreht.

Frustriert schüttelte Pavarotti den Kopf. Wenn er abends heimkam, erwartete ihn eine leere Wohnung. Kein Justus, keine Nachricht. Allerdings waren Wurst oder Käse aus dem Kühlschrank verschwunden. Meistens erschien der Herr dann so gegen elf und marschierte wortlos in sein Zimmer. Gutes Zureden nützte so wenig wie Verbote. Sollte er ihn etwa einsperren? In den Sommerferien?

Natürlich war Pavarotti klar gewesen, dass ihn die Erziehung eines Vierzehnjährigen hoffnungslos überfordern würde. Aber er hatte sich verpflichtet gefühlt, sich um den Jungen zu kümmern. Pavarotti hatte die vor Kurzem verstorbene Elsbeth Hochleitner, Justus' Großmutter, seit vielen Jahren gekannt.

Außer ihr hatte der Junge niemanden gehabt. Pavarotti hatte es nicht über sich gebracht, ihn in die Fürsorge zu geben.

Pavarotti ließ sich schwer auf den Sitz fallen, auf dem Justus gerade noch gesessen hatte. Sollte er ihn wirklich weiter bei sich behalten? Vielleicht würde das Sozialamt eine neue Familie für ihn finden? Justus brauchte dringend einen Vater und eine Mutter, die sich um ihn kümmerten. Er selbst hatte einfach zu wenig Zeit und Geduld für einen Jungen in Justus' Alter.

Pavarotti beobachtete, wie eine Frau im Nachbarhaus ein Fenster öffnete, ihre Oberbetten durchschüttelte und an die frische Luft hängte. Wenn sich beide ein wenig anstrengen würden, könnten sie sich über den engen Durchgang hinweg die Hand geben. In Steinach, dem ältesten Meraner Stadtteil, waren die Mieten auch für ein Polizistengehalt noch halbwegs erschwinglich, jedenfalls am Steinachplatz, wo noch nicht alles luxussaniert war. Seine Wohnung war sogar eine Art Maisonette, mit drei Zimmern auf zwei Etagen.

Die Frau im Nachbarhaus warf ihm einen kurzen Blick zu, dann schaute sie weg. Er wusste nicht einmal, wie sie hieß. In den paar Monaten seit seiner Versetzung von Bozen nach Meran war er fast ausschließlich im Büro gewesen, um sich in die neue Dienststelle einzuarbeiten.

Seine Gedanken kehrten zu Justus zurück.

Das Liebeswerk-Fürsorgeheim ist doch gar nicht so schlecht.

Er war vor ein paar Monaten mit einer Frau vom Sozialamt dort gewesen, als nach Elsbeths Tod noch nicht feststand, was mit Justus passieren würde. In einem Viererzimmer war ein Platz frei gewesen. Die drei Knaben in Justus' Alter hatten gemeinsam auf einem Bett gesessen, rot im Gesicht, die Lippen zusammengepresst, um ihr Lachen zu unterdrücken. Vermutlich hatten sie sich angerempelt und herumgealbert, bevor er mit der Frau hereinkam. Als er die drei beobachtete, war ihm Justus eingefallen, wie er still und weiß in seinem Krankenbett lag, den Kopf zum Fenster gewandt.

»Wollen Sie den Platz jetzt oder nicht?« Mit Mühe hatte sich Pavarotti auf die Behördentante konzentriert, die ihn auffordernd anschaute. Vernunft und Logik in ihm hatten laut »Ja!« geschrien. Trotzdem hatte er den Kopf geschüttelt.

Aber jetzt war Pavarotti sich nicht mehr so sicher, ob er in Justus' Sinn gehandelt hatte.

Er hörte Lissie in sein Ohr flüstern: »Lass ihm Zeit.«

Wie viel denn noch? So kann's nicht weitergehen.

Wenigstens war es im Dienst zurzeit ruhig. Die einzigen Kriminellen, die Hochkonjunktur hatten, waren die Taschendiebe in der Laubengasse, in deren Arkaden sich die Touristen drängten. Bis auf einen Raub hatte es nur kleinere Delikte gegeben, seit den Mordfällen im Frühjahr, die er gemeinsam mit Lissie aufgeklärt hatte.

Lissie.

Auf halber Strecke nach oben klingelte das Telefon. Pavarotti rannte die Treppe wieder hinunter. Aber es war nicht Lissie, sondern bloß Emmenegger, sein einziger Mitarbeiter.

»Commissario, ich brauch Sie! Dringend!«, rief Emmenegger aufgeregt.

Verärgerung stieg in Pavarotti auf. Wahrscheinlich wieder ein Tourist, dem man die Geldbörse geklaut hatte. Das könnte sein Sergente nun wirklich mit den Kollegen von der Ortspolizei selbst übernehmen.

»Wo ist es diesmal passiert? Unten an der Passer?«

Stille. »Woher wissen Sie das, Commissario? Hat Direttore Alberti Sie informiert?«, kam es misstrauisch aus dem Hörer.

Hat dieser Vollpfosten etwa den Polizeichef in Marsch gesetzt?

»Ich trinke noch meinen Kaffee aus, dann mache ich mich auf den Weg«, knurrte Pavarotti.

»Chef, Sie haben wirklich die Ruhe weg!«

Pavarotti verdrehte die Augen. »Das Geld ist eh fort, da kommt's auf ein paar Minuten früher oder später wohl nicht an.«

»Welches Geld? Von einem Geld weiß ich nichts. Ich weiß bloß was von einem Ermordeten. So kommen Sie doch endlich!«

2

Frankfurt am Main – Freitag, 13. Juli, am Vormittag

Vielleicht sollte sie umsatteln. Eine Privatdetektei gründen oder so. Ihre bisherige Branche erwies sich zunehmend als Sackgasse.

Ihr rechter großer Zeh fing plötzlich an, höllisch zu schmerzen.

Lissie von Spiegel bückte sich, um den aufmuckenden Körperteil zu untersuchen, da ging ihr auf, dass sie ihren Fuß in der letzten Viertelstunde permanent gegen eine volle Umzugskiste gestoßen hatte, die neben ihrem Schreibtisch stand.

Lissie bewegte ihre Zehen und setzte ihren seidenbestrumpften Fuß auf dem Boden auf.

Billiges Laminat.

An der Decke prangte eine Neonröhre. Das Kabuff hatte noch nicht einmal eine Klimaanlage.

Die heiße, nach Asphalt stinkende Luft und der permanente Verkehrslärm, der mit der Ampelschaltung an- und abschwoll, machten Lissie aggressiv. Sie warf das Fenster zu. Die Passanten, die gerade vorbeigingen, ruckten mit dem Kopf und glotzten zu ihr ins Zimmer. Dafür brauchten sie sich nicht den Hals zu verrenken, denn sie waren auf Augenhöhe mit ihr. Wütend starrte Lissie zurück.

Mehr als dieses abgewohnte Büro im Erdgeschoss, direkt an einer verkehrsreichen Straße, wie die Hochstraße eine war, war zurzeit nicht drin.

Ohne Kohle bekam man nur Parterre und landete mit der Nase im Straßendreck. Lissie fühlte sich wie eine Pennerin in der Weserstraße. Aber alles war besser als Homeoffice. Das bedeutete, alles schleifen zu lassen, Schlafanzug bis mittags. Ihre Selbstachtung war sowieso schon angeschlagen.

Jede Absage machte es schlimmer, ob für einen festen PR-Job oder als freie Kommunikationsberaterin.

Lissie ließ sich zurück in den Sessel fallen und pfefferte eine Bewerbungsmappe auf die nächstbeste Umzugskiste.

Gleich im Anschluss an ein Bewerbungsgespräch die Mappe wieder in die Hand gedrückt zu bekommen, das kam einer Ohrfeige ziemlich nahe.

»Es tut uns leid, aber wir können Sie nicht in die nähere Auswahl einbeziehen. Frau von Spiegel, nun, Sie …« Der Personalleiter hatte nach einer unverfänglichen Floskel gesucht und schließlich eine gefunden. »Es ist so, wir glauben einfach nicht, dass Sie in unser Kommunikationsteam passen.« Lissie brannte die Enttäuschung im Magen.

»Wieso denn nicht? Ich habe fünfzehn Jahre PR-Erfahrung im Banking, sogar in leitender Position!« Sie hatte gewusst, dass ihr Aufbegehren zu nichts führen würde. Die Ablehnung stand bereits fest.

»Das ist es ja gerade, Frau von Spiegel«, hatte der Personalleiter zurückgegeben. »Wir suchen keinen Kommunikationschef. Und Sie sind kein Mensch, der sich unterordnet.«

Auf einmal war wildes Gebell auf dem Flur zu hören. Es folgte ein Knurren, dann ein schabendes Geräusch an der Tür. Lissie stöhnte und stand auf. Bloß gut, dass der Vermieter nicht im Haus war.

Was in aller Welt sollte sie künftig mit Spock machen? Allein lassen ging bei einem Dobermann definitiv nicht. Der Hund würde das Büro zu Kleinholz zerlegen. Aber das aktuelle Arrangement war längerfristig auch nicht tragbar. Ihr Exfreund Alexander hatte das Tier von Anfang an gehasst. Spock war der letzte Sargnagel für ihre Beziehung gewesen.

Als sie die Tür öffnete, schoss der Hund ins Zimmer und veranstaltete einen Radau, als ob sich seit Stunden keiner um ihn gekümmert hätte.

In der Türöffnung stand ein schlaksiger Mittdreißiger, einer der Fahrer vom Paketdienst, die das Büro nebenan belegten. Lissie versuchte, ein Lächeln auf ihr Gesicht zu zaubern. »Hallo Andreas, vielen Dank, dass du ihn wieder mitgenommen hast. War er einigermaßen brav?«

Brav? Spock wusste gar nicht, was das war.

»Alles okay gelaufen?« Sie musterte Andreas.

Andreas mied ihren Blick und war bereits dabei, den Rück-wärtsgang einzulegen. »Nee, du, ich kann dir sagen … Scheiße, dein Vieh ist durchs Wagenfenster, mir nach und auf den Hund einer Kundin los. Ein Spitz war das, die haben ja immer so ein echt grauenhaftes Gekläffe drauf, und das hat dem deinen offen-bar nicht geschmeckt. Die Frau und ich konnten gar nicht so schnell schalten, wie die Tölen sich ineinander verkeilt haben.«

Lissie schloss kurz die Augen. Das war's dann mit ihrer Not-lösung für Spock, die in den letzten Wochen mehr schlecht als recht funktioniert hatte, wenn sie einen Termin in der City hatte.

Andreas gluckste. Dann erinnerte er sich daran, was er eigentlich hatte sagen wollen, und wurde schlagartig ernst. »Sorry, du, aber ich kann ihn wirklich nicht mehr nehmen. Wenn der Chef —«

»Schon okay«, sagte Lissie. »Alles klar. Tut mir echt leid.«

Andreas zuckte die Achseln und stieß sich vom Türrahmen ab. »Ist ja nicht viel passiert. Bis dann.«

Als Lissie sich umdrehte, lag Spock seitlich auf seiner Decke, streckte ihr seinen schokoladenbraunen Bauch entgegen und guckte treuherzig.

Der glaubt im Ernst, ich lob ihn jetzt dafür.

Spock war drei, fast so groß wie eine Dogge und ein Paket aus Muskeln und Sehnen.

Sie hatte den Hund im letzten Frühjahr aus Meran mitge-bracht. Er hatte einem Mordopfer gehört. Die Ehefrau war vollkommen durch den Wind gewesen. Das Leben komplett aus den Fugen, ein neugeborenes Baby und dazu noch ein halbwüchsiger Dobie. Was hatte Lissie bloß geritten, den Hund zu nehmen?

Mittlerweile hatte sich Spock aufgerappelt und stupste sie auffordernd in die Seite.

Nicht zur Kenntnis nehmen.

Das war die schlimmste Strafe. Lissie schob Spocks Schnauze beiseite, stand auf und schaute in eine der Umzugskisten. Stu-dien, Research, Präsentationen. Wertloses Zeug, das sie nicht hätte mitzuschleppen brauchen. Mehr war ihr nicht geblieben von fünfzehn Jahren im Investmentbanking.

Spock stimmte ein Geheul an. Sofort bollerte jemand von oben an die Zimmerdecke. Lissie klatschte auf ihren Oberschenkel. Der Hund ließ sich nicht zweimal bitten und legte seine Schnauze darauf. Als sie anfing, ihn hinter den kupierten Ohren zu kraulen, schloss er die Augen.

Lissie starrte auf das Kommen und Gehen vor dem Hilton Hotel, ihr gegenüber auf der anderen Straßenseite. Zwei junge Männer in Anzügen, Aktenkoffer bedeutungsschwer im Griff. Sie stellte sie sich vor, wie sie dreißig Jahre später aussehen würden. Pavarotti fiel ihr ein. Oder vielmehr Luciano, man duzte sich ja. Rein theoretisch allerdings, es gab ja derzeit keinen Kontakt. Er hatte ein paarmal probiert, sie zu erreichen, wohl aus Höflichkeit. Er war ihr sowieso viel zu … nett.

Sie schloss die Augen und versuchte, sich sein Gesicht vorzustellen. Zu ihrer Überraschung gelang es ihr auf Anhieb. Schwarze Haare, mit einem Hauch Grau darin. Hagere Gesichtszüge, die nicht zu seiner Figur passten. Kräftige Nase. Ein ironisches Lächeln auf den schmalen Lippen. Doch die warmen braunen Augen straften seinen Mund Lügen.

Sie hatte keine Lust auf sein Mitleid. Erst einmal brauchte sie wieder festen Boden unter den Füßen, bevor …

Oh Gott, wahrscheinlich würde er ihr sogar verschämt ein paar Krümel von seinem Polizistengehalt anbieten, zur Überbrückung! Bei dem bloßen Gedanken stieg ihr die Hitze ins Gesicht, und sie stand abrupt auf. Spock, unsanft aus seinem Hundetraum gerissen, schnappte nach ihrer Hand.

3

Meran – Freitag, 13. Juli, zur selben Zeit

Als Pavarotti den Steinernen Steg überquerte, stellte er fest, dass der Fluss nur noch wenig Wasser führte. Der Promenadenweg auf der anderen Uferseite lag ausgestorben in der prallen Sonne. Pavarotti wischte sich den Schweiß von der Stirn. Er hatte das Gefühl, auf heißem Gummi zu laufen statt auf den Sandsteinplatten, aus denen das Brückenpflaster bestand. Auf der Brücke regte sich kein Lüftchen. Als er die andere Uferseite erreichte, prallte er zurück. Wie eine unbezwingbare Wand stand die Hitze auf der Winterpromenade vor ihm. Schwer atmend blickte er hoch und blinzelte gegen die grelle Sonne. Hier musste es sein.

Er kannte das Haus, das direkt vor ihm aufragte. Jeder, der den Steinernen Steg passierte, egal ob hinauf zum Tappeiner Weg oder in umgekehrter Richtung zum Elisabethpark und nach Obermais, musste daran vorbei. Pavarotti hatte nie einen Gedanken daran verschwendet, was sich wohl hinter den Mauern der etwas heruntergekommenen Villa abspielte. Auf eine Irrenanstalt wäre er im Leben nicht gekommen.

Pavarotti grinste. Diese Bezeichnung musste er sich drinnen natürlich verkneifen. Privatklinik für psychische Störungen, so nannte sich das heute.

Die Villa sah unbewohnt aus. Die Fensterläden waren geschlossen. Ihr Holz musste einmal in einem satten Grün geglänzt haben. Inzwischen war die Farbe an vielen Stellen abgeblättert. Über der ockerfarbenen Fassade lag der scharf konturierte Schatten eines vorspringenden Giebeldachs. Zur Linken ragte ein schlanker Turm mit spitzem Dach auf, der dem Gebäude eine eigenartige Disharmonie verlieh. Aus Pavarottis Perspektive sah es so aus, als neige sich der Turm einer Gruppe von Zypressen zu, die seine Fassade schwarz und elegant begleiteten.

Links neben dem Gebäude sah er eine schmiedeeiserne Gartenpforte, die vor Rost starrte, daneben eine einfache Klingel. Auf dem Klingelschild stand »Empfang – Apotheke«, sonst nichts. Pavarotti drückte den Knopf, dann drehte er probehalber am Türknauf.

Geräuschlos schwang die Tür auf.

Offenbar konnte sich hier jeder Zutritt verschaffen.

Pavarotti trat in den Schatten einer Zypresse, um durchzuatmen.

Wo steckte eigentlich Emmenegger?

Von der Hitze auf der Winterpromenade war hier nichts mehr zu spüren. Ein Windhauch strich über Pavarottis feuchte Unterarme, und er bekam Gänsehaut. Plötzlich glaubte er, Stimmen zu vernehmen. Er spitzte die Ohren. Eine Stimme war jetzt deutlich herauszuhören. Sie gehörte der hiesigen Gerichtsmedizinerin. Pavarotti hob die Augen zum Himmel und wappnete sich. Eine schreckliche Frau. Bedauerlicherweise war sie seine Schwester.

Bevor er sich auf den Weg nach hinten machen konnte, öffnete sich zur Rechten eine Tür, und ein Mann trat ihm in den Weg.

»Sind Sie der Ermittlungsleiter?«

Pavarotti nickte. »Ja, ich bin Commissario Pavarotti. Und Sie sind …?«

»Anselm Matern, ich bin …«, der Mann machte eine kurze Pause und fuhr sich mit der Hand über seinen fast kahlen braun gebrannten Schädel, »… der Chefarzt.«

Matern sah schlank und durchtrainiert aus und trug ein weißes Poloshirt über dunkelblauen Chinos. Die Oberarmmuskeln wölbten sich unter den knapp sitzenden Ärmeln.

Pavarotti war baff. Wo war der weiße Kittel?

»Sie sind Arzt?«

Matern nickte und lächelte. Er hatte ein freundliches Gesicht mit Grübchen in den Wangen. Sein vorspringendes energisches Kinn wollte dazu nicht recht passen.

»Psychiater und Psychotherapeut. Außerdem leite ich diese

Klinik. Der Tote war mein Patient. Ich bin fassungslos. Ein Mord … hier bei uns … undenkbar!«

»Offenbar nicht«, sagte Pavarotti trocken. »Wer ist der Tote?«

»Seine Name ist … war … Michael Cabruni. Er war erst seit ein paar Wochen bei uns.«

Pavarotti beschloss, es zunächst dabei bewenden zu lassen. Erst einmal wollte er sich einen Eindruck verschaffen. »Können Sie mich hinführen?«

»Einfach geradeaus, Commissario. Nach Ihnen.«

★★★

Der moosüberwucherte Weg führte in einen weitläufigen Garten. Materns Schritte hinter ihm waren nicht zu hören. Mehrfach war Pavarotti versucht, sich umzuschauen, aber er unterdrückte den Impuls.

Im Garten war es schattig, fast düster. Ein stattlicher Bestand alter Olivenbäume mit wuchtigen Kronen säumte den Weg. Durchs Gehölz drangen nur wenige Lichtfunken, die sich im Blattwerk von Wacholderbüschen und hell schimmernden Schneeballsträuchern fingen.

Er passierte mehrere Bänke, auf denen niemand saß. Das Gelände machte einen ausgestorbenen Eindruck.

Die erregten Stimmen, die Pavarotti vorhin am Eingang gehört hatte, waren verstummt. Vielleicht war seiner Schwester Editha und Kohlgruber, dem Leiter der Spurensicherung, das verbale Gift ausgegangen. Pavarotti stellte sich die beiden vor, wie sie am Tatort nebeneinander arbeiteten und feindselig schwiegen, um sich ihre Bosheiten aufzusparen. Editha mochte den Spusi-Chef nicht, aber ihren Bruder hasste sie.

Plötzlich öffnete sich der Weg zu einer kleinen kreisförmigen Lichtung, auf der ein schindelgedeckter Holzpavillon stand.

Pavarotti blieb stehen. Ohne Vorwarnung herrschte wieder eine solche Hitze, als habe jemand über ihnen einen Heizstrahler angeknipst.

»Commissario, endlich!«

Pavarotti hatte unvorsichtigerweise nach oben in die Sonne geschaut und blinzelte, um die schwarzen Punkte auf seiner Netzhaut zu verscheuchen. Über ihm ragten die Einsneunzig seines Sergente auf.

Machte die Sonne seinen Augen immer noch zu schaffen, oder war Emmenegger blass um die Nase?

Arnold Kohlgruber, bekleidet mit dem grünen Tatortdress aus Nylon, trat aus der Türöffnung des Pavillons. Sein Gesicht war rot angelaufen. Stöhnend zog er sich die Gummihandschuhe von den Händen.

Als er Pavarotti sah, stemmte er die Hände in die Hüften. »Na prima, auch schon da! Schon klar, dass du als Italiener deinen Schönheitsschlaf brauchst! Andere rutschen schon seit Stunden in der Hitze auf dem Boden herum und schwitzen wie die Sau!«

Kohlgruber erwartete keine Antwort, das wusste Pavarotti. Sie waren halbwegs befreundet. Über einen bestimmten Punkt ging ihr Verhältnis allerdings nicht hinaus. Das lag daran, dass Kohlgruber als eingefleischter Südtiroler Italiener nicht mochte. Für Kohlgruber war das Zusammenleben mit Italienern immer noch strapaziös, auch wenn er gegenüber dem Commissario einmal widerwillig zugegeben hatte, dass sich im Laufe der letzten Jahre so einiges verbessert hatte.

Pavarotti ahnte, dass es zu Kohlgrubers seelischer Hygiene gehörte, einem Italiener in regelmäßigen Abständen einen verbalen Tritt in den Hintern zu verpassen, sozusagen stellvertretend für alle anderen, unter anderem seinen Behördenleiter, ebenfalls Italiener. Für Pavarotti ging das in Ordnung, wenn es sich in Grenzen hielt.

»Was habt ihr?«

»Eine Leiche halt«, brummte Kohlgruber.

Pavarotti verdrehte die Augen. »Geht's etwas genauer?«

Die Schärfe in Pavarottis Stimme bewirkte eine Veränderung in Kohlgrubers Miene.

»Mann Ende vierzig«, antwortete er sachlich.

Mein Alter, schoss es Pavarotti durch den Kopf. Klapsmühle. Tod. Vorbei. Ratzfatz.

»Sitzt im Rollstuhl, von hinten erstochen«, hörte er den Spusi-Chef fortfahren. »Ein einziger Messerstich, so wie es ausschaut. Sehr scharfe Klinge.« Kohlgruber hielt eine Beweismitteltüte hoch, die ein blutverschmiertes Messer enthielt, dem Anschein nach ein gewöhnliches Fleischmesser, wie es in den meisten Küchen zu finden war. »Die Klinge ist durchs Fleisch gegangen wie durch Butter«, ergänzte Kohlgruber. »Mehr hat mir deine Schwester nicht verraten.«

Pavarotti wandte sich an Anselm Matern, der vor dem blutigen Plastiksack zurückgewichen war. »Erkennen Sie das Messer? Schauen Sie sorgfältig hin!«

Der Mann warf dem Sack einen angeekelten Blick zu. »Unsere Küchenmesser sehen anders aus. Außerdem fehlt keines.«

»Haben Sie die Leiche gefunden?«

Der Klinikleiter schüttelte den Kopf. »Das war eine Patientin. Hanna Landsberg heißt sie. Sie hat sich hingelegt. Das Ganze hat sie ziemlich mitgenommen, wie Sie sich denken können.«

Pavarotti überlegte kurz. »Signore Matern, bitte gehen Sie jetzt ins Haus und bleiben in Rufweite. Ich will später ausführlich mit Ihnen sprechen. Das gilt auch für alle anderen.«

»Alle andern?«, echote Matern.

»Nun, das Klinikpersonal und die Patienten. Jeder, der sich im Moment auf dem Gelände aufhält. Als Erstes möchte ich nachher die Patientin befragen, die den Toten gefunden hat.«

Matern nickte bloß.

Nachdenklich blickte Pavarotti ihm nach, wie er in Richtung Turm davonging, der im Gegenlicht scharfzackig und dunkel in den blauen Himmel hineinragte.

★★★

Kohlgruber wartete, bis der Arzt verschwunden war, dann wandte er sich an den Commissario: »Da hast eine schöne Nuss zu knacken, das sag ich dir. Das ist wie ein öffentlicher Park hier. Sträflich so was. Die lassen hier einfach die Pforte unversperrt, obwohl sie einen Haufen Verrückte im Haus haben!«

Pavarotti sparte sich eine Antwort. Gleich würde es losgehen. Ad-hoc-Analysen zum Tathergang direkt vor Ort, sozusagen während die Leiche noch warm war, waren Kohlgrubers Spezialität. Kohlgruber glaubte allen Ernstes, dass er eine Art sechsten Sinn für den Tathergang hatte. Einmal hatte er sich zu der Aussage hinreißen lassen, er könne die Aura des Bösen am Tatort spüren. Kohlgruber war tief beleidigt gewesen, als Pavarotti gelacht hatte. Ein Tatort war genau das, was das Wort besagte. Nämlich der Ort einer Gewalttat. Leiche, Fingerabdrücke, Spuren. Von wegen Aura.

Mittlerweile liefen in Kohlgrubers Abteilung bis hoch zum Behördenleiter bei jedem Mord Wetten, ob er recht behalten würde. Seine Erfolgsquote lag derzeit bei leicht über fünfzig Prozent. Nicht mal so schlecht, wenn man den Unsinn bedachte, den der Mann in den restlichen neunundvierzig Prozent verzapfte.

»Pavarotti, das war todsicher ein Profi. Der Pavillon war für ihn perfekt, und deshalb hat er genau dort zugeschlagen.«

Pavarotti unterdrückte eine ironische Bemerkung. »Wieso das denn?«, hörte er sich stattdessen sagen. Falsch, ganz falsch. Er hätte sich nicht darauf einlassen sollen.

»Weil der Mörder ganz genau gewusst hat, dass wir hier massenweise Fingerspuren finden würden, in der gesamten Hütte, auch am Rollstuhl selbst. Die uns allerdings null Komma nichts bringen.« Kohlgruber wackelte mit dem Kopf. »So wie es aussieht, wurde hier nicht geputzt. Die Abdrücke stammen von Generationen von Patienten, mitsamt ihren Besuchern. Und wir haben keinerlei Möglichkeiten, sie abzugleichen.«

Kohlgruber zeigte mit dem Daumen hinter sich, in Richtung Pavillon. »Dass der Killer das Messer hat stecken lassen, deutet auch auf einen Profi hin. Eiskalt, arrogant. Ihr könnt mir nichts, heißt das. Und damit hat er recht. Das Küchenmesser ist absolute Dutzendware. Fast unmöglich, herauszukriegen, woher es stammt.« Kohlgruber streckte seinen rechten Arm aus, sodass der Beweismittelsack mit dem Messer direkt vor Pavarottis Gesicht baumelte.

»Wahrscheinlich Auftragsmord«, tönte der Spusi-Chef. Es klang triumphierend. Und dann kriegte er die Kurve, auf die Pavarotti gewartet hatte:»Viele, die hier einsitzen, stammen von außerhalb. Gibt ja in dem verschissenen Italien«, er spuckte aus, »kaum noch richtige Irrenhäuser. Wirst sehen, der Tote ist gar nicht von hier. Und der Mord, der hat nichts mit den Hiesigen zu tun.«

Hatten Morde in Kohlgrubers Augen meistens nicht. Die Meraner waren in seinen Augen allesamt Engel, die zu Gewaltverbrechen überhaupt nicht fähig waren.

»Jaja, bis nachher.« Pavarotti hatte keine Lust, Kohlgrubers Schnellschuss-Analyse, ein Zirkelschluss wie aus dem Schulbuch, noch weiter mit Kommentaren zu beehren.

Kein Mensch würde heutzutage den Fehler begehen, Fingerabdrücke auf einer Tatwaffe zu hinterlassen. Dazu brauchte es keinen Profi. Viel wahrscheinlicher war, dass der Täter aus der Klinik stammte und die Gelegenheit beim Schopf gepackt hatte.

Vor dem Eingang zum Pavillon zögerte Emmenegger. Pavarotti wunderte sich.

»Sergente, was haben Sie denn?«

***

Als Pavarotti eintrat, konnte er Emmenegger verstehen. Der Anblick, der sich ihm bot, war verstörend, aber nicht wegen der zur Schau gestellten Gewalt. Blut war überhaupt keines zu sehen.

Es war der Kontrast zwischen Hell und Dunkel, der der Szene einen surrealen Anstrich verlieh. Der Strahl der Scheinwerfer und die Sonne, die durch das einzige Fenster schien, tauchten die Gestalt im Rollstuhl in gleißendes Licht. Überall tanzten Staubkörnchen. Hinter den Scheinwerfern lag der übrige Pavillon im Halbdunkel.

Der Mann saß vornübergebeugt und war leicht zur rechten Seite gesackt. Ob der Messerstich die seitliche Drehung ausgelöst hatte oder Editha mit ihren Untersuchungen, konnte Pavarotti nicht feststellen, bevor er nicht einen Blick auf die Tatortfotos geworfen hatte.

Die Leiche war komplett schwarz gekleidet. Stoffhose mit Bügelfalte. Ein hauchdünner Rolli aus Seide. Die linke Hand des Toten umklammerte die Armlehne aus Chrom, die im Scheinwerferlicht silberkalt aufblitzte.

Die blonden Haare, die dem Toten in die Stirn hingen, bildeten einen scharfen Kontrast zur Kleidung und schienen im Licht zu vibrieren.

Im Halbdunkel außerhalb des Lichtkegels krochen grünliche Maden herum: die Spusi-Leute in ihren Schutzanzügen, die damit beschäftigt waren, Fingerabdrücke sicherzustellen. Plötzlich ein heller Lichtblitz. Erschrocken riss Pavarotti die Hand nach oben.

»Oh, Entschuldigung«, sagte Lundi, der Fotograf. »Das war die Letzte. Großaufnahme vom Gesicht. Der Macker sah gar nicht mal so schlecht aus für sein Alter. Vielleicht ein Popstar von anno dazumal? So wie dieser Dieter Bohlen. Den würden ein paar Frauen bestimmt auch ganz gern abmurksen.« Lundi kicherte. »Noch einen Sonderwunsch, Commissario, oder war's das?«

Pavarotti nickte.

»Dann mach ich mich auf die Socken. Die Fotos haben Sie in einer guten Stunde auf dem Tisch.«

Pavarotti beobachtete Lundi, wie er seine Ausrüstung zusammenpackte, dann konzentrierte er sich wieder auf den Rollstuhl. Auf einmal musste er niesen. Was war das eigentlich für ein Geruch nach orientalischem Puff hier drin? Er warf seiner Schwester, die ebenfalls am Zusammenpacken war, einen durchdringenden Blick zu. Hatte wohl wieder einen gezwitschert, die Dame, und versuchte jetzt, ihre Alkoholausdünstungen durch eine Dreifachportion dieser übel riechenden Substanz zu überdecken.

»Wann ist er gestorben?«, fragte er sie.

»Irgendwann zwischen zwei und fünf Uhr morgens«, sagte Editha einsilbig.

»Die Wunde?«

»Ein einziger Stich. Glatt … sauber. Keine Fehlversuche, soweit ich s… sehen kann.« Dann drückte sie sich an ihm vorbei. Er sah, dass sie sich kurz an der Tür des Pavillons festhielt.

»Wie viel Kraft …?« Doch da war sie schon weg.

Lang geht das nicht mehr gut mit ihr.

Ein Mitarbeiter Kohlgrubers näherte sich. Pavarotti sah, dass der Mann eine behandschuhte Hand ausstreckte. In der anderen hielt er einen Beweismittelsack.

Erst jetzt fiel Pavarotti auf, dass etwas auf dem Schoß des Toten lag.

»Einen Moment bitte!«

Der Spusi-Mann nickte und trat zurück.

Es war ein kleiner Feldstecher. Ein altes Argus-Modell.

»Habt ihr die Fingerabdrücke gesichert?«

Der Spusi-Mann nickte und reichte Pavarotti ein paar Handschuhe.

Als Pavarotti das Gerät in die Hand nahm, bemerkte er, dass es eine Menge Gebrauchsspuren aufwies. Das Lederband, mit dem man sich das Gerät um den Hals hängen konnte, war allem Anschein nach erst vor Kurzem erneuert worden.

Hatte der Feldstecher dem Toten gehört?

Pavarotti stellte sich den Mann vor, wie er mit seinem Rollstuhl in den Pavillon gefahren war. Im Schutz der Hütte konnte man beobachten, ohne selbst gesehen zu werden.

Wen hatte das Opfer durch seinen Feldstecher beobachtet?

Pavarotti ging neben dem Rollstuhl in die Hocke, bis er auf Augenhöhe des Toten war. Dann schaute er durch das Fernglas, stellte es scharf.

Er hatte drei Fenster im obersten Stockwerk der Villa im

Blick. Die Fensterscheiben waren dunkle Vierecke im hellen Sonnenlicht. Hinter ihnen war nichts zu erkennen.

Pavarotti richtete sich auf. Er beabsichtigte, so schnell wie möglich herauszufinden, was sich hinter diesen Fenstern abspielte.

4

Meran – Freitag, 13. Juli, im Laufe des Tages

Die Eingangstür zur Klinik stand halb offen. Matern saß im Wartebereich der Eingangshalle und las in einer Zeitschrift.

»Wieso kann hier eigentlich jeder rein und raus, wie es ihm passt?«, fuhr Pavarotti ihn an.

Matern ließ die Zeitung sinken. »Weil wir hier ein offenes Haus führen, Commissario. Bei uns in Italien sperrt man schon lange keinen psychisch Kranken mehr ein. Unsere Patienten dürfen sich frei bewegen.«

Pavarotti starrte ihn an.

»Haben Sie das nicht gewusst? Psychiatrische Anstalten, in denen die Kranken eingesperrt werden, gibt es bei uns schon lange nicht mehr. Die sind in den achtziger Jahren geschlossen worden. Es war höchste Zeit. Die Zustände in den Häusern waren fürchterlich.«

»Geschlossen worden?«, stotterte Pavarotti. »Aber … wohin …? Wo sind denn die Verrückten hin?«

Ohne auf Pavarottis sprachlichen Ausrutscher einzugehen, sagte Matern: »Den Anstaltspsychiatern ist es nie um Heilung gegangen, sondern darum, den Wahnsinn möglichst effizient zu verwalten. Ich finde, Leute lebenslang wegzuschließen, bloß weil sie nicht in unser Raster passen, ist nichts anderes als soziale Euthanasie.«

»Aber man kann diese Leute doch nicht einfach auf die Straße setzen und so tun, als wären sie geheilt!«, empörte sich Pavarotti.

»Das hat man ja auch nicht«, sagte Matern. »Man hat die Behandlung dezentralisiert. Überall in Italien, auch bei uns in Meran, sind Anlaufstellen für die Kranken gegründet worden.«

»Anlaufstellen? Aber –«

»Es gibt inzwischen viele ambulante, halb stationäre und stationäre Zentren, in denen die Leute rund um die Uhr Hilfe finden. Schwere Fälle und Akutfälle werden in die psychiatrischen Abteilungen der Krankenhäuser eingewiesen. Außerdem gibt es Privatkliniken wie die unsere. Ein Teil der Kranken ist zu ihren Familien nach Hause entlassen worden.«

»Na, die werden sich aber gefreut haben!«

Matern zuckte mit den Schultern. »Die Psychiatriereform hat bei einigen Familien keine Begeisterungsstürme ausgelöst, stimmt. Man konnte lästige Familienangehörige nicht länger einfach wegschließen.«

»Aber ... manche dieser Leute sind doch extrem gefährlich! Es hat doch bestimmt ... Vorfälle gegeben!«

»Sicher, Commissario«, nickte Matern. »Aber die wenigen von psychisch Kranken verübten Morde sind, im Vergleich zur Gesamtkriminalität in Italien, statistisch unerheblich.«

»Wie bitte?«

Matern stand auf. »Unsere Patienten werden nicht fixiert und auch nicht unnötig mit Medikamenten behandelt, solange ich hier das Sagen habe. Möchten Sie jetzt mit Frau Landsberg sprechen?«

Nur mit Mühe konnte sich Pavarotti auf den Mordfall konzentrieren. Er schaute Matern an. »Vielleicht ist Signore Cabruni auch einer dieser ... statistischen Unerheblichkeiten zum Opfer gefallen?«

»So ein Blödsinn«, fauchte Matern. »Ich kenne meine Patienten. Keiner von ihnen stellt eine Gefahr für andere dar.«

Kopfschüttelnd folgte Pavarotti dem Psychiater.

»Sie möchte nicht, dass Sie ihr Zimmer betreten.« Im Gehen wandte sich Matern zu Pavarotti um. »Frau Landsberg ist in dem Punkt sehr eigen. Und wir achten die Privatsphäre unserer Patienten.«

Pavarotti zuckte mit den Schultern. »Wo kann ich mit ihr sprechen?«

»Wir gehen in einen unserer Therapieräume im zweiten Stock.«

Matern strebte auf eine breite Steintreppe zu, die in die oberen Etagen hinaufführte. Die Treppe war wie der gesamte

Eingangsbereich im Schachbrettmuster burgunderrot und weiß gefliest. Durch die Art, wie die Fliesen gesetzt waren, entstand ein eigenartiger, perspektivisch verkürzter Eindruck, so als führten keine Stufen nach oben, sondern der Zugang sei zugemauert.

Pavarotti blieb davor stehen. »Sie gehen doch nicht davon aus, bei der Befragung anwesend zu sein?«

Matern hielt Pavarottis Blick stand. »Selbstverständlich, Commissario. Ich möchte sicherstellen, dass Frau Landsbergs Rechte respektiert werden.«

»Sie missverstehen hier etwas, Dottore. Ich befrage die Frau lediglich als Zeugin.«

»Trotzdem.« Mittlerweile waren sie die Treppe ins zweite Obergeschoss hinaufgestiegen. Matern stellte sich vor die Tür und verschränkte seine muskulösen Arme vor der Brust. »Mit mir oder gar nicht, Commissario.« Er setzte ein entschuldigendes Lächeln auf, um seinen Worten die Schärfe zu nehmen.

Pavarotti beschloss, sich vorerst geschlagen zu geben. »Meinetwegen. Was fehlt der Frau denn? Ich meine, kann sie … kann ich ganz normal mit ihr reden?«

»Normal. Damit meinen Sie wohl Ihr eigenes Kommunikationsverhalten, Commissario?«

Pavarotti, für den der Umgang mit Menschen ein Buch mit sieben Siegeln war und der Gesprächen über Persönliches aus dem Weg ging, wäre um ein Haar rot geworden.

Anscheinend hatte Matern keine Antwort erwartet. »Was ihr fehlt? Abgesehen davon, dass ich kein Freund davon bin, vorschnell Diagnosen zu stellen und die Patienten in eine Schublade zu stopfen, ist die Frage im Fall von Hanna Landsberg besonders schwer zu beantworten.«

Er kratzte sich am Kinn. »Ich bin zu Vertraulichkeit verpflichtet. Nur so viel: Sie leidet an schweren Depressionen. Es muss ein traumatisches Erlebnis stattgefunden haben, an das sich Frau Landsberg nicht erinnert.«

***

In dem Zimmer standen drei Stühle, die als Dreieck angeordnet waren. Auf einem Küchenstuhl, der Pavarotti als der bei Weitem unbequemste erschien, saß eine ältere Frau mit dem Rücken zur Tür.

Die Frau hatte eine massige Statur, ihr Hals war fleischig, und die grauen Haare hingen ihr in Strähnen in den Nacken. Sie schien auf der harten Stuhlkante zu balancieren. Den Rücken hatte sie durchgedrückt. Kerzengerade und starr saß die Frau da.

Pavarotti setzte sich in einen hässlichen, mit Cordsamt bezogenen Esszimmerstuhl, der ihm einigermaßen stabil erschien, und überließ Matern den dritten, einen Freischwinger.

Die Frau trug einen silbrig glänzenden Pulli, der ihr zwei Nummern zu klein war. Mit Knitterfalten überzogene Arme schauten daraus hervor. Das Gesicht selbst war überraschend faltenfrei, mit Ausnahme tiefer Einkerbungen neben Mund und Nase.

»Frau Landsberg, das ist der Commissario, von dem ich Ihnen erzählt habe«, sagte Matern.

Hanna Landsberg schaute auf ihre Hände. Ihre Kiefer mahlten.

Pavarotti wartete. Vielleicht versuchte die Frau etwas zu sagen? Als sie stumm blieb, sagte Pavarotti: »Frau Landsberg. Meiner Information nach haben Sie den Toten heute Morgen gefunden. Bitte erzählen Sie mir, wie das gewesen ist.«

Hanna Landsbergs Kopf ruckte nach oben, als merke sie erst jetzt, dass noch eine dritte Person im Zimmer war. Dann richtete sie ihre Augen auf Matern, der fast unmerklich nickte.

»Auf dem Weg zur Arbeit hab ich ihn gefunden«, sagte sie.

Pavarotti war verdutzt. »Arbeit ... Sie sind doch ... Wo arbeiten Sie?«, brachte er heraus.

»Hanna Landsberg arbeitet in unserem kleinen Gartenbetrieb«, mischte sich Matern ein. »Wir ziehen unser Gemüse selbst. Aber Frau Landsberg ist auch eine vorzügliche Rosenkennerin.«

»Aber ich dachte ...«, entfuhr es Pavarotti.

Matern sah ihn warnend an. »Weiter, Frau Landsberg.«

»Musste an dem Pavillon vorbei. Da hab ich sie gesehen.«

»Sie? Wen?«, riefen Pavarotti und Matern unisono.

Hanna Landsberg warf Matern einen Blick zu, der Pavarotti fast boshaft vorkam.

»So viele Fleischfliegen. Rein und raus aus dem Haus. Rein und raus«, wiederholte die Frau in singendem Tonfall und fing an, mit dem Oberkörper zu schaukeln. Hatte Pavarotti sich getäuscht, oder hatte der Mann neben ihm eben erleichtert ausgeatmet?

»Es waren also die Fleischfliegen, die Ihnen das Gefühl gaben, es könnte etwas nicht stimmen?«

»Hab gedacht, jemand hat vielleicht ein Wurstbrot liegen lassen. Die Insassen hier kümmern sich um nichts und haben keinerlei Verantwortungsgefühl, müssen Sie wissen«, sagte sie auf einmal in einem ganz normalen Tonfall. »Als ich ihn sah, von hinten, wusste ich gleich, wer es war. Der Schwarze.« Sie kniff missbilligend die Lippen zusammen. »Schwarz. Das ist doch keine Farbe für den Hochsommer.«

»Ist Ihnen im Pavillon etwas Besonderes aufgefallen, oder haben Sie vielleicht jemanden gesehen?«

Wieder ein winziges Zögern, ein kaum merklicher Blick, der hinüber zu Matern huschte. »Hab niemand Besonderen gesehen. Außer den Schwarzen.«

»Erinnern Sie sich, ob Sie im Pavillon irgendetwas angefasst haben?«, fragte er.

»Hab ihn von hinten angetippt. Da ist er umgekippt.«

»Haben Sie den Messergriff angefasst?«

Die Frau schüttelte den Kopf und sah ihn dabei unverwandt an.

»Kam Ihnen der Griff bekannt vor?«

Kopfschütteln.

»Hatten Sie mit dem Mann Kontakt?«

»Der hat nie was gesagt. Nicht mal ›Guten Tag‹. Das gehört sich nicht, finde ich.«

»Na gut. Vielen Dank, Frau Landsberg. Sie können gehen.«

Er sah der stämmigen Gestalt, die keinerlei Taille besaß, hinterher.

★★★

»Dottore, was sollte die Geschichte mit den Depressionen?«, fragte Pavarotti. »Die Frau macht doch einen einigermaßen normalen Eindruck, jedenfalls steht sie morgens auf und werkelt in Ihrem Gemüsegarten!«

Matern verzog den Mund. »Dass Hanna Landsberg jeden Morgen um sieben Uhr in den Garten geht, ist ein Märchen. Sieben Uhr war ihr Arbeitsbeginn in dem großen Gartenbaubetrieb, in dem sie angestellt war. Sie ist hier bei uns, weil sie nicht mehr zur Arbeit erschien. An guten Tagen klappt es mit dem Aufstehen, doch die sind selten. Meistens müssen wir sie erheblich … motivieren, ihr Bett zu verlassen.«

»Aber warum …?«

»Warum ich ihr nicht widersprochen habe? Es ist sehr wichtig, den Patienten ein Stück Normalität zu bewahren. Auch dann, wenn es nicht ganz der … Wirklichkeit entspricht.«

»Finden Sie es nicht eigenartig, dass sie gerade an diesem Morgen aus dem Bett gekommen ist, Dottore?«

Matern zuckte mit den Achseln. »Was heißt schon eigenartig? Vielleicht hat sie draußen oder im Nebenraum etwas gehört, ohne sich dessen bewusst zu sein.«

»Im Nebenraum?«

»Nun, ihr Zimmer befindet im Erdgeschoss, unmittelbar neben dem von Signore Cabruni.«

Pavarotti fuhr hoch. »Und das sagen Sie erst jetzt?« Schnell stand er auf, trat auf den Flur hinaus und schaute nach unten in den Treppenschacht. Er sah, dass Hanna Landsberg ein Stockwerk tiefer am Fenster stand. Ihr Blick war unverwandt auf etwas gerichtet, das sich dort draußen befand.

»Frau Landsberg, kommen Sie bitte noch einmal!«

Das Schachbrettmuster machte Pavarotti schwindlig, er musste sich am Geländer festhalten.

Als Hanna Landsberg Pavarotti bemerkte, trat sie abrupt vom Fenster zurück und stieg die Treppe wieder nach oben.

»Haben Sie heute Nacht zwischen zwei und fünf Uhr früh etwas im Zimmer Ihres Nachbarn gehört?«

Zu seiner Überraschung nickte die Frau langsam. »Da war eine Stimme. Nebenan. Ich glaube, ein Mann.«

»Gab es Streit?«

»Weiß nicht. Hab nur eine Stimme gehört.«

»Wissen Sie, um wie viel Uhr das war?«

»Hab nicht auf die Uhr geschaut.«

»Kann Signore Cabruni es selbst gewesen sein? Vielleicht hat er im Schlaf gesprochen?«

Hanna Landsberg schaute ihn an. Ihre Mundwinkel zuckten. »Woher soll ich das wissen?«

***

Als Pavarotti in den Therapieraum zurückkehrte, spürte er immer noch einen leichten Schwindel. Er trat er ans Fenster und wollte den Griff drehen. Doch der bewegte sich keinen Millimeter.

»Diese Fenster lassen sich nicht öffnen, Commissario«, sagte Matern hinter ihm. »Nach zwei bedauerlichen Vorfällen haben wir sämtliche Fenster im obersten Stockwerk verrammelt.«

Pavarotti zog die Augenbrauen hoch, dann fiel sein Blick in den Garten. Der Pavillon befand sich genau in seiner Blickrichtung.

»Wer praktiziert in diesem Raum?«

»Ich selbst«, antwortete Matern in erstauntem Ton.

»Und die beiden Räume links und rechts davon …?«

»Sind Patientenzimmer. Belegt von unserer Sylvie Steyrer und unserem Paul Tschugg.«

Pavarotti merkte sich vor, sich die beiden als Erstes vorzunehmen.

»Ich möchte gerne das Haus sehen und, wenn wir schon dabei sind, das Zimmer des Toten«, befahl er.

Matern zuckte die Achseln. »Ihr Sergente hat das Zimmer bereits durchsucht, soviel ich weiß. Na schön. Kommen Sie.« Während sie über den Flur schritten, ließ sich Pavarotti über die Klinik unterrichten.

Das Sanatorium trug den Namen »Villa Speranza« und befand sich in der Hand von einem Dutzend privater Investoren. Matern war Chef und Eigentümer der Betreibergesellschaft, die den Zweck hatte, die medizinische Versorgung der Villa Speranza sicherzustellen.

»Bei uns sind gute psychiatrische Arbeit und eine attraktive Rendite für die Investoren keine Gegensätze«, dozierte Matern. Ein Satz wie aus einer Hochglanzbroschüre für künftige Geldgeber.

In der Villa befanden sich, den Toten mitgerechnet, derzeit achtundzwanzig Patienten. Die Klinik war fast vollständig belegt. Sechs Patienten waren im zweiten Obergeschoss, zwölf im ersten Stock und zehn im Erdgeschoss untergebracht. Zwei Fachärzte für Psychiatrie arbeiteten in der Klinik. Einer der Psychiater war Anselm Matern selbst. Dazu kam ein Diplom-Psychologe. Eine Schwester und zwei Pfleger waren für die tägliche Betreuung zuständig. Die Klinik unterhielt eine eigene Apotheke, die die Patienten mit Psychopharmaka und Medikamenten gegen ihre körperlichen Beschwerden versorgte, aber auch externen Kunden offenstand.

»Kann ich nachher mit Ihren beiden Kollegen sprechen?«, fragte er.

Matern antwortete nicht gleich. »Das geht leider nicht«, sagte er schließlich. »Meine Vertretung ist momentan im Urlaub. Und unser Psychologe hat uns gerade verlassen. Die Stelle ist noch nicht nachbesetzt.«

»Soso«, sagte Pavarotti. »Der Personalstand bei Ihnen ist nicht gerade üppig, was?«

»Wir können das hohe Versorgungsniveau unserer Patienten problemlos aufrechterhalten«, schnappte Matern. »Sie müssen sich nicht unseren Kopf zerbrechen.«

Sie gingen die Treppe zum Mittelgeschoss hinunter.

Matern öffnete eine Tür. »Hier ist eins der beiden Stationszimmer unserer Pflegekräfte.« Das Zimmer war leer.

»Ich hatte doch angeordnet, dass das Personal hierbleibt!«,
sagte Pavarotti scharf.

Matern tat so, als habe er den Rüffel nicht gehört. »Im Erdgeschoss befindet sich ein zweites Stationszimmer. Vermutlich
sind sie dort.«

★★★

Ein großer Mann mit Stiernacken, den Matern als Pfleger
Bruno Slawicz vorstellte, und eine füllige Sommersprossige
saßen in der Teeküche und hatten Maxi-Tassen vor sich stehen,
aus denen Dampf hochstieg. Auf der Tasse der Sommerspros-
sigen stand ANNA in verschnörkelten Buchstaben.

Angeblich wusste keiner der beiden, wie Michael Cabruni
durch den Garten zur Lichtung mit dem Pavillon gekommen
war.

»Ich kann mich nicht erinnern, dass Signore Cabruni in der
kurzen Zeit seines Hierseins überhaupt einmal draußen war«,
sagte Schwester Anna kopfschüttelnd. »Ich verstehe das nicht.
Er hielt sich meistens in seinem Zimmer auf. Am Ende war er
kaum noch ansprechbar. Man musste seine Hand nehmen, um
ihn ...« Sie verstummte.

»Er war aber gesundheitlich so gut beieinander, dass er sich
selbst mit dem Rollstuhl vorwärtsbewegen konnte, oder?«

»Das ist es ja, was ich nicht verstehe«, sagte die Schwester
unglücklich. »Er hatte gar keinen Rollstuhl in seinem Zimmer.
Er konnte ja gehen, ich hab ihn geführt, wenn er zur Therapie
musste. Natürlich gibt es Rollstühle in unserem Versorgungs-
raum im Erdgeschoss. Aber der ist normalerweise abgeschlossen.«

»Diese ... Apathie. Die ist also in den letzten Tagen schlimmer geworden?«, forschte Pavarotti.

Die Schwester nickte, doch dann färbten sich ihre Wangen
rötlich, als sie zu Matern hinüberschaute. »Da müssen Sie

Dr. Matern fragen«, sagte sie schnell und biss sich auf die Lippen. »Mit solchen Diagnosen kenn ich mich nicht aus. Ich muss jetzt Medizin austeilen.« Ihr Rock raschelte, als sie verschwand.

★★★

Draußen baute Matern sich vor Pavarotti auf. »Ich protestiere, Commissario. Fragen Sie mich gefälligst selbst, wenn Sie sich Informationen über den psychischen Zustand meiner Patienten verschaffen wollen! Ich werde Ihnen helfen, soweit ich es vertreten kann. Aber versuchen Sie nicht, mein Personal auszuhorchen!«

»Ich frage Ihre Mitarbeiter das, was ich für richtig halte«, entgegnete Pavarotti. »Also, was hat dem Toten gefehlt?«

Matern warf ihm einen zornigen Blick zu. »Michael Cabruni hat einen Nervenzusammenbruch erlitten, nachdem er einen groben Fehler bei seiner Arbeit gemacht hat. Ich konnte mit ihm nur zwei Sitzungen abhalten. Danach war eine Gesprächstherapie nicht mehr möglich. Auf Antidepressiva sprach er bislang nicht an.«

»Was für ein grober Fehler bei der Arbeit?«

»Anscheinend war er Chefingenieur auf einem Kreuzfahrtschiff. Ich glaube, er stand im Dienst der Reederei LeStelle. Etwas Schwerwiegendes muss bei seiner letzten Fahrt passiert sein. Etwas, wofür er die Verantwortung trug. Aber jedes Mal, wenn ich die Rede darauf brachte, hat Signore Cabruni vollkommen dichtgemacht.«

Matern zögerte kurz. »Aber ich bin nicht davon überzeugt, dass dieses Ereignis, was es auch immer sein mag, die Schwere seines Zusammenbruchs erklärt. Vielleicht war der Vorfall nur ein Auslöser, eine Art Trigger. Aber damit können Sie vermutlich nicht viel anfangen.«

Das traf die Sachlage ziemlich gut. Pavarotti hatte keine Ahnung von diesem Psychokram, und er interessierte sich nicht im Geringsten dafür.

Psychologie. Lissies Ding. Diesem Doc würde sie jetzt ordentlich den Marsch …

Unnütze Gedanken, die zu nichts führten.

»Mochten Sie den Toten?«, fragte er.

Matern blieb stehen. »Viele meiner Kollegen würden angesichts einer solchen Frage nur den Kopf schütteln, Commissario.«

»Das verstehe ich nicht.«

»Für die meisten Psychotherapeuten sind Gefühle für Patienten tabu. Allerhöchstens Empathie. Verständnis.«

»Und für Sie?«

»Wir können Menschen nur helfen, wenn wir uns selbst wie Menschen verhalten«, sagte Matern. »Jedenfalls ist das meine feste Überzeugung. Ich versuche, alle meine Patienten zu mögen, so, wie sie durch die Tür kommen. Aber bei ihm wollte es mir einfach nicht gelingen.« Matern wirkte nachdenklich. »Er war so ein … Geheimniskrämer. Ich glaube, er machte sich einen Spaß daraus, mich im Unklaren zu lassen. Ich habe es nicht begriffen. Es ging ihm schlecht, und er bezahlte eine Menge Geld für die Sitzungen.«

***

»Hier sind wir.« Matern drückte eine Klinke. »Das war Signore Cabrunis Zimmer.«

Pavarotti sah sich um. Ein Bett auf Rollen. Ein Schrank. Ein Tisch. Ein Stuhl.

Er holte sein Handy heraus und rief Emmenegger an. Der Sergente hatte das Zimmer tatsächlich bereits durchsucht.

»Der Tote hatte ein Blackberry, Commissario. War ausgeschaltet und passwortgesichert. Der ist schon beim Gruber.«

Die Passwortsicherung stellte kein Hindernis dar. Ein Klacks für Gruber von der Bozner Kriminaltechnik. Gruber war ein Freak, den man nicht auf andere Leute loslassen durfte, aber fachlich war er einsame Spitze.

Pavarotti stöberte zur Sicherheit noch einmal selbst durch

Cabrunis Toilettensachen und tastete die Kleidungsstücke ab. Schwarze Hemden, schwarze Hosen, sogar die Unterhosen waren schwarz.

In der Seitentasche einer schwarzen Lederjacke steckte ein Bahnticket vom 5. Juli. Venedig nach Meran, einfache Fahrt. Zwei Mal umsteigen, in Verona und Bozen. Überrascht ließ Pavarotti das Ticket sinken. Gleichzeitig war er wütend. Wer konnte ein Bahnticket übersehen? So etwas brachte nur Emmenegger fertig.

»Der Ermordete kam mit dem Zug?«, fragte er. »Ich dachte, man wird im Krankenwagen hergebracht? Oder in schweren Fällen von der Polizei?«

Matern lächelte. »Das war früher einmal so, Commissario. Als Psychiatriepatienten wie Schwerverbrecher behandelt und in Anstalten weggeschlossen wurden. Heute suchen viele Menschen von sich aus Hilfe. Auch Signore Cabruni hat sich freiwillig bei uns eingewiesen. Er ist selbst angereist.«

»Anscheinend war er zu diesem Zeitpunkt noch Herr seiner Sinne. Er konnte seine Reisevorbereitungen treffen und eine längere Zugfahrt selbst bewältigen«, sagte Pavarotti nachdenklich und faltete das Ticket zusammen. Merkwürdig. »Wie kann jemand binnen weniger Wochen dermaßen den Verstand verlieren?«

Matern zuckte die Achseln. »Jetzt werden wir das nicht mehr herausfinden, Commissario.«

Wieso hatte sich der Mann nicht in Venedig behandeln lassen? Wieso Meran?

»Hatte Signore Cabruni hier Familie?«, fragte er den Psychiater.

Matern hatte aus dem Fenster geschaut. Jetzt drehte er sich um. »Sie fragen mich am laufenden Band Dinge, auf die ich keine Antwort habe, Commissario. Jedenfalls hatte er keinen Besuch, solange er hier war. Ich habe keine Ahnung, warum er sich unsere Klinik ausgesucht hat.«

Wieder eine Sackgasse.

»Dann möchte ich jetzt anfangen, die Patienten zu vernehmen, Dottore. Bitte veranlassen Sie, dass ich zu Beginn ein paar Worte zu allen sprechen kann.«

Matern sah ihn ein paar Sekunden an. Dann schien er einen Entschluss gefasst zu haben.

»So einfach ist das nicht, Commissario. Die meisten unserer Patienten sind schwer gestört. Heute ist ein besonders komplizierter Tag. Diese Menschen haben sich hier bei uns sicher gefühlt. Der Mord hat ihnen einen Schock versetzt. Dazu kommt die Hitze.«

Er verzog das Gesicht. »Sie werden das vielleicht nicht verstehen, aber ein paar unserer Patienten sehen die Hitzewelle als eine Bestrafungsaktion, die sich gegen sie persönlich richtet … Wenn Sie aus diesen Menschen etwas Vernünftiges herausbekommen wollen – sofern das überhaupt klappt –, dann müssen Sie abwarten, bis sie sich etwas beruhigt haben. Kommen Sie morgen Vormittag wieder. Wenn wir Glück haben, gibt es in der Nacht endlich ein Gewitter.«

***

Vormundschaftsgericht Bozen • Gerichtsplatz 1 • 39100 Bozen

An Herrn Dr. Sigmund Frahm
Winkelweg 43
39012 Meran

Bozen, 1. August

Beauftragung eines psychiatrischen Gutachtens

Sehr geehrter Herr Dr. Frahm,

hiermit werden Sie in Ihrer Eigenschaft als Psychiater und Kriminalpsychologe sowie als staatlich bestellter Sachverständiger der Kommune Meran mit der Erstellung eines psychiatrischen Gutachtens über die beschuldigte Person in einem Mordfall beauftragt.

Sämtliche Fallakten und andere Aufzeichnungen des Ermittlungsleiters (Commissario Luciano Pavarotti, Meran) zur beschuldigten Person werden Ihnen in Kürze zur Verfügung gestellt.

Die Fragestellungen, mit deren Prüfung Sie beauftragt werden, lauten:

Hat die beschuldigte Person zur Tatzeit an einer psychischen Störung gelitten - und wenn ja, an welcher? War die beschuldigte Person zur Tatzeit wegen dieser psychischen Störung unfähig zur Einsicht in das Unrecht der Tat?

Zeitpunkt der Fertigstellung des Gutachtens: 20. August

Der Ordnung halber weise ich Sie auf Ihre Pflicht zur Geheimhaltung sämtlicher mit dem Gutachten in Zusammenhang stehenden Tatbestände sowie auf die strafrechtlichen Folgen eines fehlerhaften Gutachtens hin.

Mit freundlichem Gruß
Antonia Branca
Richterin
Vormundschaftsgericht Bozen

5

Meran – Mittwoch, 8. August

1. *Gesprächsprotokoll von Dr. Sigmund Frahm,*
Kriminalpsych.

Vormittagssitzung

Sie wollen sich also ein Bild über meinen Geisteszustand machen, Herr Doktor. Ich bin nicht verrückt, aber das sagen sie
alle, nicht wahr? Womit soll ich anfangen? Ich finde chronologische Erzäh-
lungen langweilig, Sie auch? Nein. Sie sind ein Typ, der es gerne ordentlich hat. Vermutlich hätten Sie liebend gerne einmal einen Patienten mit einem
sauberen und appetitlichen Innenleben. Stattdessen servieren
Ihnen die meisten einen großen Haufen Dreck, und Sie müssen
die Gummihandschuhe überstreifen und bis zum Ellbogen
hineinfassen. Sie sind wirklich nicht zu beneiden. Ich bedauere zutiefst, bei mir wird's nicht viel anders. Aber
wenigstens ist mein Fall etwas Besonderes. War das ein Lächeln? Ich versteh schon. Alle Patienten
lechzen nach Ihrem Verständnis. Jeder will Ihr wichtigster Fall
sein. Ist es nicht so? Ich wette, die meisten steigen mit einem Knaller ein. Ich dagegen beginne mit einer banalen Szene vor dreißig
Jahren. Der 14. Juni 1985. In der Welt passierte an dem Tag etwas, das mich hätte
vorwarnen können. Flug TWA 847 von TransWorld wurde
über dem Mittelmeer entführt. Auch für mein Leben erwies
sich der Tag als ungemein wichtig. Ohne diesen kurzen Vorfall
hinter dem Frankfurter Hauptbahnhof, nicht mehr als ein
Fliegenschiss auf der großen Ereigniskarte ... Aber es ist müßig, darüber zu spekulieren.

Wenn ich die Augen schließe, sehe ich mich auf dieser dreckigen Straße stehen, als wären seither erst ein paar Wochen und nicht so viele Jahre vergangen.

Ich spüre noch das T-Shirt, das mir am Rücken klebte, und die Schweißtropfen, die mir die weiten Hosenbeine hinunterliefen. Es war ein heißer Tag, und Schatten spendender Baumbestand war in der Nähe des Frankfurter Hauptbahnhofs eher spärlich.

Ich stand da, wartete und starrte auf den großen Torbogen auf der anderen Straßenseite. Ich dachte, wenn ich nur fest genug hinschaue, dann kommt sie endlich raus, und die Warterei in der Hitze hat ein Ende.

Es war bereits nach fünf. Büroschluss. Es erschienen ein paar Leute aus den Hofeinfahrten. Aber von ihr war weit und breit nichts zu sehen. In den Häusern der Hinterhöfe sollten tolle Lofts mit angesagten Firmen untergebracht sein. Von dort, wo ich stand, sah man davon allerdings nichts. Hässliche Mietskasernen, wohin man blickte.

Direkt neben dem Torbogen war ein Laden, der Autoteile verkaufte. Ich weiß nicht mehr, was auf dem Blechschild über der Ladentür stand, aber ich glaube, es war Italienisch. Unter den Fenstern, die blind vor Schmutz waren und bestimmt schon seit Jahren kein Wasser mehr zu sehen gekriegt hatten, war ein Haufen Autoreifen aufgestapelt. Es stank widerlich nach Gummi, bis zu mir rüber auf die andere Straßenseite.

Ich war das erste Mal hier und ziemlich baff. In dieser Gegend sollte etwas untergebracht sein, das die Bezeichnung »angesagt« oder »schick« verdiente?

Nur dass Emma nicht »untergebracht sein« sagte. Mit so banalen Ausdrücken hielt sie sich nicht auf. Bei ihr hieß das »re-si-die-ren«.

Himmelherrgott, warum musste sie bloß immer so gespreizt daherreden! Bei ihr war immer alles schick und superspannend und wasweißichnichtalles.

Wenn mich mein Erinnerungsvermögen nach fast dreißig Jahren nicht täuscht, waren in dem Haus bloß ein Schulbuch-

verlag, eine Druckerei und natürlich »ihre« Mini-Werbeagentur untergebracht. Nun, nicht ihre selbstverständlich, sie arbeitete halt dort. Oder tat zumindest so, als ob. Wahrscheinlich war es aber wieder das Übliche: Alle scharwenzelten um sie herum, und die kleine Prinzessin brauchte nicht viel mehr zu tun, als huldvoll zu lächeln.

Ich probierte, mich an der Häuserwand anzulehnen, aber dann ließ ich es sein, weil der Verputz grobkörnig war und ich fürchtete, mein neues Leinenjackett, todschick mit extradicken Schulterpolstern, zu ruinieren. Unsere Eltern ließen sich mit den Schecks nicht lumpen, das musste man ihnen lassen.

Ich höre noch den lang gezogenen Pfiff von einem Zug, der ein paar hundert Meter hinter mir in den Frankfurter Bahnhof einfuhr. So, als wollte er das Erscheinen Ihrer Hoheit ankündigen – und prompt kam sie raus. Natürlich nicht allein, sondern wie immer von einer Menschentraube umgeben, alles Büromädels, lauter gackernde Hühner.

Ich sehe noch, wie sie verschwörerisch zu mir rübergrinst, und ich denke, Emma, jetzt komm endlich, damit wir loskönnen.

Aber sie kommt nicht, sondern tuschelt weiter mit diesen Miezen. Zuerst denke ich, sie will mir bloß demonstrieren, wie beliebt sie ist. Obwohl es mir bis heute ein Rätsel ist, wieso, denn sie war potthässlich.

Meine Schwester Emma war vorne so platt wie eine dürre alte Jungfer. Dafür hatte sie bei der Nase dreimal »Hier« geschrien. Und dann dieses permanente Grinsen, wie Axel Foley in »Beverly Hills Cop«. Bloß dass Eddy Murphy cool war und sie nicht.

Wo war ich?
Emma und die anderen Schnecken flüsterten auf der anderen Straßenseite, als ob es ein großes Geheimnis zu besprechen gäbe. Da fiel mir auf, dass sie immer wieder ihr neues gesmoktes Oberteil an der Brust zusammenschob, damit es obenrum mehr

*auftrug. Sinnloses Unterfangen. Außerdem hatte sie ganz rote
Backen, und sie riss die Augen so weit auf, dass sie fast so groß
wie Untertassen waren. Und plötzlich erinnerte ich mich, dass
sie schon in den letzten Tagen so aufgedreht gewirkt hatte. Die
alte Martha, die uns den Haushalt führte, hatte es auch gemerkt
und die Stirn gerunzelt.*

*Als ich sie so beobachte, fällt es mir wie Schuppen von den
Augen: Die ist verknallt, denke ich. Und als sie dann endlich
zu mir rübergestürzt kommt, sie guckt nicht links oder rechts,
da wusste ich, dass ich recht hab. Schon hängt sie an meinem
Hals und faselt einen Haufen Zeugs, wie immer. Ich will gerade
meine Ohren auf Durchzug schalten, da höre ich, wie Emma
sagt, sie möchte mir jemanden vorstellen und dass er gleich hier
wäre.*

*Die anderen Mädels rennen in Richtung Hauptbahnhof, um
ihre Bummelzüge zu erwischen, und als sie außer Sicht sind,
ist es wieder ruhig auf der Straße. Ich schüttle Emma ab, die
sich bei mir unterhaken will – bei den Temperaturen! –, und
starre auf den vor Hitze flimmernden Torbogen. Als der Typ
um die Ecke biegt, sehe ich zuerst einen Schuh, dann noch
einen, und dann kommt der Rest von ihm. Wenn ich heute
an diese Sekunden zurückdenke, bin ich sicher, dass die Zeit
wirklich und wahrhaftig langsamer lief.*

Der Kerl saß im Rollstuhl.

Aber das war noch nicht alles.

*Als ich begreife, was mir meine Augen mitteilen, fühle
ich, wie das Lachen in mir aufsteigt und mich am Gaumen
kitzelt.*

*Unsere Eltern waren die Lippenliberalen schlechthin. Ich habe
das Gefühl, Sie sind auch so einer. Haben Sie eine Tochter,
Herr Doktor?*

*Mein nächster Gedanke ist, dass ich meinen Mund halte
und einfach zusehe, wie das Goldstück meiner Eltern im Dreck
landet. Soll sie sich doch reinreiten bis zum Anschlag.*

*Wenn ich gewusst hätte, dass dieser Typ im Rollstuhl uns
alle in den Abgrund reißen würde, dann hätte ich ... Ja, was*

denn? Emma war stur und starrköpfig wie ein Esel. Sie hätte sich den Kerl sowieso nicht ausreden lassen.

Man kann also mit Fug und Recht sagen, dass ich an dem Tag grinsend dastand und zusah, wie das Schicksal in Person auf uns zurollte.

6

Meran – Samstag, 14. Juli

Das Gewitter war ausgeblieben.

In der Eingangshalle der Klinik drehte ein Deckenventilator unermüdlich seine Runden. Man hätte ihn ebenso gut ausschalten können.

Es half nichts, die Befragungen konnten nicht warten.

Pavarotti war nervös. Er legte das Ohr an die große Doppeltür. Stille.

»Wieso geh'n Sie nicht rein?«

Pavarotti fuhr herum. Der massige Pfleger stand hinter ihm. Der Mann – war sein Name nicht Bruno? – trug weiße Tennisschuhe, die keinerlei Geräusch verursachten. Pavarotti fragte sich, ob sich der Mann einen Spaß daraus machte, die Patienten zu erschrecken.

»Wo ist der Dottore?«

»Kommt später. Ich bin heut Ihr … Begleiter.«

Pavarotti nickte und betrat das Zimmer. Alle Augen richteten sich sofort auf ihn. Die Patienten saßen auf Korbstühlen, die schon bessere Zeiten gesehen hatten. Einige hatten die Hände im Schoß gefaltet, jemand blätterte in einem Buch. Eine Frau in der ersten Reihe häkelte.

Der Raum war groß und rechteckig. Pavarotti schätzte ihn auf mindestens hundert Quadratmeter.

»Unser Allzweckraum«, hatte Matern am Vortag gesagt. Vortrags-, Fernseh- und Aufenthaltsraum in einem. An einer der Längsseiten hing ein Flachbildfernseher an der Wand, ihm gegenüber thronte ein großer Steinkamin, in dem aufgrund der Außentemperaturen natürlich kein Feuer brannte. Die Wand auf einer der Schmalseiten war komplett leer, bis auf große Lettern in altmodischer Frakturschrift, die in dunkler Farbe aufgemalt waren: »Hoffnung und Liebe«.

Das Auffälligste war die Höhe des Raums, die bestimmt fünf Meter betrug und zwei Stockwerke einnahm.

Pavarotti ließ seinen Blick Richtung Decke wandern und entdeckte eine Empore mit einem reich verzierten Holzgeländer, die über seinem Kopf an den Wänden entlanglief. Er reckte den Hals, um die gesamte Galerie zu betrachten, und sah, dass direkt über ihm ein Seil baumelte, das an der Brüstung befestigt war. Merkwürdig.

Während Bruno ihn vorstellte, musterte Pavarotti die Gesichter. Überrascht sah er, dass einige der Patienten noch keine dreißig waren. So jung, und das Leben ist schon fast vorbei, dachte er.

Er zählte durch und kam auf sechsundzwanzig Personen. Einer fehlte. Er würde Matern hinterher fragen.

Ihm fiel auf, dass die meisten seinen Blick mieden, auch die Jungen. Junge Leute waren in der Regel neugierig, wenn sie mit Kriminalfällen in Berührung kamen. Diese hier waren furchtsam. Pavarotti hatte das Gefühl, dass der Tod hier ein häufiger Gast war, der sich nicht an die Besuchszeiten hielt.

Behutsam begann Pavarotti mit seinem Vortrag. Vermutlich eine Einzeltat, behauptete er ohne innere Überzeugung. Für eine solche Aussage war es noch zu früh, doch die Angst der Leute griff ihm ans Herz.

Um den Täter im Sinne ihrer eigenen Sicherheit schnell zu fassen, sei jede Beobachtung wichtig, sagte er. Deswegen wolle er mit jedem ein kurzes Einzelgespräch führen. Selbstverständlich kein Verhör, sondern nur ein paar Fragen. Nicht der geringste Grund zur Aufregung.

»Einer von Ihnen scheint zu fehlen«, sagte Pavarotti spontan. In die Gesichter kam Bewegung. Hier und da hörte er ein unterdrücktes Kichern.

Er war konsterniert. Hatte er gerade etwas Komisches gesagt, ohne sich dessen bewusst zu sein? »Ich meine damit natürlich nicht Signore Cabruni«, sagte er streng. Gelächter brandete auf. Er sah, dass einige Patienten nach oben blickten.

Bevor er den Blicken folgen konnte, war ein eigenartiges Geräusch von oben zu hören. Ein Körper fiel direkt vor ihm nach unten. Ein Wippen, als sein Fall durch das Seil aufgehalten wurde. Die Beine baumelten vor Pavarottis Nase, und die Brüstung knarzte im Takt der Schwingungen. Pavarotti war so entsetzt, dass er eine Sekunde handlungsunfähig war. Dann schrie er: »Um Gottes willen, wir müssen ihn sofort abschneiden! Vielleicht lebt er noch!«

Keiner rührte sich. Pavarotti raste zur anderen Seite des Raums. Eine Tür. Draußen eine Treppe. Zur Galerie. Er hastete nach oben, spurtete zur Querseite und riss noch im Laufen sein Schweizer Messer aus der Jacketttasche.

Nach ein paar Schnitten gab das Seil nach, und der Körper schlug mit einem dumpfen Schlag auf dem Parkettboden auf.

»Aua!«

Pavarotti erstarrte.

»Welcher Vollpfosten von euch hat mich abgeschnitten?«

Der Erhängte war aufgestanden, zog sich die Schlaufe vom Hals und rieb sich stöhnend sein rechtes Knie.

***

»Das war gegen unsere Abmachung«, sagte Matern. »Wir hatten vereinbart, dass Paul das nicht mehr in Anwesenheit anderer Patienten tut.«

»Wie können Sie so etwas nur zulassen?« Pavarotti war entsetzt.

Anselm Matern runzelte die Stirn. Die Frage schien ihn mehr zu irritieren als Pauls Auftritt.

»Schauen Sie, Commissario. Jeder Patient bekommt hier eine individuelle Therapie. Natürlich steht so etwas nicht in einem Lehrbuch für künftige Psychotherapeuten. Die Liste der Leute, die meine Vorgehensweise kritisieren, ist länger als mein Arm. Aber ich wette mit Ihnen, dass Paul heute nicht mehr am Leben wäre, wenn wir seine simulierten Selbstmorde komplett unterbinden würden.«

»Wie kommen Sie auf die Idee?«

»Im Grunde ist Paul ein klassischer Selbstmordkandidat. Ich darf Ihnen nicht sagen, warum. Glauben Sie mir einfach.«

Früher hat er ein Auto nach dem anderen gestohlen, um sich damit umzubringen. Das waren keine vorgetäuschten Versuche. Würden Sie nicht sagen, dass er Fortschritte gemacht hat? Die simulierten Selbstmorde sind eine ganz dünne Membran, die ihn vor der Selbsttötung schützt. Er liebt es, immer neue Methoden zu erfinden, und er genießt die Reaktionen seines Publikums.« Matern grinste. »Ich konnte ihm vermitteln, dass ihm diese Reaktionen leider entgehen, wenn er seinem Vorhaben eine gewisse Endgültigkeit verleihen sollte.«

»Wie können Sie das lustig finden, Dottore?«

»Ach, kommen Sie, Commissario.« Materns Lachfältchen vertieften sich. »Das Einzige, was uns hier vor dem Abgrund rettet, ist das Lachen.«

Dann wurde Matern ernst. »Natürlich haben Sie im Grunde recht. Pauls Verhalten ist der Öffentlichkeit nicht zumutbar. Und schon gar nicht anderen Patienten. Selbstmord ist ansteckend. Deshalb haben wir, so gut es geht, ein Auge auf ihn, was aber nur am Tag möglich ist. So ungern wir das mit unseren Patienten machen, weil es ihre Selbstbestimmung einschränkt: Für die Nacht bekommt Paul ein starkes Schlafmittel. Ich versichere Ihnen, er kann von den Vorgängen draußen im Garten nicht das Geringste mitbekommen haben. Die Befragung von Paul Tschugg können Sie sich sparen.«

»Hm. Und was ist mit dieser Sylvie Steyrer?«

»Ach Gott, unsere Sylvie. Unsere blonde Elfe. Sie können es gern versuchen. Bitte kommen Sie mit.«

★★★

Sylvie ließ das Treppengeländer los und tastete sich an der Wand entlang.

Nach links. Wo war links?

Erste Tür nach der Treppe.

Die Ränder in ihrem Gesichtsfeld fransten aus. Das passierte ihr jetzt seit …

Sinnlos.

Zweite Tür. Dritte. Der Flur schwankte. Welches Zimmer war richtig?

Sie griff ins Leere. Dann etwas Metallisches. Mit Ring drumherum. Samt. Haarband.

Hanna. Die war nett. Haarband um die Klinke gemacht. Half Sylvie.

Klinke nach unten drücken. Nach unten! Tür öffnen.

Ohne Vorwarnung hob sich ihr Magen. Sylvie stolperte in die Toilette und begann zu würgen. Als sie sich ein paar Minuten später zitternd auf die Toilettenschüssel setzte, ging es ihr etwas besser. Sie konnte den Waschtisch und die Gegenstände, die darauf standen, einigermaßen klar erkennen.

Sie fing an zu zählen. Neun Gegenstände mussten es sein. Nicht weniger und auf keinen Fall mehr. Wenn sie alle neun richtig aufzählte, ohne einen zu vergessen, oder, noch schlimmer, eine Sache zu sehen, die nicht da war, dann war sie noch hier, in der richtigen Welt. Falls nicht … verschwunden. Aufgelöst. Nicht auflösen. Bitte. Nicht. Sylvie ballte die Hände zur Faust und konzentrierte sich mit fast übermenschlicher Anstrengung.

Zahnputzbecher, Zahnbürste, Kamm.

Seife. Seifenschale.

Zwei Cremetiegel. Sieben.

Puder. Acht. Lippenstift. Neun.

Mit zitternden Fingern holte sie einen Zettel aus dem Kasten der Toilettenspülung. Sie hatte ihn dort versteckt. Bruno würde ihr den Zettel wegnehmen, das wusste sie genau.

Zahnputzbecher, Zahnbürste. Kamm.

Es stimmte. Noch.

Sylvie ließ den Bademantel auf den Badezimmerboden gleiten und schleppte sich Richtung Bett. Aus den Augenwinkeln sah sie etwas Schwarzes davonhuschen. Sie drehte sich jäh um, ihr Herz raste. Es war weg. Das Schwarze wurde jedes Mal größer. Noch war es weg, wenn sie sich umdrehte. Aber irgendwann, das wusste sie, würde es sie holen kommen. Und ihr einen Pfahl ins Herz rammen.

Sylvie ließ sich aufs Bett fallen und schloss die Augen. Gesichter schwammen vorüber. Hanna, die sich über sie beugte. Ein vertrauter Geruch. Alkohol. Jemand, den sie noch nie zuvor gesehen hatte. Ein Gnom. Dürr und klein. Das Wort Gollum formte sich in ihrem Kopf. »Herr der Ringe«.

Wieso ...?

Der letzte Sonntagabend mit Anna. Kino.

Bevor ...

Sie erinnerte sich, wie alles angefangen hatte.

Angefangen hatte es damit, dass Sylvie zu einer Dartscheibe wurde, die träge an einem Nagel an der Wand hing. Und die anderen, die standen vor ihr, zeigten auf sie und warfen ihr kurze Sätze zu. Mit Ausrufungszeichen am Schluss. Max und Anna.

Sylvie überlegte. Irgendetwas war passiert, irgendwann, aber ihr war schon damals nicht mehr eingefallen, was es gewesen war. Sie war viel zu beschäftigt gewesen, den Sätzen auszuweichen.

Steh auf! Iss was! Wasch dir die Haare!

KommschonZiehdichanLassdichnichtsohängen!

Sätze, die auf sie zuflogen wie spitze Pfeile.

Pflichtschuldigst hatte sie sich jeden Abend eine Liste gemacht, was sie am nächsten Tag erledigen wollte. Allein für die Liste hatte sie zwei Stunden gebraucht, die ganze Spielfilmlänge.

Vergebene Liebesmüh. Sie konnte froh sein, wenn sie am nächsten Tag die ersten beiden Punkt schaffte:

Decke zur Seite.

Beine links neben dem Bett aufsetzen.

Sylvie öffnete die Augen und streckte die Arme vor ihrem Gesicht aus. Einige der rotbraunen Striemen zogen sich quer übers Handgelenk und waren breit und wulstig. Die kleineren Kratzer verliefen in ganz unterschiedliche Richtungen, wie ein abstraktes Gemälde.

Wenn Sylvie sich diese Kratzer und Striemen ansah, war sie jedes Mal aufs Neue verwundert. Hatte sie das selbst getan? Sie glaubte es eigentlich nicht. Aber sie erinnerte sich auch nicht, hierhergekommen zu sein.

Mein Gott, war es heiß hier drin. Sylvie strampelte und schubste die Decke auf den Boden. Auf einmal war sie zornig. Es war viel zu heiß. Das Fenster war zu. Warum war es immer zu? Sie hasste Hitze.

Sylvie rannte zum Fenster und schlug mit der Faust auf das Glas. Peng! Das Glas klirrte und vibrierte in seiner Verankerung. Das machte Spaß! Wie dumm Bruno gucken würde, wenn das Fenster zu Bruch ging! Geschah ihm gerade recht. Sie hasste ihn sowieso. Seine Finger waren immer feucht.

Sylvie grinste und fühlte endlich wieder Energie durch ihre Adern strömen. Doch bevor sie erneut zuschlagen konnte, hörte sie, wie sich die Tür hinter ihr öffnete.

Das Schwarze stand in der Tür und hielt etwas in der Hand. Einen Pfahl!

Sie hatte es gewusst! Sylvie schrie. Hinter dem Schwarzen war Bruno. Sie ließ sich zur Seite fallen und rollte unter das Bett. Sie konnte hören, wie ihr Herz laut pochte. Das Schwarze war zu groß und breit. Es würde sie hier nicht herausholen können. Bruno würde dem Schwarzen bestimmt helfen, sie zu kriegen, aber auch er war zu breit.

Auf einmal sah sie ein Gesicht vor sich, das sich unter das Bett beugte. Sie erschrak. Aber es war ein helles Gesicht, das lächelte. Es war gar nicht das Schwarze. Es war der Polizist von vorhin.

Mit einem Schlag kam die Erinnerung an das zurück, was nach dem Kinobesuch passiert war. Plötzlich hatte sie Lust, sich mit dem Polizistenmann zu unterhalten. Er war bestimmt der Richtige für solche Sachen.

»Max will mich umbringen«, sagte Sylvie im Plauderton. Das Lächeln verschwand. Sie merkte, dass sie einen Fehler gemacht hatte.

Auf einmal fühlte Sylvie einen Pieks im Fuß und wurde sehr müde. Sie wollte sich umdrehen, um nachzusehen, was mit ihrem Fuß los war, aber es ging nicht. Ihr Kopf kippte immer in die falsche Richtung. Dann wurde es dunkel. Die Dunkelheit war ihre Freundin, und sie nahm sie in ihre Arme.

Das Schwarze, Bruno, Hanna, Max und Anna kamen als Karussellpferde auf sie zu, dann verschwanden sie.

Jemand zog an ihrem Fuß. Jetzt würde das Schwarze sie kriegen. Es machte keinen Unterschied mehr. Dann waren ihr Körper und ihr Kopf wenigstens am selben Ort.

★★★

Pavarotti klopfte an die Tür und trat ein, ohne Materns »Herein« abzuwarten. Er ließ sich auf den Besucherstuhl fallen und legte die Holzkonstruktion, die Paul verwendet hatte, damit sich die Schlinge nicht zuzog, auf Materns Schreibtisch.

»Ich hätte große Lust, das zu konfiszieren. Aber bitte. Ihre Verantwortung.«

»Konnte Ihnen Frau Steyrer weiterhelfen?«

»Was ist das für eine Geschichte mit ›Max‹?«, erwiderte Pavarotti.

Der Psychiater hob die Augen zur Zimmerdecke. »Bruno hat's mir gerade gesagt. Meine Güte, Commissario. Die Frau ist schwer gestört.« Er stand auf und begann, auf und ab zu gehen. »Ich kenne ihren Mann. Wir hatten ein langes Gespräch bei der Einweisung. Sylvie Steyrer stellt eine akute Gefahr für sich dar. Sie hatte sich die Pulsadern aufgeschnitten und wäre um ein Haar verblutet. Die Putzfrau der Steyrers hat sie gerade noch rechtzeitig gefunden.«

Matern hielt kurz inne und seufzte. »Max Steyrer fühlte sich der Verantwortung nicht länger gewachsen. Die Situation war schon vorher schlimm genug. Sylvie brachte in kürzester Zeit ein kleines Vermögen mit dem Kauf von Klamotten und Schmuck durch. Dann fing sie an, Männer in Bars aufzugabeln. Vorzugsweise Alkoholiker, unterste Schublade. Mit denen ging sie dann in Luxushotels, die von Geschäftsfreunden ihres Mannes frequentiert wurden.« Matern schüttelte den Kopf. »Einmal bezahlte sie mit der Kreditkarte ihres Mannes, der zur selben Zeit in dem Hotel Gastgeber einer Tagung war. Sämtliche Rezeptionisten und leider auch einige Hotelgäste wussten Bescheid, wer sie war und was sie da trieb. Es muss schrecklich für ihn gewesen sein.«

»Warum hat sie so etwas getan?« Gegen seinen Willen war Pavarotti neugierig.

»Vermutlich wollte sie Aufmerksamkeit erregen. Die Leere in ihrem Inneren füllen. In unseren Sitzungen hat sie behauptet, ihr Mann liebe sie nicht. Er habe sie nie geliebt. Kurz darauf schreit sie, wie furchtbar sie ihn vermisst und dass er kommen und sie nach Hause holen soll. Die Variante, dass er sie umbringen will, ist allerdings neu.«

Nachdenklich betrachtete Matern seine Autoschlüssel, die auf einem Aktenstapel lagen. »Vermutlich haben der Mord und Ihre Anwesenheit ihre Phantasie angestachelt. Vielleicht hat sie ja wirklich etwas gesehen.«

Pavarotti sah auf. »Wie kommen Sie darauf?«

Matern schaute aus dem Fenster. »Weil unsere Sylvie seit Kurzem schlafwandelt.«

»Und das sagen Sie mir erst jetzt?«

Der Psychiater schnippte ein imaginäres Stäubchen von seinem Jackett. »Es ist ein schmaler Grat, auf dem ich hier balanciere, Commissario. Meine Patienten vertrauen darauf, dass ich meine ärztliche Schweigepflicht einhalte.«

»Wann kann ich Frau Steyrer noch einmal befragen?«

Matern lehnte sich zurück. »Es hat keinen Sinn. Sylvie Steyrer befindet sich mittlerweile in ihrer eigenen Welt. Was auch immer sie gesehen haben könnte, ist in ihrer Wahrnehmung vollkommen verzerrt.«

»Trotzdem. Wann kann ich sie befragen?«, beharrte Pavarotti.

Matern seufzte. »In ein paar Tagen. Sie reagiert derzeit nicht gut auf ein neues Medikament. Wir müssen die Medikation verändern, um ihre Angstzustände besser in den Griff zu bekommen. Ich rufe Sie an.«

»Ich dachte, Sie halten hier nichts von Psychopharmaka?«, fragte Pavarotti verwundert.

»Ich halte nichts von ihnen, wenn es nur darum geht, den

Patienten ruhigzustellen. Aber als Teil eines therapeutischen Gesamtkonzepts sind sie durchaus sinnvoll.«

Pavarotti stand auf. »Wäre die Frau Ihrer Meinung nach fähig, einen Mord zu begehen?«

Matern spielte mit seinem Bleistift. »Äußerst unwahrscheinlich. Sylvie Steyrer ist sich selbst ihr schlimmster Feind. Angstzustände, weil sie nicht weiß, wer sie eigentlich ist. Innere Leere, selbstverletzendes Verhalten bis hin zu Suizidhandlungen. Dann plötzlich Energieschübe, Essattacken, wahnhafte Rastlosigkeit. Rasende Wut, wenn sie nicht sofortige Triebbefriedigung bekommt. Wenn der rauschhafte Zustand abflaut, dann ist die Welt plötzlich wieder schwarz. Deshalb die geschlossenen Fenster und kein Zugriff auf spitze Gegenstände. Dass sie gern provoziert, auch sexuell, kann manchmal recht unangenehm sein, ist aber weitgehend harmlos.«

»Weitgehend?«

Matern antwortete nicht. Pavarotti, der schon halb aus der Tür war, streckte noch einmal seinen Kopf durch den Spalt. »Ich komme morgen wieder, um die restlichen Patienten zu befragen.«

»Tun Sie, was Sie nicht lassen können, Commissario.«

★★★

Als die Klinikpforte hinter ihm ins Schloss fiel, blieb Pavarotti unschlüssig stehen. Der Schatten des Turms, der über ihm aufragte, war bereits bedeutend länger geworden. Doch es war nach wie vor brütend heiß.

Der Anfang einer Mordermittlung stellte für ihn jedes Mal eine schmerzhafte Erfahrung dar. Pavarotti konnte nicht akzeptieren, dass sein Intellekt nicht binnen eines Tages in der Lage war, ein Muster zu erkennen.

Er beschloss, den Tag im Biergarten des Forstbräu ausklingen zu lassen. Auf dem Weg zur Freiheitsstraße überlegte er, was er am Nachmittag erfahren hatte.

Nichts.

Er seufzte. Kurz bevor er das Forstbräu erreichte, läutete das Telefon. Als er auf das Display blickte, sank sein Mut.

»Ich habe mit der Staatsanwaltschaft gesprochen«, sagte Merans Polizeichef Alberti ohne Begrüßung. »Ihr Antrag auf einen Durchsuchungsbeschluss für die Villa Speranza ist hiermit abgelehnt. Wir können Sie da nicht einfach so reinmarschieren lassen, nicht ohne einen konkreten Hinweis. Was denken Sie sich eigentlich?«

»Und wie soll ich diese Hinweise herbeischaffen, ohne zu durchsuchen?«, fragte Pavarotti matt. »Die Patienten in dieser Klinik sind unberechenbar, samt und sonders. Jeder von denen kann sich die Waffe beschafft haben! Womöglich finden wir die Kaufquittung für das Messer, wenn wir —«

»Ich sagte nein!« Albertis Stimme klang jetzt scharf. »Diese Leute sind krank, nicht gefährlich! Weder der Staatsanwalt noch ich wollen uns von den Linken nachsagen lassen, dass wir die Rechte von Psychiatriepatienten mit Füßen treten. Im Sommerloch ein gefundenes Fressen für die Presse.«

»Aber …«

»Himmel noch mal, Pavarotti, es kann doch nicht so schwer sein, politisch korrekt zu ermitteln. Der Mörder ist ein Externer. Glauben Sie ausnahmsweise einmal Ihrem Kollegen Kohlgruber.« Gelächter, dann klickte es.

Pavarotti war die Lust auf ein kühles Bier vergangen.

Ein Externer. Ja, er brauchte einen Externen, der sich auskannte und offen und ohne Vorbehalte mit ihm über diese Klinik sprach. Aber wer würde das tun?

7

Meran – Sonntag, 15. Juli

Die Tür zu Justus' Zimmer war ausnahmsweise nicht abgeschlossen. Zögernd steckte Pavarotti seinen Kopf durch den Türspalt. Justus lag im Bett auf dem Rücken und schlief tief und fest. Es war kurz vor neun Uhr morgens. Trotz der frühen Stunde herrschten auf dem Dachboden tropische Temperaturen.

Die Hitze schien dem Jungen nichts auszumachen. Die Bettdecke hatte er im Schlaf weggestrampelt, sie lag als zerknittertes Häuflein Stoff neben seinem Bett. Justus schnarchte leise.

Pavarotti musste lächeln. Dann strich er ein zerknittertes Stück Papier glatt, das er in der Küche gefunden hatte, und schrieb: »Bin schon zum Dienst. Frühstück in der Küche«. Er überlegte, ob er einen Gruß oder einen launigen Spruch hinzufügen sollte. Was würde ein Vater seinem Sohn schreiben?

Er ließ es bleiben. Er war kein Vater und würde dem Jungen nie einer sein. Justus würde bloß annehmen, Pavarotti wolle sich bei ihm anbiedern.

Als er den Zettel auf dem Stuhl drapieren wollte, auf den Justus seine Hosen geworfen hatte, knisterte es leise. Pavarotti stutzte und betastete den Stoff. Aus der Gesäßtasche zog er ein kleines Papiertütchen.

Das Tütchen enthielt weißes Pulver.

Die Entdeckung versetzte Pavarotti einen Schlag, als habe er mit nassen Fingern in eine Steckdose gefasst. Er starrte zu dem Jungen hinüber.

Als er den ersten Schreck überwunden hatte, befeuchtete Pavarotti einen Zeigefinger und steckte ihn in das Tütchen, das er anschließend wieder in der Hosentasche verstaute.

Unten in der Küche streifte er die Pulverkrümel in ein Pillendöschen. Dann kleidete er sich an, ohne darauf zu achten, ob die Sachen zusammenpassten. Ihm war nicht gut.

Wenn es sich bei dem Pulver um das handelte, was er befürchtete, was sollte er dann unternehmen?

Leise zog er die Tür hinter sich zu.

Im Hausflur blieb er stehen und lehnte seine Stirn gegen das Mauerwerk. Es half nichts, er musste die Sorge um den Jungen für ein paar Stunden verdrängen.

Pavarotti gab der Haustür einen wütenden Tritt. Dann trat er auf den stillen Steinachplatz hinaus.

Er bog in die Hallergasse in Richtung Sankt Nikolaus ein. Die Mülltonnen in den Hinterhöfen verströmten widerwärtige faulige Gerüche. Pavarotti drückte sich ein Taschentuch auf die Nase und beschleunigte seine Schritte. In den Ecken und Winkeln Steinachs lauerte die Hitze wie ein Wolf.

***

Als Pavarotti die Tür zum Bereitschaftsraum aufstieß, stellte er erstaunt fest, dass er nicht der Erste war. Obwohl Sonntag war, saß Emmenegger bereits an seinem Schreibtisch.

Der Sergente hob die Hand zu einem Gruß. Pavarotti sah, dass Emmenegger telefonierte. Mit wem sprach der Mann so früh am Sonntagmorgen?

Er marschierte in sein Büro und starrte missmutig auf Myriaden von Staubkörnchen. Sie tanzten im Sonnenlicht über seinen alten Akten, die er bisher vor der Digitalisierung gerettet hatte.

Die Ermittlungen mit Ruhe und Besonnenheit zu führen, würde schwer werden. Schließlich war Hauptsaison in Meran. Über den Mord an Michael Cabruni wurde laufend in den Morgensendungen von Südtirol 1, Radio 2000 und Radio Edelweiß berichtet.

Dass der Tote Patient in einer Klink, also im weitesten Sinne Kurgast gewesen war, rief wilde Spekulationen hervor, ob Fremde in Meran noch ihres Lebens sicher waren. Die Schlagzeile »Kurgäste in Lebensgefahr« würde nicht mehr lange auf sich warten lassen. Spätestens dann würden die

Wirtschaftsförderung Meran und der Tourismusverband in Panik geraten.

Vermutlich würden sich auch ein paar Spinner zu Wort melden, die den Mord politisch ausschlachten wollten. Auch wenn Polizeichef Alberti ein Schwachkopf war, politisch hatte der Mann einen wachen Instinkt. Auch Alberti hatte eine Schlagzeile vor Augen gehabt, als er Pavarotti am Vorabend angerufen hatte: »Neue rechte Todesliste für Italiener in Südtirol?«.

Pavarotti schaltete seinen Computer ein und rief die Website der Reederei LeStelle auf. Er klickte den Menüpunkt »Karriere« an. Die Personalchefin des Reedereikonzerns war eine Antonia Cassetti. Pavarotti schrieb ihre eine Mail mit der Bitte, ihn umgehend zu kontaktieren.

Das Gemurmel nebenan hatte aufgehört. Pavarotti beschloss, einen kleinen Witz zur Auflockerung der Zusammenarbeit zu machen. Konnte angesichts des zu erwartenden Pensums nicht schaden. Er lehnte sich in den Türrahmen zum Nachbarbüro.

»*Buongiorno*, Sergente. Hat Ihre Frau Sie etwa rausgesetzt? Telefonieren Sie gerade herum, um sich eine neue Bleibe zu suchen? Kommen Sie mir ja nicht auf die Idee, hier …«, Pavarotti wies mit seinem Kinn auf den Bereitschaftsraum vor ihm, »eine Pritsche aufzustellen!« Er grinste.

Emmenegger lächelte verkniffen.

»Ich habe gerade mit meiner Schwägerin gesprochen«, sagte er. »Sie ist Referentin im Meraner Einwohnermeldeamt.«

Pavarotti wartete.

»Sie hatten ja gestern gesagt, dass dieser Cabruni in Meran vielleicht Familie hat. Und dass er deshalb zur Kur hierhergekommen ist. Die Karin kann sich mit ihrem Passwort auch von zu Hause ins Melderegister einloggen.«

Pavarotti war perplex. So viel Eigeninitiative hätte er Emmenegger nicht zugetraut.

»Vier Cabrunis hat die Karin gefunden. Einen in Burgstall, einen in Algund, einen in Schenna und ein paar frühere in Untermais. Ich hab alle bereits heute Morgen angerufen. Keiner von denen hat einen Schiffsingenieur Michael Cabruni in der Familie.«

Pavarotti wollte noch nicht aufgeben. »Ein paar frühere in Untermais, was heißt das?«

Emmenegger konsultierte ein kleines Blöckchen mit Goldschnitt. »Meine Schwägerin ist ein paar Jahre zurückgegangen. Es hätt ja sein können, dass Cabrunis Familie weggezogen ist und er hat Erinnerungen auffrischen wollen.« Er räusperte sich. »Ja, und die in Untermais, die sind vor zehn Jahren ausgewandert. Hatten ein Hotel. Aber diese Cabrunis sind es auch nicht.«

Irgendetwas an dem schrägen Blick, den ihm Emmenegger zuwarf, brachte Pavarotti dazu, weiterzufragen. »Aha. Weggezogen, wohin denn?«

»Ja nun, nach … Bel Ombre. So heißt das, glaub ich. Ähem, das ist auf Mauritius. Was eine Insel ist, Commissario. Im Indischen Ozean. Die Cabrunis haben da ein Golfhotel eröffnet. Viele fliegen zum Golfen dahin, müssen Sie wissen«, setzte Emmenegger oberlehrerhaft hinzu und wedelte mit seinem Blöckchen.

Vor Pavarottis Augen erschienen kleine weiße Punkte. »Sie wollen mir jetzt aber nicht sagen, dass Sie da heute Morgen angerufen haben. Sie haben nicht wirklich von hier aus, mit Ihrem Diensttelefon, mit Mauritius telefoniert, nein?«

Emmenegger schluckte. »Doch, schon. Das ging übrigens ganz prima, weil es da nur zwei Stunden später ist als bei uns.«

»Es interessiert mich einen feuchten Dreck, welche Uhrzeit dort jetzt ist!«, brüllte Pavarotti. »Was kostet ein Zehn-Minuten-Telefonat ans andere Ende der Welt? Nein, sagen Sie es mir nicht! Ich will es gar nicht wissen.« Abwehrend streckte Pavarotti beide Hände von sich. »Was ich aber genau weiß, ist, dass ich für diese Kosten vor Alberti geradestehen muss! Sie hätten den Anruf vorher mit mir absprechen müssen! Was ist denn auf einmal in Sie gefahren, Emmenegger?«

»Aber ich habe das Telefonat doch genehmigen lassen, Commissario.«

»Wie bitte? Glauben Sie, ich bin senil und erinnere mich nicht?«

»Direttore Alberti war heute Morgen schon in der Dienststelle, um nach dem Rechten zu sehen«, versetzte Emmenegger. »Er hat mir sofort die Erlaubnis gegeben, damit der Mord möglichst schnell aufgeklärt werden kann. Und Sie waren ja noch nicht da.«

Als sei Pavarotti mit einem halben Tag Verspätung am Arbeitsplatz aufgekreuzt. »Direttore Alberti ...?«, brachte er nur heraus. Seit wann stand dieser Partyhengst, dieser eitle Selbstdarsteller, der an Polizeiarbeit ungefähr so interessiert war wie an der Lösung der Fermat'schen Gleichung, an einem Sonntagmorgen mit den Hühnern auf, um auf der Dienststelle nach dem Rechten zu sehen?

»Direttore Alberti hat selbst auch mit der örtlichen Polizei in Mauritius geredet. Er spricht ausgezeichnet Französisch!«

Kein Wunder. Alberti sprach vermutlich auch Polnisch und Chinesisch. Internationale Rennwochen. Pariser Modeschöpfer zu Gast in Meran. Tourismusdelegationen aus Peking und Warschau. Und, und, und.

Pavarotti warf Emmenegger einen scharfen Blick zu. War der Kerl etwa im Begriff, sich bei der Chefetage einzuschleimen? *Quatsch. Dazu braucht man ein Minimum an Grips.*

Plötzlich merkte Pavarotti, dass ihn Emmenegger fast lauernd beobachtete.

Er beschloss, den Sergente künftig mit Fußarbeit in Gang zu halten. Dann würden ihm die Extratouren schon vergehen.

Pavarotti setzte ein falsches Lächeln auf. »Bevor Sie« – er machte eine Kunstpause – »mit Bel Air oder so ähnlich telefoniert haben, sind Sie doch bestimmt auf die Idee gekommen, das Nächstliegende zu checken. Nämlich das Meraner Melderegister der vergangenen Wochen, dahin gehend, ob ein Cabruni in einem unserer Hotels eingecheckt hat. Oder waren Sie vielleicht zu sehr damit beschäftigt, Ihren Traumurlaub zu planen?«

Emmeneggers Gesicht hatte sich mit einer ungesunden karottenroten Farbe überzogen, die sich bis unter seinen Hemd-kragen fortsetzte. Er sah aus, als habe er auf Mauritius zu lange in der Sonne gelegen.

Pavarotti amüsierte sich.

Aber Emmenegger gab sich noch nicht geschlagen.

»Und was soll das bringen, bitte schön?«

»Denken Sie doch ausnahmsweise einmal nach, Sergente. Vielleicht hatte dieser Cabruni gar keine Familie hier in Meran, sondern stammt aus einem ganz anderen Teil Italiens. Vielleicht ist ihm einfach die Klinik hier empfohlen worden. Kann doch sein, dass ein Verwandter ihn hier besucht hat. Die beiden sind in Streit geraten, und den Ausgang kennen wir. Ein recht vielversprechendes Szenario, oder etwa nicht?«

Emmenegger schaute zweifelnd drein. »Aber ich dachte, er hat gar keinen Besuch erhalten?«

Pavarotti, der selbst nicht an diese Theorie glaubte, wurde dem weiteren Disput hierüber enthoben. Sein Mobiltelefon klingelte. Der Anschluss der Gerichtsmedizin. Jetzt schon? Editha arbeitete normalerweise im Schneckentempo, wenn es um seine Fälle ging.

»Editha, meine Liebe. *Un momento, per favore.*«

Pavarotti stieß sich vom Türrahmen ab. »Also, Emmenegger, hopp, hopp. Melderegister checken. Und wenn Sie schon ein-mal beim Telefonieren sind, können Sie Ihre Suchaktion nach in Frage kommenden Cabrunis auf ganz Südtirol ausweiten. Und wenn das nichts bringt, auf ganz Italien.«

Bevor Pavarotti die Tür schloss, sah er noch, wie sich Em-meneggers Gesicht verzerrte.

★★★

Langsam lehnte sich Emmenegger in seinem Stuhl zurück.

Der Dreckbär, der elendige! Woher wusste der Kerl, dass ihn die Martl verlassen hatte?

Doch dann beruhigte Emmenegger sich. Pavarotti würde eh bald Geschichte sein. Man munkelte, der Commissario

ISBN 978-3-95451-387-1 · Klappenbroschur, 14,95 € (D), 15,40 € (A)

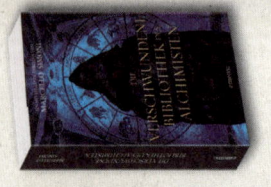

sei Alberti von dessen Schwager, Vice Questore Briboni in Bozen, aufs Auge gedrückt worden. Außerdem war es offensichtlich, dass Direttore Alberti Pavarotti nicht mochte, und er würde diesen lästigen Menschen sicher möglichst schnell aus seinem Dunstkreis entfernen. Es war nur eine Frage der Zeit.

★★★

Das Telefonat mit der Gerichtsmedizin war kurz gewesen.

Pavarotti hatte bereits geahnt, dass sich seine Schwester deswegen so schnell bei ihm gemeldet hatte, weil es kaum etwas zu berichten gab. Umgekehrt zögerte Editha ihre Obduktionsberichte in der Regel umso länger hinaus, je interessanter ihre Sektionsergebnisse waren.

Michael Cabruni war bei guter Gesundheit gewesen, davon abgesehen natürlich, dass er tot war. Editha konnte ihm diesen Kalauer, der zum Standardrepertoire aller Gerichtsmediziner gehörte, einfach nicht ersparen. Aber wenigstens klang ihr Lachen nicht verschliffen.

»Dass der Tod in der Nacht von Donnerstag auf Freitag zwischen zwei und fünf Uhr morgens eintrat, habe ich dir ja bereits am Tatort gesagt«, erklärte sie.

»Genauer geht's nicht?«

»Ich bedaure.« Was sie natürlich nicht tat. Pavarotti hörte das Klackern der Tastatur. Einfach nur mit ihm zu telefonieren, hielt Editha für Zeitverschwendung. »Die Leichenstarre hatte zum Zeitpunkt der Entdeckung, am nächsten Morgen um sieben Uhr, den Oberkörper noch nicht erreicht. Sonst hätten seine Schultern nicht zur Seite kippen können, als diese Frau ihn angetippt hat«, sagte sie.

»Was ist mit der Hitze? Es hat ja nachts kaum abgekühlt«, warf er unbedacht ein. Unterbrechungen kamen bei seiner Schwester gar nicht gut an. Aber diesmal knurrte sie bloß.

»Wenn die Hitze nicht gewesen wäre, dann hätte ich den Todeszeitpunkt vorverlegt. Rigor mortis bildet sich bei Wärme schneller aus. Müsstest du doch eigentlich inzwischen selbst wissen.«

Pavarotti verkniff sich die Bemerkung, dass sich Editha gern mal verrechnete. Aber diesmal klang ihr Urteil vernünftig.

»Also wegen der Hitze eher näher an fünf als an zwei Uhr?«

»Vielleicht.«

»Mordwaffe?«

»Hallo? Das Messer habt ihr doch. Wundränder glatt, Schneide ging problemlos durch. Sehr scharf, glatt, nicht gezackt. Die Klinge hat die rechte Herzkammer durchstoßen«, ratterte Editha herunter.

»Messertyp?«, fasste Pavarotti nach.

»Ich wiederhole mich nur ungern. Das Messer liegt doch vor. Anscheinend ein ganz gewöhnliches Fleischmesser. Eine Quittung mit der Unterschrift des Käufers hat leider nicht in der Wunde gesteckt.«

»Ist dir irgendeine Besonderheit aufgefallen?«

»Nein. Meine Erfahrungen mit Küchenmessern sind allerdings begrenzt. Ich koche nicht. Die Metzgerei hier reicht mir vollauf.«

»Was war eigentlich gestern los? Du warst so still. Das kenne ich gar nicht von dir.«

Klick. Aufgelegt.

Pavarotti wählte ihre Nummer. Besetzt.

Von wegen. Editha hatte bloß keine Lust mehr, mit ihm zu sprechen.

Da pingte es. Pavarotti sah, dass er eine Mail bekommen hatte. Verwundert stellte er fest, dass es sich bereits um den Sektionsbericht handelte. Ohne große Hoffnung öffnete er das angehängte PDF. Immerhin hatte Editha ein paar Details aufgeführt, die sie ihm am Telefon vorenthalten hatte.

Die Klinge maß siebzehn Zentimeter. Ein mittelgroßes Fleischmesser, wie man es in den meisten Haushalten antraf.

Pavarotti fuhr sich durch die Haare. Er überflog den Rest. Der Hieb war mit großer Kraft von oben geführt worden. Das hieß nicht unbedingt, dass der Täter ein Mann war. Starke

Emotionen konnten auch in einer Frau ungeahnte Kräfte freisetzen.

Er schloss die Augen und versetzte sich wieder zurück zu der Lichtung im Garten, wo sich das Verbrechen abgespielt hatte. Fast konnte er das leise Knirschen der Räder und die Schritte des Mörders auf dem moosbedeckten Gartenweg hören.

Hatte Cabruni etwas geahnt? Hatte er gewusst, was ihm bevorstand, war aber nicht in der Lage gewesen, sich zu wehren?

Paul Tschugg, der verhinderte Selbstmörder, fiel ihm ein. Vielleicht war Cabruni ebenfalls ein Selbstmordkandidat gewesen und erleichtert, als er merkte, dass ihm jemand die Arbeit abnahm. Beim jetzigen Stand der Ermittlungen war alles denkbar.

8

Deutschland, Hochtaunus – Montagnacht, 16. Juli

Der Gerichtsvollzieher bollerte an Lissies Tür. »Aufmachen! Sie haben genau fünf Minuten, um Ihr Haus zu räumen!« In ihrer Panik rannte Lissie zum Fenster und sah ein halbes Dutzend Männer auf Abrissbaggern, die den Motor aufheulen ließen. Verzweifelt rang sie die Hände. Sie hob den Gartenschlauch vom Boden auf und richtete ihn auf den ersten Bagger. Befriedigt sah sie, dass der Bagger mit einem lauten »Wuuuuusch« davongespült wurde. Die anderen wichen zurück. Auch der Gerichtsvollzieher war auf einmal verschwunden.

Plötzlich erneut lautes Klopfen. Jemand rief: »Polizei, aufmachen!«

Gut, dachte Lissie befriedigt. Dann brauch ich nicht selbst anzurufen. Sie drehte sich auf die andere Seite, um weiterzuschlafen.

Es klingelte. Sie riss die Augen auf und setzte sich kerzengerade im Bett auf. Was war los? Sie hatte wohl geträumt. Als sie sich wieder hinlegen wollte, fing das Telefon erneut an zu läuten. Wieder Bollern an der Tür.

Lissie schaute auf die Uhr. Es war kurz nach zwölf. Nach einer kleinen Kneipentour war sie erst vor einer Stunde nach Hause gekommen.

Sie warf sich einen Morgenmantel über. Vor der Haustür hörte sie leise Männerstimmen. Sie zögerte kurz. Der Hund war bis zum nächsten Morgen in einer Hundepension untergebracht, der konnte ihr nicht helfen. Sie griff sich einen Schuh mit ultraspitzem Absatz und wog ihn in der Hand. Dann lugte sie durch ihren Spion.

Blaues kreisendes Licht draußen auf dem Gehsteig. Zwei Männer in Uniform.

Polizei, mitten in der Nacht? Ihre Panik nahm zu. Hatte sie am Ende auf dem Nachhauseweg jemanden mit ihrem Auto verletzt? Lissies Herz begann wie wild zu klopfen. Da fiel ihr wieder ein, dass sie ein Taxi genommen hatte. Eine Welle der Erleichterung überspülte sie, und sie riss die Tür auf.

Ein großer Bulliger mit Schnauzer stand auf der Schwelle. Neben ihm ein gut aussehender Mittelgroßer, dunkelhaarig. Sah nach Migrationshintergrund aus.

»Frau von Spiegel? Polizei Usingen. Dürfen wir kurz reinkommen?«, fragte der Dunkelhaarige höflich. Ohne ihre Antwort abzuwarten, stieß der Bullige ihre Haustür weit auf und stapfte durch den Flur in ihr Wohnzimmer. Lissie fühlte sich überrumpelt und schaute sich nach dem Höflichen um, der sie entschuldigend anlächelte und die Tür leise hinter sich schloss.

Der Große mit dem Schnauzer stand mittlerweile breitbeinig mitten im Zimmer und ließ seine Augen über ihre Bücherregale schweifen. An dem Buch, das auf der Armlehne ihrer Couch lag, blieb sein Blick hängen. Watzlawicks »Anleitung zum Unglücklichsein«.

»Was'n Quatsch. Also ich brauch dafür keine Anleitung. Kann ich alleine.«

Lissie stemmte die Arme in die Taille, da wurde ihr bewusst, dass ihre derzeitige Aufmachung nicht dazu angetan war, diese Burschen in ihre Schranken zu weisen.

Inzwischen war auch der Höfliche im Wohnzimmer, rückte ihr auf die Pelle und schnüffelte.

Lissie wich zurück. »Ich möchte auf der Stelle Ihre Ausweise sehen!«, sagte sie mit fester Stimme.

Der Bullige zog seine Polizeimarke hervor. »He, kein Grund, sich aufzuregen.« Er warf seinem Partner einen genervten Blick zu, worauf der die Augen verdrehte.

»Wir waren vor zwei Stunden schon mal da. Und der Kollege aus Südtirol sagte, dass es sehr eilt. Sorry, dass wir Sie aus dem Bett geholt haben.«

Aus Südtirol.

Lissie ließ sich auf ihr Sofa sinken. Was zum Teufel …?

Bevor sie nachfassen konnte, sagte der Schnauzbärtige: »Ein Commissario Pavarotti hat uns heute Abend um Amtshilfe gebeten. Es geht wohl um eine wichtige Zeugenaussage von Ihnen, die noch aussteht.«

Er räusperte sich, und der Dunkelhaarige grätschte dazwischen. »Wegen eines Mordfalls in Meran vor drei Monaten. Der jetzt vor Gericht kommt. Ihretwegen ist die Aktenlage noch nicht komplett. Ihnen scheint das ja egal zu sein.« Lissie achtete nicht drauf. Sie verstand nur Bahnhof. Welches Spielchen spielte Luciano hier? Der Fall, auf den sich die Polizisten bezogen, war längst abgeschlossen. Verwirrt schaute sie zu den beiden Männern hoch.

Sie sah, dass der Bullige seinem Partner einen Blick zuwarf und einen Zettel aus seinem Uniformjackett zog. »Hier, die Nummern. Von der Dienststelle in Meran und eine Mobilnummer. Der Kollege aus Italien versucht wohl dauernd, Sie zu fassen zu kriegen. Spricht verdammt gut Deutsch. Woher er das bloß hat?«

»Deutsche Großmutter«, sagte Lissie mechanisch.

»Umso besser. Rufen Sie ihn an. So schnell wie möglich«, sagte der Schnauzer. »Und wenn nicht …« Er zwinkerte ihr zu. »Wir haben auch die nächsten Tage Dienst.«

Er grinste, nickte ihr zu und schob seinen Kollegen mit einem Schultergriff aus der Tür.

9

Meran – Montag, 16. Juli

Antonia Cassetti sprach so, wie es von der Personalchefin einer großen Reederei zu erwarten war. Kühl. Sachlich. Und äußerst vorsichtig.

Punkt acht am Montagmorgen hatte Pavarottis Diensttelefon geklingelt.

Mit einer Stimme, die keine Emotionen verriet, teilte ihm Signora Cassetti mit, dass Michael Cabruni 1986 als Offiziersanwärter in das Unternehmen eingetreten war. Seither hatte sich der Mann stetig nach oben gearbeitet. Seinen Posten als Chefingenieur der »Stella Maris«, eines mittelgroßen Kreuzfahrtschiffs mit rund siebenhundert Passagieren und dreißigtausend Bruttoregistertonnen, hatte er seit rund zehn Jahren bekleidet.

»Als Chefingenieur war Signore Cabruni für den gesamten technischen Betrieb des Schiffes zuständig und direkt dem Kapitän unterstellt, Commissario. Es handelt sich um den zweitwichtigsten Posten an Bord, auch wenn er bei den meisten Passagieren kaum bekannt ist. Jedenfalls ist er viel unbekannter als der Hotelmanager.« Jetzt klang ein kleines Lächeln in ihrer Stimme mit.

Antonia Cassetti hatte Michael Cabruni nur einmal gesehen. In Venedig, als sie ihm seine Entlassung mitgeteilt hatte. Sie war erst vor einem halben Jahr von einer anderen Reederei zu LeStelle gewechselt. Über die Persönlichkeit von Signore Cabruni könne sie nichts sagen.

Pavarotti fragte nach der Personalakte.

»Die Akte liegt vor mir, Commissario. Die Beförderung ist natürlich erwähnt, aber ohne Kommentar. Dafür gab es auch keinen Grund. Sie war ja nach so vielen Dienstjahren nichts Ungewöhnliches.«

»Von wem kam der Vorschlag für seine Beförderung?«

»Das ist hier leider nicht vermerkt, Commissario.«

Pavarotti war das kurze Zögern in ihrer Stimme nicht entgangen. Vermutlich saß der Konzernjustiziar neben ihr und dirigierte sie durch das Telefonat.

»Enthält die Akte irgendeinen Hinweis auf seine familiäre Situation? Geburtsort, Eltern?«

»Als Geburtsort steht hier Amalfi vermerkt. Das ist –«

»Ich kenne Amalfi«, fiel ihr Pavarotti ins Wort. Endlich ein Hinweis. »Eltern?«

»Beide Elternteile tot. Keine Vornamen, keine Berufsangaben. Sehr … ungewöhnlich.« Er hörte ihr Atmen durch den Hörer.

»Wo ist Signore Cabruni gemeldet, Signora Cassetti?«

»Hm … warten Sie.« Er hörte Papiere rascheln. »Ich habe hier nur eine Hoteladresse in Venedig. Dort hat er wohl gewohnt, wenn er nicht auf See war. Und eine Handynummer steht dabei, falls die Reederei ihn erreichen wollte.«

»Keine Adresse in Amalfi?«

»Nein, Commissario.«

Pavarotti konnte seine Enttäuschung kaum verbergen. »Haben Sie Zeugnisse? Wo hat er studiert?«

»Hier ist … nichts.« Die Personalleiterin klang zunehmend irritiert.

»Gibt es sonstige Vermerke in der Personalakte, Signora?«

Irgendetwas muss da doch zu holen sein.

»Keine. Keine besonderen Auszeichnungen, aber auch keine Beschwerden. Bis auf dieses letzte … Ereignis.«

Ein unauffälliger Mann, der stets sorgsam seinen Dienst verrichtet hatte. Dann machte er einen einzigen schweren Fehler, und wenige Wochen später war er tot.

Entweder war es dieser Fehler gewesen, der zu seinem Tod geführt hatte. Oder der Mann war nicht so unauffällig gewesen, wie es schien. Nach Pavarottis Erfahrung wurden Durchschnittsmenschen nur sehr selten ermordet.

Er versuchte es anders. »Nach so langer Zeit in Ihrem Hause muss Signore Cabruni doch eine Reihe anderer Mitarbeiter persönlich gekannt haben. Mit wem war er gut bekannt oder sogar befreundet? Mit diesen Personen möchte ich gern sprechen. Sie verstehen, ich muss mir ein Bild von dem Toten machen können.«

Schweigen am anderen Ende der Leitung. »*Un momento*, Commissario.«

Er hörte ein Flüstern, dann ein Knacken. Weggedrückt. Jetzt beriet sie sich bestimmt gerade mit dem Konzernjustiziar.

Als sie sich nach einer Minute wieder meldete, war klar, dass Unterstützung in dieser Richtung nicht zu erwarten war.

»Commissario, es tut mir leid. Die Personen, mit denen Michael Cabruni viel zu tun hatte, waren unsere leitenden Angestellten auf der ›Stella Maris‹. Bedauerlicherweise hat das Schiff gerade in Venedig abgelegt und wird für zwei Wochen im Mittelmeer unterwegs sein. Das heißt, eine persönliche Befragung ist derzeit leider nicht möglich.«

»Es reicht durchaus auch ein Telefonat, Signora«, sagte Pavarotti bissig.

Erneut kurzes Schweigen. »Nun, während des Schiffsbetriebs sind unsere Leitenden fast durchweg im Dienst und nicht direkt erreichbar. Ich werde aber den Kapitän von Ihrem Wunsch in Kenntnis setzen. Er selbst, und wer auch immer Ihnen etwas mehr zu Signore Cabruni sagen kann, wird sich bei Ihnen melden. Sobald es der Dienstplan zulässt.«

Klar, sicher.

»Welchen Fehler hat der Mann bei seiner letzten Fahrt begangen?«

Die Frage prallte an ihrem Panzer aus professioneller Kühle ab. »Wir haben dazu eine Pressemitteilung an die Medien gegeben. Ich kann sie Ihnen gerne zukommen lassen«, sagte sie.

»Ich würde es lieber von Ihnen hören.«

»Wenn's unbedingt sein muss …« Ihre Stimme hatte sich nur minimal verändert, trotzdem war eine Spur sizilianischen Dialekts zu hören. Auch ihre etwas weniger formvollendete Ausdrucksweise verriet Pavarotti, wie wütend sie war.

Er grinste. »Bitte, Signora.«

»Nun, der … Vorfall ereignete sich kurz vor der Transatlantikroute. Im europäischen Winter umrundet die ›Stella Maris‹ den südamerikanischen Kontinent. Rio de Janeiro, Montevideo, Buenos Aires, die Falklandinseln, Punta Arenas, chilenische Fjorde, Valparaiso und zurück. Im Frühjahr geht es wieder nach Europa. Das Schiff läuft ein letztes Mal an der Südspitze Südamerikas vorbei und überquert den Atlantik, um dann bis zum Spätherbst von Venedig aus um den Stiefel zu kreuzen. Vor Kap Hoorn kam es dann zu dem besagten … Vorfall.«

Signora Cassetti räusperte sich. »Sie müssen wissen, dass auf See fortlaufend Maschinenwartungen durchgeführt werden. Ein Kreuzfahrtschiff geht in der Regel nur alle zwei Jahre zur Überholung in die Werft. Alles andere wäre betriebswirtschaftlich unsinnig und würde den Routenplan komplett durcheinanderbringen.«

»Cabruni hat einen Fehler bei der Wartung gemacht?«

»Keinen technischen. Er hat die Maschinen ja nicht selbst gewartet«, sagte die Cassetti irritiert. »Es war der Wartungsumfang, der hochgradig vorschriftswidrig war. Die ›Stella Maris‹ läuft mit der Kraft von zwei Viertakt-Dieselmotoren mit Turbolader. Jede dieser beiden Hauptmaschinen treibt eine Schiffswelle und einen Wellengenerator zur Stromerzeugung an. Zusätzlich hat das Schiff drei kleinere Hilfsdieselmotoren, um sicherzustellen, dass das Schiff in jeder Situation mit Strom versorgt wird. Nach dem Auslaufen hat Signore Cabruni bei zweien davon eine Wartung angesetzt.«

Pavarotti fragte sich, worauf sie hinauswollte.

»Sie liefen bei gutem Wetter aus, doch vor Kap Hoorn gerieten sie in einen heftigen Orkan. Stellen Sie sich vor, wie die See draußen kocht. Riesige Brecher klatschen auf den Schiffsrumpf. Kinder schreien. Heilloses Durcheinander. Alle rennen zu den Kabinen, wegen der Rettungswesten. Und plötzlich stoppen die Motoren. Das Licht geht aus. Können Sie sich die Panik ausmalen?«

Mit wieder sachlicher Stimme fuhr sie fort: »Die Wellengeneratoren waren ausgefallen. Normalerweise werden in einem solchen Fall automatisch die Hilfsdiesel gestartet, um die elektrische Versorgung aufrechtzuerhalten. Aber das war ja nicht möglich. Die einzige verfügbare Hilfsmaschine konnte die gesamte Leistung nicht übernehmen. Deswegen der Blackout. Wissen Sie, was passiert, wenn ein Schiff keinen Strom mehr hat, Commissario?«

Ohne die Antwort abzuwarten, sagte sie: »Innerhalb kürzester Zeit legt es sich längsseits zum Wellengang. Es will sich aufrichten, wird aber durch die ankommenden Wellen immer wieder nach unten gedrückt. Nur Cabrunis Stellvertreter und seiner Crew ist es zu verdanken, dass die ›Stella Maris‹ nicht gekentert ist. Die Leute haben in schwerster See den zweiten Hilfsdiesel in Betrieb nehmen können. Dann sprangen die Generatoren wieder an.«

Sie schwiegen beide einen Moment.

»Wieso hat Cabruni das Schiff derart in Gefahr gebracht?«, fragte Pavarotti dann.

»Ich weiß es nicht, Commissario. Anmaßung. Überheblichkeit. Die ›Ich allein bestimme, was im Maschinenraum passiert‹-Haltung.«

Nach einer kurzen Pause sagte sie: »Bei dem einzigen Gespräch, das ich mit ihm geführt habe, kam es mir so vor, als fühle er sich zum Kommando über das gesamte Schiff berufen. Dem Mann hat jede Einsicht gefehlt, dass er einen schwerwiegenden Fehler begangen hatte. Außerdem machte er Anstalten, die Sache einem Mitarbeiter in die Schuhe zu schieben. Die Papierlage war aber eindeutig. Er selbst hatte den Befehl zu der Wartung gegeben.« Sie hustete.

»Als ich ihm dann sagte, dass wir auf seine weitere Mitarbeit verzichten, brach er vollkommen zusammen. Er schrie und schluchzte. Hämmerte mit der Faust an die Wand meines Büros. Wir mussten den Betriebsarzt rufen lassen.«

Pavarotti versuchte, das Gehörte zu verdauen.

»Ich muss jetzt leider aufhören«, sagte sie gerade. »Wir haben hier einen kleinen Engpass. Einer unserer Lektoren, die unsere Passagiere an Bord mit Vorträgen unterhalten, hat uns nach der Beinahe-Havarie im Stich gelassen.«

Kann ich ihm nicht verdenken.

Sie seufzte. »Das Schiff ist schon unterwegs, aber wir versuchen, wenigstens in Malta noch einen Ersatz an Bord zu nehmen. Leider ist das so kurzfristig nicht einfach.«

Frustriert verabschiedete Pavarotti sich. Der versprochene Anruf von der »Stella Maris« würde nie kommen. Und weder er selbst noch irgendein anderes Mitglied des italienischen Polizeiapparats würde die Genehmigung zu einer Dienstreise per Kreuzfahrtschiff erhalten, so viel war klar.

* * *

Emmenegger hatte einen Wust von Zetteln vor sich liegen und machte ein Gesicht, auf dem sich Wut und Verzweiflung Konkurrenz machten.

Als Pavarotti ihn fragend ansah, schüttelte er bloß den Kopf.

»Irgendwelche Hinweise von den Verrückten, mit denen Sie gestern gesprochen haben?«

Diesmal war Pavarotti mit Kopfschütteln dran. »Aber trotzdem sind wir einen Schritt weiter. Rufen Sie mal in Amalfi an. Scheint der Geburtsort des Toten zu sein«, sagte er.

Emmenegger schickte einen Blick zur Zimmerdecke, griff aber zum Hörer.

Pavarotti beobachtete seinen Mitarbeiter. Diese andere Sache, vor der ihm graute, duldete keinen Aufschub mehr. Als er sah, dass der Sergente beschäftigt war, schlüpfte er aus der Tür. Auf dem Rennweg hielt er ein Taxi an.

»Nach Algund«, sagte er zum Fahrer. Eine Frau, die bei der Drogenberatung in Algund arbeitete, schuldete ihm noch einen Gefallen.

10

Meran – Dienstag, 17. Juli, am Nachmittag

»In Kürze Einfahrt Hauptbahnhof Bozen! Weiterfahrt nach Meran am selben Bahnsteig gegenüber!«

Lissie bugsierte ihren Koffer auf den Gang. Dann schulterte sie ihren Rucksack und packte Spock am Halsband. Der Hund warf ihr einen beleidigten Blick zu, blieb aber still. Das leichte Beruhigungsmittel zum Frühstück wirkte.

Vor dem Abteil erschallte lautes Geschrei. Ein Pulk von Vierzehn- oder Fünfzehnjährigen drängte sich vor der Zugtür. Alles quasselte aufgeregt durcheinander. Der Zug bremste, Koffer fielen um, eins der Mädels schrie auf.

Lissie schloss die Augen und wünschte sich, sie säße auf dem Fahrersitz ihres Jaguars, die Klimaanlage sorgte für angenehme achtzehn Grad, und der Wagen glitte über die Fahrbahn. Dazu die richtige Musik. Vielleicht Bach. Nein, zu intellektuell. Ein alter Song kam ihr in den Sinn. »Völlig losgelöst von der Erde schwebt das Raumschiff, völlig schwerelos …«

Abrupt kam der Zug zum Stehen. Das Mädel von vorhin kreischte wieder, verlor das Gleichgewicht und fiel auf einen der Knaben, die neben ihr standen. Lissie verdrehte die Augen und grinste. Sie hatte genau gesehen, dass die Kleine dem Haltegriff einen abschätzenden Blick zugeworfen hatte. Anscheinend hatten die Mädchen immer noch genau die gleichen Tricks drauf wie vor dreißig Jahren. Wieso auch nicht? Bewährte Taktiken soll man beibehalten.

Der Nahverkehrszug nach Meran wartete bereits. Bald hatte sie es geschafft – nach über acht Stunden Fahrt in heißen, stickigen Abteilen und mühsamem Kofferschleppen beim Umsteigen. Lissie wuchtete ihren Koffer ins Gepäcknetz, verfrachtete Spock unter den Sitz und ließ sich erschöpft auf einen Platz am Fenster fallen.

In der Entfernung hörte sie den Lärm der Schulklasse wie das unheilvolle Brummen eines sich nähernden Hornissenschwarms. »Bitte nicht hier rein …«, murmelte sie. Auch der Hund lugte schon unter dem Sitz hervor, die Ohren gespitzt, sein ganzer Körper gespannt und einsatzbereit.

Lissies Flehen wurde erhört. Dem Geräuschpegel nach hatten sich die Hornissen im angrenzenden Bordbistro niedergelassen, um ihren Flüssigkeitsbedarf zu decken.

Ruckelnd fuhr der Zug an. Noch eine Dreiviertelstunde bis Meran. Das Telefonat mit Pavarotti war chaotisch gewesen, laufend brach die Verbindung ab, teilweise war nur Knistern zu hören. Anscheinend hatte sie ihn im Auto erwischt, während er von einem Funkloch ins nächste fuhr.

Von einer Zeugenaussage war keine Rede mehr gewesen. Stattdessen hatte sie den Namen des Jungen gehört. »Justus … Drogen gefunden … deine Hilfe …«

Aus den Satzfetzen konnte sich Lissie das Wichtigste zusammenreimen.

»Neuer Mordfall … zu wenig Zeit … bitte komm her!«

Was hätte sie denn machen sollen? Sie konnte Justus ja wohl schlecht sich selbst überlassen, während Luciano wieder einmal zwölf Stunden am Tag Kriminellen nachjagte.

Lissie schaute aus dem Fenster. Sie fuhren durch einen Bahnhof. Lissie erhaschte einen kurzen Blick auf das Stationsschild »Terlan«, dann war der Zug wieder auf freier Strecke.

Draußen zogen die Obstwiesen und Spargelfelder des Burggrafenamts vorbei, doch auf einmal schob sich im Gegenlicht des späten Nachmittags ihr Spiegelbild im Fenster vor die vorbeihuschende Szenerie.

»Hallo, Major Tom, können Sie hören …?« Sie konnte Justus nicht einfach sich selbst überlassen. Schließlich hatte sie ihm beim letzten Fall das Leben gerettet.

***

Pavarotti trat aus dem kleinen Schattenviereck, den das Dach des Bahnhofs auf den Bahnsteig warf, in die gleißende Sonne hinaus.

Der Zug war bereits in der Ferne auszumachen. Pavarotti blies die Backen auf, dann ließ er die Luft entweichen.

Es war einfach gewesen, eine schlechte Verbindung zu simulieren. Man brauchte bloß mit der einen Hand immer wieder das Handymikrofon abzudecken und in der anderen Hand knisternde Geräusche mit einer Kugel Stanniolpapier zu machen.

Komplizierter war das, was jetzt anstand. Hoffentlich machte sie nicht gleich auf dem Absatz kehrt. Dass er die deutschen Kollegen mit einer hanebüchenen Geschichte in Marsch gesetzt hatte, lag ihm zusätzlich schwer im Magen.

Pavarotti schloss die Augen und genoss den Schwall des Fahrtwinds, als der vordere Zugteil an ihm vorbeirauschte.

Sein Herz klopfte, und sein Atem ging stoßweise. Er schluckte und merkte, dass sein Mund ausgetrocknet war.

Die Türen öffneten sich. Zuerst sah er nur einen Haufen Teenager, die sich gegenseitig hinausschubsten.

»Hal-lo!« Plötzlich stand sie vor ihm und strahlte ihn an.

Pavarotti brachte kein Wort heraus.

»Vielen Dank für den überschwänglichen Empfang! *Mamma mia*, dass ich derart mit Rosen überschüttet werde, hätte ich nicht erwartet! Und dieser rote Teppich erst!« Sie zeigte mit der Fußspitze auf den rissigen Asphalt. »Bisschen ausgetreten, aber der gute Wille zählt.«

Mit ihrem linken Arm versuchte sie, ein Kofferungetüm nach vorn zu zerren. Die andere Hand umklammerte eine abgewetzte Lederschlaufe. Plötzlich ertönte hinter ihr ein leises Knurren. Erst jetzt sah Pavarotti, dass ein Hund neben dem Koffer saß. War das nicht das Riesenvieh aus ihrem letzten gemeinsamen Fall? *Merda*, was wollte sie denn mit dem Tier?

»Was ist? Wollen wir hier Wurzeln schlagen?«

Pavarotti räusperte sich und hoffte inständig, dass seine Stimme mitmachte. »Lissie, was soll der Hund hier? Du hast mir nicht gesagt, dass du ihn mitnimmst!«

»Ließ sich nicht ändern. Und du wolltest doch unbedingt, dass ich komme, oder? Außerdem hast *du* mir bestimmt auch nicht alles erzählt, stimmt's?«, antwortete Lissie bissig.

Pavarotti zuckte zusammen, dann fühlte er, wie ihm die Hundeleine in die Hand gedrückt wurde. »Kannst dich ebenso gut gleich an ihn gewöhnen. Aber pass auf und halt gut fest, der Kerl hat unglaublich viel Kraft. Spock heißt er, falls du es nicht mehr weißt. Den Koffer zieh ich schon selbst.« Sprach's und stürmte ihm voran in die Bahnhofshalle.

Pavarotti stand da und schaute auf den Hund hinunter, der lautstark hechelte und ihn aus halb geschlossenen Hundeaugen fixierte.

Na, Alter, was jetzt?

Pavarotti zog an der Leine. Das Halsband spannte sich, aber das Tier bewegte sich keinen Zentimeter. Pavarotti schaute sich hilfesuchend um, doch Lissie war verschwunden.

Dann musste er wohl einen Moment lang nicht aufgepasst haben, denn der Hund machte einen Satz, riss sich los und raste quer durch den Bahnhof. Dabei teilte er die Menschenmenge wie weiland Moses das Rote Meer. Hinter ihm zuckte die Leine auf dem Marmorboden hin und her wie eine gefährliche Seeschlange.

Pavarotti brauchte eine Sekunde, um sich von seinem Schrecken zu erholen, dann hechtete er dem Tier nach. Nicht auszudenken, wenn der Hund in seinem Rappel vor ein Auto lief!

Keuchend stieß Pavarotti die Tür zum Bahnhofsvorplatz auf und schaute sich um. Da sah er den Hund. Seelenruhig lag er neben Lissie, die auf ihrem Koffer saß und ihn erwartungsvoll anschaute.

»Na endlich«, frotzelte sie. »Sieht aus, als hätte dich Spock ein bisschen auf Trab gebracht. Solltest dir vielleicht auch einen Hund anschaffen.« Sie feixte. »Ich hab dir doch gesagt, du sollst ihn festhalten! Nehmen wir ein Taxi?«

»Nicht nötig.« Pavarotti warf Spock einen mörderischen Blick zu und trabte wortlos zum Bahnhofsparkplatz.

Bei seinem Dienstwagen angekommen, der im Halteverbot stand, holte er eine Decke aus dem Kofferraum und breitete sie auf dem Rücksitz aus.

Ich lass mir von dem doch nicht meine Sitze ruinieren.

»Jetzt sei doch nicht gleich eingeschnappt«, sagte Lissie, und wuchtete ihr Gepäck in den Kofferraum. Mit einem ungnädigen »Wuff« sprang Spock ins Auto, als sei der Limoservice endlich gekommen.

»Wo hast du für mich gebucht?«, wollte sie wissen.

»Das wirst du schon sehen«, brummte Pavarotti und startete den Motor.

★★★

Als sie vom Rennweg in die Verdistraße einbogen, schaute Lissie konsterniert aus dem Autofenster. »Mensch, Luciano, hier kommt doch nichts mehr. Bloß noch ein paar Drei-Sterne-Hotels mit Fünf-Sterne-Preisen.«

Pavarotti bremste und bog nach rechts in eine Hofeinfahrt ein.

Lissie starrte das Haus an, das zur Rechten über ihnen aufragte.

»Das ist jetzt nicht dein Ernst, oder? Im Nikolausstift soll ich wohnen? Spinnst du? Das ist das reinste Geisterhaus. Hier lebt doch schon seit Monaten kein Mensch mehr!«

»Und wenn schon«, gab Pavarotti forscher zurück, als ihm zumute war.

Das Nikolausstift hatte in ihrem letzten Fall eine wichtige Rolle gespielt. Es hatte Justus' Großmutter gehört, die hier eine Pension betrieben hatte. Nach ihrem Tod war das Haus an Justus gefallen. Pavarotti hatte noch nicht die Zeit gehabt, sich darum zu kümmern, was aus dem alten Kasten werden sollte.

»Möbel, Bettwäsche, Küchenutensilien, alles da. Der Strom funktioniert auch noch. Und das Beste: Die Übernachtung kostet dich keinen Cent.«

Lissie gab keine Antwort. Erschrocken sah Pavarotti, wie ihr die Röte ins Gesicht stieg. Auweia, dachte er.

In Windeseile legte er sich etwas zurecht. »Nun, äh, das heißt, ich hab mir gedacht, dass Justus hin und wieder hier übernachten kann, wenn ich keine Zeit für ihn hab.« Er geriet ins Stottern. »Wo du doch jetzt hier bist. Danke übrigens. Für den Jungen ist es bestimmt eine Abwechslung, statt immer bei mir in der Wohnung ... Wegen des Gartens und so.«

Pavarotti verstummte. Eine Meisterleistung im Ausredenerfinden hörte sich anders an. Außerdem hatte er Justus gegenüber mit keinem einzigen Wort erwähnt, dass Lissie im Anmarsch war.

Langsam stieg sie aus dem Wagen. »Ob das dem Jungen guttut, wieder in diesem Haus zu wohnen? Nach allem, was passiert ist? Na, ich weiß ja nicht.«

Pavarotti beobachtete im Rückspiegel, wie Lissie Hund und Koffer aus dem Wagen bugsierte. Sein Blick wanderte von den schmutzblinden Rundbogenfenstern zu dem Ecktürmchen, von dem der Putz in großen Stücken abblätterte. Hinten, an der Hofmauer, lehnte ein verbogenes Damenfahrrad. Die schmiedeeiserne Tür, die zum Haupteingang und zum Garten führte, stand einen Spalt offen. War sie nicht eben noch geschlossen gewesen? Pavarotti blinzelte. Schlimm, was die Hitze aus einem machte. Aus dem Augenwinkel sah er etwas Helles durch den Zaun flitzen. Vielleicht eine Eidechse. Vielleicht war es auch nur eine Spiegelung. Sonnenstrahlen, die an eisernen Streben entlangglitten.

Lissie drehte sich zu ihm um. »Ich finde, das Haus sieht bedrohlich aus.«

Pavarotti drehte den Zündschlüssel. »Blödsinn. Das ist bloß ein Haus.«

★★★

Dieser Mann hatte keinen Funken Phantasie. Stattdessen immer noch dreißig Kilo zu viel auf den Rippen.

Wieso wünschte sie sich so sehr, er würde abnehmen? Sie hatten sich im Frühjahr ein paarmal tief in die Augen geschaut, mehr war nicht gewesen.

Warum hatte sie es dann nicht über sich gebracht, eine unverbindliche Mail an ihn zu schreiben? War da doch … etwas? Lissie rief sich zur Ordnung. Der Gedanke war lächerlich.

Eventuell könnten sie ja Freunde werden. Aber dazu müssten sie erst einmal diese Beklommenheit abstreifen, die sie beide überfiel, wenn sie sich gegenübertraten.

Lissie wanderte durch das große Haus. Vierzehn Gästezimmer. Welches sollte sie beziehen?

Sie stieg die Treppe zum ersten Stock hinauf. Oben angekommen, spähte sie in den langen, schmalen Flur. Weiß gekalkte Wände, Kugellampen, die in regelmäßigen Abständen von der Decke hingen – hier hatte sich nichts verändert. Nur Staub hatte sich angesammelt. Sie nahm ein Taschentuch und wollte über die Oberfläche einer Kommode wischen, da zog sie die Hand zurück. Wozu?

Ein Zimmer schied von vornherein aus. Es lag hier, im ersten Stock, am hinteren Ende des Flurs.

Plötzlich merkte sie, dass sie davorstand.

Bevor sie wusste, was sie tat, berührte sie die Klinke. Sofort öffnete sich die Tür einen Spalt. Dunkelheit kroch heraus.

Lissie wich zurück.

Früher war das Nikolausstift eine ganz gewöhnliche Pension der unteren Preiskategorie gewesen. Hier hatte sie als Teenager mit ihrem Vater in jedem Sommer zwei Ferienwochen verbracht. Nichts hatte darauf hingedeutet, dass er am letzten Urlaubsabend vor fünfundzwanzig Jahren auf Nimmerwiedersehen verschwinden würde. Ohne eine einzige Spur zu hinterlassen.

Lissie schüttelte den Kopf, um die Erinnerungen abzuschütteln.

Auf einmal war ihr kalt.

Spock lag im Hausflur, wo sie ihn zurückgelassen hatte.

Er presste seinen Körper flach an den Boden. Nur die Ohren zuckten.

Kurz entschlossen schleppte sie ihre Habseligkeiten zu dem Zimmer, das am weitesten entfernt von dem alten Zimmer ihres Vaters lag.

11

Meran – Dienstag, 17. Juli, am Abend

Schrecklich mager war sie geworden. Ihr ohnehin knabenhafter Körper schien kein Gramm Fett mehr auf den Rippen zu haben. Um ihre Mundwinkel hatten sich feine Fältchen gebildet, die im Frühjahr noch nicht da gewesen waren. Auch die dunklen Augenringe waren neu.

»Wie läuft die Jobsuche?«

Sie warf ihm einen schnellen Blick zu. »Können wir bestellen? Der Kellner kommt.«

Die Speisekarte des Partschins zierten Fettspritzer. Pavarotti studierte die magere Auswahl mit finsterer Miene. Er hatte Lissie zur Feier ihres Wiedersehens groß einladen wollen, aber sie hatte abgelehnt. Er verstand nicht, wieso. Stattdessen hatte sie ihn ins Partschins gezerrt. Das Lokal am Pfarrplatz war billig. Das war aber auch das einzig Positive, was sich darüber sagen ließ.

Zähneknirschend bestellte Pavarotti ein Bauerngröstl. Nach langem Hin und Her orderte Lissie Spaghetti Bolognese und einen Tomatensalat. Kaum hatte sich der Kellner entfernt, da sprang sie auch schon in das Thema, das er fürchtete.

»Was hast du der deutschen Polizei eigentlich für einen Mist erzählt? Meine Zeugenaussage zu dem Fall im Frühjahr habt ihr doch längst. Diese Nacht-und-Nebel-Aktion verzeih ich dir nicht so schnell!«

Aufpassen jetzt, sonst gibt es gleich Streit.

»Ja, das war vielleicht wirklich etwas ... dramatisch«, sagte er und legte Zerknirschung in seine Stimme. »Aber ich habe wegen Justus einfach Panik bekommen. Ich gehe frühmorgens aus dem Haus und komme zu nachtschlafender Zeit heim. Um den Jungen kümmert sich zurzeit kein Mensch.«

»Trotzdem. Es war nicht nötig, den ganzen Polizeiapparat im Hochtaunus auf mich zu hetzen. Eine Mail hätte doch auch gereicht.«

Als ob ich die nicht geschrieben hätte.

Statt den Vorwurf auszusprechen, senkte er seine Gabel in das dampfende Gröstl und spießte eine Kartoffelscheibe auf. Das Schweigen zog sich in die Länge. Lissie war ein wenig rot geworden und beschäftigte sich eingehend damit, die Basilikumblättchen auf den Tomatenscheiben zu verteilen.

»Aber dass ich keine Zeit für ihn habe, das ist nicht der einzige Grund«, fing er wieder an. »Ich habe vorgestern früh in seiner Hosentasche etwas gefunden, das nach Kokain aussieht.«

»Scheiße. Und, war es Koks?«

Pavarotti zuckte mit den Achseln. »Das Ergebnis liegt erst in ein paar Tagen vor.«

»Hast du das Pulver probiert?«

»Ich bin doch nicht verrückt.«

Lissies Augen glitzerten. Es war sonnenklar, dass sie keine Sekunde gezögert hätte. »Womit kann ich dir helfen?«

»Bestimmt kriegst du viel eher als ich aus dem Jungen raus, woher er das Zeug hat und was mit ihm los ist.«

Lissie nickte. »Mach ich, versprochen.«

Dann legte sie die Gabel zur Seite. »Und jetzt zu deinem neuen Fall. Erzähl.«

»Ausgesprochen mysteriös. Die bisherigen Hinweise sind spärlich. Das ist noch optimistisch ausgedrückt.« Pavarotti schwieg und senkte die Augen auf den Teller. Aus dem Augenwinkel sah er, dass sie gebannt zu ihm herüberstarrte.

Bingo. Mit Lissies Neugier konnte man immer rechnen.

Laut sagte er: »Ein Patient ist erstochen worden. In einer Privatklinik für psychische Störungen, nicht weit von hier, drüben am Steinernen Steg.« Befriedigt sah er, dass Lissies Augen groß wurden.

»Psychiatrie? Wow! Was war mit dem Mann?«

»Messerstich von hinten. Er saß im Rollstuhl.«

»Ich meine nicht, wie er gestorben ist.« Lissie schob ihren leeren Teller weg. »Sondern weswegen er in dieser Klinik behandelt wurde.«

Pavarotti zuckte die Achseln. »Wegen irgendwelcher Depressionen. Es heißt, der Mann wäre am Schluss nicht mehr ansprechbar gewesen.« Er gab ihr eine kurze Zusammenfassung. »Dieser Anselm Matern spielt den Philanthropen«, schloss er. »Freiheit allen Verrückten. Jedem Patienten seine eigene Therapie. Solches Zeug. Gleichzeitig kosten die Behandlungen ein Vermögen, und der Eigentümer der Klinik ist ein privates Investorenkonsortium.«

Lissie kräuselte die Lippen. »Alle Psychiater, die ich kenne, kassieren fette Honorare. Und hast du schon mal einen Psychotherapeuten gesehen, der die Sitzung auch nur eine Minute überzieht? Du bist mitten im schlimmsten Erlebnis deines Lebens, da heißt es plötzlich: Unsere Zeit ist um, wir sehen uns nächste Woche.«

»Zahnärzte kassieren auch ordentlich. Und die Patienten geben sich die Klinke in die Hand«, sagte Pavarotti.

»Aber denen schüttest du nicht dein Herz aus, oder?« Auf einmal klang sie bitter. »Alle Therapeuten wollen, dass du deine Gefühle auf sie überträgst. Aber wehe, du tust das. Dann merkst du schnell, wie verdammt einseitig das ist.« Sie machte eine resignierte Handbewegung. »Alles nur fauler Zauber.«

Sie hielt kurz inne. »Hast du gefragt, wie hoch die Behandlungsgebühren in dieser Villa sind?«

»Kommt auf die Therapie an. Die Versicherung zahlt den Großteil eh nicht. Aber den meisten ist das egal. Die sind vermögend, so wie diese Sylvie Steyrer. Die Landsberg sieht zwar nicht nach Geld aus, hat aber anscheinend vor Kurzem einen Batzen Geld geerbt. Und einer wird von Matern umsonst behandelt. Paul heißt er, ein junger Kerl. Etwas … speziell.«

»Umsonst?« Lissie blinzelte misstrauisch.

»Anscheinend war der Vater des Jungen früher ein enger Weggefährte Materns in ihrer psychiatrischen Sturm-und-Drang-Zeit.«

»Du hast gesagt, die meisten Patienten stammen aus Deutschland und Österreich. Warum lassen die sich eigentlich in Meran behandeln?«

Pavarotti verdrehte die Augen. »Ich darf den Klinikchef zitieren: ›Weil Italien die Rechte der Psychiatriepatienten mehr respektiert als andere Länder, Commissario.‹«

Lissie zog eine Grimasse.

Der Kellner brachte ein Wasserschälchen für Spock. Der Hund fing an, mit Getöse zu schlabbern. Wasser spritzte auf Pavarottis Hose.

»Spock, hör auf mit der Sauerei«, sagte Lissie liebevoll.

Pavarotti bedachte den Hund mit einem scheelen Bick und rückte weg. »Die letzten Tage waren schrecklich«, stöhnte er. »Dieser Tschugg. Die Steyrer. Die anderen waren auch nicht besser. Einer hat mich angelächelt und permanent meine Fragen wiederholt.«

Der Kellner kam und stellte zwei Grappa auf den Tisch, da sagte Lissie plötzlich: »Können Sie das restliche Gröstl bitte einpacken?«

Pavarotti war wie vom Donner gerührt, dann fing er an zu lachen. »Du bestellst ein Doggy Bag? Du? Und dann auch noch von diesem Gröstl, das nach Pappe schmeckt? Ich fass es nicht!«

Lissie schoss einen Blick auf ihn ab, der nichts anderes hieß als »Vorsicht an der Bahnsteigkante«. Dann sagte sie würdevoll: »Das ist doch nicht für mich, Blödmann. Sondern für Spock. Das Vieh frisst mir noch die Haare vom Kopf.«

Pavarotti hatte bereits den Mund geöffnet, um zu sagen, dass Hunde, soviel er wusste, keine Bratkartoffeln mit Zwiebeln fraßen, schloss ihn aber wieder.

Er beschloss, sich auf sicheres Terrain zu retten, zurück zum Mord.

»Dieser Michael Cabruni war im Grunde ein armer Kerl. Schwere Depressionen, Karriere im Eimer. Ich verstehe nicht, warum sich jemand die Mühe gemacht hat, den umzubringen.« Frustriert drehte er sein Grappaglas hin und her. »Der Mann ist sowieso ein Rätsel. In seinem Geburtsort Amalfi ist er nicht gemeldet. Emmenegger hat da unten jeden Stein umdrehen lassen, bis zurück ins Jahr 1986, in dem der Mann bei LeStelle angeheuert hat. Hat sich im Süden richtig unbeliebt gemacht, der gute Sergente.« Pavarotti grinste, aber dann verschwand das Lächeln. »Keine Cabrunis, die Anspruch auf ihn erheben. Wo er studiert hat, wissen wir auch nicht. Anscheinend ist der Mann vor zwanzig Jahren einfach vom Himmel gefallen.«

»Komisch«, sagte Lissie langsam.

»Wie meinen?«

»Dieser Rausschmiss. Zu Anfang markiert Cabruni den dicken Max, der im Recht ist, und ein paar Minuten später bricht er weinend zusammen. So hat es dir doch diese Personalchefin geschildert, nicht wahr?«

Pavarotti nickte.

»Da passt so einiges nicht. Erst reist der Mann im Zug an. Wenig später fällt er in eine Art Wachkoma, von dem er sich auf wunderbare Weise wieder erholt, zumindest so weit, um sich in den Pavillon zu rollen. Widersprüche, wohin man schaut.«

»Vielleicht hat der Mörder ihn zum Pavillon —«

»Unsinn!«, unterbrach Lissie ihn. »Er hat seine fünf Sinne zusammengehabt. Sonst hätte er wohl kaum ein Fernglas mitgenommen!«

Betroffen verstummte Pavarotti. *Genau deswegen hast du sie herkommen lassen.*

»Ich schau mich mal in dieser Klinik um«, hörte er Lissie sagen.

Sofort war er beunruhigt. »Das wirst du schön bleiben lassen! Solche Undercovereinsätze sind gestrichen!«

»Red keinen Quatsch«, sagte Lissie. »Deshalb hast du mich doch wirklich herzitiert, oder?«

Pavarotti merkte, wie seine Wangen zu brennen anfingen.

»Ich lasse mich psychotherapeutisch behandeln, ambulant«, sagte Lissie, ohne auf ihn zu achten. »Ich weiß schon, was ich mir zulege: Burn-out. Solche Patienten wollen sie alle. Gemütliche Labertherapie ohne Stress. Der Patient ist weinerlich, macht aber wenig Zicken und freut sich über Banalitäten wie ›Sie müssen Verantwortung für Ihr Leben übernehmen, sonst tut es keiner‹ bla, bla, bla. Da fahren die Seelenklempner heutzutage voll drauf ab. Leicht verdientes Geld.« Sie kicherte.

»Pass bloß auf«, murmelte Pavarotti schwach. Sinnlos, sie zu bremsen.

»Hast du die Mordakte dabei? Zeig mal her.«

Gehorsam fasste Pavarotti in seine Aktentasche, die neben seinem Stuhl stand, und zog einen Schnellhefter heraus. Dann zögerte er.

»Die Fotos sind kein angenehmer Anblick.«

»Jetzt gib schon her.«

Achselzuckend reichte er ihr den Hefter. Lissie warf einen Blick auf die Gestalt im Rollstuhl, aus deren Rücken ein Messergriff ragte, und wurde blass. Pavarotti wollte nach der Akte greifen, doch sie wehrte seine Hand ab. Er sah, dass sie auf die Großaufnahme von dem Gesicht des Toten starrte.

»Was ist?«

Langsam ließ Lissie das Foto sinken. »Luciano, das Gesicht kommt mir bekannt vor. Den Mann hab ich schon einmal gesehen.«

12

Meran – Mittwoch, 8. August

2. Gesprächsprotokoll von Dr. Sigmund Frahm,
Kriminalpsych.

Nachmittagssitzung

Ah, Sie haben das Band bereits eingeschaltet. Gleich werden
Sie sich in Ihren blauen Ledersessel setzen und mir mit dieser
kleinen Handbewegung bedeuten, ich soll weitererzählen.
   Ich sehe es in Ihren Augen. Sie fühlen sich durchschaut. Tja,
das passiert, auch wenn man nicht viel redet, so wie Sie. Ist
das Ihre Berufsauffassung? Nur dazusitzen?
   So viel wie Sie würde ich auch gern fürs Zuhören kassieren.
Dieses silberne Ührchen hinter mir auf der Kommode.
Bestimmt antik. Und dann all die Bücherschränke. Feinstes
Kirschholz. Die Bücher in Reih und Glied, wie die Zinnsolda-
ten. Da tanzt nichts aus der Reihe. Haben Sie sie nach Autoren
geordnet? Oder alphabetisch, nach den Anfangsbuchstaben der
Titel? Da frag ich mich natürlich, ob Sie das Chaos in meinem
Kopf nicht ein wenig ... überfordern wird?
   Aber lassen wir das. Danke vielmals, dass ich hier bei Ihnen
sein darf und nicht in U-Haft. Wenn der Bulle draußen und
meine Handschellen nicht wären und Sie redeten normal mit
mir, dann könnte man glatt auf die Idee kommen, ich wäre bei
Ihnen zum Nachmittagskaffee eingeladen.
   An diesen Sessel könnte ich mich gewöhnen. Für wen ist der
dritte? Für Emma? Ich fürchte, sie wird nicht wieder lebendig,
da können wir noch so oft über sie reden.
   Ich soll zur Sache kommen? Aber gern. Sie haben bestimmt
wenig Zeit. Ich dagegen hab jetzt reichlich davon.
   Wo war ich? Bei dem Kerl, der mit seinem Rollstuhl um die
Ecke bog. Aber der Rollstuhl war es nicht allein. Der Typ war
Mitte dreißig, also fast doppelt so alt wie Emma. Und er trug

eins dieser bunten Häkelkäppis auf seinem Hinterkopf, eine runde Nickelbrille und einen gestutzten Bart.

Meine Augen wanderten über die geradezu lächerlich blank polierten Räder seines Rollstuhls hinunter zu seinen dürren schwarzen Hosenbeinchen, die schlaff in der Mitte herunterhingen.

Ich muss einen Augenblick vollkommen fassungslos gewirkt haben, denn Emma stieß mich in die Seite und sagte fröhlich: »Nun guck nicht so blöd. Das ist Elias. Und dass du es genau weißt, ich liebe ihn. Dass er nicht laufen kann, ist mir schnurz.«

Ein orthodoxer Jude. Martha, die aus einem erzkatholischen niederbayerischen Dorf stammte, wäre entsetzt. Aber gegen das, was unsere Eltern sagen würden, wären Marthas Kommentare harmlos. Unsere Eltern waren überzeugte PLO-Anhänger. Vor allem meine Mutter würde ausrasten. Erst ein paar Jahre zuvor waren die Israelis im Libanon einmarschiert. Für meine Mutter waren die Zionisten die neuen Nazis.

Und jetzt hatte meine Schwester zielsicher einen dieser Burschen aufgegabelt.

Nun denken Sie sicher, die übliche Trotzreaktion gegen die Eltern. Aber so war Emma nicht.

Meine Schwester litt an einem Helfersyndrom. Dieser Typ war schwerbehindert und gehörte zu einer Minderheit. Das reichte für Emma völlig aus, um sich in ihn zu verlieben.

Als ich an meine Eltern dachte, spürte ich, wie der Kobold in meinem Inneren schadenfroh von einem Fuß auf den anderen hüpfte und eine schwungvolle Pirouette drehte.

Währenddessen gab ich höfliche Geräusche von mir. Ich palaverte, wie sehr ich mich freute, ihn kennenzulernen.

Der Typ schielte skeptisch zu mir hoch, als könne er nicht ganz glauben, was ich da sagte. Aber ich freute mich wirklich außerordentlich.

Ich weiß noch, dass ich zusammenzuckte, als ich seine Stimme hörte. »Ich heiße Elias Rosenfeldt.« Eine so kräftige, aber gleichzeitig weiche, wohlmodulierte Stimme hatte ich bei einem Krüppel wie ihm nicht erwartet. *Meine Schwester hat sich in die Stimme verknallt, schoss es mir durch den Kopf.*

Elias zeigte mit dem Daumen rückwärts. »Arbeiten Sie auch in diesem hässlichen Bunker?« Dann lachte er und schaute mir tief in die Augen, bestimmt, um herauskriegen, was ich über ihn dachte, aber so etwas schafft bei mir keiner. *Auch Sie nicht, Herr Doktor!*

Was dann passierte, werde ich nie vergessen. Es war wie ein Fingerzeig von oben, dass die Sache ein böses Ende nehmen würde.

Neben uns wurde ein Fenster aufgerissen. Zwei junge Kerle lümmelten mit bloßem Oberköper auf einem Fenstersims über dem stinkenden Autoteileladen und stießen mit zwei Binding-Pullen an.

Dann langte einer nach unten, und plötzlich schallte es durch die ganze Straße: »… on the razor's edge you trail because there's murder by the roadside in a sore afraid new world …«

Seit jenem Tag kann ich den Song nicht hören, ohne dass mich ein mulmiges Gefühl beschleicht.

Natürlich ist Duran Duran längst aus der Mode. Aber manchmal wird das Lied doch noch gespielt. Dann wirft der verdammte Projektor in meinem Kopf diese drittklassige Show am Frankfurter Hauptbahnhof wieder an. Ich rieche den staubigen Asphalt, der vor Hitze glüht, höre den Zug hinter mir pfeifen und lausche auf das Knarzen des Rollstuhls, der um die Ecke biegt.

Wenn's einmal angefangen hat, kann ich es nicht mehr stoppen. Das Fenster knallt, ich höre lautes Gelächter, und ich wappne mich gegen die Bilder, die auf mich einstürmen: »The wild boys are calling on their way back from the fire, in August moon's surrender to a dust cloud on the rise …«

13

Meran – Dienstag, 17. Juli, spätabends

Irgendetwas stimmte nicht. Die Eisentür des Nikolausstifts war nicht eingeklinkt. Lissie wusste, dass sie sie geschlossen hatte, bevor sie zum Abendessen ausgegangen war. Sie spürte, wie der Hund neben ihr erstarrte. Leise begann er zu knurren. *Jemand ist hier. Handy.* Sie griff in eine Seitentasche ihres Rucksacks. Kein Telefon. Hatte sie es im Partschins liegen lassen?

Entschlossen packte sie Spock am Halsband und schlich die kleine Treppe zur Eingangstür hinauf. Der Hund hatte aufgehört zu knurren und folgte ihr auf leisen Pfoten. Er sah aus wie ein gespannter Bogen. Schnauze, Ohren und Augen waren in Richtung Terrasse gewandt, die sich hinter dem Haus befand, auf dem rückwärtigen Teil des Grundstücks.

Die Tür war zu. Lissie tastete nach dem Schloss. Unbeschädigt. Mit zitternden Fingern sperrte sie auf.

Polizei alarmieren. Luciano. Der Festnetzanschluss im Haus funktionierte Gott sei Dank noch.

Als sie die Küche erreicht hatten, spähte Lissie durch die großen Fenster hinüber zur Terrasse. Bis auf schemenhafte Umrisse war kaum etwas zu erkennen. Lissie kniff die Augen zusammen. Kauerte da ein Mensch auf der Bank unter der Pergola?

Kurz entschlossen drückte Lissie den Lichtschalter. Die Gestalt, die auf der Bank gelegen hatte, fuhr hoch. Eine Decke rutschte auf den Boden. Lissie sah, dass der Eindringling die rechte Hand hob.

Blitzschnell duckte sie sich hinter die Spüle.

»Tante Liz? Bist du das?«

Justus! Du liebe Zeit. Oh Gott, wie peinlich.

Der Junge stand vor der Küchentür und rieb sich den Schlaf aus den Augen. Sie riss die Tür auf.

»Justus! Sag mal, spinnst du? Was machst du denn hier?« Der Junge antwortete nicht, sondern starrte nur auf den Boden.

Plötzlich war hinter Lissie ein Laut zu hören. Er kam aus Spocks Kehle. Als sie sah, dass Justus mit schreckgeweiteten Augen zurückwich, legte sie ihre Hand auf Spocks Kopf, um ihm zu signalisieren, dass der Junge in Ordnung war.

»Keine Bange«, setzte sie an, doch da fing irgendwo im Haus ein Telefon an zu läuten.

Ihr eigener Klingelton.

»Spock, sitz! Rührt euch nicht vom Fleck«, rief sie und lief in den Flur.

»Bleib da, ich hab Angst vor dem Viech!«, hörte sie Justus schreien. Geschah ihm ganz recht. Das Gebimmel wurde lauter, als sie sich der Eingangstür näherte. Das Telefon lag auf der Seemannskiste neben der Tür und machte einen fürchterlichen Rabatz. Das Geräusch klang nach Ärger. Sie erkannte die Nummer auf dem Display sofort.

»Warum gehst du nicht ran? Ich hab's schon mehrfach probiert. Justus ist nicht heimgekommen! Jetzt ist es schon nach elf!« Lucianos Stimme überschlug sich.

Lissie wollte unterbrechen, war aber nicht in der Lage, den Redefluss zu stoppen. »Ich hab schon halb Steinach abgesucht. Was tun wir nur?«

»Jetzt beruhige dich mal. Der Junge ist hier, bei mir.«

»Was?«, schrie Pavarotti. »Habt ihr zwei sie noch alle, mich dermaßen zu erschrecken?«

»Luciano, ich hab ihn eben erst entdeckt. Er hat draußen im Garten gepennt.«

»Das gibt's doch nicht! Der Knabe soll mich kennenlernen!«

Lissie stöhnte. »Jetzt mach mal halblang, Luciano. Es war doch dein eigener Vorschlag, dass er ab und an hier übernachtet. Er hat das Ganze halt bloß ein wenig …«, sie musste grinsen, »… unkonventionell angefangen.«

»Jetzt nimm ihn nicht auch noch in Schutz«, knurrte es aus dem Hörer.

Nachdem Lissie hoch und heilig versprochen hatte, den

Jungen am nächsten Morgen pünktlich um sieben nach Hause zu schicken, gelang es ihr endlich, Luciano zu beruhigen.

Aus der Küche war nichts zu hören. Als Lissie den Kopf um die Ecke streckte, traute sie ihren Augen kaum. Der Junge lag auf der großen Eckbank, einen Arm unter dem Kopf, den anderen lang ausgestreckt. Er schlief.

Das kürzere Stück des L-förmigen Möbels hatte sich Spock geschnappt. Das Tier schnarchte leise, seine Schnauze berührte Justus' Arm. Lissie hob die Decke vom Boden auf und breitete sie über Justus.

***

In ihrem Schlafzimmer schien der Mond gelb auf ihr Bett. Mit einem Ruck zog sie die Vorhänge zu. Als sie sich unter der Decke ausstreckte, hörte sie, wie das Haus ächzte.

Das Mondlicht spielte mit den dunklen Mustern auf dem Vorhangstoff. Lissie kniff die Augen zu. Sinnlos. An Schlaf war nicht zu denken. So viele durchwachte Nächte, seit …

Lissie zog die Decke über den Kopf.

Stell dir etwas anderes vor. Etwas Schönes.

Ihr fiel nichts ein.

14

Meran – Mittwoch, 18. Juli, morgens

Seine eigene zornige Stimme hallte noch in Pavarottis Kopf nach, als er am Morgen über den Kornplatz in Richtung Kommissariat strebte.

Justus' einziger Kommentar zu Pavarottis Vorwürfen hatte gelautet: »Du, sie hat einen Hund, der Spock heißt. Wie dieser Vulkanier. Echt kultig. Liz ist eh unheimlich cool.«

Liz?

Auf dem Kornplatz trieb ein heißes Lüftchen welke Blätter hin und her. Es war so trocken, dass die Bäume begannen, ihr Laub abzuwerfen.

Wieso fand Justus ihn nicht cool? Er war schließlich Polizist. Pavarotti verstand die Welt nicht mehr. Er hatte sich zwar gewünscht, dass Lissie – Liz? – sich ein bisschen um den Jungen kümmern würde, aber musste sie sich deshalb so aufspielen?

Unheimlich cool …

Der Gedanke daran versetzte ihm wieder einen Stich, und er musste sich eingestehen, dass er seinen Zorn auf Lissie an dem Jungen ausgelassen hatte.

»Commissario, gut, dass Sie kommen!«

Als Pavarotti, mit seinen Gedanken ganz woanders, die Tür zur Dienststelle aufschloss, eilte ihm Emmenegger wild gestikulierend auf dem Flur entgegen. Pavarotti blieb in der offenen Tür stehen.

Meine Güte, der war ja selbstzufrieden bis zum Gehtnichtmehr. »Nun reden Sie schon, Mann, bevor Sie platzen«, sagte er.

Emmenegger grinste breit. »Unser Toter, der stand vor zwei Wochen bei uns in der Zeitung!«

»Was?«, fragte Pavarotti ungläubig.

»Ich hab den Namen Cabruni gegoogelt, und da war dieser Artikel. Bei Google News, gleich der erste Treffer. War wirklich gar nicht schwer«, sagte Emmenegger mit falscher Bescheidenheit.

Gegoogelt? Warum war ihm das nicht eingefallen? Die Antwort lautete: weil er für das Internet nicht taugte.

Dagegen beherrschte Emmenegger mit seinem goldenen Blöckchen und seinen Internetkenntnissen offenbar sämtliche Ermittlungstechniken auf der Zeitschiene. Pavarotti hatte den Mann unterschätzt.

Laut sagte er: »Wo ist der Artikel?«

»Hab ihn gerade ausgedruckt«, triumphierte Emmenegger und holte ein Blatt Papier aus dem Drucker im Bereitschaftsraum.

Pavarotti ließ sich auf einen Stuhl sinken und überflog den Bericht. Die Überschrift, in fetten Lettern, lautete: »Skandal-Ingenieur kurt in Meran!« Darunter stand: »Kriminelle Schlamperei macht Kreuzfahrten zum tödlichen Abenteuer.«

Der Artikel war ein Totalverriss. Cabruni sei weder fachlich noch charakterlich für seinen verantwortungsvollen Posten geeignet gewesen, hieß es. Vom Autor zitiert wurde »einer, der Michael Cabruni seit Langem kennt«. Seitenhiebe auf die Reederei rundeten das Machwerk ab. Die Personalleitung in Venedig sei offenbar mit der Auswahl ihrer Führungskräfte hoffnungslos überfordert.

Emmenegger, der ihm über die Schulter geschaut hatte, murmelte: »Ganz schön heftig. Dass der Mann kriminell war und so. Die Kollegen in Venedig sagen, dass sie noch gar nicht fertig sind mit ihren Ermittlungen. Na ja, jetzt können sie ja die Akte schließen.«

Emmenegger zögerte, dann bohrte er seinen Zeigefinger in den Artikel. »Warum reitet dieser Schreiberling eigentlich so darauf rum, dass Cabruni Italiener war?«

»Stimmungsmache verkauft sich halt gut«, brummte Pavarotti. Etwas anderes überraschte ihn viel mehr. Nämlich die Zeile mit der Autorenangabe.

Der Verfasser des Artikels hieß Magnus Braunhofer. Der Autor war Pavarotti ein Begriff und auch das, was er normalerweise schrieb. Eigenartig.

»Stecken Sie mal Ihr goldenes Blöckchen ein, Sergente«,

sagte Pavarotti. »Wir fühlen diesem Journalisten ein wenig auf den Zahn. Und anschließend dieser Giftspritze, die hinter dem Artikel steckt.«

★★★

Pavarotti und Emmenegger traten am Mühlgraben durch eine Tür mit sternförmigem Golddekor und fanden sich in einer kühlen Eingangshalle wieder.

Die Klimaanlage, die sich die Redaktion des landesweiten »Südtiroler« leistete, war nicht von schlechten Eltern. Das Gleiche galt für die Räumlichkeiten. Überall Eichenvertäfelungen und Messing. Entlang der hohen Decke verliefen Stuckleisten. Man hielt auf Tradition. Bloß kein *stile italiano*.

Der uniformierte Pförtner nahm Pavarottis Ausweis entgegen. Er wählte. »Einen Moment. Bei Signore Braunhofer ist besetzt.«

»Das Messer«, fing Emmenegger an, während sie warteten. »Es ist eine Sackgasse.«

»Hab ich mir eh gedacht«, brummte Pavarotti.

Emmenegger zog die Augenbrauen hoch. »Wollen Sie's nun hören oder nicht?«

Pavarotti nickte.

»Kohlgruber hat das Foto an sämtliche Haushaltswarengeschäfte im Meraner Land gemailt. Fast alle führen das Modell. Die meisten Exemplare sind in der letzten Woche bei Frasnelli in den Lauben verkauft worden. Fünf Stück. Ich bin heute Morgen gleich hin.«

Überrascht schaute Pavarotti ihn an. Emmenegger schüttelte den Kopf. »Fehlanzeige, Commissario. Vier davon sind bar bezahlt worden. Und bei keinem der vier«, Emmeneggers Stimme hatte einen empörten Klang angenommen, »wusste eine der Verkäuferinnen noch annähernd, wer es gekauft hat. Können Sie sich das vorstellen?«

»Viele Touristen«, sagte Pavarotti.

Der Sergente nickte. »Und eine Villeroy-&-Boch-Rabatt-

woche. Die wussten anscheinend nicht, wo ihnen der Kopf stand. Trotzdem. Dumme Schnallen.«

Pavarotti warf ihm einen Blick zu. Dann zückte er ein Taschentuch, um seine verschwitzte Kehle trocken zu tupfen, und legte den Kopf in den Nacken. An der Decke hing ein großer Kronleuchter. Seine Kristallelemente klirrten leise, wenn sie vom Luftstrom aus der Klimaanlage erfasst wurden.

Pavarotti sah, dass der Pförtner jetzt ins Telefon sprach. Dann beugte sich der Mann über den Tresen. »Signore Braunhofer kommt gleich herunter.«

Zu Pavarottis Füßen erstreckte sich ein dunkler Steinboden, der von einem Netz heller Adern durchzogen war. Die Kälte des Bodens drang durch Pavarottis Schuhsohlen. Er hatte auf einmal die Vision, er stünde auf einem zugefrorenen See, über dessen Eisfläche feine Risse verliefen.

Er wusste genau, wann er das letzte Mal hier gewesen war. Zehn Jahre war es her. Er war damals wegen der Vermissung eines Kindes aus Bozen hinzugezogen worden. Genau dort, wo jetzt der Sergente stand, hatte der Vater des Jungen gestanden. Ein blonder Hüne, mit einem unförmigen Hut in seinen großen Händen. Der Mann war verzweifelt gewesen, aber auch aufgeregt wegen des Interviews. Letzter Aufruf an die Entführer.

Ein sinnloses Unterfangen. Das hatte Pavarotti schon an jenem Tag gewusst. Der kleine Junge war nie gefunden worden.

★★★

Magnus Braunhofer war ein knochiger, hoch aufgeschossener Mann mit weit vorspringendem Adamsapfel. Seine Haare waren hinten lang und fransig, am Oberkopf dagegen kurz.

Pavarotti schätzte ihn auf Mitte bis Ende vierzig. Als Braunhofer den rechten Arm zur Begrüßung vorstreckte, sah Pavarotti erschrocken, dass dem Mann die rechte Hand fehlte. Er starrte auf den Stumpf. Schließlich tippte er Braunhofer kurz auf den Unterarm. Da sah er, wie die Augen des Journalisten funkelten.

Der Zorn schoss in Pavarotti hoch, als ihm klar wurde, dass sich der Mann amüsierte.

»Was ist mit Ihrer Hand passiert?«, fragte er, um das Spiel des anderen zu durchkreuzen.

»Ein Unfall. Ist lange her. Was kann ich für Sie tun, meine Herren?«

»Ihr Bericht über den Skandalingenieur neulich. Darüber möchten wir uns gerne mit Ihnen unterhalten«, sagte Pavarotti.

»Und? Mit dem Kerl hat jemand kurzen Prozess gemacht, aber ich hab kein Bekennerschreiben gekriegt.« Braunhofer wandte sich um, in Richtung Ausgang. »Gehen wir raus. Ich will eine rauchen.«

Pavarotti hatte nicht vor, sich von dem Journalisten die Bedingungen diktieren zu lassen. »Nein. Wir gehen in Ihr Büro. Ich pflege Befragungen nicht auf der Straße zu führen. Dass ich Sie nicht ins Kommissariat bestellt habe, ist schon ein Zugeständnis.«

Braunhofer verdrehte die Augen und stopfte seine Zigarette, die er bereits zwischen die Lippen gesteckt hatte, zurück in die Packung. »Aber bitte. Wenn's der Wahrheitsfindung dient«, sagte er ironisch. »Immer mir nach.«

Der erste Stock bestand aus einem Großraumbüro. Niedrige Trennwände teilten den Raum in kleine Verschläge ein, die mit billigen Regalen und Schreibtischen aus Sperrholz ausstaffiert waren. Die Aura des traditionsreichen Verlagshauses beschränkte sich wohl aufs Erdgeschoss.

Braunhofer ließ sich in einen Schreibtischsessel fallen und zeigte auf einen Besucherstuhl am Fenster. »Bitte schön.«

Erwartete Braunhofer etwa, dass einer von ihnen stehen blieb? Pavarotti sah weitere Stühle in den angrenzenden Verschlägen, aber Braunhofer machte keine Anstalten, einen davon herbeizuschaffen.

»Emmenegger, nehmen Sie bitte Platz. Ich setze mich direkt zu dem gastfreundlichen Herrn.«

Während Emmenegger überrascht niedersank, schob Pavarotti seine Hinterfront auf den Schreibtisch des Journalisten.

Mehrere Schnellhefter und ein iPhone rutschten über die Kante und fielen auf den Boden.

Magnus Braunhofer stierte zu ihm hoch, sein Gesicht hatte sich gerötet.

»Also schön«, begann Pavarotti. »Vor zwei Wochen haben Sie über Signore Cabruni geschrieben, dass er nicht in eine Klinik, sondern ins Gefängnis gehört. Jetzt ist der Mann tot. Vielleicht hat jemand Ihren Artikel zum Anlass genommen, den Mann gleich ins Jenseits zu befördern?«

Empört richtete sich der Journalist auf. »Dafür kann ich doch nichts! Sie können die Fakten nachprüfen, alles korrekt. Dieser Kerl baut seelenruhig seine Maschinen auseinander und setzt sie wieder zusammen, als wär er in Legoland und nicht auf hoher See! Tausend Leute wären fast abgesoffen!«

»Ich hätte jetzt gern von Ihnen den Namen.«

»Welchen Namen?«

»Den Namen Ihres Informanten. Der Ihnen zugeflüstert hat, das sich Michael Cabruni in Meran aufhält.«

Auf Magnus Braunhofers Gesicht breitete sich ein boshaftes Lächeln aus. »Den kann ich Ihnen nicht sagen. Quellenschutz.«

»Dann komme ich mit einem Durchsuchungsbeschluss für Ihre Redaktionsräume wieder«, drohte Pavarotti, obwohl er ziemlich sicher war, dass er den nicht bekommen würde.

»Das können Sie sich sparen. Sie würden eh nichts finden«, grinste Braunhofer und tippte sich an die Stirn. »Die Info ist nur hier drin.«

Pavarotti unterdrückte einen Fluch.

»Ist Ihnen eigentlich egal, ob Sie mit Ihren verlogenen Ethikspielchen einem Mörder helfen?«, fragte er. Auf einmal sah er, dass die Augen des Mannes wieder zu glimmen begonnen hatten.

»In dem Fall schon, Commissario. Dieser Cabruni war ein Dreckskerl, der hat nur bekommen, was er verdient hat.«

»Klingt ja fast so, als ob Sie ihn persönlich gekannt hätten, Signore Braunhofer«, erklang plötzlich Emmeneggers Stimme.

Überrascht drehte sich Pavarotti zu seinem Sergente um. Als

er dem Journalisten wieder ins Gesicht sah, hatte sich dessen Miene verschlossen. Braunhofer lehnte sich zurück und verschränkte die Arme.

Pavarotti stand auf. Da fiel ihm etwas ein.

»Sie haben doch bisher Opern- und Konzertkritiken verfasst. Wobei die Bezeichnung ›Verrisse‹ das, was Sie schreiben, besser trifft. Wie konnten Sie nur diese wunderbare Inszenierung der ›Herzogin von Malfi‹ …« Pavarotti merkte, dass Braunhofer ihn beäugte wie ein Präparator eine seltene Insektenspezies, und unterbrach sich. »Was mich viel mehr als Ihre unmaßgebliche Meinung interessiert: Wieso dieser Abstieg? Warum schreiben Sie plötzlich billige Aufregerstückchen fürs gemeine Volk?«

Die Augen von Braunhofer verengten sich. »Weil sich die Verlagsbonzen haben kaufen lassen!«

»Soll heißen?«

»Ein paar Knallköpfe aus dem Kulturministerium haben sich über meine Arbeit beschwert«, spuckte der Journalist. »Und da haben die Arschlöcher in der Verlagsleitung selbige natürlich gleich zugekniffen. Vor lauter Angst, ein paar lumpige Werbegelder zu verlieren.«

»Werbegelder?«

Braunhofer bedachte ihn mit einem verächtlichen Blick.

»Sind Sie ein Papagei? Die Musikveranstalter buchen natürlich bei uns Anzeigen. Wenn ich die Stümpereien anschließend auseinandernehme, finden die das nicht besonders witzig. Dann rufen sie in Rom an und beschweren sich. Und anschließend telefonieren sie mit dem Verlag und drohen, dass sie das nächste Mal woanders Werbung schalten. Natürlich knickt die Chefetage sofort ein.«

Er lehnte sich zurück und bleckte seine Zähne. »So viel zur journalistischen Unabhängigkeit.«

Währenddessen hatte sich die Tür eines verglasten Büros geöffnet, das in einer Ecke des Raums untergebracht war. Ein jüngerer Mann um die dreißig schlenderte auf sie zu.

»Guten Tag, Commissario. Ich bin Claudio Ratelli, der

Chefredakteur. Gerade habe ich mit Ihrem Vorgesetzten, Direttore Alberti, gesprochen. Er lässt Sie schön grüßen.«

Pavarotti wartete.

»Darf ich fragen, worum es geht?«, erkundigte sich Ratelli.

»Routineüberprüfungen im Mordfall Cabruni. Wir stehen noch ganz am Anfang. Sie kennen den Fall ja sicher«, antwortete Pavarotti.

»Natürlich. Merkwürdige Sache.«

»Ich wundere mich, dass Ihr Konzertkritiker …«, Pavarotti deutete auf Braunhofer, der sich selbstgefällig in seinem Schreibtischsessel räkelte, »… den Bericht geschrieben hat. Das ist doch gar nicht sein Thema.«

Er merkte, wie Braunhofers Augen interessiert zwischen Ratelli und ihm hin- und herschossen.

»Tja, es ist wirklich ein Jammer«, sagte Ratelli mit einer vor Bedauern triefenden Stimme. »Leider sind wir mitten in einem Kostensenkungsprogramm. Einen eigenen Kritiker für klassische Musik gibt unser Budget nicht mehr her. Auch die Bedürfnisse unserer Leser haben sich gewandelt.« Er deutete auf einen jungen Mann, der zwei Verschläge weiter saß und so tat, als höre er nicht zu.

»Unser neuer Kulturredakteur ist in der Lage, sämtliche kulturellen Themen abzudecken. Herr Braunhofer wird im Lokalen eingesetzt, wo wir einen Engpass haben. Sehr bedauerlich, wegen der besonderen Fachkompetenz von Signore Braunhofer fürs Klassische. Aber nicht zu ändern.«

»Ich dachte, Sie haben ihn wegen seiner Verrisse abgesägt?«

Der Ratelli lächelte säuerlich und schickte einen giftigen Blick zu Braunhofer hinüber. »Selbstverständlich nicht, Commissario. Die Arbeit von Signore Braunhofer war für uns sehr wertvoll. Aber zuweilen bleibt einem nichts übrig, als übergeordnete Interessen nach vorne zu stellen.«

Sprach's, lächelte huldvoll, und verschwand in seinem Glaskasten.

15

Meran – Mittwoch, 18. Juli, zur selben Zeit

»Ihre Versicherungskarte bitte. Sie sind doch Privatpatientin?«
Lissie zögerte. Sie hatte nicht die Absicht, Anselm Matern
Zugang zu ihren persönlichen Daten zu gewähren. Langsam
schüttelte sie ihren Kopf.

»Also Selbstzahlerin?«

»Ja.« Lissie hoffte inständig, dass ihre Versicherung die Behandlung anschließend übernahm.

Matern zog ein Schriftstück aus seinem Schreibtisch und
überflog es kurz, als ob er nicht wüsste, was darin stand.

»Gut. Wenn Sie den Behandlungsvertrag unterschrieben haben, können wir beginnen. Ab der nächsten Woche
kommen Sie bis auf Weiteres zweimal wöchentlich zu mir.
Jeweils fünfzig Minuten tiefenpsychologisch fundierte Psychotherapie. Dann werden wir dem Grund dafür, warum Sie
sich ausgelaugt und überfordert fühlen, schon auf die Spur
kommen.«

In dem freundlichen Tonfall schwang ein entschlossener Unterton mit. Lissie hatte plötzlich das Gefühl, dass dieser Mann
in der Lage war, etwas gegen ihre Probleme zu unternehmen,
die sie insgeheim »ihre Zustände« titulierte.

Egal. Sie hatte nicht die Absicht, vor dem Psychiater einer
Klinik, in der ein Mord geschehen war, ihr Innenleben auszubreiten. Deshalb hatte sie bei den Symptomen ein wenig
untertrieben. Sie komme morgens nicht in Gang, könne sich
nicht mehr konzentrieren, schlafe schlecht.

Konzentriert hatte sich Matern ihren Bericht angehört, ohne
eine Frage zu stellen oder sich etwas zu notieren.

Ihr letzter Therapeut war permanent am Mitschreiben gewesen. Was sich nicht gelohnt hatte, denn auch ihm hatte sie
Geschichten aufgetischt. Es waren gute Geschichten gewesen,
mit einem klitzekleinen Körnchen Wahrheit. Anfangs hatte sie
den Eindruck gehabt, dass er ihre Unterhaltung genoss. Doch

sie hatte schnell gemerkt, dass er sich in Wahrheit langweilte. Da war sie nicht mehr hingegangen.

Gerade schob Matern eine Kopie des Vertrags und einen Kugelschreiber über den Tisch. »Das ist der Behandlungsvertrag, den Sie bitte unterschreiben.« Er hielt inne. »Fast hätte ich es vergessen. Tragen Sie bitte auf Seite zwei unten noch Ihre Kontodaten ein und bestätigen mit einer gesonderten Unterschrift, dass Sie gegebenenfalls mit einer Abbuchung des Behandlungsentgelts einverstanden sind.«

Alarmiert schaute Lissie auf. »Was soll das heißen? Ich dachte, ich erhalte eine Rechnung von Ihnen, die ich dann bezahle?«

Der Mann nickte. »Natürlich. Im Normalfall, von dem wir selbstverständlich ausgehen, läuft das exakt so, wie Sie sagen. Aber es kann vorkommen, dass sich der Zustand eines Patienten rapide verschlechtert, sodass er nicht mehr geschäftsfähig ist.«

Matern beugte sich vor. Seine Stimme klang verständnisvoll. »Ich kann nachfühlen, dass Sie davor zurückscheuen. Aber Sie müssen auch uns verstehen. Die Klinik ist auf das Honorar angewiesen.«

»Schon, aber in meinem Fall ... Ich bin doch völlig klar im Kopf«, stotterte Lissie. Sie begann, sich unbehaglich zu fühlen.

Matern zögerte kurz. »Nun ... Ich könnte den Passus streichen, wenn Sie Verwandte hätten, die für Sie tätig werden könnten. Einen Ehemann zum Beispiel.«

»Ich bin allein«, sagte Lissie.

»Nun, in dem Fall ...«

Matern legte den Stift hin und hob die Schultern.

»Überlegen Sie sich alles ganz in Ruhe, Frau von Spiegel. Es eilt nicht. Andererseits ...« Er musterte sie aufmerksam. »Ihre Augenringe. Die stammen nicht von ein paar schlaflosen Nächten. Ich möchte wetten, dass Sie seit Monaten nicht mehr richtig schlafen. Wie lange liegen Sie inzwischen nachts wach? Zwei, drei Stunden? Ich bin sicher, es sind bereits mehr.«

Er beugte sich vor. »Sie möchten so schnell wie möglich mit der Behandlung beginnen, ist es nicht so? Sie wollen doch wieder eine Hoffnung haben, dass es Ihnen bald besser geht.«

Mistkerl.

Lissie setzte ein zittriges Lächeln auf und griff zum Stift. In Windeseile dachte sie sich eine Adresse in Frankfurt aus, trug eine falsche Kontonummer und Bankverbindung ein und setzte mit Schwung eine krakelige, nach links kippende Unterschrift unter das Schriftstück, die keine Ähnlichkeit mit ihrer eigenen hatte.

Mit niedergeschlagenen Augen reichte sie Matern den Vertrag über den Tisch.

»Vielen Dank, Frau von Spiegel. Sie sind hier bei uns in guten Händen, Sie werden sehen. Wir treffen uns dann nächste Woche wieder. Wenn Sie mögen, kommen Sie gerne schon vorher in unsere Gartentherapie. Der Garten ist tagsüber jederzeit geöffnet, auch für Sie als ambulante Patientin.«

Matern stand auf, um Lissie zur Tür zu begleiten, und gab ihr die Hand. Der Händedruck fühlte sich warm und fest an.

★★★

Aufgebracht stapfte Lissie zum Ausgang. Eigentlich hatte sie den Mann recht sympathisch gefunden. Er hatte ihr mit echtem Interesse zugehört, und das war mehr, als sie von anderen Mitgliedern seiner Zunft behaupten konnte. Doch dann hatte er sie unter Druck gesetzt, um die Unterschrift zu bekommen. Oder sprach aus seinem Drängen die ärztliche Sorge um ihren Gesundheitszustand?

Vielleicht war es ja üblich, dass sich eine psychiatrische Klinik Carte blanche geben ließ, um Zugriff auf die Konten der Patienten zu haben.

Ihr fiel ein, dass der Klinikchef einen Garten erwähnt hatte. Lissie schob ihre Überlegungen beiseite und kehrte um. Auf der Lichtung kreuzte ein weiterer Pfad. Der Weg endete an einem Geräteschuppen. An ihn schloss sich ein Gemüsebeet mit einigen Reihen prächtiger Salatköpfe und anderem Gemüse an, dem Aussehen nach Möhren oder Kohlrabi. Außerdem gab es Erbsen an Spalieren und Stangenbohnen. Der hintere Teil war

Tomaten vorbehalten, fast zu dick und schwer für die dünnen Stangen, an denen sie aufgebunden waren. Alles strotzte vor Gesundheit.

Das Gemüsebeet endete an einem Rosenbogen, der den Blick auf einen kleinen, wunderschön angelegten formalen Garten mit Rosenbüschen, Buchs und Stauden freigab. Die Buchsbäume waren kunstvoll beschnitten und stellten verschiedene Tierfiguren dar. Gelbe und whiskyfarbene Rosen kontrastierten mit dem Blau von Lavendelbüschen. Stattliche Prachtspieren und Buschanemonen blühten um die Wette, umspielt von Gelenkblumen und Astilben.

Lissie stand starr vor Entzücken. Zweifellos war hier ein Könner am Werk. Wie viel Arbeit und Sachverstand mussten in diesem kleinen Juwel stecken!

In der hintersten Ecke des Gartens entdeckte sie jemanden, der am Boden kniete und sich an einem Beet zu schaffen machte. Lissies Schritte knirschten auf dem Kies, als sie sich näherte.

Die Gestalt fuhr herum, und Lissie sah, dass es eine Frau in den mittleren Jahren war.

»Wer sind Sie? Was haben Sie hier zu suchen?«, fragte die Frau in scharfem Tonfall.

»Sorry, dass ich Sie erschreckt habe«, sagte Lissie. »Es soll hier so etwas wie Gartentherapie geben. Ich bin zwar nur ambulant hier, kann aber offenbar teilnehmen.«

»Gartentherapie. Teilnehmen«, echote die Frau. »Das ist köstlich.« Sie rappelte sich von einem großen Rosenstock auf, an dessen Wurzelbereich sie anscheinend gerade Unkraut gejätet hatte.

Lissie sah, dass sie grobschlächtig und kräftig war. Ein ausgeprägter Kiefer betonte ihren eher männlichen Typ. Um ihre Taille, die kaum schmaler war als der Rest, war eine Gartenschürze gebunden. Die Frau hielt eine kleine Schaufel in der Hand, an der Dreck klebte.

»Wenn Sie gedacht haben, dass wir im Kreis auf dem Rasen sitzen, an den Blümchen riechen und uns dann gepflegt bemitleiden, dann liegen Sie falsch«, sagte die Frau. »Hier wird gearbeitet anstatt gejammert. Ich bin jeden Tag ab sieben Uhr hier.«

»Moment.« Lissie verstand nicht. »Sind Sie etwa Patientin? Ich dachte, Sie sind für den Garten zuständig.«

»Sowohl als auch.« Die Frau zeigte auf den Schuppen. »Die Gartengeräte sind dadrin. Sie können gleich mit dem Unkraut-jäten anfangen, da drüben, im Gemüsegarten.«

Dann verschränkte sie ihre fleischigen Arme vor der Brust. »Von den Rosen lassen Sie die Finger. Die sind ganz allein meine Sache, verstanden?«

Lissie war entrüstet. »Ich soll hier arbeiten? Und für so eine Therapie zahle ich einen Haufen Geld?«

Die Frau zuckte mit den Schultern.

Lissie schaute sich zum Gemüsegarten um, der bestimmt für die Vollversorgung der Klinikküche ausreichte. »Haben die hier keinen Gärtner?«

Die Frau gab einen abfälligen Laut von sich. »Keinen, der den Namen verdient«, sagte sie. »Der Kerl weiß nichts, taugt nichts. Hört nicht zu, wenn ich ihm was erkläre. Meistens schwänzt er sowieso.«

»Warum bleiben Sie denn, wenn die Sie schuften lassen?«, fragte Lissie neugierig. »Sie sind doch nicht gegen Ihren Willen hier?«

»Sie haben keine Ahnung, oder?«, gab die Frau verächtlich zurück. »Als ob ich nicht schon in anderen Therapiezentren gewesen wär. Wenigstens gibt's hier den Garten. Ansonsten ist es überall gleich. Man geht rein und kommt kränker wie-der raus. Die brauchen heute keine Gummizelle mehr, dafür gibt's ja schließlich Pillen. Wenn man genug von dem Zeug geschluckt hat, fängt man an, den eigenen Augen und Ohren nicht mehr zu trauen.«

Die Frau wischte sich die Hände an ihrer Gartenschürze ab. »Das Schlimmste sind aber die Verrückten. Der Umgang mit denen ist nicht unbedingt heilsam, wenn Sie wissen, was ich meine.«

Lissie zuckte mit den Schultern. »Wenn das so ist, warum gehen Sie nicht einfach heim?«

Die Frau schüttelte langsam den Kopf. »Kann nicht. Der Betriebsarzt meiner Firma hat mich vor die Wahl gestellt: Entlassung oder Therapie. Wenn ich die nicht mache, verliere ich meinen Job. Letzter Versuch.« Sie holte tief Luft. »So einfach ist das.«

»Das ist ja die reinste Erpressung«, sagte Lissie. »Und jetzt auch noch dieser Mord!«

»Ich hab ihn gefunden«, sagte die Frau.

Oh. Das ist diese Landsberg.

»Puh«, Lissie machte ein entsetztes Gesicht und schüttelte sich.

Die Landsberg warf ihr einen amüsierten Blick zu.

»Bestimmt war die Polizei da und hat Sie verhört«, begann Lissie. »Das war sicher ziemlich … unangenehm, oder?«

»Dieser Kommissar ist ein Trottel«, gab die Landsberg zurück.

Lissie kicherte.

»Der hat überhaupt nicht gemerkt, dass ich ihm das Wichtigste gar nicht erzählt hab«, sagte die Frau. »Dass der Cabruni Angst gehabt hat.«

»Aber …!« Um ein Haar hätte sich Lissie verraten. »Ich meine«, korrigierte sie sich schnell, »woher wissen Sie das?«

Aber die Frau bedachte Lissie nur mit einem schlauen Blick. »Ich muss jetzt wieder. Wenn Sie mitarbeiten wollen, ziehen Sie sich das nächste Mal was Vernünftiges an.« Sie maß Lissie von oben bis unten. »Nicht so einen Firlefanz wie heute. Wiedersehen. Ich hab jetzt eine Sitzung.«

★★★

Nachdenklich schaute Lissie der Frau hinterher. Hatte Cabruni die ganze Zeit simuliert? Oder waren es Matern und seine Angestellten, die logen? Lissie fragte sich, warum Hanna Landsberg Pavarotti nichts von ihrem Gespräch mit Cabruni gesagt hatte.

Die Antwort auf die letzte Frage war leicht. Vermutlich hatte Luciano die Frau behandelt, als sei sie nicht ganz dicht.

Keine Menschenseele war zu sehen. Die Villa lag schläfrig in der Mittagssonne. Aus den geöffneten Fenstern waren Stimmen und Geschirrgeklapper zu hören. Lissie passierte einen Klappstuhl, der neben dem Rosenbogen stand. Darauf lag die Gartenschaufel. Lissie hielt inne.

Was hatte Hanna Landsberg eigentlich unter dem Rosenstock gemacht? Mit einer Schaufel ließ sich weder Unkraut jäten noch Verblühtes zurückschneiden.

Lissie griff sich das Gerät und lief zurück zu dem großen Strauch mit den whiskyfarbenen Blüten. Sie kniete sich hin, las die Aufschrift auf dem kleinen Schild: »Lady of Shalott« und begann zu graben.

Nach kurzer Zeit förderte die Schaufel den Zipfel einer Plastikfolie zutage. Nach weiterem Graben entpuppte er sich als das Ende einer Klarsichttüte, die fest zugeknotet war.

Lissie betrachtete den Inhalt und erstarrte. Mit fliegenden Fingern versuchte sie den Knoten aufzuziehen. Ihre Hände zitterten, als sie an dem feuchten Plastik zerrte. Schließlich gab der Knoten nach.

Die Tüte enthielt Dutzende von Tabletten und Kapseln in verschiedenen Farben und Größen. Die meisten waren weiß, es gab aber auch grüne, gelbe und rosafarbene. Viele, viele bunte Smarties, schoss es Lissie durch den Kopf.

Bei den meisten war sie sich unsicher. Aber die grün-weißen Kapseln waren Prozac, hundertprozentig. Lissie hätte sie überall wiedererkannt.

Tabletten, die man nicht nehmen will, merkt man sich.

Dann gab es winzige bräunliche, die wahrscheinlich Atosil enthielten, aber beschwören hätte sie es nicht können.

Auf den hellgrünen waren Zahlen und Buchstaben eingeritzt, die Lissie bei einem Freund aus den USA einmal gesehen hatte. GG 126. Haldol, dachte sie und schauderte, als sie an ihr Wiedersehen vor ein paar Monaten dachte: sein gekrümmter Rücken, der trippelnde Gang. Parkinson-Symptome. Was war schlimmer: Wahnvorstellungen im Hirn oder ein Körper, der durch die Nebenwirkungen nur noch ein Schatten seiner selbst war?

Eindeutig war bloß die Antwort auf die Frage, mit welcher der beiden Alternativen die Umwelt besser klarkam.

Lissie überlegte blitzschnell. Dann knotete sie die Tüte wieder zu. Gerade als sie sie wieder verscharren wollte, hörte sie ein Geräusch aus Richtung des Geräteschuppens. Lissie rappelte sich auf. Unter dem Rosenbogen stand ein untersetzter Mann mit einem Lappen und einer Spraydose in der Hand, auf der ein Totenkopf prangte. Sein Mund hatte sich zu einem unangenehmen Lächeln verzogen, und sein Blick klebte auf der Tüte. Die Stimme des Mannes war so weichlich wie seine Gesichtszüge. »Na, fündig geworden?«

Plötzlich war er verschwunden.

16

Meran – Mittwoch, 18. Juli, mittags

Der Kurierfahrer aus Bozen war gekommen. Als Pavarotti mit Emmenegger vom Rennweg auf den Kornplatz einbog, sah er das Polizeifahrzeug im Halteverbot vor dem Eingang des Kommissariats stehen.

Aus dem geöffneten Wagenfenster wehte Zigarettenrauch. Pavarotti hustete, als er sich zu dem Fahrer hinunterbeugte.

»Ciao, Commissario. Einen schönen Gruß vom Gruber soll ich dir bestellen!« Der Mann schnippte den Zigarettenstummel auf den Bürgersteig und reichte Pavarotti einen kleinen Pappkarton durchs Fenster. »Die PIN ist deaktiviert, sagt der Gruber. Kannst also auf Kontakte und Anruflisten im Blackberry zugreifen. Im Internet war der Eigentümer nicht, der hatte noch nicht mal einen E-Mail-Account. Ich fahr dann mal wieder.« Der Mann hob die Hand an die Mütze.

Pavarotti trat einen Schritt zurück, damit der Fahrer den Wagen wenden konnte. Er war enttäuscht. Nur Anrufe, keine E-Mails und keine Liste aufgerufener Websites.

Als ob Emmenegger seine Gedanken gelesen hätte, sagte er: »Vielleicht bringt die Anrufliste was.«

Als sie den Bereitschaftsraum erreicht hatten, setzte sich Pavarotti auf den Platz neben Emmenegger und nahm das Handy in die Hand. Dann fing er an, im Menü hin und her zu scrollen. Emmenegger beobachtete ihn zuerst schweigend, dann streckte er die Hand nach dem Gerät aus.

»Ähem, Commissario, darf ich …? Nicht, dass Sie aus Versehen noch was löschen …«

Mit gemischten Gefühlen gab ihm Pavarotti das Gerät. Er durfte nicht zulassen, dass Emmenegger sich dermaßen unentbehrlich machte. Andererseits hatten sie so wahrscheinlich schneller ein Ergebnis.

Während die flinken Finger des Sergente über die Miniaturtasten des Geräts flogen, schweiften Pavarottis Gedanken zu Lissie. Ihr Termin in der Klinik musste längst vorbei sein. Wo steckte sie? Sie hatten doch fest verabredet, dass sie sich anschließend sofort bei ihm meldete!

Aus dem Augenwinkel sah er, dass sich Emmenegger mit seinem PC ins Internet eingeklinkt hatte. Er hörte ihn murmeln. »Venedig. Noch mal Venedig. Nummern der Reederei.« Dann sah der Sergente abrupt hoch. »Commissario! Festnetznummer Meran! Der Anruf ging auf Cabrunis Handy ein am … Moment …« Emmenegger drückte eine Taste. »… am 12. Juli, sechzehn Uhr zweiundzwanzig. Anruf wurde nicht angenommen.«

Pavarotti und Emmenegger schauten sich an.

»*Madre di Dio*, das war der Tag vor dem Mord!«, rief Pavarotti aus. Emmenegger machte sich bereits wieder eifrig auf seiner Computertastatur zu schaffen. Gespannt schaute der Sergente auf den Bildschirm, der sich gerade neu aufbaute.

Ein Name und eine Adresse erschienen. Die Mundwinkel des Sergente sackten nach unten.

»Der Anschluss gehört einem Mann, der in Meran polizeibekannt ist. Ladinser heißt der, Emil Ladinser«, sagte Emmenegger gedehnt. »Das ist ein alter Säufer, der von der Stütze lebt. Randaliert hin und wieder, wenn er besoffen ist, und kotzt dann gerne mal in die Rabatten unten an der Passer.«

»Sie kennen den Mann?«, wunderte sich Pavarotti.

Emmenegger verzog das Gesicht. »Ich wollt, ich könnt das Gegenteil behaupten. Der hat im letzten Jahr mehr Zeit in der Ausnüchterungszelle verbracht als in seiner Wohnung. Wenn man seine Behausung so nennen kann. Verkommene Sozialwohnung oben in Schenna.« Er strich sich über die Stirn und sah zu Pavarotti hinüber. »Dass der kaltblütig jemanden von hinten ersticht, kann ich mir nicht vorstellen, Chef. Beim besten Willen nicht.«

***

Im Hausflur empfingen Pavarotti und Emmenegger die Gerüche von billiger Tomatensoße und angebranntem Speck. Ein

Junge drückte sich an ihnen vorbei und kickte einen Fußball mit Getöse gegen die Wand. Geschickt fing er ihn auf und stürmte die Treppe hoch. Sie hörten, wie sich eine Tür öffnete. Dann eine Lärmkaskade aus Babygeschrei und lautem Schimpfen, die sich in den Hausflur ergoss. Rums. Das Klirren einer Kette. Dann war es wieder still.

Die Tür im Tiefparterre öffnete sich nur einen Spalt. Die Kette war vorgelegt. In dem faltigen Gesicht, das herauslugte, saßen zwei scharfe Augen, die Pavarotti und Emmenegger musterten.

Der Mann sagte nichts, ließ aber auch keine Anstalten erkennen, sie in die Wohnung zu lassen.

»Ladinser, jetzt schaug net so bled und moch auf. Es isch jo net so, als ob du mi net kennen tasch«, sagte Emmenegger und stellte geschwind seinen Fuß in den Türspalt.

»Wos wellt's?«, kam es von drinnen.

»Wir ermitteln in einem Mordfall und müssen Ihnen ein paar Fragen stellen«, gab Pavarotti zurück.

»I woaß nix von an Mord«, sagte Ladinser und trat Emmenegger auf den Fuß.

Wütend funkelte Emmenegger den Alten an. »Tür auf iatz, sog i dir!«

Als die Kette klirrte und die Tür aufschwang, stürmte der Sergente in die Wohnung. Pavarotti folgte ihm langsam. Er stellte fest, dass er direkt im Wohnzimmer stand, einen Flur gab es nicht. Soweit er sehen konnte, hatte die Wohnung sowieso nur ein einziges Zimmer. Eine fleckige Matratze lag in einer Ecke, obendrauf eine zusammengeknüllte Decke und ein Kissen. In einer anderen Zimmerecke türmte sich ein Haufen leerer Bier- und Schnapsflaschen.

An der Wand, von der der Putz abblätterte, hing ein vorsintflutliches Telefon, noch mit Wählscheibe und sich kringelnder Telefonschnur. Pavarotti hatte nicht gewusst, dass es so etwas überhaupt noch gab, außer im Technikmuseum.

In der Spüle stapelten sich schmutzige Teller, genauso wie auf dem Tisch, neben einem Elektrokocher und einer angebrochenen Flasche Apfelkorn.

Es stank nach Schnaps und Urin.

Emmenegger verzog das Gesicht, inspizierte die beiden klapprigen Sitzgelegenheiten aus Plastik und blieb stehen. Er schaute Pavarotti fragend an, der ihm mit einer Kinnbewegung bedeutete, er solle übernehmen.

Der Sergente blickte einen kurzen Moment lang unschlüssig zu Boden. »Hinsetzen!«, befahl er dann.

Der Mann ließ sich auf einem der Plastikstühle nieder. Obwohl Emmenegger mit seinen Einsneunzig jetzt vor ihm aufragte, wirkte Ladinser keineswegs eingeschüchtert.

Emmenegger zeigte auf das grüne Telefon. »Wos hosch denn du von dem Cabruni g'wellt?«

»Einen Cabruni kenn ich nicht«, log der Alte frech.

»Und wie kommt dann deine Telefonnummer auf die Anrufliste in seinem Handy?«, fasste Emmenegger nach.

»Weiß ich doch nicht. Ihr seid's doch die Kriminaler. Findet's holt selber ausser!« Ladinser hustete. Dem Mann fehlten einige Zähne. Umso lebhafter glitzerten seine schwarzen Äuglein.

Pavarotti sah, dass ihm Emmenegger einen zögernden Blick zuwarf. Er trat er an den Tisch, öffnete die Flasche Apfelkorn und roch daran. Sofort brannte der stechende Geruch nach Billigschnaps in seiner Nase.

»Ein feines Tröpfchen haben Sie da im Haus. Zeugt von einem hochentwickelten Geschmackssinn. Sie sind ein wahrer Kenner.«

Als er sah, dass Ladinser misstrauisch zu ihm herüberschielte, lächelte er und trug die Flasche zur Spüle hinüber.

»Ich muss Ihnen sagen, dass Sie leider, leider …«, Pavarotti begann die Flasche zu kippen, »… auf dieses Geschmackserlebnis werden verzichten müssen.« Er fing an, den Schnaps auszugießen.

»Aufhern! I sog's enk jo!«, kreischte Ladinser.

Pavarotti hielt inne und stellte die Flasche wieder auf den Tisch. Als er sah, dass Emmenegger ihn mit einem respektvollen Blick streifte, fühlte er sich noch mieser.

»Red iatz, aber g'schwing, Ladinser«, forderte Emmenegger

den Mann auf. Der atmete schwer und linste zur Flasche. Dann sprang er blitzschnell auf, doch Pavarotti war schneller und schnappte sich den Apfelkorn, bevor Ladinser nach ihm greifen konnte.

»Du Taifl, du welscher«, giftete der Alte.

»Red iatz, oder der Korn isch fort. Vorstian mir ins?«, sagte Emmenegger streng.

Ladinser nickte und fuhr sich mit der Hand über sein Gesicht. »Ich hab da angerufen.«

»Wissen wir schon«, versetzte Pavarotti. »Erzählen Sie uns was Neues!«

»I bin mol mit dem zur See g'fohrn«, druckste Emil Ladinser herum.

»Du worsch amol a Matrose?«, erwiderte Emmenegger bass erstaunt.

Pavarotti brachte ihn mit einer Handbewegung zum Schweigen. »Aha, und weiter?«

»Hon lei g'wellt a wian ratschn, über frier.«

»Er wollte bloß ein wenig über früher schwatzen«, sekundierte Emmenegger ungefragt.

Dieser Penner mit dem eleganten Cabruni im Small Talk? Das kann er seiner Großmutter erzählen, dachte Pavarotti. »Und wann war dieses ›früher‹? Und ab jetzt bitte so, dass ich keine Übersetzung brauche.«

Ladinser zögerte kurz, dann zuckte er mit den Schultern. »Vor zehn Jahr'n oder so.«

»So reden Sie endlich. Auf welchem Schiff war das? Welche Reederei?«

»LeStelle. Die ›Stella Maris‹ war's. Da, wo der Michael bis zuletzt war«, gab Ladinser schließlich zu.

Schau, schau.

»Was haben Sie da gearbeitet, auf der ›Stella Maris‹?«

»War im Maschinenraum. Die letzten zwei Jahre als Erster Ing.«

»Was?«, entfuhr es Pavarotti. »Als Erster Ingenieur?« Er musterte Ladinser. Wenn der Mann vor zehn Jahren noch ein hoher Offizier gewesen war, dann war der Verfall sehr schnell vonstattengegangen.

»Wie alt sind Sie?«, wollte er wissen.

Ladinser antwortete nicht, sondern starrte bloß vor sich hin. Der Mann sah aus wie siebzig.

»Der ist noch keine fünfzig«, schaltete sich Emmenegger ein.

»Wann sind Sie aus dem Dienst ausgeschieden?«

Ladinser wich seinem Blick aus. »Vor zehn Jahren. Hab ich doch schon gesagt.«

»Sie haben mit vierzig aufgehört? Warum?«

»Das wissen S' doch.« Ladinser deutete mit dem Kinn auf die Flasche auf dem Tisch. »Der Korn war's. War zu besoffen, um meinen Dienst anständig zu machen.«

»Sind Sie entlassen worden?«

»Nein!« Ladinser fuhr auf. »Ich hatte noch genug Verstand, um selbst zu gehen.«

»Und sind dann ... wohin?«

»Hierher. Bin hier geboren.«

»Und was war jetzt mit Cabruni? Wie kommt der ins Spiel?«

»Der hat damals auf der ›Stella Maris‹ angefangen. Als mein Ablöser.«

»Ihr was?«

»Mein Ablöser. Sozusagen mein Stellvertreter. Alle wichtigen Funktionen auf einem Schiff haben eine zweite Besetzung.«

»Wann war das?«

»Auch vor zehn Jahren.«

»Also kurz bevor Sie den Dienst quittiert haben?«

»Wird wohl so sein.«

»Das heißt, Sie kannten ihn eigentlich überhaupt nicht?«

Ladinsers Blick irrte durch das Zimmer, dann zuckte er die Achseln. »Und wenn schon.«

Auf Pavarottis Stirn erschien eine steile Falte. »Sie wollen uns weismachen, dass Sie nach zehn Jahren mit einem Mann einen gemütlichen Schwatz halten wollen, den Sie praktisch nicht gekannt haben?«

Erneutes Schulterzucken.

»Hören Sie auf, mich zu verscheißern. Was war zwischen Ihnen und Michael Cabruni?«

»Gar nichts, Commissario.« Ladinser warf Pavarotti einen listigen Blick zu. »Ich wollte bloß wissen, wie es so steht auf meinem alten Kahn. Ist ja schließlich fast abgesoffen.« Wieder so ein spekulierender Blick. »Ich wollte aus erster Hand erfahren, was da los war.«

»Und – haben Sie es erfahren?«

»Nein. Der Michael ist nicht ans Telefon gegangen.«

»Woher hatten Sie eigentlich seine Telefonnummer?«

»Hab's halt probiert. Er hat noch dieselbe g'habt wie damals.«

Pavarotti trat einen Schritt auf Ladinser zu. »Signore Ladinser. Ich fasse mal zusammen. Sie mustern ab und kehren in Ihre Heimatstadt Meran zurück. Nach zehn Jahren taucht plötzlich Ihr ehemaliger … äh … nun, Ihr dienstliches Alter Ego hier auf, um sich ermorden zu lassen. Das soll ein Zufall sein? Hören Sie auf, mir Märchen zu erzählen!« Pavarotti beobachtete Ladinser scharf. »Was wollte der Mann hier in Meran?«

»Weiß ich nicht«, sagte Ladinser, aber er schaute Pavarotti nicht in die Augen.

»Was wollte er von Ihnen?«

»Gar nichts!«

»Sie lügen!«, rief Pavarotti.

Ladinser starrte auf den dreckigen Boden. Plötzlich fing er an zu husten. Seine Augen begannen zu tränen, er beugte sich in seinem Stuhl nach vorne. Das Keuchen wurde immer schlimmer. Als Pavarotti schon sein Handy hervorholte, um die Ambulanz zu rufen, hörte der Husten auf. Ladinser zog ein dreckiges Taschentuch aus seiner Hosentasche und spuckte einen Klumpen aus blutigem Eiter hinein.

»Soll ich einen Arzt rufen?«

Ladinser schüttelte den Kopf. »I muas mi lei a wian hinlegen.«

Pavarotti machte dem Sergente ein Zeichen. Der Mann log oder verschwieg zumindest einen Teil der Wahrheit. Aber er war momentan nicht in der Verfassung für eine weitere Vernehmung.

Pavarotti hatte die Türklinke schon in der Hand, da beschloss er, eine letzte Frage zu stellen.

»Woher wussten Sie eigentlich, dass sich Michael Cabruni in Meran aufhielt?«

Mit einem Gesicht, das bis auf die violett geschwollenen Tränensäcke und die gerötete Nase totenblass war, schaute Ladinser zu ihnen auf.

»Hon an Briaf gekriagt«, sagte er nach einer Weile widerwillig.

»Wo ist der Brief?«

»Wegg'schmiss'n«, sagte der Mann, aber seine Augen zuckten zur Küchenschublade. Emmenegger, der es auch gesehen hatte, wollte schon darauf zusteuern, aber Pavarotti hielt ihn zurück.

»Des dürfen S' nicht«, kreischte Ladinser.

»Richtig«, versetzte Pavarotti. »Deswegen bleibt der Sergente jetzt hier und passt auf, dass Sie den Brief nicht verschwinden lassen. Ich komme in einer halben Stunde wieder. Mit einem Durchsuchungsbeschluss.«

★★★

»Der Brief war ziemlich aufschlussreich«, sagte Pavarotti und lehnte sich zurück. Er war guter Laune. Endlich kamen die Dinge ins Rollen. Lissie saß ihm gegenüber, und die Bar gefiel ihm.

Die Bar Spezial verfügte über zwei spezielle Vorteile. Erstens war der höher gelegene Teil der Cavourstraße keine einladende Gegend und ziemlich ab vom Schuss, sodass sich nur selten ein Tourist hierher verirrte.

Das andere Spezielle war, dass das Lokal im Erdgeschoss eines alten Gebäudekomplexes mit dicken Mauern untergebracht war, dessen voluminöser Vorbau die Cavourstraße an dieser Stelle in einen Bogengang verwandelte. In der Bar war es dunkel und kühl. Dass der Kasten aus der Jahrhundertwende abnorm hässlich war, scherte Pavarotti nicht.

»Der Absender ist ein anderes Besatzungsmitglied der ›Stella Maris‹. Angeblich war Cabruni fachlich eine Pfeife, der Vorfall vor Kap Hoorn war wohl kein einmaliger Ausrutscher. Beliebt war der Tote anscheinend auch nicht, jedenfalls nicht beim Briefschreiber. Ein Giuseppe. Nachname unbekannt, der Briefumschlag wurde vernichtet. Und der Ladinser redet nicht. Aber den knacken wir noch.«

Die Bedienung vom Spezial war mürrisch, aber schnell. Das Glas Chardonnay und ein Bier waren bereits im Anmarsch.

»Ich wette, dass der Kerl, der den Brief verfasst hat, eine ganze Menge über Cabruni weiß. Eine Unterhaltung mit ihm könnte sich lohnen, was meinst du?«

Er schaute auffordernd zu Lissie hinüber. Aber die schien mit ihren Gedanken ganz woanders zu sein.

»Michael Cabruni hat sich bedroht gefühlt«, sagte sie plötzlich.

Pavarotti starrte sie an. »Wie kommst du darauf?«

»Hanna Landsberg hat es mir gesagt. Bei der hast du's richtig vergeigt. Sonst hätte sie es dir ja wohl nicht verschwiegen, oder?«

»Lissie, ich bitte dich. Der Frau geht es schlecht. Was sie dir erzählt, kannst du nicht für bare Münze nehmen!«

»So krank ist die nicht! Wenn du dir den Garten mal angeschaut hättest …!«

»Ich hab mit Matern gesprochen. Die haben einen Gärtner. Alle haben übereinstimmend ausgesagt, dass Cabruni am Ende mit niemandem mehr geredet hat.«

»Denk an das Fernglas! Cabruni hat jemanden beobachtet. Er war also halbwegs klar im Kopf. Ich bin gespannt, wie du das wegerklärst!«

Pavarotti wurde langsam zornig. »Ich erklär überhaupt nichts weg.«

»Außerdem hat die Landsberg im Garten —«

Pavarotti verdrehte die Augen. »Verschone mich mit der Frau und ihrem Garten!«

»Kein Problem.«

Betretenes Schweigen.

»Eigentlich wollte ich dich bitten, einen Kurztrip auf der ›Stella Maris‹ zu machen«, sagte Pavarotti nach ein paar Minuten. »Um diesen Giuseppe zu finden und ihn zu befragen.«

Überrascht sah Lissie auf. »Und wie soll ich das bitte finanzieren? Du willst mir doch wohl nicht erzählen, dass das dein Budget hergibt?«

»Bewirb dich als Lektorin. Dann ist der Trip umsonst.«

»Warum sollten die mich nehmen, so kurzfristig? Das wird doch nichts.«

Pavarotti grinste. »Der derzeitige Lektor auf der ›Stella Maris‹ macht Zicken wegen der Sicherheit. Er weigert sich, seinen Vertrag zu erfüllen. Die Passagiere sind offenbar bereits ungehalten. Im Personalbüro sind sie mittlerweile so verzweifelt, dass sie jeden nehmen würden.«

Beleidigt fragte Lissie: »Was für einen Vortrag wollen die?«

»Keine Ahnung. Denk dir was aus. Am besten rufst du gleich in Venedig an und bewirbst dich. Mach schnell. Der Kahn schwimmt zwar schon, aber vielleicht können sie dich unterwegs aufsammeln.«

»Und Spock?«

»Lass ihn doch bei Justus. Seit gestern gibt der Junge ganze Sätze von sich. Das einzige Gesprächsthema: dein Hund. Die Verantwortung wird Justus guttun.«

Ein Vierzehnjähriger und ein Dobermann? Aber die beiden waren tatsächlich auf Anhieb ein Herz und eine Seele gewesen. Momentan waren sie an der Passer mit dem Rad unterwegs.

Lissie schwieg. Dann sagte sie: »Was ist mit der Recherche in der Villa? Und mit meiner Psychotherapie?«

»Melde dich krank. In ein paar Tagen bist du ja wieder hier. Mittlerweile bin ich mir nicht mehr so sicher, dass der Mord mit der Klinik zu tun hat. Auch wenn dort bestimmt einiges im Argen liegt. Zum Beispiel der Personalstand. Und die Therapiemethoden.« Pavarotti dachte an Paul Tschugg, wie er von der Decke baumelte. »Tolle Behandlungsstrategie. Aber nicht unbedingt kriminell.«

Oder doch? Pavarotti seufzte. *Ich brauche dringend jemanden, der das beurteilen kann.*

Er merkte erst, dass er den Gedanken laut ausgesprochen hatte, als ihm Lissie antwortete: »Frag beim Vormundschaftsgericht oder bei der Staatsanwaltschaft nach. Ich wette, ihr habt einen amtlichen psychiatrischen Gutachter oder einen Kriminalpsychologen, der als Sachverständiger fungiert.«

17

Im Hafen von Valletta – Donnerstag, 19. Juli, abends

Das konnte doch nicht sein. Enttäuschung, gemischt mit Zorn, stieg in Lissie auf. Sie stand in der Tür ihrer Kabine und starrte fassungslos hinein. Der Raum war höchstens fünfzehn Quadratmeter groß, aber was das Allerschlimmste war: Er hatte keine Fenster.

Die haben mir eine INNENKABINE gegeben! Das Wort brannte ein Loch in Lissies Bauch.

Es klopfte. Widerwillig öffnete sie. Ein kleiner Asiate in blauer Housekeeping-Uniform kam herein. »Ich bin Jimmy.« Lächelnd stellte er sich als Lissies persönlicher Kabinensteward vor.

Fast hätte sie aufgelacht. *Mein eigener Kabinensteward, aber sicher.*

Ihrer und der von weiteren hundertfünfzig Passagieren auf diesem Deck. Laut sagte sie: »Glauben die hier vielleicht, dass Lektoren so was wie Grottenolme sind, die kein Tageslicht brauchen?«

Der Asiate lächelte noch breiter. »Die meisten Lektoren bekommen Doppelkabine, die teilen. Sie Glück haben. Weil einziges weibliches Mitglied der Unterhaltungscrew. Außer Tango-Frau, die aber mit Tango-Mann verheiratet.«

Dann bugsierte er ihren Koffer ins Zimmer. »Zu Ihren Diensten! Schöne Reise!« Er deutete auf das Tischchen neben dem schmalen Einzelbett, das Lissie mit Schaudern in Augenschein nahm.

»Piccolo als Willkommen. Kleine Aufmerksamkeit von der Reederei! Genießen Sie!«

Er konnte ja nichts dafür.

Lissie griff in ihre Tasche und gab ihm ein Trinkgeld. Eventuell erwies sich das als nützliche Investition. Man konnte nie wissen.

Das Grinsen reichte mittlerweile von Ohr zu Ohr. Bücklinge

machend, verschwand Lissies ganz persönlicher Kabinensteward im Rückwärtsgang aus der Tür.

★★★

Ihr Aufbruch in Meran war überstürzt gewesen. Die Reederei hatte darauf bestanden, dass sie schon am nächsten Tag in Malta an Bord ging.

Mittlerweile war es Viertel vor neun Uhr am Abend. Um halb zehn Uhr würde die »Stella Maris« aus Valletta auslaufen.

Lissie konsultierte den Decksplan, der hinter ihrer Tür an der Wand hing. Sie befand sich auf dem untersten Passagierdeck, knapp oberhalb der Wasserlinie. Hier waren die billigsten Kabinen untergebracht. Sie trat auf den schmalen Flur hinaus und schaute nach links und rechts. Ein langer beigefarbener Schlauch. Der Darm eines Wals.

Die Luft war eiskalt und roch schwach nach Essensdüften. An der Decke sonderten Neonröhren beiges Licht ab. Lissie hatte das Gefühl, dass die Wände näher rückten. Auf ihrer Haut im Nacken begann sich ein Schweißfilm zu bilden.

Von oben ertönte ein durchdringendes Tuuut-tuut, das den Boden unter ihren Füßen erzittern ließ.

An Deck sog sie gierig die würzige Seeluft ein. Der intensive Geruch von Salz und Seetang stieg ihr in die Nase, dann plötzlich ein Schwall Diesel, so scharf, dass sie niesen musste.

Auf dem Promenadendeck war die Hölle los. Ein Großteil der Passagiere wollte offenbar das Ablegen beobachten. Außerdem gab es hochprozentige Cocktails, fetten Ruß aus dem Schornstein und bestimmt gleich einen altbackenen Witz vom Kapitän.

Lissie drängelte sich durch die Menge und eroberte sich einen Platz an der Reling. Direkt vor ihr erhoben sich die Mauern und Türme von Valletta. Ein Meer aus sandfarbenen Steinen, die im Abendlicht schimmerten.

Lissie war es, als throne sie über der Stadt und schaue weit in ihr altes goldenes Herz hinein.

Sie hatte keine Ahnung, wie sie vorgehen sollte. Aus dem ominösen Schreiben an Emil Ladinser ergab sich nicht, welchen Posten »Giuseppe«, der unbekannte Briefschreiber, auf der »Stella Maris« bekleidete. Ihr blieben nur zwei Tage und zwei Nächte, um das herauszufinden. Das Schiff würde als Nächstes in Amalfi anlegen, danach folgte ein Halt vor Elba. In Genua war die Reise schon zu Ende. Lissie seufzte. Die Besatzung der »Stella Maris« umfasste laut Schiffsinformationen auf der Website der Reederei mehr als dreihundert Personen.

Sie blickte nach unten. Ein paar Nachzügler rannten auf die Gangway zu, die kurz darauf von zwei Crewmitgliedern eingezogen wurde.

Die Lautsprecher knackten. »Hier spricht Ihr Kapitän! Ich freue mich, dass sich nun doch alle Passagiere entschlossen haben, uns mit ihrer Anwesenheit zu beehren!«

Oje, war der Kapitän aber genervt. Plötzlich klang die Stimme boshaft. »Aber vielleicht haben unsere Bummler ihren Landgang genutzt und können mir helfen, aus diesem vermaledeiten Hafen wieder rauszufinden. Ich kenn mich jedenfalls hier nicht aus.«

Einige Passagiere schauten sich an. Aus dem Lautsprecher kicherte es. »Aber wenn alle Stricke reißen, dann fahr ich halt den Bierdosen nach, die da vorn auf dem Wasser schwimmen. Die von den Engländern, die vor ein paar Minuten ausgelaufen sind.«

Jetzt erst begriffen alle. Gelächter. Neue Getränke wurden bestellt.

Ein drahtiger Mann in einem Arbeitsoverall schüttelte den Kopf und schnippte seinen Zigarillostummel ins Hafenbecken. Dann betastete er seine Jackentasche. Lissie, die ihn verstohlen beobachtete, bemerkte, dass er einen Briefumschlag herauszog. Als er Anstalten machte, ihn in der Mitte durchzureißen, entfuhr es ihr: »Nicht!«

Sie krümmte sich innerlich.

Mit einem erstaunten Gesichtsausdruck wandte sich der Mann ihr zu.

»Ich finde, Briefe wegzuwerfen, bringt Unglück«, verteidigte Lissie sich.

»Ach so«, lachte der Mann. »Den hab ich aber nicht erhalten, sondern selbst geschrieben. Aber ich komm ja doch nicht an Land, um ihn aufzugeben.«

Plötzlich weiteten sich seine Augen. »Sie sind die neue Lektorin, stimmt's? Der Kapitän hat Sie angekündigt und Ihr Foto gezeigt. Wir haben noch über Sie geredet. Warum Sie hier einspringen, wo doch …«

Er unterbrach sich. »Kann ich Sie um einen Gefallen bitten? Könnten Sie den Brief in Amalfi zur Post geben? Bei uns im Maschinenraum ist der Teufel los.«

Lissie nickte langsam. »Aber …«

Der Mann schaute über ihre Schulter, und sein Blick gefror. »Ich möchte meine Post lieber nicht hier an Bord aufgeben«, sagte er gepresst, drückte ihr den Umschlag in die Hand und verschwand in der Menge.

Lissie drehte sich um. Hinter ihr stand ein Mann um die fünfzig. Ein an seinem Jackett befestigtes Schild wies ihn als »Mr. Benedotti, Executive Cruise Director« aus.

»Sind Sie Signora … äh … Spiegel?«, wollte er wissen. Überrascht nickte Lissie.

»Ich würde gerne morgen Vormittag Ihren Vortrag mit Ihnen absprechen. Wir hatten ja mit Ihnen noch nicht das Vergnügen.«

»Gern«, sagte Lissie. »Wann?«

»Um zehn, in meinem Büro.«

Das lief ja besser als erwartet. Der Cruise Director war für das gesamte Unterhaltungsprogramm an Bord verantwortlich. Ein hohes Tier, wie Cabruni eines gewesen war. Der Mann wusste mit Sicherheit eine Menge über seinen Exkollegen, vielleicht sogar mehr als der geheimnisvolle Guiseppe.

18

Meran – Freitag, 20. Juli, am Morgen

Anscheinend verdiente Dr. Sigmund Frahm mit psychiatrischen Gutachten eine Stange Geld. Oder seine Privatpraxis lief glänzend. Vermutlich beides.

Schwer atmend blieb Pavarotti stehen. Der Winkelweg stieg steil bergan.

Er betrachtete die herrschaftliche Villa. Sie war eine der kleineren in Obermais, aber schmuck und gepflegt, mit einem Erker an jeder Seite.

Die Tür öffnete sich, und ein Paar kam heraus. Pavarotti hörte, wie die Frau den Mann angiftete. Ohne ihn eines Blickes zu würdigen, liefen die beiden an ihm vorbei.

Die Informationen auf Frahms Website hatten Pavarotti beeindruckt. Frahm hatte seine Laufbahn als Allgemeinmediziner begonnen. Gleichzeitig hatte er ein Psychologiestudium mit dem Schwerpunkt Kriminalpsychologie absolviert. Damit nicht genug, hatte er es anschließend auch noch zum Facharzt für Psychiatrie gebracht.

Er klingelte. Pavarotti hätte hinterher nicht genau sagen können, was er erwartet hatte. Vielleicht einen aufbrausenden Engel Gabriel, wie Anselm Matern einer war. Oder den Gegenentwurf, einen väterlichen, gütig wirkenden Menschenfreund.

Der Mann, der ihn im Eingangsbereich seiner Praxis erwartete, war keines von beiden. Dr. Frahm befand sich in den mittleren Jahren. Er war durchschnittlich groß und schlank. Auf Pavarotti machte er einen unauffälligen Eindruck. Sein Gesicht war faltenfrei, obwohl er die vierzig weit überschritten haben musste. Vermutlich hörte er nicht viele Geschichten, von denen man Lachfältchen bekam.

Frahm musterte ihn bei der Begrüßung kurz, schaute dann aber sofort weg, als sei ihm die Musterung peinlich.

Er führte Pavarotti durch den leeren Wartebereich in ein L-förmiges Zimmer. Der kurze Teil des L war einer dunkelroten Couch vorbehalten. Der größere Raumteil wurde von einer Bibliothek aus Kirschholz und einer Sitzgruppe mit drei dunkelblauen Ledersesseln in Beschlag genommen. Beifällig bemerkte Pavarotti, dass die Buchrücken eine Gerade bildeten. Ein Mensch mit System.

Dr. Frahm schob einen der beiden Sessel, die nebeneinandergestanden hatten, wieder übereck, sodass alle drei Sitzgelegenheiten exakt im Neunzig-Grad-Winkel zueinander ausgerichtet waren.

»Bitte, nehmen Sie Platz.«

Der Sessel sah bequem aus, doch Pavarotti setzte sich nur zögernd. Die Sitzfläche fühlte sich noch warm an. Am liebsten wäre er wieder aufgestanden. Aber dann würde er erklären müssen, wieso. Er unterdrückte den Impuls.

»Ihre Vita ist beeindruckend«, sagte er stattdessen. »Psychologe und Psychiater – hätte nicht eine Ausbildung gereicht?«

Frahm lächelte. »Viele Störungen haben nicht nur psychologische, sondern auch organische Ursachen, Commissario. Insofern halte ich ärztliche und fachärztliche Kenntnisse für unerlässlich. Durch meine Ausbildung zum Facharzt bin ich außerdem in der Lage, Medikamente zu verabreichen. Aber mein Hauptinteresse gilt der Psychologie.«

Sigmund Frahm entpuppte sich als geduldiger Zuhörer. Er schloss die Augen und ließ sich von Pavarotti die Vorgänge in der Villa Speranza schildern, ohne eine Zwischenfrage zu stellen.

»Ich verstehe noch nicht ganz, wie ich Ihnen helfen kann, Commissario«, sagte Frahm schließlich und fixierte eine antike Kommode, die neben Pavarottis Stuhl stand.

»Ich brauche eine unabhängige Expertenmeinung zu dieser Klinik«, sagte Pavarotti. »Ich kann nicht beurteilen, ob das, was dort abläuft, seine Richtigkeit hat.«

»Seine Richtigkeit? Inwiefern?«

»In der Villa halten sich knapp dreißig Patienten auf, die von nur drei Pflegekräften versorgt werden. Außerdem arbeiten dort zwei Psychiater, einer davon ist der Chefarzt, also auch für den Verwaltungskram zuständig. Die Stelle des Psychologen ist überhaupt nicht besetzt.« Pavarotti holte Luft. »Dottore, das reicht doch nie und nimmer. Mein gesunder Menschenverstand sagt mir, dass es in der Klinik zu wenig Personal gibt!«

Dr. Frahms Blick tanzte über die polierten Glasscheiben seiner Bibliothek.

»Nicht unbedingt. Es kommt drauf an, wie viele Akutfälle betreut werden. Es existieren bei Privatkliniken keine diesbezüglichen Vorschriften. Diese Einrichtungen werden nicht von der Basaglia-Reform und den entsprechenden Regelungen erfasst.«

»Basaglia …?«

»Franco Basaglia. Das war der Psychiater, auf dessen Betreiben es 1978 zur Psychiatriereform in Italien kam. Die Schließung der Anstalten hat einen riesigen Wirbel in ganz Europa verursacht. Die Presse hat monatelang darüber berichtet. Bestimmt erinnern Sie sich daran, Commissario.«

Nein. In der Zeit hab ich nur wenig mitbekommen, aber zu viel erlebt.

»Freiheit heilt«, fuhr Frahm fort, als Pavarotti nicht antwortete. »Das war der Schlachtruf der Demokratischen Psychiatrie, wie sich die Bewegung nannte. Herr Dr. Matern ist als glühender Anhänger von Franco Basaglia bekannt. Soweit ich unterrichtet bin, nimmt er dessen Grundsätze sehr ernst, auch heute, nach über dreißig Jahren. Dottore Matern genießt einen guten Ruf. Ich höre immer wieder, dass er sich viel Zeit für jeden Patienten nimmt.«

»Und wie erklären Sie sich dann die knappe Personaldecke?«

Der Psychologe beugte sich zu dem Tischchen vor, das zwischen ihnen stand, und rückte es zurecht. »Die Klinik ist eine private Institution und muss … nun … auf ihre Kosten achten. Wir müssen alle sparen.«

Dr. Frahm begutachtete einen Schreibblock und einen Bleistift, die auf dem Tischchen lagen. »In einem Punkt haben Sie recht: Von einer befriedigenden Versorgung sind wir nach wie vor weit entfernt.« Die Bleistiftspitze wurde zu einer Ecke des Schreibblocks ausgerichtet. »Vor allem in Südtirol. Es fehlen immer noch viele Plätze in Wohnheimen und Tageskliniken. Trotzdem: Mit den früheren Zuständen hat die heutige stationäre Betreuung in Italien nichts mehr zu tun.«

Frahms Blick schweifte hinüber zur roten Couch und blieb daran hängen. »Stellen Sie sich die vielen Menschen vor, die Tag und Nacht ans Bett gefesselt waren. Die sich kaum bewegen konnten und nicht einmal die einfachsten Verrichtungen ...« Er unterbrach sich. »Zwangsjacken. Elektroschocks. Und dann die ständigen Demütigungen, die Machtübergriffe und Pflichtverletzungen des Personals, denen diese Menschen ausgesetzt waren ...« Frahm biss sich auf die Lippen. »Menschen, die lange Zeit in einer solchen Anstalt eingesperrt sind, erleiden seelische Schäden, die schlimmer sind als die, aufgrund deren sie eingeliefert wurden. Wir sprechen von ungefähr achtzigtausend bedauernswerten Patienten allein in Italien, vor der Reform. Dass psychisch massiv gestörte Menschen heute eine Chance auf Heilung haben, ist Ärzten wie Signore Matern zu verdanken.«

Frahm nahm eine kleine Serviette aus einer Schublade und begann, über einen unsichtbaren Fleck zu wischen.

Pavarotti hatte genug von salbungsvollen Reden und Ablenkungsmanövern. »Ist es eigentlich normal, dass die Leute über Wochen stationär zwangsbehandelt werden? Soweit ich weiß, befindet sich ein halbes Dutzend der Patienten seit über einem Monat in der Villa Speranza.«

Der Taschentuchzipfel kreiste jetzt schneller auf dem Glas. »Das sind keine Zwangseinweisungen. Zwangsbehandlungen sind in Privatsanatorien verboten. Außerdem beträgt die maximale Aufenthaltsdauer bei Zwangseinweisungen in Italien generell nur eine Woche. Sie muss vom zuständigen Bürgermeister angeordnet und vom Vormundschaftsgericht bestätigt werden.«

Pavarotti richtete sich auf. »Ich weiß definitiv, dass eine Patientin schon seit Monaten in der Klinik ist. Sie erweckt nicht den Eindruck, selbst Entscheidungen treffen zu können.«

Frahm warf ihm einen kurzen Blick zu. »In diesem Fall liegt mit Sicherheit eine Einverständniserklärung der Patientin vor. Beim geringsten Zweifel wird ein psychiatrisches Zweitgutachten durch einen externen Sachverständigen angefordert.«

»Von jemandem wie Ihnen?«

»Richtig.«

»Eine gewisse Sylvie Steyrer. Sagt Ihnen der Name etwas?«

Frahm zögerte einen Moment.

»Nein.«

Log der Mann? Schwer zu beurteilen, weil sein Blick immer unstet war.

»Wenn Sie selbst der Gutachter gewesen wären, hätten Sie berücksichtigt, dass die Klinik als private Unternehmung ein starkes Interesse besitzt, die Aufenthaltsdauer der Patienten zu verlängern?«, forschte Pavarotti.

Der Psychologe stand auf. »Ich muss das Gespräch leider beenden, Commissario. Mein nächster Patient wartet bereits.«

19

Meran – Donnerstag, 9. August

3. Gesprächsprotokoll von Dr. Sigmund Frahm,
Kriminalpsych.

Vormittagssitzung

Sind Sie verstimmt, Herr Doktor? Oder langweile ich Sie
etwa bereits?

Anscheinend ist das, was sich draußen vor dem Fenster ab-
spielt, interessanter als die Geschichte, die ich Ihnen zu bieten
habe. Und ich dachte immer, ich sei ein guter Erzähler.

Es geht es Ihnen darum, meinen Blick zu vermeiden, ist es
nicht so?

Mir ist aufgefallen, dass Sie darauf achten, mir nicht zu nahe
zu kommen. Haben Sie Angst vor mir, weil ich ein Monster bin?

Ah. Sie kneifen die Lippen zusammen. Da habe ich es doch
tatsächlich geschafft, Ihnen ein Gefühl zu entlocken.

Ich glaube, wir haben bisher neben dem obligaten »Guten
Tag« und »Auf Wiedersehen« nicht mehr als zwei Dutzend
Worte gewechselt. Ich dachte, es ist die Aufgabe des Psycholo-
gen, das Verhalten des Patienten zu deuten? Dazu müssten
Sie sich allerdings äußern.

Dafür ist es noch zu früh, sagen Sie. Sie können ja tatsächlich
sprechen!

Ich giere nach Ihrer Deutung, Herr Doktor. Meine persönliche
Interpretation erhalten Sie gratis, und zwar gleich jetzt.

Meine Geschichte handelt von drei Jugendlichen, die sich
liebten und gleichzeitig hassten. Und als ein vierter dazukam,
spülte der Hass alles andere fort.

Wer von uns dreien auf die Idee mit dem Schiff kam, weiß ich
heute nicht mehr. Vielleicht hab ich dieses Wissen verdrängt, gut
weggeschlossen in einem dunklen Kellerloch meines Gehirns.

Als Emmas Krüppel auf der Bildfläche erschien, hätten wir den Plan fallen lassen sollen. Aber da hingen wir schon über ein Jahr zusammen ab und waren nicht dran gewöhnt, unsere kuriosen Ideen, mit denen wir die Zeit totschlugen, so schnell aufzugeben.

Wir drei, das waren Emma, ich – und »Dorian«, so nannte er sich. Wobei »gemeinsam abhängen« die Untertreibung schlechthin ist. Wir waren fast immer zusammen, seit jenem Tag, als Emma und ich Dorian kennenlernten.

Das war in Frankfurt am 1. Mai 1984, beim Radrennen um den Henninger Turm.

Nicht dass meine Schwester und ich uns sonderlich für den Radsport interessiert hätten. Aber Emma hatte gerade wieder mal festgestellt, dass sie auf einen Nichtsnutz reingefallen war, und Lust, ein paar Knackärsche und stramme Waden zu begucken, und ich ging mit, wie immer.

Ich schlug vor, uns entlang des Steilstücks kurz vor dem Sandplacken aufzustellen, wenn die Fahrer aus Frankfurt in den Taunus hochstrampeln und sich so richtig ins Zeug legen müssen. Aber da oben am Wald war es Emma zu langweilig. Also entschlossen wir uns zu einem Standplatz an der Darmstädter Landstraße, kurz vor der Einfahrt ins Ziel.

Wir hatten uns gerade mit heißen Würstchen mit Senf versorgt, da fing es an zu regnen. Nein, ich muss mich korrigieren. Es goss wie aus Kübeln. Die Leute spannten ihre Schirme auf oder rannten zu Hauseingängen oder Toreinfahrten, um sich unterzustellen. Wir schauten uns an. An einen Schirm hatten wir nicht gedacht. Nach kurzer Zeit klebten uns bereits die Haare am Kopf. Auf Emmas ausgeprägtem Nasenrücken perlten Wassertropfen nach unten. Meine Schwester, die mit ihrer Zunge ihre Nase erreichen konnte, leckte Wasser von ihrer Nasenspitze und grinste.

Das Grinsen wäre ihr vergangen, wenn sie gewusst hätte, dass es dieses Wetter war, an dem ihr Schicksal hing. Wenn es an diesem Tag nicht geregnet hätte, wäre ihr Leben wahrscheinlich vollkommen anders verlaufen. Und meins auch.

»Mein Schirm ist groß genug. Aber nur, wenn ich abbeißen darf.« Wir fuhren herum. Hinter uns stand ein Junge, ungefähr in unserem Alter, komplett schwarz gekleidet. Über seinem Kopf spannte sich ein riesiger schwarzer Schirm, über den sich ein weißes Spinnennetz zog.

Er hatte ein Lippenpiercing, einen kleinen Ring, an dem eine winzige silberne Kugel befestigt war. Definitiv nicht Emmas Typ, auch wenn der Knabe überirdisch gut aussah.

»Uahh, ein Goth«, murmelte Emma. Laut fragte sie in ihrem ätzendsten Tonfall: »Wo jetzt, an meiner Nase oder an der Wurst?«

Daraufhin beugt sich der Typ doch glatt vor, beißt sie ganz zart in ihre Nasenspitze, schleckt die Regentropfen weg und grinst. Und als sich Emmas Mund zu einem O öffnet, stopft er ihr den restlichen Wurstzipfel in den Mund.

Das war's. Seitdem waren wir täglich zusammen, Emma, Dorian und ich. Ziemlich schnell erfuhren wir, dass er sich keineswegs für einen Goth hielt. Er hasste Goth-Schminke im Gesicht, und ganz besonders hasste er toupierte Haare. Das wäre auch ein Jammer gewesen, bei dieser blonden Haarpracht. So sah er mit seinen Klamotten einfach aus wie ein schwarzer Engel mit einem Touch Dracula.

20

Irgendwo auf dem Mittelmeer, unterwegs nach Amalfi – Freitag, 20. Juli, im Laufe des Morgens

Warum hatte sie beim Abendessen dermaßen zugelangt? Lissies Magen wollte nicht aufhören zu rumpeln, und sie wälzte sich in dem schmalen Bett hin und her. Erst in den Morgenstunden hatte sie die immer stärker rollende Bewegung des Schiffs in einen unruhigen Schlaf gewiegt, durch den wirre Traumfetzen zogen.

Als sie aufwachte, war es bereits halb zehn. Noch fast blind tappte sie ins Bad. Als sie sich aus der Duschkabine zwängte und nach dem Badetuch tastete, stieß sie sich den Kopf am Handtuchhalter. Lissie fluchte und rieb sich die schmerzende Stelle.

»Etwas Schlimmes passiert? Brauchen Doktor?«, rief jemand. Es klopfte an der Tür.

»Moment!«

Mit besorgter Miene lugte Jimmy, der Steward, ins Zimmer. Als er ihr zerknautschtes Gesicht sah, grinste er. »Bisschen viele Cocktails gestern? Jetzt Kopfweh, eh? Ich gehen besorgen Aspirin, ja?«

»Mir nur habe Kopfe gestoßen. Bisschen viel klein hier drin, ja?«, brummte Lissie, und bereute es gleich darauf. »Verzeihen Sie, ich wollte nicht ungezogen sein.«

Der Asiate grinste erneut. »Kein Problem. Daran bin ich selbst schuld«, sagte er in tadellosem Englisch. »Diese Leute hier …«, er zeigte auf die geschlossenen Kabinentüren, »… erwarten grauenhaftes Englisch, wenn sie einen Asiaten sehen. Ich hatte es einfach so satt, dass mich jeder fragt, wo ich sooo gut Englisch gelernt habe. Ich komme mir dann vor wie ein sprechender Papagei. Da spiele ich lieber den Hanswurst.«

»Kann ich mir vorstellen«, sagte Lissie.

»Übrigens sind Sie momentan unter Tage Hauptgesprächsthema.«

»Wieso das denn? Und was meinen Sie mit ›unter Tage‹?«

»Unter der Wasserlinie. Da hausen alle, die hier die Drecks-arbeit machen. Kellner, Hilfsköche, Putzgeschwader, einfache Matrosen, Maschinisten, Kabinenstewards, Barkeeper, Zim-mermädchen. Wir fragen uns alle, was Sie freiwillig auf so ein Unglücksschiff treibt. Oder haben Sie etwa nichts von unserem kleinen Intermezzo vor Kap Hoorn gehört?«

»Doch, schon. Aber ich bin auf das Geld angewiesen.«

Jimmy nickte verständnisvoll. »So geht es uns allen. Unsere Familien brauchen das Geld.«

»Was ist mit den Passagieren? Warum haben denn die ihre Reise nicht abgeblasen?«

»Ts, ts«, machte Jimmy. »Sie verstehen wohl nicht viel von Menschen, oder? Die hatten doch schon bezahlt! Außerdem glaubt jeder sowieso, auf dem Mittelmeer kann nicht viel pas-sieren.« Er wackelte mit dem Kopf. »Was für ein grandioser Irrtum. Ich mach das Bett, während Sie Ihre Haare föhnen. Sie haben ja gleich einen Termin, wie ich höre.«

★★★

»Wie ist es da unten, wo Sie … wohnen?«, fragte Lissie zögernd, als sie Richtung Aufzug liefen.

»Wollen Sie das wirklich wissen?« Jimmy studierte ihr Ge-sicht. »Es ist viel zu warm, die drehen die Klimaanlage nie rich-tig auf. Das ist verboten, sie machen es aber trotzdem, wegen der Kosten.« Er zuckte mit den Achseln. »Aber das Schlimmste ist die Enge und das Wissen, dass du nachts in diesem Stahlsarg eingeschlossen bist, da unten in der Tiefe. Keine angenehme Vorstellung auf so einem Unglücksschiff, glauben Sie mir.«

Auf einmal fühlte sich Lissie mit ihrer Innenkabine sehr privilegiert.

»Warum nennen Sie die ›Stella Maris‹ ein Unglücksschiff?«, hakte sie ein. »Auch auf anderen Schiffen passiert hin und wieder etwas.«

Der Asiate warf ihr einen Seitenblick zu. »Auf diesem Schiff hier passiert nicht ›mal‹ etwas, sondern ständig. Vielleicht liegt es daran, dass der Kahn so alt ist. Das war er schon, als sie ihn in Dienst genommen haben. 1986 war das, soviel ich weiß. Die Reederei war damals fast pleite, was Besseres konnte sie sich nicht leisten.«

Mittlerweile waren sie auf Deck sieben hinausgetreten. Vor ihnen lag der Pool. Der Beckenrand aus Edelstahl funkelte in der Sonne. Ein Mann war dabei, die Teakholzveranda vor der Bar zu wienern, dass sie schimmerte. »Dieses Schiff mag alt sein«, wandte Lissie ein. »Aber tipptopp in Schuss.«

Ungläubig schaute Jimmy sie an. »Das ist doch bloß der Lack. Sie müssten mal den Maschinenraum sehen. Oder die Küche.«

Der kleine Asiate fischte eine Schlüsselkarte aus seiner Jackentasche und öffnete eine unscheinbare, beige gestrichene Stahltür, auf der »Crew only« angeschlagen war.

Sie passierten eine Kabine mit der Aufschrift »Erster Offizier«, dann fiel Lissies Blick auf das Türschild »Chief«.

Jimmy sagte mit gespieltem Mitleid: »Hiel Mastel des Maschinenlaums wohnen. Chief ganz neu, immel jammeln, oh, oh – oh, oh. Wegen schlechten Albeitsbedingungen. Al-beits-be-ding-ung-en. Schweles Wolt. El überhaupt es sehl schwel haben. Auch wegen altel Maschinen. Will neue haben, Leedelei sagt abel, gibt keine neuen. Jetzt sehl beleidigt.« Jimmy kicherte.

Inzwischen war er stehen geblieben. Neben der nächsten Klingel stand »Excut. CD« Das Gesicht des kleinen Asiaten war plötzlich ernst geworden. »Der Exekutor. So nennt er sich, unser Executive Cruise Director. Vorsicht, Lady. Mister Benedotti mag Frauen am liebsten, wenn sie sich zu seinen Füßen befinden. Entweder mit Putzen beschäftigt oder mit anderen Sachen.«

Lissie klingelte. Keine Antwort. Als sie ihre Ohrmuschel an die Tür legte, hörte sie ein leises Geräusch, wie den Klagelaut einer Katze.

»Vielleicht ist ihm schlecht geworden?«

»Unwahrscheinlich«, sagte Jimmy. »Der kotzt nicht, der ist das Brechmittel.«

»Das stimmt was nicht. Öffnen Sie die Tür, schnell!«

»Nein! Was glauben Sie, was der mit mir macht! Und außerdem, ich kann's sowieso nicht! Ich hab keinen Generalschlüssel für den Offizierstrakt.«

»Das ist ein Notfall«, fauchte Lissie.

Beleidigt zog Jimmy sein Walkie-Talkie aus der Jackentasche. Bevor er es benutzen konnte, wurde die Tür mit einem Ruck aufgerissen, und eine halb nackte junge Asiatin rannte heraus. Slip und Strumpfhose hingen in Kniehöhe. Als sie Lissie und Jimmy sah, stolperte sie und stieß einen hohen Jammerlaut aus. Dann zog sie den Rotz hoch, der ihr aus der Nase lief, und schob sich im Laufen ihre Unterwäsche über den nackten Hintern.

Ohne zu zögern, betrat Lissie die Kabine. »Nein, nicht!«, schrie Jimmy hinter ihr her, doch sie beachtete ihn nicht. Die Kabine war eine Suite. Im Wohnraum hielt sich niemand auf, und Lissie marschierte schnurstracks durch bis ins Schlafzimmer.

Benedotti stand mit Oberhemd und Krawatte vor dem Schlafzimmerspiegel. Allerdings war er von der Taille abwärts nackt, und er hielt sein bestes Stück in der Hand. Als er Lissie im Spiegel erblickte, fuhr er herum. »Was zum Teufel …?«

»Sie hatten mich für zehn Uhr hierherbestellt«, sagte Lissie ruhig. »Allerdings hatte ich ein etwas … förmlicheres Treffen erwartet.«

»Ja und? Auf meiner Uhr ist es fünf vor zehn. Aber vielleicht nehmen Sie's nicht so genau?«

Die Absurdität dieser Aussage in Anbetracht der Situation verschlug Lissie die Sprache. Sollte sie den Typen jetzt sofort anzeigen oder erst zur Rede stellen? Unschlüssig drehte sie sich um und hoffte, dass Benedotti die Gelegenheit nutzte, seine Hosen anzuziehen.

Doch er packte sie am Arm und zeigte auf seine baumelnde Männlichkeit. »Schauen Sie sich das an! Diese Hure hat mich gebissen!« Seine Stimme vibrierte vor Zorn. Erschrocken wich sie zurück. Auf einmal bremste er sich. »Sie gehen jetzt hinüber in den Wohnraum und warten«, sagte er kalt. Dann trat er zum Nachttisch und griff zum Telefon.

★★★

Als der Arzt die Suite verlassen hatte, erschien Benedotti im Wohnzimmer. Er bewegte sich wie Lucky Luke nach einem vollen Monat im Sattel und roch durchdringend nach Wundsalbe.

»Also«, sagte er und kratzte sich an der Brust. »Kommen wir zu Ihrem Vortrag. Finanzkram.« Er schniefte. »Die Zentrale muss ja richtig auf dem Schlauch stehen. Dass Venedig uns jemanden zumutet, den man aufs Abstellgleis geschoben hat, ist der Gipfel. Sie sind ja nicht mal mehr zweite Garnitur.«

Lissie war drauf und dran, dem Mann ins Gesicht zu schlagen. Mit Müh und Not gelang es ihr, die Beherrschung zu bewahren.

»Ich merke, dass Sie keine Ahnung von meiner Branche haben«, sagte Lissie.

»Was soll das heißen?«

»Ich bin freiberuflich tätig und verdiene als Kommunikationsberaterin inzwischen weit mehr als früher.«

»Blödsinn. Sie haben ja noch nicht mal eine eigene Website. Ich hab Sie gegoogelt, also hören Sie auf, mich für dumm zu verkaufen.«

»Meinethalben können Sie den ganzen Tag googeln. Natürlich hab ich keine Website, weil ich keine brauche. Ich berate inzwischen nur noch die Bosse. Und die haben meine Geheimnummer. In Frankfurt wissen alle, dass ich die Beste bin. Eigenwerbung ist in meiner Branche nur was für Zweitklassige.« Lissie schlug ihre Beine übereinander und lächelte huldvoll.

Benedotti durchbohrte sie mit Blicken. »Mir doch egal, wie's bei Ihnen läuft.« Dann schoss sein Oberkörper plötzlich nach vorn, und sein Gesicht war nur noch zehn Zentimeter von Lissies entfernt. Sein Atem roch nach Alkohol.

»Wenn Sie langweiligen Stuss erzählen und die Leute sich

bei mir beschweren, setze ich Sie im nächsten Hafen raus. Verstehen wir uns?« Er fuchtelte mit seinem Zeigefinger vor ihrer Nase herum.

Lissie blieb sitzen, wo sie war. Keinen Zentimeter würde sie vor diesem Kerl zurückweichen.

»Das Gleiche gilt, wenn Sie sich erdreisten, irgendwelche Fonds oder anderen Mist zu empfehlen! Keine Empfehlungen, keine Finanzberatung! Ich hab nicht die Bohne Lust, wegen Ihnen Probleme zu kriegen.« Benedotti atmete schwer. Sein Gesicht war rot angelaufen.

Lissie lächelte reizend. Sie sagte: »Aber das Problem haben Sie doch schon.«

»Hä?«

»Die Kleine war eines der Zimmermädchen, nicht? Unzucht mit einer Abhängigen, und das noch in Anwesenheit gleich mehrerer Zeugen, ts, ts.« Sie seufzte. »Sie können von Glück sagen, wenn Sie bloß Ihren Job verlieren.«

Benedotti lachte schallend. »Wer hat mich denn gesehen? Der Arzt? Kein Problem an dieser Stelle.« Er grinste hämisch. »Lassen Sie mich raten. Ihr Kabinensteward hat Sie herbegleitet. Wer könnte das gewesen sein? Mal sehen.« Er zog einen Plan zu sich heran und entfaltete ihn. »Sie sind in Kabine 148 untergebracht. Auf dem Deck arbeitet Jimmy Choo.« Benedottis Fingerspitzen berührten sich, und er stützte sein Kinn darauf. »Hat Jimmy jetzt das Rückgrat einer Schnecke oder das eines Wurms? Ich bin mir nicht so ganz sicher. Was denken Sie?«

Lissie lächelte. »Bekanntlich krümmt sich auch ein Wurm, wenn man ihn tritt.«

»Oh, das werde ich nicht, verehrte Frau Lektorin. Im Gegenteil. Ich werde dafür sorgen, dass er ein paar Monate auf dem Suiten-Deck eingesetzt wird. Das reicht, damit er mir aus der Hand frisst.«

Eine bittere Flüssigkeit stieg Lissie in die Kehle. Sie räusperte sich. »Und was ist mit mir? Wie wollen Sie mich kleinkriegen?«, fragte sie und verfluchte ihre plötzliche Heiserkeit.

Nachdenklich musterte Benedotti sie. »Unnötig«, sagte er

schließlich. »Ihnen wird niemand Glauben schenken. Außerdem wird es keine Anzeige geben. Die Kleine weiß, was ihr andernfalls passiert. Weg kann sie hier ja schlecht, oder?« Er veränderte seine Sitzposition, stöhnte und fasste sich in den Schritt. »Die wird froh sein, wenn sie um eine Strafaktion herumkommt.«

»Und wie soll die aussehen?«, fragte Lissie ironisch.

Benedotti grinste. »Glauben Sie im Ernst, ich bin hier der Einzige?«

Ein kaltes Etwas ergriff Lissies Magen und drückte ihn zusammen. Diese vielen Frauen. Koreanerinnen, Philippinas, Thaimädchen, Inderinnen, Frauen aus Osteuropa. Weit weg von ihren Familien, die glaubten, dass sie das große Los gezogen hatten. Raus aus der Dorfarmut oder den Slums von Manila. Ein Job auf einem der großen Ozeandampfer, ein Stück von der Welt sehen. Doch dann entpuppt sich die Welt als ein Kleinstaat von ein paar hundert Metern Länge und fünfzig, sechzig Metern Breite, den sie jeden Tag und jede Nacht dutzendfach zu Fuß durchmessen, kreuz und quer. Sie balancieren Tabletts, schleppen Getränkekisten, räumen Tische ab, putzen Toiletten und wischen den Marmorboden des Atriums so lange, bis sich die Eitelkeit der Passagiere darin spiegeln kann. Und wenn sie damit fertig sind und das Pech haben, jung und hübsch zu sein, dann lutschen sie die Schwänze von geilen Böcken, die sie ihre Macht spüren lassen.

Und die Passagiere? Was nahmen die von all dem wahr?

Lissies Erinnerung an ihre eigenen Schiffsreisen produzierte unscharfe Bilder. Maskenhafte Gesichter, die immer lächeln, schmale Körper, die vorbeieilen. Knie, die sich beugen und einen Knicks andeuten. Augen, die über den Trinkgeldeintrag auf der Rechnung huschen. Mehr war da nicht.

Lissie richtete sich in ihrem Stuhl auf und hob ihr Kinn. Sie merkte, dass Benedotti sie lächelnd betrachtete.

»Mag ja sein, dass keine Anzeige erstattet wird. Aber wenn ich den Vorfall publik mache, gäbe es garantiert eine Untersuchung«, sagte Lissie forscher, als ihr zumute war. »Ich wette, die Medien würden sich auf die Story stürzen. Einen weiteren Skandal nach dem Desaster vor Kap Hoorn kann sich die Reederei nicht leisten.« Lissie betrachtete interessiert ihre Fingernägel. »Sie wären schneller draußen, als Sie piep sagen können.«

»Aha. Interessant. Und was soll der Konjunktiv in Ihrem beeindruckenden Vortrag?«

»Das, was jeder Konjunktiv soll. Nämlich das ausdrücken, was passieren kann. Aber nicht muss.«

Benedotti grinste. »Na sieh mal einer an. Zuerst kriege ich die volle Dosis moralinsaurer Entrüstung ab, und plötzlich kommt eine hübsche kleine Erpressung um die Ecke. Also, was wollen Sie?«

»Dass Sie mir alles über jemanden erzählen, den Sie kennen. Oder vielmehr gekannt haben.«

»Und wer soll das sein?«

Lissie atmete tief ein. »Michael Cabruni, ehemaliger Chief auf der ›Stella Maris‹.«

Benedotti schaute sie interessiert an. »Soso, der Michael Cabruni also. Warum interessieren Sie sich für den?«

Mit der Frage hatte Lissie gerechnet. »Ein Bekannter von mir schreibt Thriller. Er hat in der Zeitung gelesen, was passiert ist, und wittert die Vorlage für eine gute Geschichte.«

Daumendrücken, hoffentlich fragt er nicht, wie der Autor heißt.

»Wie heißt denn dieser Autor?«

»Stephen King.« Oh Gott, warum hatte sie das gesagt? Gleich war alles aus.

»Kenn ich nicht. Amerikaner?«

Lissie nickte schwach.

Benedotti zuckte die Achseln. »Die sind sowieso alle irre. Wenn Sie da drüben Ihrer Sekretärin an den Po fassen, gehen Sie in den Knast. Aber einen Schießprügel tragen, das gehört zum guten Ton. Also, wenn ich Ihnen was über Cabruni erzähle, dann Schwamm drüber über die Sache heute?«

»Na klar«, log Lissie.

Benedotti schwieg eine Weile. »Vielleicht hat Ihr Freund recht. Michael Cabruni wäre die perfekte Figur für einen Thriller«, sagte er schließlich. »Wenn der gelächelt hat, hab ich Gänsehaut bekommen.«

»Aha.«

»Gegen den sind Sie eine Anfängerin.«

»Wie bitte?«

Benedotti holte Luft. »Michael Cabruni konnte unglaublich charmant sein. Aber der Mann war der kaltblütigste und begabteste Erpresser und Verführer, der mir in meinem Leben je untergekommen ist.«

Lissie stockte der Atem.

»Nicht, was Sie meinen«, sagte Benedotti und streifte Lissie mit einem Seitenblick. »Für Frauen hat er sich nicht besonders interessiert, soviel ich weiß. Nein, ihm ging's darum, andere seine Macht spüren zu lassen. Er hatte einen Riecher dafür, wenn jemand etwas zu verbergen hatte. Und er wusste, wo man den Hebel ansetzen musste, um herauszukriegen, worum es sich handelte. Dann hat er dem Betreffenden Druck gemacht. Er hat richtig mit ihm gespielt.«

»Weswegen? Wollte er Geld?«

Benedotti schüttelte den Kopf. »Geld hat ihn nicht interessiert. Er wollte Unglück anrichten. Leute dazu bringen, Dinge zu tun, für die sie sich zu Tode schämten. Einen Freund verraten. Pflichten verletzen. Vertrauliche Informationen ausplaudern, damit er sein nächstes Opfer in die Hand bekam. Solche Sachen.«

Benedotti hielt inne. »Er hat das ganz offen getan. Ich glaube, das war Teil des Kicks, weil er damit beweisen konnte, dass er sie alle in der Hand hatte. Zu mir hat er mal gesagt, es errege ihn, Menschen an ihren Schwächen zu packen und gegeneinander auszuspielen. Das sei viel, viel besser als Sex.«

»Die Frage, womit er Sie erpresst hat, erübrigt sich, oder?«

Benedotti warf ihr einen zornigen Blick zu. »Wer sich ihm widersetzte, der war geliefert. Dem passierte was. Michael Cabruni hatte eben erstklassige … Kontakte.« Benedotti grinste freudlos. »Bis hoch in die Chefetage. Sonst wäre er schon vor Jahren gefeuert worden.«

»Wenn er so unfähig war, wieso ist der Kahn nicht längst abgesoffen?«

»Gute Mitarbeiter, die die Scharte ausgewetzt haben. Wenn er ihnen die Entscheidungen überließ. Was leider nicht immer der Fall war.« Er zuckte mit den Schultern. »Cabruni wollte ständig zeigen, wer auf dem Schiff das Sagen hat. Während der Umrundung von Kap Hoorn hat er behauptet, es sei noch genügend Zeit für die Wartungen, bevor der Orkan uns erreicht. Unserem Kapitän gingen bloß mal wieder die Nerven durch. Cabruni wusste ja, dass der nichts gegen ihn unternehmen würde.«

»Ach du …«, flüsterte Lissie. »Hatte er gegen den Kapitän etwa auch …«

Benedotti presste die Lippen zusammen.

»Ich glaube, Sie können alle von Glück sagen, dass der Mann nicht auf dem Schiff ermordet wurde«, sagte Lissie kopfschüttelnd.

Benedotti stand auf und streckte ihr die Hand hin. »Also, Hand drauf auf unseren Deal?«

Lissie sah zu ihm auf. »Kennen Sie ein Crewmitglied, das Giuseppe mit Vornamen heißt?«

Benedotti zog seine Hand zurück. Sein Gesicht wurde hart. »Ich hab doch gleich gewusst, dass diese Geschichte mit Ihrem Freund, dem Romanautor, erstunken und erlogen ist! Wer sind Sie wirklich? Hat die Versicherung Sie geschickt, damit Sie herumschnüffeln?«

Lissie schüttelte den Kopf. »Ich bin nicht von der Versicherung.«

»Umso besser«, knurrte Benedotti. »Raus jetzt.« Er riss seine Kabinentür auf. Jimmy, der an der Tür gelauscht hatte, stolperte und verlor das Gleichgewicht. Benedotti versetzte ihm einen Tritt in die Seite. Der kleine Asiate rutschte über den Flur und prallte an die gegenüberliegende Wand. Stöhnend richtete er sich auf. Lissie lief zu ihm hinüber.

»Alles in Ordnung?«

»Ich bin okay.« Das Blut lief Jimmy aus der Nase, aber er grinste schief. »Ich hab mit der Kleinen gesprochen. Sie wird ihn anzeigen, sobald wir in Genua sind.«

Lissie nickte zufrieden. Dann grinste sie ebenfalls. »Kommen Sie. Gegen Rippenschmerzen hilft nichts so gut wie der Piccolo in meiner Kabine.«

21

Meran – Freitag, 20. Juli, am Nachmittag

»Ich kann Sie nicht mit ihr allein lassen. Ihre Aggressivität hat zugenommen, seit Sie sie das letzte Mal gesehen haben.«

Trotz Materns Warnung verspürte Pavarotti keine Lust auf einen Aufpasser. Sein Widerwille vertiefte sich noch, als er sah, wer hinter ihm das Zimmer betrat: der Pfleger Bruno Slawicz.

Sylvie Steyrer kauerte auf ihrem Bett, nur mit einem Nachthemd bekleidet. Durch den Stoff zeichneten sich die Umrisse ihres Körpers deutlich ab. Er war stark abgemagert und sah aus, als stünde er unter Hochspannung. Wie ein Springmesser, kurz bevor die Klinge aus dem Griff geschleudert wird.

Pavarotti richtete den Blick auf den Pfleger. »Warum ist sie nicht angezogen?«

Bruno warf ihm einen genervten Blick zu. Als er Sylvie Steyrer den Morgenmantel umlegte, berührten seine Finger den Hals der Frau.

Nimm deine Drecksfinger von ihr weg, wollte Pavarotti sagen, doch er schwieg. Die Berührung war so flüchtig wie ein Hauch und innerhalb von zwei Sekunden vorüber gewesen. Woher sollte er den Beweis nehmen, dass hier etwas nicht in Ordnung war? Wahrscheinlich hatte er sich das alles nur eingebildet.

Pavarotti versuchte sich auf die Frau zu konzentrieren.

Sie war fast noch ein Mädchen. Ihre langen Haare mussten früher einmal silbern geglänzt haben. Fasziniert betrachtete Pavarotti ihre schmalen Hände, mit denen sie sich über die gerötete Haut am Hals und über die Vertiefung an ihrer Kehle rieb, wo Bruno sie angefasst hatte. Ein Akt der Reinigung, der Pavarotti gewohnheitsmäßig vorkam.

Pavarotti machte einen Schritt nach vorn. Die Augen der Frau weiteten sich. Ihre Iris war von einem stumpfen Anthrazit. Zwei Kohlestücke, in denen das Feuer ausgegangen war.

»Ich hab's gewusst«, flüsterte Sylvie Steyrer. »Du bist doch der von der Polizei? Der von neulich? Du hast ihn gekriegt, nicht? Dann kann ich jetzt wieder nach Hause.« Plötzlich strahlte sie.

Pavarotti schluckte. Es war ein Totenkopflächeln, das an ihrer Pergamenthaut zerrte. Die Lippen nichts als ein blasser Filzstiftstrich. Die Mundwinkel zwei Widerhaken, die sich nach oben krümmten.

»Nach Hause. Ich zieh mich jetzt an.«

Die Frau wollte aufstehen, war aber zu schwach und rutschte auf den Boden. Sofort war Bruno bei ihr, packte sie unter den Achseln und zog sie hoch.

Pavarotti setzte sein einziges nicht sarkastisches Lächeln auf, das normalerweise älteren Damen vorbehalten war. »Es wird alles gut, Frau Steyrer. Sie brauchen sich jetzt noch nicht anzukleiden.«

Sylvie runzelte die Stirn. Dann warf sie Pavarotti einen beleidigten Blick zu und zog die Beine hoch zur Brust. Dabei fiel der Morgenmantel auseinander. Pavarotti konnte nicht anders, er musste hinschauen. Die Frau trug keinen Slip. »Verd…«, entfuhr es ihm. Seine Wangen röteten sich, und er heftete seinen Blick an die Zimmerdecke.

Plötzlich schepperte es, und Pavarotti zuckte heftig zusammen. Erst jetzt wurde ihm bewusst, wie stark sein ganzer Körper unter Strom gestanden hatte. Sein Kopf ruckte zum Fenster. Es war bloß die Jalousie. Irgendwie hatte sich die Befestigung gelöst, und die Lamellen waren nach oben gesaust.

Als Bruno zum Fenster ging, folgte die junge Frau dem Pfleger mit einem Blick, der Pavarotti eine Gänsehaut verursachte. Ihre Augen krallten sich zwischen Brunos Schulterblättern fest. Dann begann ihr Blick unruhig im Zimmer hin und her zu zucken, vom Tisch zum Kleiderschrank, schließlich zu Pavarotti.

»Den Pfahl. Gib ihn mir!«, zischte sie.

Pavarotti wurde blass. Er schüttelte den Kopf und wich einen Meter zurück, ohne die Frau aus den Augen zu lassen. Sprach sie von einem Messer? Hatte sie vielleicht vor ein paar

Tagen eins gehabt und es dann stecken lassen, in der Leiche von Michael Cabruni?

»Geht es um ein Messer, Frau Steyrer?«, fragte er aus sicherer Distanz.

Sylvie Steyrer schüttelte langsam den Kopf. »Du bist doch keiner von den Guten. Du gehörst zu dem Schwarzen. Schau dich doch an«, sagte die Frau wie zu sich selbst. Es klang wie das Echo eines oft gedachten Gedankens, der in einem leeren, weiten Tal widerhallte.

Pavarotti räusperte sich. »Doch, ich bin schon einer von den Guten.« Der Satz hörte sich lächerlich an.

Er zwang sich zu einer Frage, obwohl es sinnlos war. »Sie wissen doch, dass neulich ein Patient ums Leben gekommen ist, nicht wahr?« Aber sie hörte ihm gar nicht zu, sondern betastete verschiedene Hautstellen auf ihrem linken Oberschenkel. »Vielleicht haben Sie ja etwas beobachtet in der Nacht. Es war die Nacht zum 13. Juli«, fügte er hinzu.

»Die weiß noch nicht mal, welches Datum wir heute haben«, schaltete sich Bruno Slawicz ein.

»Ich hab ihn gesehen«, flüsterte Sylvie plötzlich, ohne hochzublicken.

»Wen? Signore Slawicz?«, fragte Pavarotti überrascht.

Sylvie warf den Kopf hin und her, dass ihre Haare nur so flogen. »Neinneinneinnein.« Sie bedachte ihn mit einem verächtlichen Blick. »Du bist nicht nur falsch, sondern auch dumm.« Jetzt inspizierte sie einen abgebrochenen Fingernagel. »Bruno doch nicht. Sondern Gollum.«

»Was?«

»Gol-lum. Den hab ich gesehen in der Nacht«, wiederholte Sylvie abwesend. Dann klemmte sie eine Hautstelle zwischen zwei Finger und stach mit der spitzen Ecke des abgebrochenen Fingernagels darauf ein. »Der Typ hat gekichert und einen Rollstuhl geschoben.«

Ein Blutstropfen kroch aus Sylvies Haut hervor. Pavarottis Magen begann zu revoltieren. »Signore Slawicz«, rief er schrill.

»Mit dem Fingernagel kann sie nicht viel anrichten«, sagte

der Pfleger, als er sah, was los war. »Aber Ihr Besuch ist damit zu Ende. Sie kriegen aus der Frau doch ohnehin nichts Vernünftiges raus. Gehen wir.«

»Bleib hier, Polizist!«, gellte es hinter ihnen her.

★★★

In Materns Büro beruhigten sich Pavarottis Nerven allmählich.

Eine psychisch Kranke brauchte nicht unbedingt eins der üblichen Motive, um jemanden zu töten. Wie impulsiv die Frau war, hatte er ja eben selbst erlebt.

»Vergessen Sie's«, sagte Anselm Matern. »Sylvie Steyrer hat noch nie jemanden angegriffen außer sich selbst.«

»Aber das Messer …«, wandte Pavarotti ein.

»Ich habe Ihnen doch schon beim letzten Mal gesagt, dass es keins unserer Messer war.«

»Frau Steyrer hätte sich die Tatwaffe mit Leichtigkeit besorgen können. Bei Ihnen kann doch jeder ungehindert ein und aus gehen. Jedes Haushaltswarengeschäft in Meran führt die Messermarke, um die es geht.«

Matern verdrehte die Augen. »Theoretisch kann Frau Steyrer die Klinik verlassen, ja. Aber die Praxis sieht anders aus. Sylvie Steyrer leidet unter einer schweren Borderline-Störung. In letzter Zeit sind Halluzinationen hinzugekommen. Leider hat sie zusätzlich zu der ursprünglichen Erkrankung auch noch eine Psychose entwickelt. Mir fehlt die Zeit, Ihnen einen Einführungskurs in Psychologie zu geben. Sie müssen mir schon glauben, Commissario. Sylvie Steyrer hat mit dem Mord nichts zu tun.«

Pavarotti wollte sich nicht so schnell geschlagen geben. Materns Ruppigkeit, mit der sich der Mann vor seine Patienten stellte, ärgerte ihn. »Psychose. Was bedeutet das?«

Matern schnaubte. »Das bedeutet, dass Sylvie Steyrer Dinge sieht, die in der Realität nicht existieren.«

»Sie hat angeblich Gollum in der Mordnacht beobachtet. Eine scheußliche Kreatur aus dem ›Herrn der Ringe‹. Hat sich Frau Steyrer diesen Film denn kürzlich angesehen?«

»Ich wiederhole mich ungern«, erwiderte Matern. »Das sind alles Produkte ihrer Phantasie, die ihr Hirn erschafft, um ihren diffusen Ängsten ein Gesicht zu geben.«

Als Pavarotti widerstrebend zum Aufenthaltsraum hinüberging, um die Befragung der anderen Patienten zu Ende zu bringen, dachte er, wie froh er war, dass er seine eigenen Ängste klar und deutlich beim Namen nennen konnte.

22

Vor Anker vor dem Hafen von Amalfi – Freitag, 20. Juli, Cocktailstunde

Lissie drückte auf »Print«. Mit einem Rattern erwachte der kleine Drucker zum Leben.

Das Schiff ruckte, dann hörten seine Bewegungen auf. Lissie spähte durch die beschlagenen Fenster des kleinen Internet-Centers nach draußen. Im Dunst konnte sie einen Streifen Land ausmachen. Das musste die Amalfiküste sein.

Plötzlich begann die See sich zu kräuseln. Eines der Tenderboote der »Stella Maris« hielt mit großer Geschwindigkeit auf die Küste zu. Offenbar wurden bereits Passagiere für einen abendlichen Bummel durch Amalfi an Land gebracht. Lissie starrte dem Kielwasser des Tenderboots hinterher.

Für diesen Abend war ihr erster Vortrag angesetzt. Mit Müh und Not hatte sie sich ein Konzept gezimmert, mit dem sie sich hoffentlich nicht blamierte.

Plötzlich erinnerte sich Lissie an eine Blamage, an die sie lange nicht mehr gedacht hatte. Es war die letzte große Geburtstagsfeier ihres Vaters in der Villa ihrer Eltern gewesen. Ihr Vater, angetrunken wie immer, verkündete seinen Gästen, wie begabt seine Tochter sei. Sie war zwölf gewesen damals.

Bevor sie wusste, wie ihr geschah, saß sie auf ihrem Klavierstuhl in der großen Halle. »Ein Improptu von Schubert!«, rief ihr Vater. Natürlich wollte er die Nummer vier. Lissies Finger zitterten, und ihr war übel. Seit Monaten hatte sie kaum geübt.

Sie begann zu spielen, aber das Improptu No. 3. Ihr Vater runzelte die Stirn. Die Drei war technisch nicht ganz so anspruchsvoll. Trotzdem wurde es eine Katastrophe. Lissie produzierte einen Verhauer nach dem anderen. Sie verbiss sich die Tränen und spielte trotzig weiter. Nach fünf Minuten sagte ihr Vater: »Du kannst jetzt aufhören, Liselotte.« Normalerweise respektierte er, dass sie ihren vollen Namen hasste.

Heute kam Lissie dieser Abend wie eine Ouvertüre voller Missklänge vor, die den Zerfall ihrer Familie eingeleitet hatte.

Lissie seufzte und ging zum Drucker.

Früher, als sie noch in Übung war, hatte sie keine Notenblätter gebraucht. Genauso wenig wie später Vortragskonzepte.

★★★

Ihr schlammbraunes Kleid und ein passendes schwarzes Jackett mit braunem Kragen lagen auf dem Bett ausgebreitet. Als Lissie ihre schwarzen Pumps aus dem Koffer nahm, bemerkte sie, dass die Schuhe staubig waren. Fluchend machte sich Lissie mit Schuhen und Schuhputzzeug auf den Weg zum Oberdeck.

Oben angekommen, lehnte sie sich über die Reling und begann die Sohlen abzubürsten. Plötzlich summte ihr Handy in der Hosentasche. Als sie automatisch danach griff, entglitt der Schuh ihren Fingern und landete mit einem lauten Klatschen im Mittelmeer.

Mit offenem Mund stierte Lissie ihm hinterher, wie er im Wasser versank. Erst nach geraumer Zeit war sie fähig, das Ausmaß der Katastrophe zu begreifen.

Sie hatte nur ein passendes Paar Schuhe dabei. Ihr zweites Paar, das sie gerade trug, waren rote Tennisschuhe mit hohem Schaft, die schon vor fünf Jahren bessere Zeiten gesehen hatten.

Wütend schmiss Lissie den anderen Schuh hinterher. Was sollte sie jetzt bloß tun?

Etwa an Kabinentüren klopfen? »Können Sie mir zufällig für zwei Stunden ein Paar schwarze Pumps Größe achtunddreißig ausleihen? Ich hab keinen Fußpilz, ich schwör's!«

Lissie rannte zurück in ihre Kabine und drückte auf die Steward-Ruftaste ihres Telefons. Als Jimmy erschien, sah er gestresst aus. Doch als sie ihm von ihrem Malheur erzählte, fing er an, kehlig zu lachen.

Lissie fand es nicht lustig. In einer halben Stunde begann ihr Vortrag. »Irgendeine Idee, wie ich vermeiden kann, mich barfuß vor die Leute zu stellen?«

Jimmy schaute sie grinsend an. Dann zeigte auf seine Stirn. »Es gerade Pling im Kopf gemacht. Ich erstklassigen Einfall haben. Sie die Schuhe von Tango-Frau nehmen. Die erst viel nach Ihnen zur Late-Night-Show dran sein. Bis dahin Sie Schuhe können zurückgeben! Aber aufpassen, Schuhe sehl, sehl teuel!« Er kicherte.

Erleichtert ließ sich Lissie auf ihr Bett sinken. »Super Einfall. Welche Kabinennummer hat das Tango-Paar?«

Doch Jimmy winkte ab »Nix da. Ich Ihnen helfen, damit ganz ruhig bleiben für Vortrag. Ich hole Schuhe für Sie. Größe achtunddreißig stimmen, ja?« Grinsend zog er die Kabinentür hinter sich zu.

Lissie begann sich umzuziehen. Immer wieder schaute sie auf die Uhr. Es war inzwischen zwanzig vor. Sie fing an, in ihrer Kabine auf und ab zu marschieren. Als nach weiteren zehn Minuten kein Jimmy erschienen war, begann ihr Herz zu rasen. Dann klopfte es. Endlich!

Die Schuhe, die draußen vor der Tür standen, hatten Knöchelriemchen und geschwungene Pfennigabsätze wie in den dreißiger Jahren. Und sie waren nicht aus schwarzem Leder, sondern mit rotem Samt bezogen. Das Allerschlimmste war, dass der Samt über und über mit lila und silbern funkelnden Swarovski-Steinen besetzt war.

Wie betäubt nahm Lissie die Schuhe vom Boden auf.

Die Sache hat auch Vorteile, dachte sie grimmig. Was sie vortrug, war eigentlich egal.

Einen Moment spielte Lissie mit dem Gedanken, in ihrem rosa Jogginganzug und Badelatschen aufzukreuzen, als eine Art intellektuelle Cindy aus Marzahn nach einer Fastenkur. Lieber nicht. Das würde der Reederei nicht gefallen.

Plötzlich hatte sie einen Einfall. Sie schlüpfte in die Schuhe. Sie passten wie angegossen. Ihr ausgedrucktes Konzept ließ sie auf dem Bett liegen.

★★★

Zu Lissies Entsetzen war der »Salotto Mediterraneo« brechend voll. Aber damit nicht genug, in der ersten Reihe entdeckte sie Benedotti mit anderen Männern in Ausgehuniform und Schulterstreifen. Ein ganzes Rudel Offiziere.

Sie beobachtete, wie Benedotti auf den neben ihm sitzenden Mann einredete. Der Offizier hatte eine rötliche Gesichtshaut. Das Hemd spannte vor der Brust, und sein dicker, faltiger Hals quoll aus dem Hemdkragen. Auf den Schultern glitzerten vier Streifen.

Der Kapitän.

Als Benedotti sie entdeckte, stieß er seinen Nebenmann an und begann zu lachen. Auch die anderen Offiziere feixten. Der Kapitän schmunzelte und lehnte sich mit verschränkten Armen zurück.

Zu Lissies Erleichterung wurde das Licht im Saal gedimmt. Plötzlich flammte ein Spot auf, der sie zum Pult begleitete und ihre Funkelfüße hervorragend zur Geltung brachte. Im Publikum wurde vereinzelt gelacht, dann wurde es still.

»Sehr geehrter Herr Kapitän, sehr geehrte Damen und Herren«, begann Lissie. »Ich bin von der Reederei gebeten worden, einen Vortrag über die Beratungstricks der Banken zu halten. Er soll Ihnen dabei helfen, bei Ihrer Geldanlage die Spreu vom Weizen zu trennen.«

Lissie machte eine kurze Kunstpause und legte einen spöttischen Unterton in die Stimme.

»Das Wichtigste vorneweg. Machen Sie nicht das, was Sie eben getan haben.« Sie trat neben das Pult und zeigte auf Ihre Schuhe.

»Lassen Sie sich nicht von einer funkelnden Verpackung ablenken. Denn genau das ist es, worauf die Banken und Fondsgesellschaften setzen.«

Lissie trat zurück hinter das Pult. »Was glauben Sie, warum die Finanzdienstleistungsindustrie Jahr für Jahr Millionen von Euro für Hochglanzprospekte und teures Werbematerial ausgibt? Weil es sich lohnt! Es ist ein Taschenspielertrick mit einem exzellenten Ablenkungsmanöver, damit Sie die Risiken und

Kosten der Produkte nicht bemerken. Diese Schuhe waren verdammt teuer, genau wie die Marketingprospekte. Aber das Geld ist gut angelegt, weil Sie alle darauf hereinfallen. Wie Sie eben selbst in beeindruckender Weise demonstriert haben.«

Jetzt hatte sie sie. Alle. Das Grinsen war aus Benedottis Gesicht verschwunden.

In Lissies Kopf rastete etwas ein. Als nach einer Stunde Beifall aufbrandete und Fragen aus dem Publikum kamen, merkte sie, dass sie sich das erste Mal seit Monaten einfach herrlich fühlte. Fast so, als hätte die letzte Stunde diese Monate einfach ausgelöscht.

Erst als sie nach einer weiteren Stunde immer noch von einem halben Dutzend Passagiere umringt war, erinnerte sich Lissie an das Summen des Handys, das zu der fatalen Wässerung ihrer Pumps geführt hatte. Sie entschuldigte sich und trat in die Lobby hinaus.

Die SMS stammte von Luciano. »Kein Koks«, lautete die dürre Information.

23

Meran – Freitag, 20. Juli, am Abend

»Ist es Diamantenstaub? Sind wir jetzt reich? Ich brauch dringend neue Schuhe.«

War sie jetzt übergeschnappt? Kopfschüttelnd drückte Pavarotti Lissies SMS weg. Zum zwanzigsten Mal holte er den Zettel mit dem Analyseergebnis hervor, um sich zu vergewissern.

Konnten sich die Laborratten einen solchen Fehler geleistet haben? Die Unterschiede in der chemischen Zusammensetzung von Kokain und Steroiden mussten massiv sein. Da konnte wohl kaum ein Irrtum vorliegen.

Das schreckliche K-Wort – darauf hatte er sich in den vergangenen Tagen gefasst gemacht. Jeden Morgen, bevor er aufstand, hatte er sich im Bett eine stille Lektion erteilt. »Bloß keine Panik, wenn es so weit ist. Bloß keine Panik …«

Doch anscheinend schluckte Justus keine Drogen, sondern Anabolika, Muskelpräparate. Eigentlich hätte er jetzt erleichtert sein sollen. Aber Anabolika waren auch keine Gesundheitskost. Was hatte der Kleine von künstlich hochgezüchteten Muckis? Er war doch fast noch ein Kind.

Ein heißer Wind war aufgekommen und zauste die Spitzen der Zypressen. Pavarotti schaute nach oben und sah, dass sich in dem blauen Himmel das erste Mal seit Tagen Wölkchen formierten. Braute sich ein Gewitter zusammen?

Justus und Anabolika. Die Gedanken, die im Kopf eines Vierzehnjährigen kreisten, waren ihm so fern und fremd wie Asteroiden, die dort oben Millionen Lichtjahre entfernt ihre Bahnen zogen.

Pavarottis Schritte wurden langsamer, dann blieb er ganz stehen. Wie ein Auto ohne Benzin, das noch ein paar Meter rollt und dann zum Stehen kommt.

Der Tag in der Klinik hatte ihn geschafft, und er hatte keine Ahnung, ob er für die Katz gewesen war. Oder ob sich irgendwo unter dem Gestammel, den unsteten Blicken und den Provokationen ein wichtiges Detail verbarg.

Sylvie Steyrer war nicht als Einzige schlimm gewesen. Einer der Patienten hatte alles betastet, was sich in seiner Reichweite befand – das Wasserglas auf dem Tisch, die Tischplatte, Pavarottis Kugelschreiber. Als sich die fleischigen Finger Pavarottis Ärmel näherten, hatte Pavarotti seinen Stuhl zurückgestoßen. Den Stift hatte er liegen lassen.

Was diese Leute in der Mordnacht auch gesehen haben mochten – viele Dinge existierten bloß in ihrer eigenen Welt, zu der andere keinen Zutritt hatten. Die Wirklichkeit wurde verzerrt, und es erforderte eine spezielle Intuition, um zu verstehen, was sich hinter den wirren Reden verbarg.

Psychotische Schübe. Erheblicher Realitätsverlust. Konnte er Sylvie Steyrer als Tatverdächtige abhaken? Oder stellte Anselm Matern diese Behauptung bloß auf, um seine Patientin um jeden Preis vor der Polizei zu schützen?

Pavarotti stöhnte. Er war Kriminalist und nicht Sigmund Freud.

Er merkte, dass er vor sich hin murmelte. Ein Spaziergänger musterte ihn.

Wenn ich nicht achtgebe, bin ich bald so meschugge wie die kleine Steyrer. Wahrscheinlich klär ich dann den Fall im Handumdrehen.

Plötzlich stieg ein Kichern aus seinem Bauch in ihm hoch. Er zwinkerte einem Kind zu. Die Kleine streckte ihr Händchen aus, um ihn am Ärmel zu zupfen. Im Alter von fünf finden mich die Damen noch knuffig, dachte er.

Sofort wurde die Kleine von ihrer Mutter zurückgerissen.

Später ändert sich das leider.

Pavarotti setzte sich auf eine Bank. Dieser Sigmund Frahm war ein seltsamer Mensch. Doch was blieb ihm anderes übrig, als sich von jemandem helfen zu lassen, der selbst ein bisschen meschugge war?

24

Amalfi – Samstag, 21. Juli, Mittagszeit

Lissie ließ den Rucksack von ihrem Rücken gleiten und wischte sich den Schweiß von der Stirn. An der großen Treppe, die zum Duomo di Sant'Andrea mit seinen prunkvollen Mosaiken hinaufführte, klebten Menschentrauben.

An Sommerwochenenden war in Amalfi nicht nur mit der saisonüblichen Touristenschar aus aller Herren Länder und dem Fassungsvermögen mehrerer Kreuzfahrtschiffe zu rechnen. Hinzu kamen Ausflügler aus dem eigenen Land, die in Schwärmen einfielen. Das *Andiamo al mare!* klang wie ein zigtausendfacher Schlachtruf zur Unterwerfung der kleinen Stadt.

Von der einstigen Seemacht, die mit ihren Schiffen weit über das Tyrrhenische Meer hinaus gefürchtet war und sich mit Genua, Pisa und Venedig erbitterte Schlachten geliefert hatte, war nur noch eine Hülle übrig geblieben. Mittlerweile stürmten Touristen die engen Gassen des Städtchens hügelan wie weiland die normannischen Eroberer. Weiter oben war überhaupt kein Durchkommen, und die Taschendiebe schoben sicher Doppel- und Dreifachschichten.

Lissie verwünschte den Brief in ihrer Tasche. Ohne ihn hätte sie an Bord bleiben und auf einem der menschenleeren Sonnendecks die Beine hochlegen können. Sie presste ihren Rucksack eng an ihren Körper, umrundete die umlagerte Pizzeria Sant'Andrea und bog in den Corso delle Repubbliche Marinare ein, der am Wasser entlangführte. Nach einem kurzen Fußmarsch entdeckte sie den blauen Schriftzug »Poste italiane«.

Ohne Lissie eines Blickes zu würdigen, nahm der Postbeamte den Brief entgegen. Als er einen Blick auf die Adresse warf, erschienen Lachfältchen in seinen Augenwinkeln. »Na, do schau her. Kemmen Sie auch aus Südtirol? I bin aus Bruneck! Griaßn S' mir die Heimat!«

Überrascht griff Lissie nach dem Brief. Ihre Augen wurden

groß. »Emil Ladinser, Meran«, stand da. Schnell drehte sie das Kuvert um. Der Absender war ein Giuseppe Alvese. Der Briefschreiber, den sie suchte, hatte im Hafen von Valletta neben ihr an der Reling gestanden.

Blitzschnell überlegte Lissie. »Äh, ich sehe gerade, da ist ein Schreibfehler in der Adresse«, sagte sie und bat den Beamten, ihr die Marke mitzugeben. »Haben Sie auch Briefumschläge?«

Als der Postler Lissies Hochdeutsch hörte, verschloss sich sein Gesicht. Er reichte ihr wortlos die Marke und einen Fünferpack Briefumschläge, und dann schob er mit spitzen Fingern den Brief zurück über den Tresen, als handle es sich um eine dreiste Fälschung.

***

Fünf Euro für einen lausigen Espresso! Lissie wollte schon wieder aufstehen, da näherte sich der Kellner.

Resigniert bestellte sie. Ihr Blick schweifte hinüber zum Museo Arsenale. Hier hatten die Amalfitaner früher ihre Schiffe gebaut, deren Schnelligkeit berühmt war.

Fast konnte Lissie lautes Hämmern aus den Überresten des Arsenals hören. Die letzten Bolzen, die irgendwo im Rumpf eingeschlagen werden, dann das Rascheln von Stoff, wenn die großen Leinentücher der Takelage über den Boden schleifen, bevor sie von vielen Händen aufgezogen werden.

Wann wohl das letzte Schiff der Amalfitaner vom Stapel gelaufen war?

Lissie riss sich aus ihren historischen Betrachtungen und schlitzte den Briefumschlag auf. Die zwei Blätter waren mit einer gestochen scharfen Handschrift mit vielen Ober- und Unterlängen beschrieben. Ihre Augen weiteten sich, als sie sah, um wen sich der Brief drehte.

»Fünf Jahre unter dem Mann, da hält sich meine Trauer in Grenzen«, schrieb Alvese. »Man soll ja nichts Schlechtes über Tote reden, aber ich bin erleichtert, dass er weg ist.« Alvese behauptete, der gesamte Maschinenraum sei in ständiger Sorge gewesen, dass Cabruni das Schiff in Gefahr bringe. Und dann sei es vor Kap Hoorn beinahe passiert. Nicht auszudenken, wenn er, Alvese, die Diesel nicht wieder zum Laufen gebracht hätte!

»Wer auch immer ihn umgebracht hat, er hat der christlichen Seefahrt einen Gefallen erwiesen.«

Autsch, dachte Lissie.

Der letzte Absatz war dem Nachfolger Cabrunis gewidmet, mit dem Giuseppe Alvese ebenfalls kurzen Prozess machte. »Fachlich ist er besser als sein Vorgänger, aber das heißt ja nicht viel. Die gesamte Arbeit wird wieder an mir hängen bleiben, und die Entscheidungsträger in der Reederei werden es nicht einmal bemerken.«

Lissie verdrehte die Augen. Vermutlich war der Mann seit Jahren auf den Chefposten scharf, und jetzt, als die Gelegenheit zum Nachrücken gekommen war, wurde er erneut übergangen. Seine Frustration hatte einen Querulanten aus ihm gemacht.

Lissie ließ die Blätter sinken. Wenn das Gespräch mit Guiseppe Alvese nicht deutlich ergiebiger war als der Inhalt seines Briefes, dann hatte sie die Schiffsreise umsonst gemacht.

Als sie den Brief in einem Copyshop kopierte, stach ihr ein kurzes Postskriptum ins Auge, das sie beim ersten Mal überlesen hatte.

Es waren nur ein paar Sätze, aber sie klangen rätselhaft und unheilverkündend.

»Unser nächster Stopp ist Amalfi. Mich schaudert, wenn wir in diese Gewässer kommen, und ich werde wie üblich keinen Fuß an Land setzen. Auf diesem Hafen liegt ein Fluch. Die furchtbare Geschichte von damals war ein Fanal für alles Unheil, das sich seither auf den Weltmeeren ereignet.«

★★★

In Gedanken versunken schlenderte Lissie an der Eingangstür zu den Ruinen des Arsenals vorbei. Die geheimnisvolle Schlussbemerkung wollte ihr nicht aus dem Kopf gehen.

Kurz entschlossen trat sie in die kühle Eingangshalle des Schifffahrtsmuseums.

Es war eins. Das Museum schloss um halb zwei. Ein kompletter Eintrittspreis für eine halbe Stunde? Lissie zückte ihren internationalen Journalistenausweis und schob ihn dem Mann hinter der Glasscheibe hin. Der schüttelte nur müde den Kopf und zeigte auf die Preistafel. Daraufhin zeigte Lissie auf die große Uhr an der Wand, legte den Kopf schief und setzte ihr schönstes Lächeln auf.

Der Mann begann zu grinsen, beäugte schamlos ihren Ausschnitt und winkte sie durch.

Lissie wanderte durch den lang gestreckten Raum, der Ähnlichkeit mit einem Kirchenschiff aufwies. Vor den Wänden aus rohem Mauerwerk reihten sich Erklärungstafeln, unter anderem über eine große Sturmflut im 14. Jahrhundert, durch die ein Teil von Amalfi im Meer versunken war.

Bei dem Modell eines amalfitanischen Seglers blieb Lissie stehen. Aus dem Rumpf ragten Dutzende von Rudern. Die armen Teufel, die hier gerackert hatten, waren die Ersten gewesen, die von den Genueser oder venezianischen Kanonen zermalmt worden waren.

»Tja, der Dieselmotor war damals halt noch nicht erfunden«, hörte sie eine Stimme auf Deutsch hinter sich sagen. Überrascht fuhr sie herum. Hinter ihr stand der Kapitän.

»Gerd Brunner. Ich stamme aus Deutschland, so wie Sie«, sagte der Kapitän und lächelte. »Übrigens, Gratulation zu Ihrem brillanten Vortrag.«

»Danke«, sagte Lissie. Während sie zurücklächelte, überlegte sie, wie sie die Sprache auf Cabruni bringen konnte.

»Apropos Dieselmotoren«, hub sie an, weil ihr nichts Besseres einfiel. »Vor Kurzem hab ich erfahren, dass Ihr Schiff fast gekentert wäre, weil Ihr Chefingenieur in aller Seelenruhe im Sturm eine Generalüberholung durchgeführt hat. Jetzt bin ich schon ein wenig beunruhigt.«

Brunner schaute sie scharf von der Seite an. »Wer hat Ihnen denn das erzählt?«

»Signore Benedotti, der Cruise Director«, log sie boshaft. »Stimmt es etwa nicht?«

»Signore Benedotti sollte sich besser um seinen eigenen Kram kümmern«, gab der Kapitän zurück. Sein Lächeln wirkte jetzt angestrengt. »Sie müssen sich nicht beunruhigen. Auf dem Schiff ist alles vollkommen unter Kontrolle. Der Mann ist selbstverständlich nicht mehr im Amt.«

»Ich will nicht aufdringlich erscheinen«, sagte Lissie und setzte eine zerknirschte Miene auf. »Aber wie kam es denn dazu? War der Mann neu auf dem Posten?«

»Nicht besonders«, brummte der Kapitän. »Ich wollte ihn bereits mehrfach ablösen lassen. Man bat mich jedes Mal, ihm noch eine Chance zu geben.«

Die Lügen kamen ihm glatt aus dem Mund. Sinnlos, Benedotti bei diesem Mann anzuschwärzen.

Plötzlich läutete Brunners Mobiltelefon. Der Kapitän bellte ein paar Worte auf Italienisch in den Hörer. »Ich muss zurück aufs Schiff. Leider«, sagte er, aber sein Bedauern klang hohl.

»Eine Frage noch«, sagte Lissie schnell.

Brunner drehte sich um. »Machen Sie's kurz. Ich hab's eilig.«

»Hier in Amalfi soll etwas Furchtbares passiert sein, das mit dem Hafen zu tun hat. Wissen Sie, worum es dabei geht?«

»Schon wieder Benedotti, eh? Meine Vorstellung von einem Cruise Director ist eigentlich die, dass er die Passagiere unterhalten soll, statt ihnen Angst einzujagen.« Brunner drückte Lissie seinen Museumsführer in die Hand. »Lesen Sie hier nach, oder sehen Sie sich dort drüben um. Da finden Sie die Antwort auf Ihre Frage. Und jetzt entschuldigen Sie mich bitte.«

Dort drüben, da stand die Erklärungstafel über die Sturmflut. Lissie wollte sich in Bewegung setzen, da verstellte ihr der Pförtner den Weg und klimperte grinsend mit seinem Schlüsselbund.

Nachdenklich passierte Lissie die Schleuse. Alveses rätselhafter Satz ergab jetzt Sinn. Monsterwellen, Tsunamis, Freakwaves und ähnliche Erscheinungen waren für Seeleute wie Guiseppe Alvese der Stoff ihrer Alpträume. Tatsächlich schienen sich die

Ozeane mit jeder neuen Katastrophe selbst übertrumpfen zu wollen. Aber schon früher hatte es turmhohe Wellen gegeben, auch im Mittelmeer.

Als Lissie die Pier entlangmarschierte, ertappte sie sich, wie sie verstohlene Blicke zurück auf den Hafen und die Häuser warf. Ihr war, als warte das Geheimnis um den Fluch immer noch dort, in den Gassen Amalfis, die in der Nachmittagssonne vor sich hin brüteten.

25

Meran – Samstag, 21. Juli, am Nachmittag

»Borderline-Störung. Und eine Psychose. Bedeutet das, alles ist kompletter Nonsens, was Sylvie Steyrer mir erzählt hat?« Pavarotti tippte sich an die Stirn, eine unprofessionelle Geste, die Dr. Frahm aber gottlob nicht sehen konnte, weil er ihm den Rücken zukehrte.

Der Psychologe hatte ein paar handgeschriebene Seiten in der Hand, die er in einem Register verstaute. Er ließ sich Zeit dabei.

Im Zimmer war es ruhig. Pavarotti fühlte sich wie in einem Kokon.

»Anscheinend sind Sie genauso altmodisch wie ich«, entfuhr es ihm.

Die Stimme des Psychologen klang amüsiert. »Handschriftliche Texte stechen heutzutage ins Auge, nicht wahr? Ein Test zur Konfliktbewältigung, den ich gestern mit einem Patienten gemacht habe. Und meine Notizen über das anschließende Gespräch.«

Konfliktbewältigung. Pavarotti wollte nicht daran denken, wie er selbst bei einem solchen Test abschneiden würde. Das wohlige Gefühl, das eben in ihm aufgekeimt war, schwand.

Frahm ließ sich in den Stuhl ihm gegenüber sinken und lehnte sich zurück. »Ich kann Ihre Eingangsfrage so allgemein, wie Sie sie gestellt haben, nicht beantworten«, sagte er.

Pavarotti unterdrückte einen zornigen Laut. Juristen und Ärzte, die Großmeister in der Kunst der ausweichenden Antworten.

»Ich will Ihnen wirklich nicht ausweichen«, sagte Dr. Frahm. Pavarotti zuckte zusammen.

»Es ist nur so, dass psychische Störungen unterschiedliche Auswirkungen haben können.« Er unterbrach sich. »Haben Sie denn nicht mit dem zuständigen Therapeuten gesprochen?«

»Schon«, versetzte Pavarotti. »Trotzdem möchte ich eine zweite Meinung. Ich bin mir eben nicht im Klaren.«

»Was haben Sie eigentlich gegen die Villa Speranza?«

Pavarotti ärgerte sich. »Eine Krähe hackt der anderen kein Auge aus, wie?«, schoss er.

»Sie brauchen nicht beleidigend zu werden«, gab der Psychologe ruhig zurück.

Im Zimmer herrschte eine gezwungene Stille.

»Es könnte sein, dass ich einen Übergriff auf Frau Steyrer beobachtet habe«, hub Pavarotti an.

Frahm fixierte ihn scharf. »Durch ein Mitglied des Pflegepersonals?«

Pavarotti nickte.

»Haben Sie es Dr. Matern gemeldet?«

»Nun ... Nein. Ich will niemanden beschuldigen, wenn ich mir nicht absolut sicher bin.«

»Natürlich kann es auch heute vereinzelt zu solchen ... Vorfällen kommen. Letztlich sitzt die Neue Psychiatrie in der gleichen Falle wie die Anstaltspsychiatrie. Das Wohl der Patienten hängt von der Mitmenschlichkeit derer ab, die die sozialen Einrichtungen tragen. Und wie früher entscheiden Psychiater darüber, wer geistig gesund ist und wer krank.«

Dr. Frahm unterbrach sich und stand auf. Er fing an, im Zimmer herumzuwandern. »Ich kenne Sylvie Steyrer persönlich.«

Perplex schaute Pavarotti ihn an. »Ah so?«

»Ich habe sie vor ein paar Monaten ... begutachtet«, gab Frahm zu.

»Sie haben mich neulich angelogen? Warum?«

Zuerst dachte Pavarotti, der Mann habe ihn nicht gehört. Frahm schien tief in seinen Grübeleien versunken. Aber auf einmal unterbrach er seine Wanderung und blieb mitten im Zimmer stehen.

»Diese Dinge sind vertraulich. Außerdem war der Fall ... heikel. Eine Verwandte hat Ärger gemacht. Mehr darf ich Ihnen beim besten Willen nicht sagen.«

Das war bestimmt nicht die ganze Wahrheit. Aber Pavarotti beherrschte sich. Sinnlos, jetzt nachzuhaken.

»Sylvie Steyrer hat angeblich eine Borderline-Störung«, sagte er stattdessen. »Jedenfalls behauptet das Dr. Matern.«

Dr. Frahm nickte langsam. »Einer der interessantesten psychischen Defekte. Verbunden mit großer Angst vor Einsamkeit, einer immensen inneren Leere und der Unfähigkeit, Menschen differenziert zu beurteilen. Diese Menschen sind gewissermaßen ein Zerrbild ihrer eigenen sprunghaften Wünsche und Bedürfnisse. Nicht leicht zu behandeln.«

»Frau Steyrer will Gollum in der Mordnacht gesehen haben. Sie wissen schon, diesen degenerierten Hobbit«, sagte Pavarotti. Was war mit ihm los? Er redete ja gerade so, als gäbe es diesen Gnom wirklich.

Dr. Frahm streifte ihn mit einem kurzen Lächeln, eine Goldkrone blitzte in seinem Mundwinkel auf. Dann setzte der Psychologe seine Wanderung fort.

Drei Schritte zum Sessel, dann drei Schritte zurück zum Aktenschrank.

»Außerdem wollte sie ein Messer von mir«, setzte Pavarotti nach einer gezielten Kunstpause hinzu.

Das Messer schien den Psychologen genauso wenig zu beeindrucken wie die Erwähnung von Gollum.

»Selbstverletzung«, bemerkte Dr. Frahm. »Die meisten ritzen sich, um irgendetwas zu spüren, um die Leere in ihrem Inneren zu füllen. Schmerz ist besser als gar kein Gefühl.« Abrupt blieb er vor Pavarotti stehen. »Haben Sie gesehen, wie sie sich geritzt hat?«

Pavarottis Magen rührte sich, als er an Sylvies gekrümmten Finger dachte.

»Mit der Spitze eines abgebrochenen Fingernagels.«

Dr. Frahm nickte. »Bewusst abgebissen. Wie lang hat der Wutanfall gedauert?«

»Welcher Wutanfall?«, fragte Pavarotti.

»Na, ich denke doch, dass Sie Ihr kein Messer gegeben haben, oder?«

»Natürlich nicht!«, empörte sich Pavarotti. »Sie hat geschmollt deswegen.«

»Frau Steyrer hat nicht wie am Spieß geschrien? Sie ist nicht wie eine Furie auf Sie losgegangen?«

Pavarotti schüttelte nur stumm den Kopf. Wieso war das so wichtig? »Würden Sie jetzt bitte meine Frage beantworten, Dr. Frahm? Könnte in der Beobachtung der Frau ein Körnchen Wahrheit stecken? Gollum, das ist natürlich Blödsinn. Aber vielleicht hat sie ja doch irgendjemanden gesehen? Irgendeine kleine Gestalt vielleicht? Eine alte Frau oder vielleicht ein Kind?«

Er hielt inne, weil er merkte, wie lächerlich das klang. »Nein, wohl nicht. Sie soll ja inzwischen auch komplett psychotisch sein.«

Dr. Frahm war vor einer gerahmten Urkunde stehen geblieben, die an der Wand hing. »Sylvie Steyrer psychotisch? Eine Borderline-Störung ist keine Psychose. Die Brüche mit der Realität treten höchstens in kurzen Episoden auf. Woher haben Sie das?« Pavarotti merkte, dass die Stimme des Psychologen plötzlich spröde klang.

»Von Dottore Matern natürlich«, sagte Pavarotti achselzuckend.

Der Psychologe starrte auf das Schriftstück an der Wand. Das Schweigen dehnte sich aus. »Ich brauche Zeit, um über Ihre Frage nachzudenken«, sagte er dann. »Ich melde mich bei Ihnen, Commissario.« Dann öffnete er die Tür.

Die Verabschiedung kam so unerwartet, dass Pavarotti einen Moment brauchte, um sich zu fassen. Kopfschüttelnd erhob er sich. Im Hinausgehen fiel sein Blick auf die Urkunde, auf die Frahm die ganze Zeit gestarrt hatte. Ein Habilitationsurkunde in Psychiatrie und Psychotherapie, 1968 ausgestellt auf Dr. Damian Frahm.

»Damals schickte er sich an, eine der größten Koryphäen seines Fachs zu werden«, sagte Frahm leise.

»Ihr Vater?« Frahm nickte.

»Was ist passiert?«

»Er entwickelte eine fixe Idee. Über das Böse im Menschen. Bei jeder psychischen Störung vermutete er den Teufel, der hinter allem steckte.«

Pavarotti war schon aus der Tür, da drehte er sich noch einmal um. »Dr. Frahm!«

Der Psychologe war gerade dabei, die Tür zu schließen. »Wie ich schon sagte, Commissario, ich —«

»Es geht um etwas anderes, Dottore«, unterbrach ihn Pavarotti schnell. »Sie sind ja auch Allgemeinmediziner.«

Frahm wartete.

»Es handelt sich um Anabolika.«

»Anabolika?«, wiederholte Dr. Frahm überrascht.

»Es geht um einen … Freund«, sagte Pavarotti. »Er leidet an Epilepsie, nimmt deshalb auch starke Medikamente. Jetzt hab ich zufällig mitbekommen, dass er neuerdings Muskelpräparate schluckt. Ist das Ihrer Meinung nach gefährlich?«

Dr. Frahm antwortete in ernstem Tonfall: »Ich rate Ihnen dringend, Ihrem Freund die Einnahme auszureden. Steroide können seine Krankheit drastisch verschlimmern. Häufig werden dadurch Anfälle ausgelöst, die das Ausmaß der Epilepsie dauerhaft eskalieren lassen. Legen Sie ihm ans Herz, sich sofort untersuchen zu lassen!«

Die Tür schloss sich mit einem Klacken.

26

Auf dem Mittelmeer, unterwegs nach Genua – Sonntag, 22. Juli, Dinnerzeit

Nur ein paar Meter von der Stelle entfernt, wo er ihr den Brief in die Hand gedrückt hatte, stand Alvese an die Reling gelehnt, hektisch rauchend. Sein Kopf war fast vollständig kahl und saß auf schmalen Schultern, die seine jahrelange körperliche Arbeit Lügen straften.

»Wo bleiben Sie denn? Ich hab nur noch zehn Minuten Zeit!«

Alvese zerrte sie hinter einen Stapel Deckstühle, die bereits für die Nacht aufeinandergeschichtet und festgezurrt worden waren. Lissie schüttelte seine Hand ab. »Hier ist doch niemand. Alle sitzen beim Essen. Außerdem kann uns doch ruhig jemand sehen – wenn schon!«

»Ich will nicht, dass es Gerede gibt. Ihr Steward sagte, Sie wollen mich dringend sprechen. Also, um was geht's?«, zischte Alvese.

»Kurz bevor ich aus Meran abgereist bin, ist ein Mann namens Emil Ladinser wegen Mordverdachts festgenommen worden. Als ich dann gesehen habe, dass Sie an diesen Mann schreiben, hab ich mir gedacht, dass Sie das interessieren könnte. Aber wenn nicht …« Lissie drehte sich um, als wolle sie gehen. Alvese packte sie am Ärmel.

»Wen soll mein Freund umgebracht haben?«

»Ladinser ist Ihr Freund?«

»Das geht Sie nichts an. Beantworten Sie meine Frage.«

»Einen Mann namens Cabruni. Der saß in einer privaten Klapsmühle in Meran und hat sich da abstechen lassen.«

Bei dem Namen Cabruni schloss Alvese kurz die Augen. Aus seinem Mund kam ein rasselnder Laut.

»Sagt Ihnen der Name etwas?«, fragte Lissie scheinheilig. Alvese nickte langsam. Dann schoss er einen misstrauischen Blick auf Lissie ab. »Und wie kommen eigentlich Sie bei der ganzen Sache ins Spiel? Ich dachte, Sie sind Deutsche?«

Lissie holte unmerklich Luft. Der Postbeamte aus Amalfi fiel ihr ein. »Bin vor zehn Jahren in Meran hängen geblieben«, behauptete sie. »Vorträge halten ist bloß mein Nebenjob. Mein Geld verdiene ich mir mit Krimis. Da braucht man supergute Kontakte zur Polizei und zur Gerichtsmedizin. Deswegen bin ich immer auf dem Laufenden.«

»Aha«, machte Alvese. Aber seine Augen waren ganz woanders, glitten über das Deck und verloren sich im Horizont, der sich bereits leicht rötlich färbte.

Zeit für den nächsten Köder. »Momentan hat sich die Polizei auf diesen Ladinser eingeschossen, so wie es aussieht. Warum, weiß ich nicht genau, aber der Mann hat diesen Cabruni gekannt und einen Hass auf ihn geschoben«, fabulierte sie. »Andere Spuren verfolgt die Polizei derzeit nicht.«

Sie machte eine Kunstpause. »Aber der Commissario, der die Ermittlungen leitet, ist ein guter Freund von mir. Wenn ich sage, dass es noch andere Hinweise gibt, dann wird das schon ernst genommen. Wenn Sie also etwas wissen und eine inoffizielle Aussage machen wollen …« Lissie ließ den Satz in der Luft hängen.

Alvese schnippte seinen Zigarettenstummel über Bord und fuhr sich mit der Hand über seine spärlichen Haarstoppeln. »Ich weiß nicht viel«, sagte er zögernd. »Nur das, was alle sagen würden, die Emil Ladinser kennen.«

»Und das wäre?«

»Dass er nicht der Typ dafür ist, jemanden umzubringen. Er ist eh meistens … Er … trinkt zu viel, müssen Sie wissen.«

Diplomatisch ausgedrückt. Dabei entsprachen Untertreibungen so gar nicht Alveses sonstigen Gewohnheiten. Er musste den alten Säufer wirklich mögen.

»Hm«, machte Lissie. »Das allein wird kaum reichen. Sonst fällt Ihnen nichts ein?«

Alvese schüttelte langsam den Kopf, doch dann schaute er hoch. »Was ist mit Cabrunis Familie?«

Lissie konnte nicht verhindern, dass ihre Augen sich weiteten. »Welche Familie? Ich glaube nicht, dass die Polizei etwas von einer Familie weiß. Nach dem, was ich so gehört habe, ist seine ganze Herkunft ein Rätsel.«

Alvese verzog seinen Mund zu einem ironischen Grinsen. »Wundert mich das? Michael Cabruni war ein Geheimniskrämer. Keiner von uns wusste genau, wo er herkam und was in ihm vorging.«

»Haben Sie diesen Cabruni etwa auch gekannt?« Gott, war sie gut.

»Ich war jahrelang sein Erster Ingenieur, bis zum Schluss«, gab Alvese widerwillig zu. »Der Kerl war Chefingenieur. Hier auf der ›Stella Maris‹.«

Lissie tat, als sei sie total von den Socken. »Wow! Ich weiß zufällig, dass die Polizei händeringend auf der Suche nach Zeugen ist, die aussagen können, was für ein Mensch der Tote war. Vielleicht können Sie helfen, dass sich andere Verdachtsmomente ergeben, die Ihren Freund entlasten!«

»Meinen Sie?«, fragte Alvese. »Aber nicht, dass ich hinterher auch noch Schwierigkeiten kriege!« Die Freundschaft hatte anscheinend ihre Grenzen.

»Kein Problem. Bis ich zurück in Meran bin, sind Sie ja schon wieder unterwegs«, sagte sie beruhigend. Dann hob sie das Kinn. »Also, was wissen Sie?«

»Nicht sehr viel«, gab Alvese zu. »Cabruni war ein Blender. Was den Schiffsbetrieb anbelangte, also fachlich, da war er eine Null. Aber er hatte den Bogen raus, sich bei den Chefs beliebt zu machen.« Alvese zuckte die Achseln. »Keine Ahnung, wie er das hinbekommen hat. Obwohl jeder wusste, wie es wirklich war, schaffte Cabruni es immer, seine Fehler so hinzustellen, als seien andere schuld.«

Gar nicht so schwer, wenn man den Richtigen in der Hand hat.
»Erzählen Sie doch mal!«, forderte Lissie ihn auf.

»Sie wollen ein Beispiel? Also schön«, knurrte Alvese. »Vor ein paar Monaten, da musste ein Elektromotor für die Schmierölpumpe ausgetauscht werden. War durchgebrannt. Reine Routineangelegenheit. Anstatt auf mich zu warten, bis ich vom Landgang zurück bin, wollte Cabruni selbst Hand anlegen.« Ungläubig schüttelte Alvese den Kopf. »Der Kerl glaubte immer, er kann alles.«

»Was ist denn nun passiert?«

»Gar nichts zum Glück, weil ich gerade noch rechtzeitig in den Maschinenraum kam.«

»Und?«

»Der Kerl hat nicht gewusst, wie er den Elektromotor anschließen soll. Wissen Sie, was er gemacht hat?«, sagte Alvese empört. »Da lässt der Idiot doch den Motor zur Hauptschalttafel schleppen und will ausgerechnet dort ausprobieren, wie das Ding funktioniert. Die Elektrokabel hatte er schon angeschlossen. Mit den freien Enden will er gerade direkt an die Kupferschiene, da komm ich rein und kann ihm gerade noch in den Arm fallen!«

»Ich verstehe nicht, was daran so schlimm sein soll.«

»Elektrik ist nicht Ihr Ding, wie?«

Lissie zuckte bloß die Achseln.

»In so einer riesigen Schalttafel verläuft eine Unmenge Strom, in vielen verschiedenen Stromkreisen. Da kann man doch nicht so einfach andocken! Unter Garantie wären ein paar Felder der Schalttafel explodiert. Es hätte einen Kurzschlussstrom und einen Lichtbogen gegeben. Der hätte den Kerl in Sekundenschnelle getötet, und wahrscheinlich die zwei Arbeiter, die neben ihm standen, gleich mit.«

»Ich dachte, der Mann war Chefingenieur?«, fragte Lissie entsetzt.

Alvese zog die Augenbrauen hoch. »Der Kerl wusste die einfachsten Dinge nicht. Ich frage mich, wo der seinen Abschluss gemacht hat. Seit diesem Tag hatte er mich übrigens auf dem Kieker. Später hat er dann behauptet, ich hätte die Maschinenwartungen vor Kap Hoorn angeordnet.« Alvese atmete stoßweise. »Ich hab Schiss gehabt, dass er damit durchkommt. Ich konnte es zuerst nicht fassen, dass sie ihn diesmal wirklich und wahrhaftig gefeuert haben.«

Alvese schaute auf die Uhr und stieß sich von der Reling ab. »Mist, so spät schon. Ich muss dringend runter.«

»Eins noch«, sagte Lissie schnell. »Hat dieser Cabruni vielleicht Ihrem Freund Ladinser auch was angehängt?«

Alvese warf ihr einen scharfen Blick zu. »Quatsch. Der Emil fährt schon seit Urzeiten nicht mehr zu See. Cabruni und er waren nur ganz kurz zusammen auf der ›Stella Maris‹, bevor Emil abmusterte. Was schade war, denn er hätte es zu was gebracht. So. Jetzt hab ich Wichtigeres zu tun, als mir Ihre Hirngespinste anzuhören.«

Im Gehen drehte sich Alvese noch einmal um und blieb stehen. »Der Emil war's nicht. Schaut zu, dass ihr ihn mal ordentlich ausnüchtert, und dann fragt ihn nach Cabrunis Familie. Der Emil hat über die Sippe einmal eine komische Bemerkung fallen lassen, in einem alten Brief. Ist schon ein paar Jährchen her.«

»Was denn für eine Bemerkung?«

»Weiß ich nicht mehr. Nur dass da irgendwas faul ist in der Familie.«

»Haben Sie den Brief noch?«

Alvese hatte die Hand schon am Geländer der Eisentreppe, die nach unten führte. Er schaute Lissie an, als ob sie den Verstand verloren hatte. »Ja klar, ich hab eine Achtzig-Quadratmeter-Suite auf dem Promenadendeck mit einem Privatsekretär, der meine Ablage macht.«

27

Meran – Donnerstag, 9. August

4. Gesprächsprotokoll von Dr. Sigmund Frahm, Kriminalpsych.

Nachmittagssitzung

Sie sollten mich wirklich nicht warten lassen, Herr Doktor. Da komme ich nur auf dumme Gedanken. Wie zum Beispiel, mir die Urkunde neben Ihrer Tür anzusehen. Wenn das nicht interessant ist. Ihr Vater war also ebenfalls ein Seelenklempner.
    Bestimmt war es sein Herzenswunsch, dass Sie in seine Fußstapfen treten. Und Sie, ganz der brave Sohn, haben das getan, was er von Ihnen verlangt hat.
    Da fällt mir etwas ein. Auf Ihrem Praxisschild steht »Dr. S. Frahm«. Warum haben Sie Ihren Vornamen abgekürzt?
    Er ist Ihnen peinlich, habe ich recht? Ich sehe es an der Art, wie Ihre Augen zu der Urkunde hinüberzucken.
    Mal sehen. Wie lautet der peinlichste Vorname, der mit einem S beginnt?
    Vortrefflich. Jetzt habe ich etwas, womit ich mir die Zeit bis zu unserer nächsten Sitzung vertreiben kann.
    Hassen Sie Ihren Vater wegen seiner Gedankenlosigkeit? Hat er Ihren Vornamen gewählt, um Sie zu quälen? Oder wollte er über Ihr Leben bestimmen?
    Wie auch immer. Manchmal ist man ohne Eltern besser dran. Auf jeden Fall hat man dann mehr Spaß. Sie sehen nicht so aus, als ob Sie den gehabt hätten. Wir schon.

Als Emma und ich Dorian kennenlernten, standen wir beide kurz vor dem Abi.
    Es stellte sich heraus, dass Dorian mitten im Schuljahr geflogen war und auf einer neuen Schule eine Ehrenrunde drehen

musste. Eigentlich hätten wir also unsere Nasen dringend in die Bücher stecken müssen. Aber nach diesem ersten Mai warfen wir unsere Vorsätze über Bord. Nach der Schule schaufelten wir in Rekordzeit unser Essen in uns hinein, das uns Martha vorsetzte, und dann ging's los.

Die alte Martha war siebzig und schwerhörig. Deshalb konnten wir uns beim Essen im Flüsterton unterhalten, ohne Gefahr zu laufen, dass unsere Eltern etwas erfahren würden.

Ich muss noch heute grinsen, wenn ich daran denke, welche bösen Blicke Martha uns von der Spüle aus zuwarf, wenn sie den Abwasch machte. Verstohlen versuchte sie, ihr Hörgerät lauter zu drehen. Doch damals, Mitte der Achtziger, waren die Geräte zum Glück noch nicht so gut wie heute.

Außerdem hätten unsere Eltern erst einmal einen Fuß auf deutschen Boden setzen müssen, damit Martha ihre Gelegenheit zum Petzen bekam. Doch das war höchst selten der Fall. Die zwei waren meistens Zigtausende von Kilometern weit weg auf irgendeinem Tauchgang, um wieder einmal den ultimativen Schatz vom Meeresgrund zu heben.

Meistens fanden sie ein paar verrottete Schiffsplanken und einen Haufen rostiger Nägel. Aber das machte nichts, Geld war ja genug da.

Unser Leben hatten meine Eltern mit einer Batterie von Daueraufträgen und mit Marthas Hilfe so durchorganisiert, dass ihre Abwesenheit nicht weiter auffiel.

Dorians Eltern waren zwar körperlich in Frankfurt anwesend, spielten in Dorians Leben aber genauso wenig eine Rolle wie unsere Eltern. Ich glaube, sein Vater war Anwalt.

Zu gern hätten wir gewusst, woher Dorian seinen merkwürdigen Dialekt hatte. Es klang irgendwie bayerisch, aber dann doch wieder nicht. Das Rätsel wurde von Martha gelöst, die aus Fulpmes im Stubaital stammte.

»Wo kommt denn der junge Südtiroler her?«, wollte sie neugierig wissen, als Dorian das erste Mal mittags zum Essen da war. Natürlich taten wir so, als wüssten wir das mit Südtirol längst.

Nachts im Bett fabrizierten wir die irrwitzigsten Theorien, wie seine Eltern dazu kamen, in Deutschland zu leben.

Eines schönen Tages, es war Anfang Dezember, waren wir im Dresdner-Bank-Turm, unten in der großen Eingangshalle, und versuchten, Weihnachtsschmuck von dem riesigen Weihnachtsbaum zu klauen, wenn die Pförtner gerade nicht hinsahen.

Nachdem sie uns unsanft rausgesetzt hatten, schlug Emma vor, bei Dorian zu Hause in Sachsenhausen ein paar Brote zu schmieren. Es ist zu dir näher als zu uns, sagte sie, was zwar stimmte, aber natürlich bloß vorgeschoben war.

Dorian zögerte nur einen Lidschlag. Dann sagte er, das gehe nicht, weil seine Mutter eine Lichtallergie habe, und im Haus müsse es permanent stockdunkel sein. Emma und ich waren so geschockt, dass wir es nicht wagten, weiter nachzufragen.

An dem Abend hatte ich keine Chance, mir in Ruhe den »Denver Clan« anzuschauen. Emma plapperte in einem fort und erging sich in den schlimmsten Ausschmückungen, wie schrecklich es für Dorian sein musste, unter derartigen Umständen zu leben.

Meine Schwester wurde ganz aufgeregt. Endlich hatte sie wieder jemanden zum Bemuttern gefunden.

Ich dagegen war vor allem neugierig, und aus einem mir bis heute unerfindlichen Grund schluckte ich die Geschichte nicht so recht. Als ich nach einem Blick in einen medizinischen Wälzer feststellte, dass es mehrere Typen von Lichtempfindlichkeit gibt, wollte ich von Dorian wissen, was seiner Mutter denn genau fehlte. Er schaute mich aber bloß kalt an, ohne etwas zu sagen. Emma überhäufte mich später mit Vorwürfen, wie ich dazu käme, so gefühllos zu sein.

Na ja, Sie können sich vielleicht ausmalen, was dann passierte.

Wer es künftig wagte, Dorian schief anzusehen oder zu kritisieren, legte sich mit Emma an. Trotz ihres zerbrechlichen Aussehens konnte sie unheimlich dickköpfig sein.

Emma erzählte das mit Dorians Mutter brühwarm Martha, die ihre Hand vor Entsetzen auf ihren nicht unbeträchtlichen Busen presste.

»Um Gotts wuin, der arme Bub!«

Fortan kam Dorian nach der Schule zum Essen zu uns.

28

Meran — Montag, 23. Juli, vormittags

Den ganzen Sonntag über war es Pavarotti nicht gelungen, Justus' habhaft zu werden. Heute am frühen Morgen hatte er gedämpftes Gebell gehört, doch bevor Pavarotti die Beine aus dem Bett schwingen konnte, klackte die Haustür.

Pavarotti stellte sich den Jungen vor, wie er irgendwo lag, zuckend und um sich schlagend, weil die Anabolika einen schweren Anfall ausgelöst hatten.

Verzweifelt fuhr er seinen Computer hoch. Plötzlich pingte es. Eine Mail von Lissie.

In der Betreffzeile stand: »Infos vor Rückflug«.

Wie formell und endgültig das klang. War sie etwa auf dem direkten Weg zurück nach Frankfurt?

Mit bebenden Fingern öffnete er die Mail. Er starrte auf den Text, unfähig, den Inhalt zu begreifen. Lissie schrieb, der tote Cabruni habe Familie und Emil Ladinser wisse darüber Bescheid.

Röte kroch über Pavarottis Gesicht.

Eine Menge wertvoller Zeit war vertan, weil er den Kerl nicht hart genug angefasst hatte.

Pavarotti griff zum Hörer.

»Ladinser? Der ist schon wieder hier, Commissario«, sagte Emmenegger gut gelaunt. »In einer der Ausnüchterungszellen. Er hat unten an der Passer vor den Touristen die Hosen runtergelassen. Er müsste jetzt wieder einigermaßen nüchtern sein.«

★★★

Ladinser stierte von der Pritsche zu Pavarotti hoch. Seine Haut sah aus, als sei sie auf das darunter liegende Fleisch geklebt. Er hatte kaum noch Haare auf dem Kopf, ein paar Strähnen hingen über seine Segelohren. Die Augen waren riesig in dem ausgemergelten Gesicht, und aus dem halb geöffneten Mund schauten ein paar schiefe Zähne heraus.

Plötzlich dämmerte es Pavarotti.

»*Gol-lum. Den hab ich gesehen in der Nacht.*«

»So, Ladinser. Sie haben uns nur Lügen erzählt. Jetzt ist Schluss damit. Sie waren in der Mordnacht in der Villa Speranza und haben Michael Cabruni in den Garten geschoben. Und dann haben Sie ihn erstochen!«

Erschrocken rappelte sich der Mann auf und öffnete den Mund. Pavarotti winkte ab. »Sparen Sie sich die Ausreden, Ladinser. Sie sind gesehen worden. Es gibt eine Zeugin, eine … äh, vom Klinikpersonal.«

Befriedigt sah Pavarotti, dass Emil Ladinser wie ein Sack voll Knochen in sich zusammenfiel. Doch dann straffte sich der Mann.

»Schon gut, Commissario. Ich war da in der Nacht. Aber ich war's nicht.« Trotzig hob Ladinser sein verknöchertes Kinn an. »Er hat gelebt, als ich ging. Ich schwör's!«

»Ich halte nicht viel von Ihren Schwüren, Ladinser.« Pavarotti schüttelte den Kopf. »Ich will jetzt endlich die ganze Geschichte. Woher Sie Cabruni kannten. Und wo seine Familie steckt. Ihr guter Freund Alvese hat uns wissen lassen, dass Sie ein wahrer Quell von Informationen sind!«

»Alvese hat Ihnen das gesagt?«, fragte Ladinser zweifelnd. »Meinetwegen. Ich erzähl Ihnen die ganze verfluchte Geschichte.« Ladinser leckte sich die Lippen. »Aber nur, wenn ich was zu trinken bekomm.«

»Ich will verdammt sein, wenn ich Ihnen Alkohol ausschenke!«

»Ich will keinen Schnaps, Commissario. Aber Sie werden ja wohl Wasser oben in Ihrem Büro haben. Ich hab einen furchtbaren Brand.«

★★★

Ladinser wischte sich mit dem Handrücken über den Mund. Dann lachte er, aber es war kein fröhliches Lachen.

»Wir waren einmal die besten Freunde, Michael und ich. Ich kann das selbst kaum glauben in Anbetracht dessen, was aus ihm geworden ist. Aber so war es.«

Er hielt Pavarotti das leere Glas hin. Genervt ging Pavarotti zum Kühlschrank.

»Michael ist in Meran geboren. Genau wie ich.«

Pavarotti fuhr herum.

»Der Tote ist aus Meran?« Er machte einen Schritt auf Ladinser zu, der seine Enthüllung sichtlich genoss. »Und seine Familie …?«

»Alles schön der Reihe nach«, grinste Ladinser. »Dazu komm ich schon noch. Früher oder später, je nachdem wie oft Sie mich unterbrechen. Das Wasser, bittschön.«

Pavarotti pflanzte das leere Wasserglas mit Wucht vor dem Mann auf den Tisch. »Sie kriegen Ihr Wasser. Früher oder später, je nachdem wie gut Ihre Story ist.«

Ladinser verzog das Gesicht. Dann schluckte er mühsam, sodass sein Adamsapfel, der für den dünnen Hals viel zu groß war, auf und nieder hüpfte.

»Michael und ich müssen damals etwa sechs Jahre alt gewesen sein. Jedenfalls erinnere ich mich, dass es kurz vor unserer Einschulung war. Michael war mit seinen Eltern an der Nordsee gewesen. Als er zurückkam, war er Feuer und Flamme für alles, was mit dem Meer zu tun hatte. Er war wild entschlossen, zur See zu fahren.« Ladinser zuckte die Achseln. »Ich hab zuerst gedacht, er spinnt. Ein Südtiroler, der zur See fahren will!«

Er rieb sich über das Gesicht. »Jungs in dem Alter, denken Sie jetzt. Was heute fest beschlossen wird, ist morgen schon vergessen. Aber so war es nicht. Michael war von seinem Plan nicht mehr abzubringen. Und irgendwann haben wir uns geschworen, es gemeinsam zu machen. Gemeinsam zur See zu fahren.«

Ladinser schüttelte langsam den Kopf, als könne er es selbst nicht glauben. »Ich … nun. Das klingt heute natürlich lächerlich, aber wir waren Blutsbrüder. Wir standen uns viel näher als Michael seinem leiblichen Bruder. Gemeinsam wollten wir die Welt erkunden. In diesem Sommer schien es, als warteten die Häfen dieser Welt nur auf uns. Es war, als bräuchten wir bloß mit dem Finger zu schnippen und könnten direkt in die Bildbände über fremde Länder, die Michael aus der Bibliothek nach Hause schleppte, hineinspazieren.« Ladinsers Augen umschatteten sich, verloren sich in seinen Erinnerungen. Er redete, als sei er ganz allein. Der Schatten der großen Kastanie auf dem Kornplatz tauchte den Raum in ein Halbdunkel.

»Doch dann zogen sie weg aus Meran. Da waren wir ungefähr zehn.« Er schniefte. »Und das war's dann. Ich hab ihn erst nach vielen Jahren wiedergesehen. Auf der ›Stella Maris‹. Was für eine Ironie.« Ladinser lachte meckernd. »Wir haben beide unseren alten Plan in die Tat umgesetzt, aber nicht gemeinsam, sondern getrennt voneinander. Sogar dasselbe Spezialgebiet haben wir uns ausgesucht, Schiffsbetriebswesen. Es ist fast so, als hätten wir all die Jahre in einer Art inneren Verbindung zueinander gestanden. Aber es stellte sich heraus, dass sie verhext war, diese Verbindung. Ich wünschte, ich hätte den Kerl nie mehr im Leben gesehen.«

Erneut fuhr sich der Mann über die Augen, als ob er die Erinnerung verscheuchen wolle.

»Warum müssen Sie wieder alles aufrühren, Commissario! Wo ich mich doch so bemüht hab, alles zu vergessen.«

Ladinser leckte sich die Lippen. »Als ich Michael wiedertraf, war ich schon ein paar Jahre Erster Ingenieur auf der ›Stella Maris‹«, fuhr Ladinser fort. »Mein bisheriger Ablöser, der als Springer auf verschiedenen Schiffen fungierte, war gerade in Pension gegangen.«

Pavarotti füllte Ladinsers Glas auf. Der Mann trank gierig.

»Ich bereite mich auf meinen Urlaub vor und will mich mit dem Neuen treffen, der ein paar Tage vor meinem Heimflug aufs Schiff kommt, damit ich ihn einweisen kann. Ich warte im Maschinenraum auf ihn, die Tür geht auf, und Michael kommt rein. Allerdings hab ich nicht sofort geschaltet, obwohl mir der Typ irgendwie bekannt vorkam. Dass er es ist, hat sich erst am nächsten Tag rausgestellt. Zuerst war er ziemlich einsilbig. Ich musste ganz schön … massiv werden, damit er's zugab. Aber wir hatten eh nicht viel Zeit miteinander«, sagte Ladinser. »Denn dann ist die schlimme Sache passiert, und ich bin heimgeflogen. Aber nicht für den Urlaub, sondern für immer.«

Pavarotti beschloss, einfach zuzuhören. Sinnlos, den Mann zu drängen.

»Es war meine letzte Maschinenwartung vor dem Urlaub. Kontrolle der Pleuellager.« Ladinser schloss kurz die Augen, dann öffnete er sie wieder.

»Ich weiß noch, wie ich danach zurück in meine Kabine bin, um mich umzuziehen. Ich will gerade unter die Dusche, da knallt es schon.«

Ladinser schloss die Augen. »Ich hätte schwören können, dass mit der Maschine alles in Ordnung war. Trotzdem ist der Motorblock explodiert. Ich kann es bis heute nicht begreifen.«

Er hielt inne, dann sprach er mit leiser Stimme weiter. »Einen jungen Kerl, der zufällig in der Nähe stand, hat's erwischt. Ich bin sofort runtergerannt, aber es war natürlich zu spät. Der Arme war von den Eisensplittern des Motorblocks, die durch die Luft geflogen sind, förmlich durchsiebt.«

»Und was geschah dann?«, fragte Pavarotti ruhig.

Ladinser zuckte die Achseln. »Was wohl? Ein externer Surveyor kam aufs Schiff, wie immer in solchen Fällen. Ich glaube, der war von der Det Norske Veritas.« Er lachte freudlos. »Schon eigenartig, dass man solche Details hinterher noch weiß, oder? Man geht wie betäubt herum, aber unwichtige Kleinigkeiten merkt man sich.«

Nach einer Pause nahm Ladinser seine Erzählung wieder auf.

»Die Überprüfung ergab, dass die Muttern der Lagerbolzen nicht richtig angezogen waren. Auch die Sicherungsbleche waren nicht vorschriftsmäßig befestigt worden.«

Als Ladinser zu erklären begann, hörte Pavarotti den Stolz über seine frühere Arbeit aus seiner Stimme heraus.

»Sie müssen wissen, dass bei einer solchen Kontrolle alles

auseinandergebaut wird. Man löst die Schrauben vom Lager und entfernt die Lagerschale, bis die Pleuelstange freiliegt, die den Motorkolben rauf- und runterschiebt.« Er hielt kurz inne. »Wenn alles überprüft ist, werden die Lager wieder zusammengebaut, die Muttern angezogen. Dann werden die Sicherungsbleche heruntergeschlagen, damit sich die Muttern nicht mehr lösen können.«

Ladinser schnaufte. »Und die letzten, entscheidenden Arbeitsschritte hab ich anscheinend vergessen. Obwohl ich's immer noch nicht glauben kann.« Jetzt schrie er fast. »Alle Muttern haben sich gelöst, verstehen Sie, jede einzelne! Und die verdammte Pleuelstange, die stampft rauf und runter, bis die Lagerschale abfällt, sodass die Stange am Ende keine Führung mehr hat. Sie wird nach außen gedrückt und zerschlägt den Motorblock mit einer wahnsinnigen Wucht. Rums, bums, aus.«

»Wie erklären Sie sich die Sache?«, wollte Pavarotti wissen. Er wusste nicht, ob er den Mann wegen seiner Nachlässigkeit verurteilen sollte oder ob Ladinser sein Mitleid verdiente.

Ladinser zuckte nur hilflos mit den Achseln. »Ich war mir damals hundertprozentig sicher, dass ich die Muttern fest angezogen und die verdammten Sicherungsbleche richtig montiert hatte, bevor ich in die Kaffeepause bin. Hätte ich doch bloß keine Pause gemacht«, sagte er verzweifelt und richtete seine Augen auf Pavarotti. »Denn nach der Pause hab ich nichts mehr überprüft, sondern nur noch die Abdeckung montiert und das Wartungsprotokoll geschrieben. Ich war mir meiner Sache sicher.«

Ladinser stöhnte. »Menschliches Versagen. Das war das Ergebnis der Untersuchung. Die Versicherung hat gezahlt. Ich bin mit einer Rüge davongekommen. Trotzdem blieb mir nichts anderes übrig, als abzumustern. Ich konnte mir nicht mehr trauen, verstehen Sie.« Ladinser betrachtete seine Hände. »Michael hat dann den Posten bekommen.«

»Welchen Posten?« Pavarotti war verwirrt.

Ladinser hob den Kopf. »Hab ich das nicht erzählt? Den Chefingenieursposten auf der ›Stella Maris‹. Der war vakant.

Ich hatte mich darauf beworben. Nach dem Unfall war es natürlich damit vorbei.«

★★★

Stille senkte sich auf das Zimmer. Pavarotti musste an einen Vorfall in seiner eigenen Polizeilaufbahn denken. Es war sehr lange her, er war ein junger Kerl gewesen damals, Mitglied in einem Sondereinsatzkommando.

Er merkte, dass der Mann wieder zu sprechen begonnen hatte. »… ob die Bleche manipuliert worden sind.«

»Wie bitte?«

»Die Sache von damals hat mich verfolgt, all die Jahre. Irgendwann hab ich angefangen zu überlegen, ob die Bleche manipuliert worden sind«, wiederholte Ladinser. »Von meinem früheren Blutsbruder. Dem kam der Unfall ja sehr gelegen.«

Pavarotti schaute ihn aufmerksam an. War das Wunschdenken? Versuchte Ladinser die Schuld, die sein Leben kaputt gemacht hatte, von sich wegzuschieben?

»Wie hätte Ihr Freund das denn bewerkstelligen sollen?«, wollte Pavarotti wissen.

»Ganz einfach.« Ladinser zuckte mit den Achseln. »Er hätte bloß die Sicherungsbleche mit dem Schraubenzieher wieder hochschlagen und die Muttern lösen müssen. Es wäre in einer Minute getan gewesen.«

Er schüttelte den Kopf, räusperte sich. »Ja, ich war bei ihm in der Nacht. Die Eingangstür dieser Villa stand halb offen, und der Belegungsplan lag hinter dem Tresen. Vom Personal war kein Mensch zu sehen. Zustände sind das.«

Ladinser griff zum Glas und trank den Rest in einem Zug aus. »Da bin ich in sein Zimmer. Ich wollte einfach wissen, ob er es getan hat. Damit ich endlich Klarheit hab, nach all den Jahren. Denn das ist das Schlimmste für mich. Dass ich mich selbst verloren hab. Dass ich nicht mehr weiß, wer ich eigentlich bin. Aber es hatte keinen Sinn. Er war völlig weggetreten.«

»Warum haben Sie ihm ein Fernglas gegeben?«

Ladinser starrte ihn bloß an.

»Aber daran, dass Sie ihn in den Garten geschoben haben, daran erinnern Sie sich?«

»Freilich«, nickte Ladinser. »Er saß in seinem Zimmer im Rollstuhl und hat furchtbar geschnauft. Als ob er keine Luft bekommt. Das Fenster ließ sich nicht öffnen, da hab ich mir gedacht, die Nachtluft tut ihm gut.«

»Und weiter?«

»Nichts weiter. Er hat keinen Mucks gemacht. Noch nicht einmal, als ich ihn mit seinem früheren Namen angesprochen hab. Ich hab gedacht, das bringt vielleicht eine Saite in ihm zum Klingen. Aber er hat überhaupt nicht darauf reagiert.«

Pavarotti war sich nicht sicher, ob er sich eben verhört hatte. »Mit seinem früheren Namen?«, fragte er langsam. Die Wörter kamen aus seinem Mund heraus, als ob seine geschwollene Zunge sie vorher gestaucht und zusammengequetscht hätte.

»Ja, wussten Sie das nicht?« Ladinser spitzte die Lippen. »Angeblich hat er den Namen ändern lassen, weil seine italienische Frau keinen deutschen Namen gewollt hat. Braunhofer, so hieß er früher. Michael Braunhofer. Die Eltern wohnen wieder in Meran, genau wie sein Bruder Magnus. Aus dem ist ein Schreiberling geworden.«

Pavarotti sagte nichts, starrte nur.

»Ich hab den Michael jedenfalls nicht getötet. Als ich mich in der Nacht weggeschlichen hab, hat er noch gelebt. Falls man den Dämmerzustand, in dem er sich befand, so nennen kann. Finden Sie es nicht zu komisch, Commissario, dass ihn eine Maschinenwartung seine Karriere gekostet hat? Also das Gleiche, womit er vor zehn Jahren auch mein Leben kaputt gemacht hat?«

Zweites Buch

Wer war Michael Braunhofer?

1

Meran – Montag, 23. Juli, am Abend

»Eine falsche Identität. Ich fasse es nicht.«

Verstohlen beobachtete Pavarotti, wie Lissie die Ermittlungsakte überflog.

Der Nachmittag hatte sich endlos gedehnt. Alle paar Minuten war Pavarotti zum Fenster gegangen. Taxen stoppten und fuhren wieder ab, aber die Richtige wollte nicht kommen.

Wie braun sie geworden war.

Im Licht der roten Lampions, die über der Rebland-Terrasse hingen, schimmerte Lissies gefurchte Stirn honigfarben, mit einem Stich ins Rötliche, wie nach einem leichten Sonnenbrand. Ein paar Sommersprossen zierten ihren Trizeps, eine natürliche Tätowierung, die Pavarotti faszinierte. Hatte sie etwas zugelegt? Es stand ihr sehr gut, aber er beschloss, es sicherheitshalber unerwähnt zu lassen.

Plötzlich schaute Lissie auf und klappte die Akte zu. »Unser Mordopfer stammt von hier, was offenbar jeder in Meran weiß, und mich schickst du um die halbe Welt!«

Pavarotti verkniff sich die Bemerkung, dass es ja bloß das Mittelmeer gewesen war. Und von ›jedem‹ konnte keine Rede sein.

»Braunhofer besaß einen Pass auf den Namen Michael Cabruni«, sagte er stattdessen. »Ich wüsste gern, wie er das angestellt hat.«

Lissie zuckte die Achseln. »Heißt ›braun‹ nicht ›bruno‹ auf Italienisch? Vielleicht hat er seinen Namen italienisieren lassen? In dieser Hinsicht seid ihr Italiener bei Südtirolern ja nicht gerade zimperlich.«

Pavarotti zwang sich zu einer ruhigen Antwort. »Das ist lange her. Heute kann niemand seinen Namen einfach mir nichts, dir nichts ändern lassen. Dafür braucht es einen handfesten Grund.« Er grinste schief. »Wenn das so einfach wäre, hätte ich mich selbst schon längst umtaufen lassen.«

Lissie kicherte. »Was hätte dir denn vorgeschwebt? Vielleicht Domingo?«

Pavarottis Lächeln gefror.

Lissie trat ihm leicht gegen sein Schienbein. »Jetzt sei nicht so empfindlich.« Dann wurde sie ernst. »Was ist mit den Eltern? Leben sie noch?«

Pavarotti nickte. »Beide.« Er nahm einen Schluck Bier und wischte sich den Schaum von den Lippen. »Die alten Braunhofers wohnen im Winkelweg. Das ist eine Villengegend in Obermais. Ich hab mich für morgen angekündigt.«

Winkelweg. Erst jetzt fiel ihm auf, dass Frahm, der Kriminalpsychologe, ebenfalls im Winkelweg wohnte.

»War das klug? Nun haben die Leute die ganze Nacht Zeit, sich etwas zurechtzulegen!«, hörte er Lissie sagen.

»Die sind ohnehin darauf gefasst, dass die Polizei kommt. Ich war heute bei dem Bruder des Toten. Bei Magnus Braunhofer, diesem Opernkritiker.«

»Hat er gewusst, dass sein Bruder in Meran ist?«

»Er behauptet das Gegenteil.«

»Und das glaubst du ihm?«

Pavarotti zuckte die Achseln. »Angeblich hat die Redaktion einen anonymen Tipp wegen Cabruni bekommen. Der Tipp kam von Ladinser.«

Pavarotti dachte daran, wie sich Magnus Braunhofer in seinem Drehstuhl zurückgelehnt und den Stuhl mit seinen Füßen aufreizend nach links und rechts gedreht hatte. »Ich hatte wirklich keine Ahnung, Commissario!«

Pavarotti hatte ein retuschiertes Foto des Toten gezückt. Braunhofer hatte das Foto lange betrachtet. Dann hatte er höhnisch lächelnd den Kopf geschüttelt.

»Tut mir wirklich leid, Commissario. Ich hab meinen Bruder das letzte Mal vor dreißig Jahren gesehen.«

Ob Braunhofer sich denken könne, warum sein Bruder einen anderen Namen angenommen hat?

»Vielleicht, weil er was ausgefressen hat, Commissario?«

»Der Kerl war nicht festzunageln«, sagte Pavarotti. »Angeblich hat er den Schmähartikel geschrieben, ohne zu wissen, dass er damit seinen eigenen Bruder durch den Dreck zieht.«

»Ach was! So einen Zufall gibt es nicht. Vielleicht hatte er noch eine Rechnung mit seinem Bruder offen. Deswegen hat er den Artikel geschrieben. Aber dann hat er gemerkt, dass es ihm nicht gereicht hat«, sagte Lissie. »Der Bruder kommt doch als Täter viel eher in Frage als Emil Ladinser.«

»Nicht unbedingt. Vielleicht hat Braunhofer seinem alten Freund ins Gesicht gelacht und gesagt: Hast du endlich kapiert, dass ich's war? Da hat Ladinser die Nerven verloren.«

»Simsalabim, und plötzlich verwandelt sich Ladinser, diese halbe Portion, in einen messerschwingenden Samurai. Quatsch.« Lissie verdrehte die Augen. »Du übersiehst einen wichtigen Punkt: Warum saß der Mann in einem Rollstuhl, anstatt im Bett zu liegen?«

Ihre Augen sprühten. Pavarotti hätte es nicht gewundert, wenn ein paar Funken auf der nachtblauen Tischdecke gelandet wären.

»Ladinser hätte es wohl nicht geschafft, ihn in den Rollstuhl zu setzen. Da gebe ich dir recht.«

»Vielleicht war der Mörder schon vor Ort, als Ladinser ankam«, sagte Lissie langsam. »Aus irgendeinem Grund hat der Mörder beschlossen, die Angelegenheit draußen zu erledigen. Vielleicht hat er befürchtet, dass Cabruni in Todesangst aus seiner Trance erwacht und den Notknopf über dem Bett zu fassen bekommt.«

»Auch auf dem Nachttisch ist einer«, sagte Pavarotti langsam.

»Da siehst du's«, gab Lissie selbstzufrieden zurück. »Cabruni sitzt schon im Rollstuhl, da hört der Mörder ein Geräusch auf dem Flur. Schritte, die sich nähern. Blitzschnell überlegt er. Wo kann er sich verstecken? In einem Schrank? Ich tippe aufs Bad.«

»Deine Phantasie möchte ich haben«, sagte Pavarotti.

»Was ist Magnus Braunhofer für ein Typ? Ist er kräftig genug, um seinen Bruder aus dem Bett zu heben?«

»Ich denke schon. Und er hat kein Alibi«, erwiderte Pavarotti. »Der Mann ist unverheiratet und lebt allein. In einem Apartmentblock in Algund mit fünfzig Einzimmerwohnungen, deren Mieter ständig wechseln. Emmenegger hat die Nachbarn befragt. Niemand hat ihn in der Nacht kommen und gehen sehen. Aber das heißt nicht viel. ›Ich war zu Hause im Bett, Commissario. Allein. Ein Jammer. Wenn ich gewusst hätte, dass ich ein Alibi brauch …‹« Pavarotti äffte Braunhofers blasierte Sprechweise nach. »Immerhin ist eine Haarprobe des ehrenwerten Journalisten schon auf dem Weg nach Bozen.«

»Wieso das denn?«

»Wir haben bisher doch bloß das Wort eines Alkoholikers, dass er Michael Braunhofer auf der ›Stella Maris‹ wiedererkannt hat. Ein glaubwürdiger Zeuge sieht anders aus als Emil Ladinser. Erst die DNA-Analyse kann den Nachweis bringen, dass der Tote und Magnus Braunhofer eng verwandt sind.«

Lissie drehte sich um und machte der Kellnerin ein Zeichen. Pavarotti sah, dass sich ihre Haut über dem Halsausschnitt ihres T-Shirts zu schälen begann. Er hatte plötzlich keine Lust mehr, mit ihr über Mordfälle zu sprechen.

»Jetzt erzähl du mal. Wie war's denn auf dem Schiff?«, sagte er.

»Gleich.« Lissie erhob sich.

Pavarotti blickte ihr hinterher, wie sie sich durch die zu eng gestellten Tische zwängte und mit elegantem Hüftschwung einer hellroten Katze auswich, die aus dem Halbdunkel des Weinbergs auf die Terrasse gesprungen war, um die Gäste anzubetteln.

Ihr Hintern war eine Spur runder als früher. Es stand ihr verdammt gut. Sie trug ein eng anliegendes burgunderrotes Leinenkleid, und als sie an der Eingangstür ins Gegenlicht einer Treppenlampe geriet, konnte er die Oberschenkel unter dem dünnen Stoff erkennen.

Pavarotti schloss die Augen, um die Momentaufnahme festzuhalten. Er zog eine Speisekarte zu sich heran. Wenn sie wieder in der Tür des Restaurants erschien, würde er sofort seinen Blick auf das Menü senken. Auf keinen Fall durfte es geschehen, dass sie seinen Blick auffing.

★★★

Weshalb diese Musterung von eben? Lissie betrachtete sich im Toilettenspiegel. Hatte sie so zugenommen?

Als sie zum Tisch zurückkam, fiel ihr auf, wie hingebungsvoll Pavarotti die Speisekarte studierte.

Lissies Herz zog sich zusammen. »Iss etwas. Eine Crashkur bringt nichts. Du hast die Pfunde nach ein paar Wochen bloß wieder drauf.«

»Ich schau nur interessehalber. Was es hier so gibt.«

Sein Blick, der auf der Terrasse herumirrte, war hungrig. Aber bevor Lissie insistieren konnte, sagte Pavarotti: »Hast du etwas in Erfahrung bringen können?«

»Was man so hört, war unser Mordopfer ein Sadist. Er hat sich einen Spaß draus gemacht, Menschen zu demütigen«, sagte Lissie langsam.

»Wer hat dir das denn erzählt?«

Lissie schilderte das Gespräch mit Benedotti mitsamt der Episode, die dazu geführt hatte. »Ich habe eine Mail an die Reederei geschrieben und gedroht, die Sache publik zu machen, wenn der Kerl seinen Posten behält«, sagte sie zufrieden.

Pavarotti schüttelte den Kopf. »Dich darf man nicht aus den Augen lassen. Aber die Reise scheint dir ja trotzdem gutgetan zu haben.«

Also doch. Zu dick. Lissie knirschte lautlos mit den Zähnen.

»Was ist eigentlich jetzt mit diesem Pulver?«, fragte sie dann.

Den Blick auf die Tischplatte geheftet, brachte Pavarotti heraus: »Wenn man dem Labor glauben darf, handelt es sich um Anabolika. Mein Gott – ein vierzehnjähriger Epileptiker, der Steroide schluckt! Ich habe es bisher nicht geschafft, dem Jungen ins Gewissen zu reden. Vorhin war er schon wieder mit dem Hund unterwegs.«

»Muckipulver? Wahrscheinlich ist es bloß ein Mädel, dem

er mit seinem Bizeps imponieren will«, sagte sie beruhigend. »Das Pulver red ich ihm schnell aus, du wirst sehen.«

»Ein Mädel? Lissie, der Junge ist vierzehn!«

»Das ist es ja. Erinnere dich doch mal an deine …« Sie brach ab, als sie seinen ausdruckslosen Blick sah.

***

Lissie steckte ihren Kopf aus dem Fenster des Nikolausstifts. »Alles in Ordnung, sie schlafen!«

Sie sah, wie Pavarotti die Backen aufblies. Dann deutete er ein Winken an und entschwand in Richtung Lauben.

Plötzlich hörte Lissie hinter sich ein leises Jaulen. Als sie sich umdrehte, rieb Spock seine Schnauze an ihrem Oberschenkel.

»Hallo, mein Dicker«, sagte sie leise.

Das Jaulen wurde lauter und anklagender. Kurz entschlossen nahm Lissie die Leine. Begeistert sprang der Hund zu Tür.

Es war kurz nach neun. Die Sonne war verschwunden. Blaue Stunde. Noch war es hell, aber nicht mehr lange. Zur Sicherheit nahm Lissie ihre Taschenlampe, die sie auf der Seemannskiste neben der Tür deponiert hatte, und packte sie in ihren Rucksack.

Spock zerrte an der Leine und schaute erwartungsvoll zu ihr hoch.

Als die warme, würzige Luft des Sommerabends Lissie umfing, hob sich ihre Stimmung. Auf einmal verloren die quälende Jobsuche und ihre Selbstzweifel ihre rasiermesserscharfen Konturen.

Lissie bog in einen schmalen Steig ein, der hinauf zum Tappeiner Weg, dem Panoramaweg oberhalb von Meran, führte. Sie passierte riesige Hanfpalmen, die sich an den Steilhang klammerten, und Granatapfelbüsche, deren Blüten im ledrigen Blattwerk rot aufleuchteten. Es roch durchdringend nach Eukalyptus.

Auf einmal stand ihr das Bild des Toten wieder vor Augen. Diese Kombination aus dem etwas flächigen Gesicht, dem

blonden Haarschopf und einem ausgeprägten Schmollmund –
wann und wo war ihr die schon einmal begegnet? Lissie kam
zu Bewusstsein, wie fabelhaft der Mann vor dreißig Jahren
ausgesehen haben musste.

Woher bloß …?

Durch das Gewirr von Platanen und Zypressen, die sich dun-
kel gegen den nächtlichen Himmel abzeichneten, schob sich die
Pfarrkirche Sankt Nikolaus in ihr Sichtfeld. Es dämmerte jetzt.
Sie lief die Serpentinen hinunter, die neben der Talstation der
Küchelberg-Seilbahn in die Galileistraße einmündeten. Spock
joggte leichtfüßig neben ihr her.

Gerade wollte sich Lissie auf den Heimweg machen, da fiel
ihr Blick in eine Seitengasse. Täuschte sie sich, oder war da ein
Lichtschimmer?

Dort hinten war doch nichts, bis auf … Natürlich, die Burg!
War da etwa eine Nachtführung im Gange? Lissie liebte Nacht-
führungen.

Neugierig näherte sie sich dem alten Gemäuer, das dunkel
und gravitätisch vor ihr aufragte. Das erste Geschoss war hell
erleuchtet. Mit einem Mal wurde es dort dunkel, dafür fiel aus
dem Haupteingang ein Streifen Licht auf die Straße. Wahrscheinlich eine Kostümführung. Erzherzog Sigmund, der in
vollem Ornat durch die Halle schritt.

Lissie sah, dass der Eingang einen Spaltbreit offen stand.
Leise schob sie sich durch die Öffnung.

Im Innenhof stand ein Putzeimer. Ein untersetzter Mann
bog um die Ecke. Als er sie sah, blieb er stehen. Seine Finger
umkrampften den Schrubber, den er in der Hand hielt.

Lissie erstarrte. Sie kannte dieses teigige Gesicht. Es war
derselbe Mann, der im Garten der Villa Speranza plötzlich
hinter ihr gestanden hatte.

»Was wollen Sie?«, fragte der Mann. Sein Blick wurde lauernd.

»Nichts«, antwortete Lissie. »Ich war neugierig, weil ich
Licht gesehen hab. Ich dachte, eine Nachtführung … egal.
Darf ich kurz Ihre Toilette benutzen?«

Der Mann deutete mit dem Kinn auf eine Tür neben dem Eingang. Als sie darauf zuhielt, fiel ihr Blick auf einen Schlüsselbund neben der Tür, an dem ein hölzerner Anhänger in Form einer Flasche hing. Auf dem Anhänger stand ein Name. Albrecht Klausner.

Sie kannte diesen Namen.

Klausner war mit Pavarotti verwandt, auf welche Weise, wusste sie nicht mehr. Vage erinnerte sie sich, dass die beiden nicht mehr miteinander redeten.

Der Mann besaß einen Spirituosenladen. Enoteca Editha hieß das Geschäft, wenn sie sich nicht täuschte. Wieso putzte der hier, und was hatte er in der Klinik zu schaffen gehabt?

Als sie wieder herauskam, war der Eingangsbereich dunkel.

»Herr Klausner?«

»Ich mach gleich Schluss«, hörte sie seine Stimme aus einem Nebenraum. »Wenn Sie wollen, können Sie oben noch ein bisschen herumspazieren, während ich zusammenpacke. Sie wollten doch eine Nachtführung, oder?«

»Du wartest hier!«, befahl sie Spock.

Der erste Stock lag im Halbdunkel. Bis auf einen Spot an der Treppe war das Licht aus. Lissie knipste ihre Taschenlampe an und passierte eine Sammlung von Musikinstrumenten hinter Glas. Der Lichtkegel geisterte über die leuchtend grün glänzenden Kacheln eines alten Ofens und blieb schließlich an einem Gemälde hängen. Die Gesichter eines Fürsten und seiner Frau waren in einer ungewöhnlichen Pose gemalt, im Profil. Es schien, als ob die beiden aneinander vorbeiblickten, auf Dinge, die sie sorgsam voreinander geheim hielten.

Der Spot im Flur erlosch.

Plötzlich schlang sich ein Seil um ihren Fuß. Lissie fiel hin und schrie auf. Die Taschenlampe kullerte mit Getöse davon und ging aus. Es wurde komplett finster. Lissie fühlte nach ihrem Knöchel und stieß an einen Metallpfosten. Eine umgefallene Seilabsperrung.

Sie tastete den Boden ab. Die Taschenlampe war nirgendwo zu finden. Sie fluchte.

Auf allen vieren kroch sie durch die Tür in den Flur. »Herr Klausner?«

Keine Antwort.

»Herr Klausner, jetzt schalten Sie verdammt noch mal das Licht wieder ein!«, brüllte sie nach unten.

Zähneknirschend zog sie sich am Treppengeländer hoch und setzte vorsichtig einen Fuß vor den anderen. Die Stufen knarzten. Ihr Absatz verhakte sich, sie stolperte, ruderte mit den Armen. In letzter Sekunde bekam sie das Geländer wieder zu fassen.

Als sie schwer atmend innehielt, glaubte sie, etwas hinter sich auf der Treppe zu spüren. Etwas befand sich dort in der Dunkelheit, wartend, lauernd.

Ihre Ohrläppchen und ihr Nacken fingen an zu prickeln. Sie wirbelte herum. Doch da war nichts, nur Dunkelheit. Sie stand noch einen Moment ganz still, dann schüttelte sie ärgerlich ihren Kopf und überwand die letzten steilen Stufen.

Als sie den Innenhof erreicht hatte, ging das Licht an. Lissie sah, wie sich Spock seelenruhig an einem Wurstzipfel gütlich tat. Albrecht Klausner verschloss gerade die Tür eines grauen Kastens, der an der Wand hing. Er lachte so, dass sein Doppelkinn bebte.

»Du meine Güte«, prustete er. »Wie Sie geschrien haben!«

Lissie war empört. »Sind Sie noch bei Trost?«, brüllte sie. Der Kerl war ein Fiesling. Kein Wunder, dass Pavarotti ihn nicht mochte. »Ich hätte mir sonst was brechen können!«

Klausner lachte immer noch. »Das kommt davon, wenn man überall herumschnüffelt!«

Lissie klappte den Mund zu. Anscheinend erinnerte sich Klausner ebenfalls an das Intermezzo im Klinikgarten. Sie packte Spock am Halsband und zerrte ihn nach draußen.

»Du dummer Kerl!«, schalt sie das Tier, als sie auf der Straße waren. »Die Wurst hätte vergiftet sein können! Oder zumindest uralt!«

Doch Spock achtete nicht auf sie. Er war damit beschäftigt, seine Erinnerung an die Düfte der Meraner Hundedamen wieder aufzufrischen. Hündinnen, Kaminwurzen und BiFis aus der Tüte waren Spocks Achillesfersen.

Schweigend legten sie die letzten Meter zum Nikolausstift zurück. Die Lampen in der Verdistraße spendeten für Lissies Geschmack viel zu wenig Licht. Alle zehn Meter wandte sie ihren Kopf um.

Doch da war niemand.

2

Meran – Dienstag, 24. Juli, am Vormittag

»Die Vorhänge starren schon wieder vor Dreck! Bist du blind?«

Klara Braunhofer, die am Fenster gestanden hatte, fuhr herum.

Wieso konnte Heinrich sie immer noch erschrecken? Sie wusste doch, dass er sich einen Spaß daraus machte. Sie mutmaßte, dass er die Räder seines Elektrorollstuhls heimlich ölte. Andernfalls würde er es ja wohl kaum schaffen, sich ihr ohne Quietschen des Getriebes und ohne das geringste Scharren der Räder auf dem Linoleum zu nähern.

Es war unheimlich. Er war ihr unheimlich. Schon seit fast fünfzig Jahren. Wenn Heinrich ihr zu nahe kam, stellten sich ihr die Nackenhaare auf. Er genoss das, und sie war machtlos dagegen.

»Bitte sei doch still!«, flüsterte sie. »Die Polizei steht doch schon draußen!«

»Und? Was schert es dich, wer da draußen steht? Ich werde mit der Polizei sprechen, und du verschwindest von der Bildfläche. Kümmere dich lieber um Dinge, die dich was angehen. Beispielsweise dass ich nicht in einem Saustall hausen muss!«

Klara schloss die Augen. Die Villa war ein Saustall, da konnte sie noch so viel putzen. Saustall. Die Metapher, die ihr Mann am häufigsten benutzte. Der in seinem Hirn für alle Zeiten eingespeicherte universelle Begriff, mit dem er seine Umwelt charakterisierte.

Klara sah, wie er sich genüsslich die Lippen leckte, die auf einer Seite Richtung Kinn herunterhingen, und wie seine Augen über den Frühstückstisch zuckten.

Saustall, das bedeutete zum Beispiel, dass es ein paar Brotkrümel nach dem Frühstück geschafft hatten, der Unerbittlichkeit des Tischstaubsaugers zu entkommen. Heinrich fuhr jeden Tag sämtliche Winkel des Hauses mit seinem Rollstuhl ab. Zuerst inspizierte er das Erdgeschoss, dann begab er sich mit dem

Treppenlift hoch in den ersten Stock. Auch Objekte von einem Millimeter Durchmesser entgingen ihm nicht. Klara schien es, dass seine Sehkraft umso schärfer wurde, je mehr sein übriger Körper zerfiel. »Ha!«, schrie er jedes Mal, wenn er wieder ein Corpus Delicti entdeckt hatte.

Heinrich benahm sich, als handele es sich dabei nicht um einen Brotkrümel oder kleinen Papierschnipsel, sondern um Ungeziefer, das er, Heinrich Braunhofer, Kammerjäger von Gottes Gnaden, jagen und ausrotten musste.

»Jetzt kommt er die Treppe rauf!« Sie beobachtete, wie der dicke Mann ein Blatt Papier studierte und es zusammenfaltete. Dann schaute er zum Haus hoch. Erschrocken trat Klara vom Fenster zurück.

★★★

Pavarotti hatte gesehen, dass der Vorhang sich bewegte.

Das Haus war die Miniaturausgabe einer Burg. Ein mit Zinnen bekränzter Quader, fast komplett mit Efeu überwuchert. In die Front waren zwei kleine Fenster im Obergeschoss und darunter ein großes Rundbogenfenster eingelassen. Ein Gesicht mit einem gefräßigen Mund und zwei Augen, die Pavarotti leer und dunkel entgegenstarrten. Was für ein Gegensatz zu Frahms schmucker Villa, die sich nur ein paar Häuser weiter befand.

Schnell überflog er noch einmal den Ausdruck der Meldebehörde. Die Informationen entsprachen ganz und gar nicht dem Üblichen. Hinter den dürren Vermerken einer Reihe von An- und Abmeldungen steckte garantiert eine seltsame Familiengeschichte.

Am liebsten hätte er auf dem Absatz kehrtgemacht.

★★★

Seit der Commissario am Vortag angerufen hatte, war Klaras Unruhe stündlich gewachsen. Sein Anruf hatte Bilder wachgerufen, die sie seit Jahrzehnten in einer dunklen Ecke ihrer Seele vergraben hatte. Die letzte Nacht war schlimm gewesen.

Jetzt streckte der Polizist seinen Zeigefinger aus, um den Klingelknopf zu drücken.

Klara drehte sich zu Heinrich um. »Kannst ausnahmsweise du aufmachen?«, fragte sie bittend.

»Kommt nicht in Frage. Wenn du die Gartenpforte nicht immer offen ließest, würde der Mann nicht plötzlich in unserem Wohnzimmer stehen«, giftete Heinrich.

Es läutete.

»Mach auf, Frau!«

Zögernd drückte Klara auf die Klinke und öffnete die Haustür einen Spalt.

»*Buongiorno.* Commissario Pavarotti, Polizia di Stato. Ich hatte angerufen. Darf ich eintreten?«, sagte der Mann und drückte die Tür ein wenig auf, ohne ihre Zustimmung abzuwarten. »Sie sind Signora Braunhofer?«

Auf einmal stand er im Haus. Klara wich zurück. Sie fing Heinrichs verächtlichen Blick auf, als er an ihr vorbeirollte und vor dem Commissario zum Stehen kam.

Klara huschte nach hinten, in den dunklen Schatten des Flurs, und dann in die Küche.

Mit bebenden Fingern begann sie, die Küchenvorhänge abzunehmen.

★★★

Klara öffnete die Küchentür einen Spalt und lauschte. Das Murmeln kam aus Heinrichs Büro. In seinem Arbeitszimmer konnte sich Heinrich hinter seinem Schreibtisch verschanzen. Die nüchterne Atmosphäre ließ den Gedanken an einen gesellschaftlichen Anlass erst gar nicht aufkommen und enthob ihn der Notwendigkeit, dem Besuch etwas anzubieten.

Klara zwängte sich in die kleine Speisekammer neben der Küche und stieg auf eine Trittleiter. Dann räumte sie ein paar Flaschen Putzmittel beiseite und öffnete die Klappe zu einem

Belüftungsschacht. Das andere Ende des Schachts befand sich hinter einem Bücherregal, das eine Wand von Heinrichs Arbeitszimmer komplett ausfüllte, und wäre normalerweise ebenfalls mit einer Klappe verschlossen gewesen. Allerdings hatte Klara eines Nachmittags, als Heinrich zur Physiotherapie im Krankenhaus gewesen war, das gesamte Teil mit einem Schraubenzieher abmontiert und Bücher davor drapiert.

Das Bücherregal besaß keine Rückwand, sodass Klara die Gespräche recht gut verfolgen konnte. Auf Heinrichs Stimme war sie sowieso geeicht. Was er sagte, konnte sie verstehen, auch wenn er noch so flüsterte.

»… nicht identifizieren. Was denken Sie sich bloß? Wir haben ihn seit fast dreißig Jahren nicht mehr gesehen. Woran sollten wir ihn erkennen? Falls es sich wirklich um Michael handelt, was ich bezweifle.«

»Vielleicht sind noch Zahnarztunterlagen aufzutreiben. Bei welchem Zahnarzt war Ihr Sohn denn, Signore Braunhofer?«

Erleichtert seufzte Klara auf. Diese Fragen führten zu nichts. Erwartungsgemäß blaffte Heinrich: »Michael war in Meran bloß als Kleinkind beim Zahnarzt. Das nützt Ihnen gar nichts.«

Papiergeraschel. »Sie sind nach Deutschland gezogen, als Michael zehn war?«

»Warum fragen Sie, wenn Sie's eh schon wissen?«, hörte Klara ihren Mann giften.

Stille.

Die Stille dehnte sich aus. Dann hörte sie den Bass wieder, und was er sagte, ließ sie zusammenfahren.

»Sie sind der Sohn eines Optanten, der 1940 nach Deutschland übersiedelt ist, nicht wahr, Signore Braunhofer?«

Klara wich von der Belüftungsklappe zurück. Oh Gott, das verbotene Thema. Sie würde es hinterher ausbaden müssen. Klara ruderte mit den Armen und konnte sich gerade noch rechtzeitig am Bord festhalten.

Sie hörte ihren Mann zischen: »Hört das denn nie auf? Was kann ich dafür, dass mein Vater Nationalsozialist war? Nach dem Hitler-Mussolini-Abkommen hat er sofort, Ende 1939, die Option gezogen, nach Hitler-Deutschland überzusiedeln. Was hätten meine Mutter und ich denn machen sollen? Wir mussten es bloß büßen, hinterher. Ihr Welschen … ihr habt …« Klara hörte seinen Atem laut und pfeifend werden. Plötzlich näherten sich schnelle Schritte der Küche. Dann die Stimme des Polizisten, ganz nah. »Signora Braunhofer, sind Sie hier? Ihrem Mann ist nicht gut!«

Klara machte keinen Mucks und stand ganz still. Vielleicht hatte sie ja Glück, und es war in ein paar Minuten für immer vorbei.

Der Polizist öffnete Schränke und goss etwas in ein Glas.

Nach ein paar Minuten hörte sie, wie ihr Mann mit fast normaler Stimme sagte: »Gehen Sie. Wer gibt Ihnen das Recht, über diese Dinge zu sprechen?« Klara drückte die Augen zu, um das Brennen in den Augenwinkeln niederzukämpfen.

»Es tut mir leid, wenn meine Frage an alte Wunden rührt«, sagte der Polizist ruhig. »Wir brauchen nicht weiter auf die Kriegszeit einzugehen. Sie sind erst 1965 nach Meran zurückgekehrt, wie ich den Unterlagen entnehme …«

»Wegen der Schikanen Ihrer Regierung! Mein Vater hat jahrelang für unsere Rückkehr gekämpft! Alles umsonst. Ich seh ihn noch vor mir, wie er am Küchentisch sitzt und die nächste Eingabe nach Rom schreibt. Zurück durften wir erst, als er tot war, und dann war's zu spät!«, schrie Heinrich aufgebracht.

»Was meinen Sie damit, es war zu spät?«

Konnte der Polizist nicht aufhören, zu stochern? Jetzt würde es für den Rest der Woche nicht mit Heinrich auszuhalten sein.

Zu Klaras Entsetzen wurde die Stimme ihres Mannes plötzlich ganz emotionslos. »Als meine Mutter, Klara und ich nach Meran zurückkehrten, habt ihr mich als Faschistensohn behandelt. Und für meine Landsleute …«, seine Stimme troff vor Verachtung, »… für meine lieben Landsleute war ich ein Vaterlandsloser, ein Heimatverräter. Der Versuch, mir hier eine Existenz aufzubauen, war von vornherein zum Scheitern verurteilt. Ich hätte es wissen müssen, aber ich hab's einfach nicht wahrhaben wollen. Nach zehn Jahren war ich dann finanziell am Ende. Da sind wir zurück nach Frankfurt. So wie ganz ordinäre italienische Gastarbeiter.«

Klara hörte Heinrichs trockenen Husten. »Ich wollte meinen Kindern mein Schicksal ersparen. Ihr Italiener seid alle ganz groß, wenn es um Sippenhaft geht. Da gebt ihr euch nichts, ihr Italiener den Südtirolern nicht und umgekehrt!«

»Nach Frankfurt am Main.« Der Polizist.

»Ja, nach Frankfurt! Dort hab ich mir einen Ruf erarbeitet, uns ging es gut. Bis dann …« Heinrich schwieg. Klara zitterte.

»Bis dann?«

Klara hielt die Luft so fest an, dass ihre Lungen schmerzten.

»Bis dann die Nachricht kam. Dass unsere Familie diese Villa wieder zurückbekommt. Die ihr euch 1940 geschnappt hattet, nach unserer Übersiedelung ins Deutsche Reich. Ich hatte inzwischen genug Geld verdient, mir konnte es egal sein, ob ich in Südtirol Klienten bekomme oder nicht. Da sind wir das zweite Mal zurück.«

»Unter welchen Umständen hat denn Ihr Sohn Michael die Familie verlassen?«

Nicht. Nein.

»Was meinen Sie mit ›unter welchen Umständen‹?«, hörte sie Heinrichs Stimme in weiter Ferne.

»Wann ist Ihr Sohn ausgezogen, wieso ist er gegangen, und wohin wollte er? Haben Sie später noch einmal etwas von ihm gehört?«

Schweigen. Dann polternd: »Nichts haben wir gehört. Weder damals noch später. Der Knabe hat nicht geruht, mir seine Pläne mitzuteilen. Er war schon monatelang vorher kaum zu Hause. Eines schönen Tages war seine Sporttasche weg, und seine ekelhaften schwarzen Klamotten auch. Außerdem tausend Mark aus der Haushaltskasse meiner Frau. Das war kurz bevor wir wieder nach Meran gezogen sind. Vermutlich hat ihm der Umzug nicht geschmeckt. Was weiß ich.«

»Er war der Ältere der beiden, oder?«

Stille. »Ich muss mich hinlegen. Ich bin müde. Sie sehen doch, dass ich krank bin.«

»Es tut mir leid, dass ich Sie erschöpft habe«, sagte der Polizist, aber seine Stimme klang unbeeindruckt. »Könnte ich jetzt noch kurz mit Ihrer Frau sprechen?«

Klara rutschte aus, stolperte die Stufen herunter und stieß sich den Knöchel schmerzhaft am Gestell der Leiter an. Sie musste eine Minute innehalten, so weh tat es. Mit zusammengebissenen Zähnen humpelte sie zur Küchentür, um nach oben entwischen zu können. Als sie vorsichtig den Kopf vorstreckte, sah sie zu ihrer unendlichen Erleichterung, dass Heinrich die Haustür gerade hinter dem dicken Mann zuschnappen ließ.

»Wie war's denn?«, tastete sie sich vor.

Ihr Mann zuckte die Schultern. »Wie schon? Die Welschen waren noch nie besonders fix im Kopf. Den starken Mann markieren, Sprüche klopfen, das ist deren Ding. Ich hab ihm gesagt, du hättest dich wegen deiner Migräne ins Bett gelegt und seist nicht ansprechbar.«

»Danke, Heinrich!«, flüsterte sie. Unterwürfigkeit befriedigte ihn für eine Weile. Klara sah, wie ihr Mann sie musterte. Seine Augen glitzerten.

★★★

»Sie waren doch früher im Betrugsdezernat, Emmenegger. Wie kann Michael Braunhofer es angestellt haben, in seine neue Identität zu schlüpfen?«

Emmenegger fuhr seinen Computer hoch. Ohne seinen Chef anzusehen, antwortete er: »Gute Fälscher gibt's viele. Hatte er Geld?«

Pavarotti stieß sich von Emmeneggers Schreibtisch ab.

»Als der Junge verschwand, hatte er tausend D-Mark in der Tasche. Es muss unmittelbar danach passiert sein. 1986 fing er ja schon als Michael Cabruni bei LeStelle an.«

Emmenegger dachte nach.

»Tausend Mark. Also ungefähr eine Million Lire damals. Die reichten nicht für wirklich gute Papiere. Vielleicht hat er sich den Namen vom Friedhof besorgt.«

»Wie bitte?«

»Man sucht ein altes Grab mit einem früh Verstorbenen, der heute ungefähr im selben Alter wie man selbst wäre, und nimmt den Namen des Toten an.«

»Und woher bekam Braunhofer dann seinen neuen Pass? Ja wohl kaum vom Friedhof.«

Emmenegger kniff die Lippen zusammen. »Er wird einen neuen beantragt haben. Vermutlich hat er auf dem Amt behauptet, seine alten Papiere seien verloren gegangen oder gestohlen worden.«

Pavarotti schüttelte ungläubig den Kopf. »So etwas fliegt auf.«

»Nicht unbedingt. Mitte der Achtziger gab es ja noch keine Digitalisierung der Personendaten und daher auch keinen Abgleich per Computer zwischen einzelnen Ämtern.« Emmenegger ließ sich zurücksinken und starrte an die Decke. Dann sagte er langsam: »Am einfachsten wäre es im Ausland gewesen. Braunhofer meldet sich bei der dortigen italienischen Botschaft. Behauptet, sämtliche Papiere seien ihm gestohlen worden. Die Botschaft stellt ihm einen vorläufigen Pass aus.«

Emmenegger überlegte kurz. »Zurück in Italien besorgt er sich damit erst einmal einen neuen Führerschein. Dann geht er schnurstracks zum Einwohnermeldeamt und stellt mit dem vorläufigen Pass und dem Führerschein in der Hand den Antrag auf reguläre Papiere. Natürlich nicht da, wo sein neues Ich gelebt hat und gestorben ist, sondern möglichst am anderen Ende von Italien.«

Der Sergente spitzte die Lippen. »Stellen Sie sich den armen Beamten vor, der so einen Antrag Mitte der Achtziger auf den Tisch bekam. Wollte er die Angaben nachprüfen, dann müsste er erst einmal den Zuständigen finden, und das in einem fremden Verwaltungsbezirk. Bis er den Richtigen an der Strippe hat, können Tage vergehen. Und am Ende wird er heruntergeputzt, weil er einem Kollegen unnötig Arbeit aufhalst.«

Emmenegger grinste. »Ich glaube, die Zeichen standen nicht schlecht, dass Braunhofer seine neuen Papiere ruckzuck gekriegt hat.«

»Aber wieso die ganze Mühe? Dafür hätte er ins Gefängnis wandern können.«

Doch der Sergente zuckte nur die Achseln. »Keine Ahnung. Motive und alles andere Schwierige, das ist doch Ihre Spezialität, Chef. Ich bin bloß der Mann fürs Klinkenputzen.«

Pavarotti rollte die Augen. »Jetzt haben Sie sich nicht so, Emmenegger. Raus mit der Sprache.«

In Emmeneggers Augen stahl sich ein boshaftes Funkeln. »Vielleicht dachte Braunhofer, dass er sich als Cabruni bei euch Welschen leichter einschmeicheln kann.«

3

Meran – Dienstag, 24. Juli, am Nachmittag

»Schön, dass es Ihnen wieder besser geht, Frau von Spiegel. Ich war mir nicht sicher, ob ich Sie jemals wiedersehen würde.«

»Haben Sie tatsächlich an mich gedacht?«

»Natürlich. Sehr viel sogar.«

»Oh.«

»Ist das eine ungewöhnliche Erfahrung für Sie?«

»Meinen bisherigen Therapeuten waren meine Gefühle eher lästig.«

»Was hätten Sie sich von ihnen gewünscht?«

»Dass sie sich wirklich für mich interessieren. Aber ich habe sie bloß gelangweilt.«

»Befürchten Sie, dass es bei mir wieder genauso sein könnte?«

»Nun … Sie schreiben nie mit.«

»Schreiben hindert am Zuhören.«

»Bitte?«

»Wenn ich schreibe, betrüge ich meine Patienten um die Aufmerksamkeit, die ihnen zusteht. Keine Sorge. Ich habe ein sehr gutes Gedächtnis. Die Aufzeichnungen mache ich hinterher.«

»Aber …«

»Sie haben vorhin angedeutet, Sie dächten häufig an den Tod. Wie wäre es, wenn wir beim nächsten Mal ausführlich darüber redeten?«

4

Meran – Dienstag, 24. Juli, abends

Seit der Junge wieder öfter im Nikolausstift war, schien das große Haus Ruhe zu finden. An diesem Abend hörte Lissie die Balken nur noch leise ächzen. Vielleicht würden die Geräusche bald ganz verstummen.

Sie fand Justus in der Küche.

»Hallo, Tante Liz. Hab ein paar Brote vom Luzi mitgebracht. Magst du eins?« Er zeigte auf ein paar unförmige, in Stanniolpapier eingewickelte Objekte.

»Du weißt genau, dass Luciano es nicht mag, wenn du ihn so nennst. Weiß er, wo du bist?«

Der Junge nickte, während er geräuschvoll kaute.

»Der Alte zieht sich schon wieder einen grässlichen Schinken rein.« Justus verzog den Mund. »Einen in Schwarz-Weiß, ey! Du, Tante Liz, die da mitspielen, die sind alle schon verwest! So was anzuschauen, das ist doch krank, oder?« Justus zog den Mund mit den Fingern zu einer Fratze auseinander.

Lissie grinste. Als sie sich vorstellte, wie Luciano die Abende allein vor dem Fernseher verbrachte, verging ihr das Lachen.

Justus schob das Stanniolpapier weg, sodass es auf der anderen Tischseite auf den Boden fiel.

Lissie seufzte. »Heb das Papier auf. Ich will mit dir reden.«

»Über was denn?«

Bloß Luciano da rauslassen. Ich fahr ja wieder.

»Dir ist neulich ein Tütchen aus der Hosentasche gerutscht. Ich hab das Pulver probiert, das drin war. Ich wette, das war Eiweißpulver, mit Anabolika versetzt. Ich kenne das Giftzeug von einem Bekannten, der ist Sportarzt«, fabulierte sie. »Was willst du mit diesem Muskelzeug?«

»Du hast mir nachspioniert«, schrie Justus und raste aus der Küche.

Bin-go.

Lissie wartete ein paar Minuten, dann ging sie in Justus' altes

Zimmer, das der Junge wieder in Beschlag genommen hatte. Justus lag auf dem Bauch im Bett und schluchzte. Seine Schultern bebten. Spock saß daneben und machte große Augen. Hier ging es nicht nur um die Auseinandersetzung von eben. Es waren die letzten Monate, die gerade in die Kissen flossen. Sie fasste den Jungen an der Schulter, aber er schüttelte ihre Hand ab. »Geh raus«, krächzte er und zog die Nase hoch. Sie blieb trotzdem sitzen.

Plötzlich richtete sich Justus auf. Seine Wangen leuchteten knallrot, die Augen waren weit aufgerissen und sprühten vor Zorn. »Du bist genau wie der Luzi!«, schrie er. »Ich bin euch bloß im Weg! Wer ich bin und wie's mir geht, das interessiert euch einen Dreck! Seit die Oma …« Ein neuer Weinkrampf. Der Junge zog die Beine an den Bauch und malträtierte das Kissen mit seinen Fingern. Lissie schnitt ins Herz, wie er so dalag und das gesamte Leid der Welt aus ihm herausströmte.

»Justus, das ist doch gar nicht wahr. Denk mal nach. Wenn Luciano nichts an dir läge, hätte er dich nicht zu sich genommen, oder? Ist doch klar. Und ich …« Lissie dachte blitzschnell nach. »Wenn ich nichts von dir hielte, hätte ich dir ja wohl kaum meinen Hund anvertraut. Logisch. Oder?«

Der Junge blinzelte eine Träne weg und rotzte ins Kissen. »War dem Alten wahrscheinlich alleine zu langweilig.« Die Sache mit Spock wurde geflissentlich überhört.

»Ach nee. Weil du ja seit Monaten bei ihm den Alleinunterhalter gibst.«

Die Mundwinkel des Jungen zuckten.

»Komm. Wir sprechen das jetzt wie Erwachsene durch.«

Der Junge setzte sich auf.

»Steroide sind extrem gefährlich für dich.«

»Quatsch. Das ist gar nicht wahr! Weil der —« Abrupt brach er ab.

»Weil wer?«, fasste Lissie nach.

Justus schüttelte bloß den Kopf. »Ich verpfeif niemanden.«

»Weiß derjenige, dass du Epileptiker bist?«

Justus biss sich auf die Lippen, sagte aber nichts.

»Schau. Das Zeug kann deine Epilepsie massiv verschlechtern, sodass die Medikamente dir nicht mehr helfen können. Dir geht es doch richtig gut inzwischen. Willst du das aufs Spiel setzen? Das Bergsteigen kannst du dann komplett vergessen.«

»Kann ich doch sowieso.« Justus schob seinen T-Shirt-Ärmel hoch und hieb mit der Faust auf seine Oberarmmuskulatur. »Guck dir das doch mal an!«

»Bin beeindruckt«, sagte Lissie wahrheitsgemäß. In Anbetracht seiner schmächtigen Statur, die der Junge seiner Krankheit verdankte, hatte er ganz schöne Muckis.

»Bah. Damit schaff ich vielleicht einen Vierer. Ich will aber Freeclimbing machen!«

»Kannst du ja«, log Lissie. Freeclimbing war schon für Gesunde mit Top-Kondition Selbstmord auf Raten. »Dann musst du halt trainieren, anstatt Gift zu schlucken. Wie viel hast du denn bisher genommen, um die zu kriegen?« Mit dem Kinn wies sie auf seinen schwellenden Bizeps.

»Wieso, noch gar nichts«, sagte Justus. »Ich hab vergessen, zu fragen, wie viel man so nimmt. Und das nächste Treffen mit –« Mitten im Satz klappte Justus den Mund zu.

»Und wie kommst du dann zu diesen Oberarmen?« Lissie fiel ein, dass Justus öfter über Stunden abgängig war. »Gehst du etwa allein in die Wand?«, fragte sie entsetzt.

Der Junge schüttelte den Kopf. »Klettergarten in Partschins. Da gibt es gute Dreier- und Vierer-Routen.«

Lissie fiel ein Stein vom Herzen.

»So, und jetzt sagst du mir endlich, woher die Anabolika kommen. Und erzähl mir bloß nicht, du hättest sie in einer Apotheke gekauft. Ohne Rezept funktioniert das nicht.«

Justus guckte störrisch zur Seite. »Ich bin keine Petze.«

»Ich will keine Namen. Sag mir einfach nur, woher das Pulver stammt. Komm schon!«

Doch der Junge schwieg.

»Justus, du machst dich mitschuldig, wenn Menschen krank werden. Denjenigen, die das Zeug verkaufen, sind diese Menschen egal. Die interessiert nur das Geld. Diese Leute verdienen deine Loyalität nicht!«

Schweigen. Lissie seufzte und stand auf. »Versprich mir, das Pulver nicht zu schlucken, Justus.«

Der Junge starrte zur Wand, dann sagte er, ohne Lissie anzusehen: »Ist gut.«

»Hast du Lust auf eine richtige Tour?«

Justus rappelte sich hoch. »Klar! Wir machen die Verdinser Plattenspitze!«

Lissie fuhr auf. »Spinnst du?«

»Voll leicht ist die. Ist doch bloß'n Klettersteig. So'n Mini-Grat, pfhh. Da hops ich rüber.«

»Wir nehmen den Ifinger«, sagte Lissie kurz entschlossen. »Gut gesicherter Klettersteig, und leichte Kletterei am Schluss, das ist doch was, oder?«

»Mann, der ist was für Babys!«

»Immerhin ein richtiger Gipfel. Besser als dein Klettergarten, oder? Abgemacht?«

»Na gu-ut«, sagte Justus in einem Ton, als würde er ihr einen riesigen Gefallen tun. Aber seine Augen leuchteten.

5

Meran – Montag, 13. August

   5. Gesprächsprotokoll von Dr. Sigmund Frahm, Kriminalpsych.

Vormittagssitzung

Was muss ich hören, Herr Doktor? Erst sagen Sie unseren Termin am vergangenen Freitag ab. Und dann wollen Sie mich auch noch an einen Kollegen abschieben.
   Ich hab denen gesagt, das Kaffeekränzchen mach ich nur mit Ihnen.
   Und schon sitzen wir wieder zusammen, wir zwei.
   Wäre zu schade gewesen, wo es doch jetzt erst richtig interessant wird.
   Was hab ich gelacht gestern. S-i-g-m-u-n-d. Sigmund Frahm.
   Sie Ärmster. Jetzt kann ich gut verstehen, warum Sie keinen Wert darauf legen, dass Ihre Patienten Ihren Vornamen kennen. Alle würden sich eine Sekunde lang fragen, ob Sie ein Hochstapler sind.
   Sind Sie wirklich echt, Herr Dr. Freud … äh, Frahm?
   Ich frage mich die ganze Zeit, wieso Ihr Vater diese Wahl getroffen hat. Damit Sie Ihr Leben lang die Rolle des großen Psychiaters spielen müssen, die er für Sie ausgewählt hat?
   Es dürfte sich lohnen, sich ein wenig mit Ihrem alten Herrn zu beschäftigen.
   Wie grimmig Ihre Augen blicken können und wie böse sich Ihre Stimme anhört! Ich mache einen ganz neuen Menschen aus Ihnen, Sie werden sehen!
   Aber gut, auch Sie sollen Ihren Spaß haben. Das ist der Deal.

Emma, Dorian und ich hatten eine Schwäche für Cafés. Dort saßen sie, die Einsamen. Die Alten. Und die Verzweifelten. Mit Letzteren trieben wir unsere Spielchen am liebsten.

Unsere Hauptbeschäftigung war das Wetten.

Sehr beliebt war bei uns das Café Rompe, das nicht weit von der Neuhaußstraße war, in der Emma und ich wohnten. Leider bekamen wir eines schönen Tages Lokalverbot.

Das Café Rompe zeichnete sich dadurch aus, dass es gegenüber dem Hauptfriedhof lag und dass seine Kundschaft im Wesentlichen aus Trauergesellschaften bestand.

Monatelang machten wir uns einen Spaß daraus, uns auf dem Friedhof hinter einem Grabstein zu verstecken und darauf zu lauern, dass eine Gruppe Schwarzgekleideter in Richtung Rompe abrückte.

Wenn es so weit war, schickten wir unseren eigenen Schwarzgekleideten ins Rennen. Unsere Wette drehte sich darum, wie lange Dorian sich in der Trauergesellschaft halten konnte, bis jemand merkte, dass sich ein Kuckuck im Nest befand. Der sich auf Kosten der Hinterbliebenen mit Kuchen vollstopfte und gemeine Geschichten über den Verstorbenen zum Besten gab, die erstunken und erlogen waren.

Emma und ich saßen an einem der Nebentische, stoppten die Zeit und zwickten uns unter dem Tisch, damit wir nicht losprusteten. Dorian toppte unsere gewetteten Zeiten jedes Mal. Die Geschichten, die er den Leuten auftischte, wollte er uns nicht verraten. Stattdessen legte er seinen Zeigefinger auf die Lippen und grinste.

Das ging so lang, bis sich jemand beschwerte. Dann war es mit der Herrlichkeit natürlich vorbei.

Aber das war uns egal. Wir rannten in den Holzhausenpark, warfen uns ins Gras und lachten so lange, bis uns das Zwerchfell wehtat.

6

Meran – Mittwoch, 25. Juli

»Ich fahre nach Frankfurt. Ich hab da meine Quellen. Wetten, dass ich rausfinde, wohin Michael Braunhofer verschwunden ist?«

»Nein!«

Neugierig linste die Bedienung in der Bar Spezial von ihrem Logenplatz hinter dem Tresen zu ihnen herüber. Lissie starrte Pavarotti an. So zornig, so ohne jeden Anflug von Ironie, hatte sie ihn noch nie erlebt.

»Luciano, ist irgendetwas mit dir?«, fragte sie vorsichtig.

So schnell, wie der Ausbruch gekommen war, ging er vorbei.

»Tut mir leid. Mir geht einfach dieser Fall an die Nieren«, sagte Pavarotti tonlos. »Ich habe schon die Frankfurter Kollegen kontaktiert. Die sind an Braunhofers Spur dran. Hier, in Meran, kannst du dich viel nützlicher machen.«

»Aha. Und wobei, bitte?«

»Du könntest zum Beispiel rausfinden, woher die Anabolika stammen.«

Lissie öffnete den Mund, aber bevor sie etwas erwidern konnte, fing sie sich einen vorwurfsvollen Blick ein.

»Der Junge steckt in Schwierigkeiten. Und da denkst du ans Wegfahren, um dich ins nächste Abenteuer zu stürzen? Ist dein Adrenalinspiegel schon wieder zu niedrig?«

Scham und Ärger stiegen in ihrer Kehle auf.

»Und noch eins«, fügte Pavarotti hinzu, ohne sie anzusehen. »Wie steht's eigentlich mit deiner Gesprächstherapie in der Klinik? Ich finde, dieser Matern ist ein undurchsichtiger Zeitgenosse. Schau zu, dass du einen neuen Termin vereinbarst. Bisher scheinst du ja nicht viel aus ihm herausbekommen zu haben. Ist dir dein Biss abhandengekommen?«

Lissie sagte nichts. Sie schloss die Augen. Tränen kitzelten an den Innenseiten ihrer Lider.

Ging es ihm nur um den Fall? War ihre Freundschaft schon am Ende?

★★★

Pavarotti brauchte im dichten Straßenverkehr beide Hände am Steuer, ansonsten hätte er sich eine Ohrfeige verpasst. Mit seinem Verhalten war er auf dem besten Wege, alles kaputt zu machen, aber er hatte einfach keine Ahnung, wie er mit seinen Gefühlen fertigwerden sollte.

Sein Handy klingelte. Die Nummer des Präsidiums. *Merda.*

»Der alte Braunhofer hat mich angerufen«, blaffte Alberti. »Finger weg von der Familie!«

»Wollen Sie mir etwa meine Ermittlungen vorschreiben, Direttore?«, fragte Pavarotti.

»Diesmal schon, Commissario.« Albertis Stimme hatte ein paar Härtegrade zugelegt. »Ich muss Ihnen zwar nichts erklären, aber ich tue es, damit keinerlei Zweifel über die Bedeutung meiner Anordnung aufkommen. Es gibt im Moment einige … nun … Unstimmigkeiten zwischen Rom und Südtirol auf politischer Ebene.« Albertis Stimme vibrierte. »Es muss alles vermieden werden, was sich zu einem Skandal auswachsen könnte.«

Pavarotti wartete.

»Der Sohn eines Optanten, dem Rom die Heimkehr über mehr als zwei Jahrzehnte verweigert hat. Staatliche Annexion von Immobilienbesitz, deren Rechtmäßigkeit fragwürdig war. Der Enkel dieses Optanten, der unter mysteriösen Umständen mit einer italienischen Identität gelebt hat und dann in Südtirol ermordet wird. Das ist ein Wespennest, in dem Sie da rumstochern wollen!«

»Soll das heißen, dass politische Erwägungen wichtiger sind als die Überführung des Täters?«, fragte Pavarotti.

»Nun … natürlich nicht. Sie drehen mir das Wort im Mund um. Himmel noch mal, Pavarotti! Dass Italien damals so vielen Südtirolern die Rückkehr schwer gemacht hat, ist nach wie vor ein heißes Eisen. Im Fall der Braunhofers lautete die Begründung ›nationalsozialistisches Gedankengut‹. Als Heinrich Braunhofer nach dem Tod des Vaters zurückkehren durfte, hing ihm der Ruf des Nazi-Sprösslings an. Kein Mensch wollte ihn als Anwalt.«

Alberti atmete schwer. »Rom würde alles tun, um zu verhindern, dass der alte Dreck noch einmal aufgewühlt wird. Heinrich Braunhofer hat mir eben gedroht, eine Berichterstattung loszutreten. Nicht auszudenken, wenn der Mann eine Bühne bekommt … Haben Sie denn keine anderen Spuren?«

»Wir könnten natürlich den Hinweisen in der Klinik nachgehen, in der Braunhofer behandelt wurde«, sagte Pavarotti boshaft. »Aber —«

»Genau!«, unterbrach ihn Alberti, plötzlich blendend gelaunt. »Die Leute gehören eh alle in Sicherheitsverwahrung. Wen Sie auch immer einsperren, es trifft keinen Falschen. Ich hatte gestern einen Parteifreund aus Rom an der Strippe. Diese ganze Psychiatriereform war ein Fehler. Alles bloß linke Ideologie. Also, haben Sie mich verstanden? Sie ermitteln bei den Irren und lassen die Braunhofers in Ruhe!«

★★★

Lissie beschloss, noch eine Runde durch den Klinikgarten zu drehen.

Es war ein Fehler gewesen, zu behaupten, der Mord in der Klinik habe ihre Angst vor dem Tod neu entfacht. Das war zu nahe an der Wahrheit.

Anstatt sich auf ihre Bemerkungen über den Toten einzulassen, hatte Matern das Gespräch unerbittlich auf Lissies eigene Ängste gelenkt.

Bevor sie wusste, wie ihr geschah, hatte sie Matern von der dunklen Welle erzählt, die hinter ihren Augen lauerte.

»Ist es Ihr eigener Tod, der Ihnen Angst macht? Oder fürchten Sie den Tod eines nahestehenden Menschen?«

Lissies Hals wurde trocken.

»Ich spüre eine große Traurigkeit bei Ihnen. Über einen Verlust, den es in Ihrem Leben gegeben hat.«

Als sie seinem Blick auswich, forschte Matern weiter.

»Könnte es sein, dass Sie sich mit Ihrer Angst bestrafen, weil Sie glauben, an dem Tod eines anderen Menschen schuld zu sein?«

Sie bog in den schattigen Weg ein, der zur Eingangspforte führte, und passierte eine überdachte Bank, die wie eine Art Wartehäuschen aussah. Darin war es dunkel und kühl.

Sie saß noch keine fünf Minuten, da näherten sich leise Schritte. Plötzlich ein scharfer Laut, ein Zischen.

Lissie kauerte sich in die Ecke.

Auf einmal ragte ein Schatten vor ihr auf. Ein Junge, kaum achtzehn. Er hielt eine Zündholzschachtel und eine brennende Zigarette in der Hand.

Schweigend starrte er Lissie an, kampflustig und mit vorgestrecktem Kopf wie ein kleiner Stier. Lissie starrte zurück, keineswegs gewillt, ihren Platz aufzugeben.

»Na so was«, sagte er dann. »So trifft man sich wieder.« Er ließ sich neben sie auf die Bank fallen und zog an seiner Zigarette.

Lissie schüttelte den Kopf. »Ich komm nicht drauf.«

Der Junge streifte sie mit einem Seitenblick und formte mit zwei Fingern seiner rechten Hand ein V-Zeichen.

Da fiel es Lissie ein. Ein Autounfall, im letzten Frühjahr, auf der Strecke vom Timmelsjoch hinunter nach Meran. Als der Junge zitternd am Straßenrand hockte, hatte er das V-Zeichen gemacht. Das war eine dermaßen unangebrachte Geste gewesen, dass sie Lissie im Gedächtnis geblieben war. Seine Akne war noch schlimmer als damals, die Stirn voller eitriger Pusteln.

»Wieso bist du hier? Ich darf doch du sagen, oder?«

Der Junge nickte. »Der Vater wird mit mir nicht mehr fertig. Erst hab ich den Alfa zu Schrott gefahren. Danach das Motorrad von unserem Nachbarn. Ich darf nicht zulassen, dass mich meine Gedanken überholen«, sagte er ernst. »Die flitzen schneller als der Schall, müssen Sie wissen.«

Dann strahlte er. »Mein Vater hat alles zahlen müssen. Und dann hat er die Bar geschlossen. Jetzt sitzt er daheim und jammert in einem fort.«

Lissie machte große Augen.

»Geschieht ihm ganz recht, dem alten Sack. Der hat nur ein Thema. Seinen Psycho-Kram. Und wie schlecht man ihn behandelt hat.«

»Welchen Psycho-Kram denn?«

Der Junge zuckte die Achseln. »Mein Alter war mal ein Seelenklempner. So wie der Anselm. Aber dann hat er eine Patientin gevögelt und ihr ein Kind gemacht. Mich.«

»Was ist … mit deiner Mutter?«

Der Junge zuckte die Achseln. »Sie hat sich mit einem Messer in den Bauch gestochen. Kurz bevor sie verblutet ist, haben sie mich aus ihr rausgezogen. Stand Spitz auf Knopf. Schauen Sie mal!«

Er zog sein T-Shirt hoch, und Lissie starrte ungläubig die kleinen Narben auf seinem Sixpack an.

Wie die meinen Bauch anstarrt. Die hat Haare wie Stroh. Wie Mama.

»Das tut mir sehr leid«, sagte sie betroffen. »Wie … ist es hier? Sind die anderen Patienten nett?«

»Von wegen. Am allerschlimmsten ist die Landsberg. Diese fiese Kuh! Einen Mörder hat die mich genannt, bloß weil ich ein paar von ihren Blumen geköpft hab. Ich kugle mich jedes Mal, wenn ich hör, wie sie wegen ihrer toten Schwester jammert!« In seinem Gesicht zuckte es. »Bloß die Sylvie, die ist klasse. Die steht voll auf mich.«

Lissie konnte nicht anders. Ihr Blick streifte die Eiterpusteln auf seiner Stirn.

Obacht. Der da kannst du genauso wenig trauen wie …

»Wollen Sie ein Foto von meiner Mutter sehen?«

Der Junge war aufgesprungen.

Lissie ließ geschehen, dass er sie hinter sich herzerrte. Er schob Streichhölzer und Zigaretten in ein Astloch, zog sie weiter, die Treppe hoch, den Flur entlang. Dann stieß er sie unsanft in ein Zimmer, in dem es nach einem scharfen Reinigungsmittel roch.

»Aufs Bett setzen«, befahl er und fing an, in seiner Nachttischschublade zu wühlen. Lissie betrachtete das Foto, das er ihr in den Schoß legte.

»Deine Mutter war sehr hübsch«, sagte sie wahrheitsgemäß. Der Junge starrte abwechselnd das Foto und Lissie an.

Hab gewusst, dass sie lügt. Meine Mutter war eine hässliche Alte. Widerliche Froschlippen. Feucht. Und die da sieht genauso aus.

»Sie sehen meiner Mutter ähnlich.«

Lissie lächelte. »Das ist lieb von dir. Ich wollte, es wäre so.«

Aber er hörte überhaupt nicht zu.

Wie ein Frosch. Schleimig. Das breite Froschmaul zum Zucken bringen.

Plötzlich schraubte sich seine Stimme eine Tonleiter nach oben.

»Bestimmt war's in seiner Praxis, während einer … Sitzung.« Ekel tropfte aus den Worten. »Die hat ihn dafür bezahlen müssen, dass er es mit ihr treibt, so hässlich, wie sie war. Ich hätt gern gewusst, wie es die Kuh am liebsten hatte.«

Die Hässlichen sind die Schlimmsten. Gierig. Die wollen alle nur …

Lissie stand auf.

»Mein Alter ist ein fauler Sack, also ist er wahrscheinlich sitzen geblieben, und sie ist auf ihn draufgeklettert. Oder sie hat sich vor ihn hingekniet. Wi-der-lich.«

Lissie wich zurück und streckte die Hand zur Türklinke aus. Es ging sehr schnell.

Der Junge stieß einen Schrei aus, der Lissie durch Mark und Bein ging. »Meine Alte war eine hässliche, sexgeile Hure! Genau wie du!«

Sein Gesicht war plötzlich aufgedunsen, die Halsmuskeln so angespannt, dass der Ausschnitt des T-Shirts in die Haut einschnitt. Seine Augen glühten.

»Glaubst du im Ernst, ich bin so blöd und merk es nicht? Du hast mir bloß was vorgespielt! Falsch und hinterhältig seid ihr Fotzen! Ich hasse euch! Ihr wollt bloß, dass ich mich sicher fühle, und dann … und dann …« Er machte einen Schritt auf sie zu.

Bleich vor Schreck stolperte Lissie zur Tür. In diesem Moment wurde sie aufgestoßen, und zwei Pfleger marschierten ins Zimmer. Der eine hielt eine aufgezogene Spritze in der Hand, der zweite presste den Jungen, der sich heftig wehrte, aufs Bett.

Nach der Spritze lag der Junge still da. Lissie war einerseits erleichtert. Gleichzeitig fühlte sie sich von der kalten Routine abgestoßen, die die beiden Männer ausstrahlten.

Der Größere der beiden drückte Lissie seine Pranke in den Rücken und schob sie auf den Gang. »Was tun Sie hier? Wären Sie Patientin bei uns, wüsste ich davon. Raus jetzt, aber sofort.«

»Ich bin sehr wohl Patientin hier, ambulant«, begehrte Lissie auf.

»Ambulante haben hier auf der Station nichts verloren«, knurrte er, ließ sie aber wenigstens los. Lissie rieb sich den Arm und sagte mit so viel Würde, wie sie aufbringen konnte: »Er hätte sich auch ohne Spritze mit der Zeit wieder beruhigt.«

»Ach so? Und ich hab den ganzen Nachmittag Zeit, die anderen Patienten zu besänftigen, bloß damit unser kleiner Schreihals rumbrüllen darf, dass die Wände wackeln, ja?«

Der Pfleger hatte seine Arme in die Seiten gestemmt. Sein Kollege wackelte mit der Spritze. »Ich hätte gute Lust, ihr auch eine Dosis zu verpassen. Was meinst du, Bruno?«

Lissie rannte los. Hinter sich hörte sie die beiden Männer lachen.

***

Sylvie hörte Paul schreien.

Aufgeregte Stimmen. Bruno. Plötzlich bekam sie eine Wut auf Paul.

Bruno soll herkommen, zu ihr. Nicht zu Paul, der Hackfresse.

Manchmal würde sie Bruno am liebsten einen Finger abbeißen. Nicht heute. Heute hätte sie seine Fingerkuppen furchtbar gern gespürt.

Fest.

Am liebsten mochte sie es, wenn die violetten Abdrücke noch tagelang zu sehen waren.

Immer musste man alles selbst machen. Sylvie bohrte sich den Mittelfinger seitlich in den Hals, dann schleppte sie sich ins Bad, zum Spiegel.

Brunos Finger waren kräftiger.

Bruno war der Violette.

Ihr Mann Max war der Rote. Roter aufgedunsener Hals. Aber er war auch lieb, der Rote. Er brachte ihr Tee, und er badete sie. Manchmal war er streng. Was in Ordnung war. Wenn er morgens zur Arbeit ging, hatte er hinter ihr abgesperrt.

Sicher fühlen. Gut.

Viele rote Punkte auf einer dunkelblauen Krawatte. Sylvie legte die Stirn in Falten. Aber Max hatte doch gar keine gepunktete Krawatte. Oder doch?

Sylvie fing an zu weinen. Wo war der Rote, und warum war sie hier? Hier war es überhaupt nicht sicher. Alle Türen standen offen.

Türen, die sich öffneten. Es waren Hunderte. Hinter jeder Tür sprang schon die nächste auf. Hinter der letzten wartete das Schwarze. Sylvie fing an zu kreischen.

Dann sah sie Brunos Gesicht über dem ihren. Sie lächelte.

★★★

Lissies Knie zitterten, aber das rührte nicht vom Rennen her. Sie versuchte, ihren Atem zu zügeln. Die Tür zu Materns Büro war zu. Der Therapeut war jetzt bestimmt mit der Dokumentation ihrer Sitzung beschäftigt. Lissie klopfte kurz, dann streckte sie ihren Kopf durch die Tür.

Das Zimmer war leer. Auf dem Tisch lag eine blaue Handakte.

Matern trat durch eine Seitentür ein. »Frau von Spiegel, haben Sie etwas vergessen?«, fragte er verwundert.

Ihre Zunge stolperte, so aufgewühlt war sie. Mit Mühe gelang es ihr, das Erlebte in Worte zu fassen. Wie die Pfleger den Jungen behandelt hatten und am Ende die Drohung mit der Spritze.

Matern bebte vor Zorn. »Die Burschen kauf ich mir!«

Er lief aus dem Zimmer. Zufrieden schaute ihm Lissie nach. Die beiden Herrschaften dürften in Kürze ihren Job los sein.

Sie zögerte. Nur kurz schauen, was auf dem Aktendeckel steht.

Und richtig, da stand ihr Name.

In der Akte befand sich allerdings kein einziges Gesprächsprotokoll. Überhaupt keine Aufzeichnungen über ihre Sitzungen. Bloß ihr Behandlungsvertrag, an den eine kurze handschriftliche Notiz geheftet war:

Adresse und Konto falsch. Will die spionieren? Deutsche Zeitung??

7

Meran – Donnerstag, 26. Juli, morgens

Es war der erste Mord, den er persönlich nahm. Pavarotti starrte auf den Körper, der auf dem blutgetränkten Kopfsteinpflaster lag. Er drückte ein Taschentuch auf Mund und Nase. Verwesungsgeruch machte ihm normalerweise nicht allzu viel aus. Diesmal war der Gestank jedoch grauenhaft. Auch ohne gerichtsmedizinische Untersuchung war klar, dass der Tod schon vor Tagen eingetreten sein musste. Pavarotti zwang sich, dem Toten ins Gesicht zu sehen. Die Augen waren weit aufgerissen und starrten ins Leere. Mehrere wuchtige Schläge mit einem schweren Gegenstand hatten die linke Schädelseite in ein Trümmerfeld aus Knochenteilen und Gehirnmasse verwandelt. Auf den Unterarmen des Toten waren Hämatome zu sehen. Der Mann hatte sich offenbar verzweifelt gewehrt und versucht, seinem Schicksal zu entkommen. Es war kein leichter und schneller Tod gewesen. Aber was Pavarotti genauso bedrückte, war der Umstand, dass es sein ehemaliger Schwager Albrecht Klausner nötig gehabt hatte, putzen zu gehen.

Neben der Leiche lag ein Schlüsselbund. Daneben standen ein Putzeimer und, auf dem Boden aufgereiht, ein Schrubber, Schaufel und Besen und eine Plastiktüte mit Putzmitteln. Auf dem Deckel einer Flasche mit Lederpflegemittel pappte ein gelber Aufkleber, auf den jemand mit Filzschreiber »La Scala« geschrieben hatte.

Emmenegger war neben ihn getreten.

»Commissario. Am Dienstag und Mittwoch ist die Burg für den Publikumsverkehr geschlossen. In der Stadtverwaltung sagen sie, dass Signore Klausner immer am späten Montagabend … geputzt hat.« Emmenegger schaute verlegen zu Boden.

»Die Abfalleimer sind leer. Kohlgruber sagt, die Böden sind gewienert.«

»Dann wurde er wahrscheinlich umgebracht, als er gerade Schluss machen wollte.«

Um neun Uhr am heutigen Morgen sollte der übliche Betrieb in der Landesfürstlichen Burg beginnen. Pünktlich um acht Uhr fünfundvierzig war der Ticketverkäufer an der Eingangstür der Burg erschienen und hatte sich gewundert, dass nicht abgesperrt war. Um acht Uhr einundfünfzig hatte der Mann im Kommissariat angerufen, nachdem er sich auf der Toilette übergeben hatte.

Als Pavarotti und Emmenegger eintrafen, war Kohlgruber ihnen entgegengekommen. »Es tut mir so leid, Luciano«, brachte der Spusi-Chef schwer atmend heraus. »Ich würd ja sagen, tu dir den Anblick nicht an, aber es geht wohl nicht anders.«

Pavarotti schaute ihn verständnislos an.

»Du liebe Zeit, du weißt es noch gar nicht?«, sagte Kohlgruber erschrocken.

Pavarotti wurde plötzlich eiskalt. Um Gottes willen, es war doch nicht etwa …? Da sagte Kohlgruber ihm, um wen es sich handelte.

Albrecht war massiger geworden, seit Pavarotti ihn das letzte Mal gesehen hatte. Schuldgefühle überkamen ihn. Er hatte Albrecht einfach fallen lassen. Vor ein paar Wochen hatte er beim Vorbeigehen verwundert festgestellt, dass Albrechts Enoteca geschlossen war. Doch dann hatte er seinen Weg fortgesetzt.

Er spürte eine Berührung an der Schulter. »Die Tatwaffe ist eine Taschenlampe«, sagte Kohlgruber. »Großes, massives Teil aus Metall. Das Glas ist kaputt, wohl durch den Schlag. Der gesamte vordere Bereich, vor allem die scharfe Kante, ist voller Blut und Haare.«

Das Schwarzlicht hatte eine Menge Fingerabdrücke auf der Taschenlampe zutage gefördert. Die meisten waren gut erhalten, mit Ausnahme der Abdrücke am Griff. Dort war alles verwischt.

Der Zeitpunkt des Mordes würde sich mit Hilfe der Temperaturen näher eingrenzen lassen. Im Innenhof der Burg war es deutlich kühler als draußen. Das würde die Obduktion …

Blitzartig schaute Pavarotti auf. Sein Blick zuckte über die Spusi-Mitarbeiter, die sich im Burghof verteilt hatten. Um Gottes willen!

»Kohlgruber, ihr habt doch nicht etwa meine Schwester in Marsch gesetzt?«

Kohlgruber warf Pavarotti einen beleidigten Blick zu, drehte sich auf dem Absatz um und ging.

»Der Gerichtsmediziner aus Bozen kommt her«, hörte Pavarotti Emmenegger sagen, der gerade durch die Eingangstür trat. »Das wissen auch wir Subalternen, Chef, dass es nicht geht, dass unsere Gerichtsmedizinerin ihren Exmann aufschneidet.«

»Nichts für ungut, Sergente. Ich bin ein wenig …«

»Ich versteh schon«, sagte Emmenegger ein wenig besänftigt.

»Bitte kommen Sie mal mit nach draußen.« Pavarotti trat von dem Toten zurück und stieg hinaus ins Sonnenlicht. Emmenegger tappte hinter ihm her.

»Wir werden uns aufteilen müssen, Sergente.«

»Aufteilen?«

»Kollege, wir haben jetzt zwei Morde aufzuklären. Ob sie zusammenhängen, wissen wir nicht. Wir sollten sie getrennt behandeln, sonst könnte es passieren, dass wir uns vorschnell auf eine Theorie versteifen. Sie müssen mir deshalb einen Teil der Ermittlungen im Klausner-Fall abnehmen.«

Der Sergente starrte auf sein staubiges Schuhwerk. »Ich soll …? Meinen Sie, ich pack das, Chef?«

»Das wissen wir erst, wenn Sie es probiert haben, oder?«, versetzte Pavarotti trocken.

Er sah, dass sein Mitarbeiter von einem Fuß auf den anderen trat.

»Ähem, die Todesnachricht … Signora Editha …«, stotterte Emmenegger.

»Selbstverständlich übernehme ich die Benachrichtigung meiner Schwester selbst. Als Allererstes. Und heute Nachmittag kümmere ich mich um Albrechts Wohnung. Durchsuchungen sind ja nicht unbedingt Ihre Stärke. In Ordnung?«

Emmenegger nickte.

»Bringen Sie Klausners Schlüssel in die Asservatenkammer. Ich habe selbst noch einen Schlüssel zu seiner Wohnung. Dann fahren Sie zum La Scala und befragen die Inhaberin. In dem Ledergeschäft hat Klausner offenbar auch geputzt.«

Pavarotti sah dem Sergente hinterher, wie er zum Wagen ging und den Schlüsselbund auf den Beifahrersitz warf.

★★★

Emmenegger hasste es, den Wagen durch die Laubengasse zu steuern. Besonders jetzt, in der Hochsaison, war es der reinste Nervenkrieg.

Er drückte auf die Hupe. Der Fußgänger mit Wanderrucksack, der provozierend langsam vor dem Polizeifahrzeug dahingeschlendert war, warf ihm über die Schulter einen bitterbösen Blick zu.

Plötzlich schob eine Frau ihren Kinderwagen aus dem Schatten des Bogengangs direkt vor seine Kühlerhaube. Emmenegger trat die Bremse voll durch. Er atmete tief ein, um seinen Herzschlag zu beruhigen, und versuchte seinen Ärger abzuschütteln.

In seinen mittlerweile zehn Berufsjahren als Polizist hatte sich Emmenegger nie besonders hervorgetan, weder anfangs im Betrugsdezernat noch nach seiner Versetzung zur Kripo.

Und dann kam dieser welsche Commissario und häufelte ihm mir nichts, dir nichts Verantwortung über. Jetzt hatte er die Chance, zu zeigen, was in ihm steckte.

Trotzdem war er zornig.

Durchsuchungen sind ja nicht unbedingt Ihre Stärke.

Gründlichkeit und Intuition waren nach Emmeneggers Meinung die Voraussetzung für den Erfolg einer Durchsuchung.

Wenn sich Emmenegger etwas zugutehielt, dann waren das diese beiden Eigenschaften.

Er würde es dem Welschen schon zeigen.

Das La Scala kam in Sicht. Kurz entschlossen fuhr Emmenegger daran vorbei und bog in den Rennweg ein.

★★★

Schweren Herzens drückte Pavarotti auf die Klingel.

Ein paar Minuten lang passierte gar nichts. Dann hörte er ihre Stimme in der Gegensprechanlage, verschliffen wie die ausgeleierte Tonspur einer alten Schallplatte.

»Ja bittee? Wer is'n daa?«

Eigentlich war es zum Lachen, so wie man nach einem viel zu oft erzählten Witz lacht, mit einen peinlichem Hüsteln am Schluss. Editha war der personifizierte Anachronismus.

»Ich bin's. Lass mich rein.«

»Geh weg. B'n krank.«

»Bist du nicht. Du bist besoffen. Mach auf. Es ist wichtig.«

Langsam stieg Pavarotti die vier Etagen zur Wohnung seiner Schwester hoch. Als er oben ankam, stand die Tür zum Penthouse einen Spalt offen. Die Toilettenspülung war zu hören.

Behutsam schloss Pavarotti die Tür hinter sich und ging ins Wohnzimmer. In dem riesigen Raum waren die Rollläden heruntergelassen. Er zog sie hoch, trat durch die geöffnete Terrassentür hinaus und schaute nach unten. Der Blick auf den Fluss war sensationell.

Es war ein makabrer Scherz ihres Vaters gewesen, gerade Editha diese mittlerweile unbezahlbare Wohnung direkt an der Passer zu hinterlassen. Editha, die für ihren Vater nur eine wimmernde kleine Töle gewesen war, die permanent versuchte, sich an seinem Rockzipfel festzubeißen. Sie hatte geradezu nach Fußtritten gelechzt, und sie hatte sie bekommen.

Pavarotti hatte außer dem Pflichtteil nichts geerbt. Die Abfassung seines Testaments war die letzte Handlung seines Vaters gewesen, um Zwietracht zu säen.

»Du Armer«, hatte Editha bei der Testamentsverlesung gesagt. Um ihre Mundwinkel hatte es gezuckt.

Womit sein Vater sicher nicht gerechnet hatte, war, dass Pavarotti Erleichterung empfand.

Das einzige Geschenk, das Pavarotti von seinem Vater willkommen war, bestand darin, dass dieser endlich den Löffel abgab. Dass die verlogenen Regeln ihre Gültigkeit verloren. Dass das Hungern aufhörte, zu dem er seine Familie zwang, angeblich aus Sparsamkeit. Und dass die Bestrafungsaktionen ein Ende hatten, die nur dazu dienten, seine Machtgelüste zu befriedigen.

»Was willsu? Mach das Licht weg.«

Editha stand im dunklen Flur und schirmte ihre Augen vor der Sonne ab, die das ganze Wohnzimmer überflutete. Ihr Gesicht hatte sich schmerzhaft zusammengezogen. Die Stirn ein einziger Faltenwurf. Ihre kurzen Haare, die normalerweise wie eine schwarze Satinkappe schimmerten, klebten fettig am Kopf.

Pavarotti zog die Vorhänge zur Hälfte wieder zu und durchquerte das Wohnzimmer. Er roch das Erbrochene schon, bevor er die Flecken auf Edithas Morgenmantel sah.

»Setz dich hin. Ich muss dir was Schlimmes sagen.«

Editha schielte aus blutunterlaufenen Augen zu ihm hin, während er sie zum Sofa führte, nach unten drückte und gegen die Polsterung lehnte. Sie war leicht wie eine Feder. Beim Hinsetzen klaffte ihr Morgenmantel oben auf und enthüllte ein Schlüsselbein, das aussah wie ein Kleiderbügel aus Draht. Sein Herz zog sich zusammen.

»Wassis'n los? Haben die mich schon gefeuert oder was?«

»Nein, das ist es nicht.« Noch nicht, wollte Pavarotti dazusetzen, besann sich aber eines Besseren. Er holte tief Luft.

»Editha, es ist Albrecht. Albrecht ist tot. Es tut mir so leid.«

Mit leerem Blick schaute ihn seine Schwester an.

»Albrecht ist tot. Jemand hat ihn erschlagen«, wiederholte Pavarotti, lauter diesmal.

»Ja, schon gut, ich hab's gehört. Du brauchst nicht so zu

schreien.« Plötzlich wechselte ihre Gesichtsfarbe ins Grünliche. »Ich muss noch mal kotzen.« Mühsam stemmte sie sich hoch und schlurfte ins Bad. Sofort meldete sich Pavarottis Gewissen. War er wieder zu unsensibel gewesen?

Er hörte die Spülung. Nach einer Weile erschien Editha. Sie hatte ihre Haare gekämmt und sogar Lippenstift aufgelegt. Schwaden eines Parfüms, das so synthetisch roch wie chemisch gereinigte Wäsche, kitzelten seine Nase. Fast wäre ihm der Geruch nach Erbrochenem lieber gewesen.

»Na so was. Der gute Albrecht als Mordopfer.« Editha lehnte in der Tür zum Wohnzimmer, die Arme vor der Brust verschränkt. Auf ihren Lippen lag ein spöttisches Lächeln. »Das hätte ich nun wirklich nicht gedacht, dass Albrecht für irgendjemanden wichtig genug ist.«

»Das ist alles, was dir zu Albrechts Tod einfällt?«

»Jetzt tu doch nicht so scheinheilig«, versetzte Editha und schnippte mit den Fingern. Weg mit Albrecht, der Amöbe. »Du hast ihm doch selbst einen Tritt in den Hintern gegeben, wenn ich mich recht erinnere!«

Während seiner letzten Mordermittlung war Pavarotti klar geworden, dass es Seiten in Albrechts Persönlichkeit gab, von denen er bislang nichts geahnt hatte. Dunkle Seiten. Vordergründig war Albrecht Klausner ein eher ängstlicher, zurückhaltender Mensch gewesen. Aber hinter dieser Maske hatte sich eine manipulative Persönlichkeit verborgen, die geschickt andere Menschen benutzte.

Seine Schwester merkte wohl, was ihm durch den Kopf ging, denn sie setzte ein zynisches Grinsen auf. Pavarotti machte eine abwehrende Handbewegung.

»Albrecht war alles andere als ein Engel, stimmt. Aber niemand verdient es, so zu enden. Also verkneif dir deine fiesen Bemerkungen.«

Editha zuckte bloß mit den Schultern.

»Hast du gewusst, dass Albrecht putzen ging?«, wollte Pavarotti wissen. Seine Schwester stieß ein humorloses Lachen aus, das in einen heftigen Hustenanfall überging. Als er vorbei war, griff sie in die Tasche ihres Morgenmantels und zündete sich eine Zigarette an.

»Nee, aber das wundert mich gar nicht. Nachdem seine Schnapsbude den Bach runter war, war er pleite.« Editha inhalierte tief. »Er kam zu mir und hat gebettelt.« Ihre Stimme triefte vor Abscheu. »Der Typ war armselig. Nach jedem Fußtritt kam der wieder angekrochen und schleimte rum. Ein schwabbeliges, schleimiges –«

»Du hörst jetzt sofort auf!«, brüllte Pavarotti. Editha presste die Hände auf die Ohren und rannte wieder ins Bad.

Die Würgegeräusche schienen nicht enden zu wollen. Brauchte sie Hilfe? Pavarotti klopfte vorsichtig an die Badezimmertür und öffnete sie einen Spalt.

»Editha?«

»Hau bloß ab«, kam es von drinnen. Kopfschüttelnd zog sich Pavarotti wieder zurück und begann, in der Wohnung herumzuwandern. Als er die Küche betrat, prallte er zurück. Fein säuberlich in Plastiktüten verpackt, standen Schnaps- und Weinflaschen an den Wänden aufgereiht. Es mussten einige Dutzend sein, die da auf ihren Abtransport zum Altglasbehälter warteten. Offenbar hatte Editha Angst, ins Gerede zu kommen, wenn sie mehr als eine Handvoll Flaschen auf einmal entsorgte.

Auf dem Küchentisch lag ein zusammengefalteter Zettel. Bevor er wusste, was er da tat, hob er das Blatt auf. Es war ein Brief von der Personalabteilung ihrer Behörde.

In dem Schreiben wurde Editha ab sofort für drei Monate in Zwangsurlaub versetzt. Außerdem wurde sie aufgefordert, sich einer Entziehungskur zu unterziehen und sich für eine psychotherapeutische Behandlung bei Dr. Sigmund Frahm, Meran, zu melden.

Schon wieder dieser Frahm.

Ihm schwante, wie Editha zumute war.

Der Ton des Briefs war höflich, aber unmissverständlich. Falls sich seine Schwester stur stellte, war sie ihren Job los.

Pavarotti hörte hinter sich ein Geräusch und drehte sich

um, den Brief noch in der Hand. Editha stand in der Tür, die Augen weit aufgerissen, der Mund nur ein Strich.

»Oh Editha«, brachte Pavarotti heraus. Seine Schwester zitterte. Er sah, dass sich die Finger ihrer rechten Hand um einen schweren Glasflakon krampften.

»Raus hier, verschwinde, aber schnell, bevor ich dir den Schädel einschlage«, flüsterte sie.

Pavarottis Mitleid verflog so schnell, wie es gekommen war. »Damit du dich endlich in aller Ruhe zu Tode saufen kannst!«, schrie er.

Schnell duckte er sich, gerade rechtzeitig. Mit einem Zischen flog der Flakon zehn Zentimeter über seinen Kopf hinweg und bohrte sich mit seinem spitzen Kopfstück in die glatte Oberfläche eines Wandschranks. Danach fiel er mit einem dumpfen »Klong« auf den Küchenboden und zerbarst.

Ein hoher, kehliger Laut kam aus Edithas Mund, dann stürzte sie mit vorgestreckten Fingern auf ihn zu. Pavarotti konnte ihren langen Fingernägeln gerade noch ausweichen und verhedderte sich dabei in den vorgezogenen Küchenvorhängen. Der Stoff riss aus der Verankerung und fiel zu Boden. Editha, die genau in dem Moment zum Fenster und ins grelle Sonnenlicht geblickt hatte, schrie vor Schmerz auf und sank in sich zusammen, mitten in der Lache aus Parfüm und Glasscherben.

***

Emmenegger war aufgeregt. Der Chef wird Augen machen, dachte er. Er knipste seine Taschenlampe an und folgte dem schmalen Gang, der abwärtsführte. Die Luft war voller Staubpartikel, und Emmenegger versuchte, flach zu atmen.

Plötzlich stand er vor einer schweren, weit offenen Eisentür. Er trat über die Schwelle und fand sich in einem hell erleuchteten Raum wieder.

An den Wänden hingen Fotografien. Neugierig ging er darauf zu.

Emmenegger entfuhr ein Ausruf. »Was zum Teufel …?«

Plötzlich und ohne Vorwarnung explodierte etwas auf seinem Hinterkopf.

Bevor er das Bewusstsein verlor, hörte er ein dumpfes Poltern. Das Geräusch verursachte er selbst, als er auf dem Steinboden aufschlug.

8

Meran – Donnerstag, 26. Juli, am Nachmittag

Albrecht Klausner war alles andere als ein Leser gewesen. Das Bücherregal stand im Flur zwischen einem Schirmständer und dem Eingang zur Toilette. Ein Dutzend zerfledderter Kriminalromane, zwei Bücher über die Südtiroler Geschichte und ein Dolomiten-Bildband verteilten sich weiträumig über die Regelbretter.

Im Wohnzimmer fläzte sich ein unförmiger Cordsamtsessel.

Ein winziges Bad ohne Fenster.

Eine Dusche mit Wänden aus Plexiglas.

Die Keramik war stumpf und mit gelben Altersflecken übersät, der Abfluss rostig. Im Medizinschränkchen befanden sich eine Schachtel Hansaplast und drei Packungen Paracetamol. Was diese Vorratshaltung bedeutete, wusste Pavarotti durch die Gewohnheiten seiner Schwester zur Genüge.

Er wechselte ins Schlafzimmer.

Die Matratze am Boden war notdürftig mit einem Laken eingeschlagen.

Pavarotti dachte, dass er selbst wenigstens ein richtiges Bett besaß.

Er nahm sich den kleinen Schreibtisch im Schlafzimmer vor, der aussah wie ein Möbelstück für ein Kind.

Klausners Papiere waren nicht sehr ergiebig. Er hatte offenbar nichts davon gehalten, Bankunterlagen länger als ein paar Monate aufzubewahren. Klausners Konto war überzogen gewesen. Mahnschreiben der Sparkasse lagen achtlos in der Schublade verstreut. Geringe Geldeingänge von der Gemeinde Meran. Keine von La Scala. Die zahlten vermutlich bar und schwarz.

Pavarotti zog die Gardine beiseite und starrte auf den sonnenbeschienenen Pfarrplatz hinunter, über den Touristen flanierten. Etwas fehlte, aber er kam nicht darauf, was es war.

Sein Mobiltelefon rührte sich. Es war Kohlgruber. »Ist die Deutsche wieder im Lande?«

»Und wenn?«

»Es sind ihre Fingerspuren. Die gut erhaltenen auf der Tatwaffe. Die Abdrücke sind ja bei uns in der Kartei, seit dem
Brand im Frühjahr.«

»Verdammte Scheiße, was hat das zu bedeuten?«

Kohlgruber antwortete nicht. Nach ein paar Sekunden sagte
er vorsichtig: »Hast du dir die Tatwaffe heute morgen eigentlich
mal angesehen? Da ist ein Aufkleber drauf.«

»Hä? Was für ein Aufkleber?«

»Der Aufkleber auf der Lampe ist dein Konterfei. Das heißt
das von dem echten, dem Tenor. Und mit dem kann das alles
kaum zu tun haben. Soweit ich weiß, hat der Mann mittlerweile
auf einem Friedhof bei Modena Wohnsitz genommen.«

***

»2. Mord! Bar Spzial, in 10 M«, hatte die SMS von Pavarotti
gelautet.

Lissie wurde mulmig zumute. Hatte es wieder einen Psychiatriepatienten erwischt? Lissie eilte am Grand Hotel vorbei, da
pingte es erneut.

»Deine Fngrspurn auf Tatwaffe???!!!«

Du liebe Zeit. Was hatte sie angefasst?

Sie hatte doch bloß die Gartenschaufel in der Hand gehabt.
Konnte man damit …?

Lissie zermarterte sich das Gehirn.

Ihr Handy klingelte.

»Verdammt noch mal, wo bleibst du?«

»Ich bin in fünf Minuten da. Wer ist das Opfer?«

»In zwei! Oder du bist verhaftet!«

***

Pavarotti trommelte mit den Fingerknöcheln auf den Bistro-
tisch. Vor ihm lag die Tatwaffe, verpackt in einem durchsich-
tigen Beweissicherungsbeutel.

Bei dem Aufkleber handelte es sich um ein kleines, aus einer Zeitschrift ausgeschnittenes Foto.

Das Gesicht des Tenors war zu dem typischen Pavarotti-Grinsen verzogen.

Die Milchglasscheibe der Eingangstür verdunkelte sich. Lissie kam herein. Ihr Augen waren groß, tiefe Seen bei völliger Windstille. Er kannte das Gesicht. Lissies Pokerface.

»Was macht deine Taschenlampe in der Landesfürstlichen Burg neben der Leiche von Albrecht Klausner?«

Alle Farbe war aus ihrem Gesicht gewichen.

»Raus mit der Sprache. Was hattest du mit Albrecht zu schaffen?«, fragte er scharf.

»Ich hab ihn neulich in der Klinik gesehen«, sagte Lissie zögernd.

»Du hast was?«

»Anscheinend putzt er dort. Hat … geputzt.«

Pavarotti starrte sie an. Dann griff er zum Telefon. Nach einem scharfen Wortwechsel mit Anselm Matern ließ er das Handy sinken. »Du hast recht, Albrecht hat dort geputzt. Schwarz.«

»Bestimmt hat Albrecht Klausner Braunhofers Mörder gesehen!«, rief Lissie. Ihr übereifriger Tonfall erinnerte Pavarotti an ihr ursprüngliches Thema. Er schob ihr den Beweismittelsack über den Tisch. »Also?«

»Die gehört mir nicht.«

Pavarotti presste die Lippen zusammen. »Wer außer dir sollte auf die Idee kommen, einen Pavarotti-Kopf auf eine Taschenlampe zu kleben? Der Mörder vielleicht?«

Er bereute es schon, noch bevor die Worte heraus waren.

»Der will dich herausfordern!«

»So etwas machen die bloß im Film.« Pavarotti zeigte auf den Metallgriff der Lampe. »Meinst du, ich bin blind? Hier sind drei Buchstaben eingeritzt. Glaubst du, ich weiß nicht, was ›LvS‹ bedeutet?«

»Landesamt für Spurensicherung«, sagte Lissie, ohne eine Miene zu verziehen.

Pavarotti konnte nicht anders, er musste grinsen. Lissies Mundwinkel bogen sich eine Winzigkeit aufwärts. Der Kobold war wieder da.

»Lissie, das hier ist keine Schnitzeljagd. Du weißt genauso gut wie ich, wie wichtig es ist, dass die Herkunft der Tatwaffe geklärt wird.«

Lissies Augen glitten über den verkratzten Tresen und das matte Chrom der Zapfhähne, vermieden den Tisch mit dem Beweismittelsack und blieben auf dem ausgetretenen Fliesenboden kleben.

»Na gut, es ist meine.«

Pavarotti seufzte. Warum hatte sie anfangs gelogen?

»Wie kommt deine Lampe in die Burg?«

»Ich war neulich dort. Dieser Klausner war auch da und hat geputzt. Ich bin gestolpert, dabei hab ich die Lampe verloren.«

Pavarotti presste die Lippen zusammen. In dieser genuschelten Erzählung klafften riesige Löcher. »Wann war das?«

»Montagabend. So zwischen neun und zehn, nach unserem Abendessen.«

Der Gerichtsmediziner aus Bozen hatte eine Spanne zwischen achtzehn und dreiundzwanzig Uhr ausgerufen. Jetzt war der Tatzeitpunkt immerhin auf eine Stunde zwischen zehn und elf eingegrenzt.

Er holte tief Luft. »Warum hast du vorhin gelogen?«

Achselzucken.

»Und warum hast du den Pavarotti auf die Lampe geklebt?«

»Nur so.«

Was bedeutete »nur so«? Dass er es bloß dann schaffte, Licht ins Dunkel zu bringen, wenn sie zur Stelle war und ihren Verstand einschaltete?

9

Meran – Freitag, 27. Juli, um die Mittagszeit

Geduld war nicht ihre starke Seite. Ein Bus war gekommen und Richtung Innenstadt wieder weggefahren, dann noch einer und ein dritter. »Wollen Sie nicht einsteigen?«, hatte der dritte Busfahrer zu Lissie gesagt.

»Ich warte auf jemanden.«

Langsam gelangte Lissie zu der Überzeugung, dass es sinnlos war. Mittlerweile war es halb zwölf.

Doch als der vierte Bus um die Ecke bog, trat eine alte Frau aus der Efeuvilla und überquerte die Straße. Lissie pfiff lautlos durch die Zähne. Es war bestimmt die Richtige. Wie eine Zugehfrau sah sie jedenfalls nicht aus.

Lissie kletterte hinter der Frau in den Bus.

»Bei den Braunhofers sind mir momentan die Hände gebunden«, hatte Pavarotti gesagt.

Mir aber nicht, dachte Lissie.

Am Sandplatz stiegen sie aus. Lissie folgte der Frau durch das Bozner Tor. In Anbetracht ihres Alters – Lissie schätzte sie auf Anfang siebzig – schritt die Frau erstaunlich kräftig aus.

Klara Braunhofer stieß die Tür von Sankt Nikolaus auf und verschwand in der Kirche. Was jetzt? Da drin waren sicher nicht so viele Menschen.

Lissie verschanzte sich hinter dem Postkartenaufsteller einer Buchhandlung.

Eine Viertelstunde später trat die Frau mit einem Mann ins Freie, der eine Soutane trug.

Lissie beobachtete, wie der Pfarrer Klara Braunhofers Hand drückte.

Langsam ging die Frau an Lissie vorbei, ohne sie eines Blickes zu würdigen. Am Bozner Tor angekommen, stützte sie sich am Mauerwerk ab, als ob ihr nicht gut sei. Schließlich hielt sie auf das Café Palais am Sandplatz zu. Lissie wartete, bis die Frau einen Kaffee bestellt hatte.

»Darf ich?«

Mit blanken Augen schaute die Frau zu Lissie hoch.

»Sie sind Klara Braunhofer, nicht wahr?«

Die alte Frau starrte sie misstrauisch an. »Woher …?« Dann griff sie nach ihrer Handtasche.

»Sie haben Ihren Kaffee noch nicht bezahlt«, sagte Lissie freundlich.

Die Frau ließ sich zurück auf ihren Stuhl sinken. »Was wollen Sie von mir?«

Da hatte Lissie eine Eingebung. »Weiß Ihr Mann, dass Sie gerade eine Messe für Ihren toten Sohn bestellt haben?«

Klara Braunhofer schlug die Hände vors Gesicht und fing an zu weinen. Das Schluchzen ging in einen trockenen Husten über. Es war ein schreckliches Geräusch. Kiesel, die sich in einem trockenen Flussbett aneinanderreiben, wenn man auf sie tritt.

Als Lissie die rissigen Hände ergriff, sah sie, dass die alte Frau keine Tränen mehr hatte.

»Wer sind Sie?«, brachte die Frau schließlich heraus.

Lissie lächelte beruhigend. »Ich helfe dabei, den Tod Ihres Sohnes zu untersuchen«, sagte sie. »Aber inoffiziell«, schickte sie hinterher, als sich die Frau erneut in ihrem Stuhl hochstemmen wollte.

Klara Braunhofer putzte sich ausgiebig die Nase. »Er soll ein anständiges Begräbnis kriegen. Und jedes Jahr am Todestag eine Messe. So wie es sich g'hert.«

Lissie ließ Klaras Hand los.

»I hon es erste Mol im Leben meinem Monn z'wider g'hondelt«, flüsterte die Frau. »Ich kann doch nicht zulassen, dass der Bub im Armengrab verscharrt wird!«

»Sind Sie denn sicher, dass er es auch wirklich ist?«, fragte Lissie.

»Ich war gestern Abend in der Gerichtsmedizin«, sagte die Frau so leise, dass Lissie die Worte kaum verstehen konnte. »Sein Gesicht hab ich nicht wirklich erkannt. Der Michael war ja erst neunzehn, als er weg ist. Aber ich hab gespürt, dass es mein Bub ist.«

»Warum haben Sie Ihren Sohn damals in Frankfurt nicht als vermisst gemeldet?«

Klara Braunhofers schmale Schultern sackten nach vorn. »Mein Mann wollt's nicht. Bitte …« Sie schaute Lissie flehend an.

Schnell wechselte Lissie das Thema. »Was hat denn Ihr Sohn Michael gemacht, in der letzten Zeit, bevor er verschwunden ist?«

Die Frau starrte an Lissie vorbei. »Er war kaum daheim. Was er gemacht hat … Ich weiß es nicht. Er war ja schon volljährig …«

»Und Sie …«, tastete sich Lissie vor.

Ein Jammerlaut kam aus dem Mund der Frau. »Ich bin schuld, dass er weg ist«, stieß sie hervor. »Ich hab mich nicht um den Buben gekümmert. Ich war die ganze Zeit im Krankenhaus, bei Magnus. Jeden Tag … monatelang.« Sie stützte ihren Kopf mit der Hand.

»Der Unfall mit seiner Hand?«

Klara Braunhofer nickte. Sie begann, sich an einer Stelle auf dem Handrücken zu kratzen.

»Die Wunde hatte sich entzündet. Zuerst haben sie noch probiert, ob …«

Wie hypnotisiert verfolgte Lissie die schabenden Bewegungen von Klaras Nägeln.

Schließlich sagte Klara Braunhofer: »Aber dann isch es nimmer gangen. Die Hand hot wegmiasen. Und danach hat der Stumpf einfach nicht heilen wollen. Ich hab solche Angst gehabt …«

»Wie ist es denn eigentlich zu …«, setzte Lissie an, doch dann bremste sie sich. »Möchten Sie vielleicht eine Weinschorle für den Kreislauf?«

Klara zögerte.

»Und ein Tiramisu für die Nerven?«

Das Gesicht der Frau hellte sich auf. »Wenn des der Heinrich wisset, dass i ganz ordinär im Lokal sitz, Wein trink und welsche Nochspeisen iss!«

Das Tiramisu zauberte den Anflug eines Lächelns auf ihre Lippen.

Als Klara fertig gegessen hatte, war sie bereit.

★★★

Wo blieb Emmenegger? Es war schon ein Uhr vorbei. Keine Nachricht, dass er sich verspätete. Auch keine Krankmeldung. Sie hatten zwei Mordfälle auf dem Tisch, und sein Mitarbeiter ließ den Tag gemütlich angehen.

Als das Telefon klingelte, hatte Pavarotti bereits eine harsche Standpauke auf den Lippen. Aber es war nicht Emmenegger.

Während er Lissie zuhörte, versteifte sich sein Rücken.

»Jetzt reg dich bloß nicht künstlich auf«, schallte es aus dem Hörer. »Ich hab mit der Frau zufällig am selben Cafétisch gesessen. So sind wir eben ins Gespräch gekommen. Dagegen kann auch dein Chef nichts einwenden.«

Pavarotti schnaubte.

»Mit deinen Brachialmethoden hättest du eh nichts aus ihr rausgekriegt«, verteidigte sich Lissie.

»Aber du, ja?«, fauchte Pavarotti.

»Ja, hab ich!«, sagte Lissie in selbstzufriedenem Ton. »Es war eine Schere, die Magnus Braunhofer seine Hand gekostet hat.«

Pavarotti rollte die Augen. »Wen interessiert's?«

»Dich möglicherweise. Weil es Michael Braunhofer war, der seinem Bruder die Schere in die Hand gerammt hat.«

★★★

»Was wollen Sie von mir? Ich weiß nichts.«

Das Redaktionsbüro war wie ausgestorben.

»Wo sind Ihre Kollegen?«

Magnus Braunhofer bedachte ihn mit einem feindseligen Blick. »Beim Essen, wo sonst? Glauben Sie im Ernst, ich will mir den ganzen Klatsch anhören, den die in der Kantine verzapfen?« Der Journalist spuckte auf den Redaktionsboden.

»Was Sie verzapft haben, waren Lügen.« Pavarotti zeigte mit dem Finger auf Braunhofer. »Sie haben Ihren Bruder ermordet, weil Sie sich an ihm rächen wollten. Und dann haben Sie einen Putzmann erschlagen, der Sie dabei beobachtet hat.«

»Welchen Putzmann?« Einen Moment lang wirkte Braunhofer irritiert. Dann gewann er seine Überlegenheit zurück. »Sie haben keine Beweise. Weil ich es nicht gewesen bin.«

Pavarotti zeigte mit dem Kinn auf Braunhofers Stumpf. »Vermutlich alt und rostig, die Schere damals. Und da haben Sie eine Infektion bekommen. Wirklich tragisch.«

»Wer hat Ihnen das gesagt?«, fuhr der Mann auf.

»Tut nichts zur Sache. Wenn Sie nicht endlich den Mund aufmachen, dann lasse ich Ihre Mutter ins Kommissariat zur Vernehmung bringen, basta. Dann werden wir ja sehen.«

Aus Braunhofers Blick sprühte der blanke Hass. »*Faccia da culo!* Lassen Sie meine Mutter in Ruhe, sonst …!«

»Sonst?«

Braunhofer schwieg trotzig.

»Sie können es sich aussuchen. Also?«

Braunhofers Blick irrte hin und her. »Ich hab keine Lust, die Sache vor einem Fremden auszubreiten«, sagte er widerstrebend.

»Auch nicht, wenn es um die Aufklärung von zwei Morden geht?«

»Es hat mit dem Mord nichts zu tun«, schrie Braunhofer. »Es handelt sich bloß um eine alte Familiensache, die niemand außer uns etwas angeht! Ich will nicht dran denken, verstehen Sie!«

»Glauben Sie, für Ihre Mutter ist es einfacher? Wollen Sie ihr das wirklich antun?«

Braunhofers Schultern sackten nach vorne. Er schluckte. Als er Pavarotti ansah, waren seine Augen stumpf.

»Lassen Sie sie da raus, Commissario. Bitte. Sie ist die Einzige, die …« Braunhofer räusperte sich. »Ohne sie wäre ich damals nicht wieder auf die Beine gekommen. Ich war erst fünfzehn. Fünfzehn! Plötzlich war alles weg, was vorher mein

Leben ausgemacht hat. Jeden Tag hab ich am Klavier geübt bis
zum Umfallen. Mein Vater hat mich angetrieben und gepie-
sackt, und ich hab geflennt, weil ich ihm nie gut genug war.
Trotzdem bin ich bei der Stange geblieben. Mein damaliges
Leben war eine einzige Schinderei, aber ich hab mich verdammt
gut gefühlt dabei.«

»Sie wollten Konzertpianist werden?«

Braunhofer biss sich auf die Lippen und nickte. »Als es passierte, hatte ich gerade den dritten Preis bei einem wichtigen
Talentwettbewerb gewonnen.«

Plötzlich wirkte Braunhofer um Jahre jünger. »In Berlin
war das. Der Steinway-Preis. Ich sitze da vorn auf dem Leder-
bänkchen, etwas erhöht, und schaue auf die Leute. Der Saal ist
riesig.«

Braunhofer lächelte, und seine Züge entspannten sich. »Die
Stühle sind mit Samt bezogen. Wie der schimmert, dunkelrot,
überall Wandleuchten, und die Decke ist aus dunklem Holz.
Diese Minute, bevor ich beginne, die lässt sich kaum beschrei-
ben. Dieses Rascheln, wenn sie sich hinsetzen und die Kleider
ordnen. Und dann wird's still im Saal. Alle halten die Luft an,
weil sie die ersten Töne nicht verpassen wollen. Die Wichtigen
in den ersten Reihen, die Juroren, die schauen auf deine Finger.
Weil sie sehen wollen, wie du diesen ersten Akkord setzt.«

Braunhofer streifte seine gesunde Hand mit einem Blick, als
sei sie bloß ein Stück Holz. »Ich habe Schubert gespielt an dem
Tag. Das Es-Dur-Impromptu No. 90. Immerhin ein würdiger
Abgang.«

Dann schaute er Pavarotti ins Gesicht. »Wieso hört das nicht
auf? Es gibt doch so was wie Verdrängung, oder? Warum funktioniert das bei mir nicht, wieso …?« Braunhofers Gesicht
verzerrte sich zu einer Grimasse.

Doch dann straffte er sich. »Nicht mehr zu ändern, oder?
Ich war gerade aus Berlin zurück. Vater hatte meinen Erfolg
natürlich schon vernommen. Als mich meine Mutter endlich
loslässt, sehe ich ihn in der Tür seines Arbeitszimmers stehen.
Dann kommt er auf mich zu und klopft mir auf die Schulter.

›Das erste Mal, dass du's nicht komplett vergeigt hast, Magnus‹, sagt er. Und dann zeigt er mir … egal. Das war das letzte Mal, dass wir mehr als ein paar Worte miteinander gesprochen haben.«

Braunhofer lehnte seinen Kopf an die Stuhllehne und starrte die Gipsplatten an der Zimmerdecke an. Ein paar Minuten blieb es still, bis auf das Summen eines Telefons, das im hinteren Teil des Büros ins Leere läutete.

»Was ist dann passiert?«

Braunhofer zuckte mit den Achseln. »Ich weiß nur noch, dass ich am Küchentisch stehe, mit den Händen auf der Zeitung. Im Feuilleton ist ein Artikel über den Wettbewerb. Ich in der Frankfurter Allgemeinen! Ich platze vor Stolz, rede in einem fort, erzähle irgendetwas. Mein Bruder lehnt mit dem Rücken am Kühlschrank und starrt mich an. Ich hab nicht weiter auf ihn geachtet. Das hätte ich besser tun sollen.«

Braunhofer atmete jetzt immer schneller. »Die Schere lag da. Ich weiß noch, dass ich sie weggeschoben hab beim Blättern. Vermutlich hatte Mutter sie rausgelegt. Zum Artikelausschneiden. Auf einmal hör ich ein Knurren, wie von einem Hund. Ich denk noch, was ist das denn, hat die Mutter denn …? Aber da war er auf einmal neben mir. Ich seh was Silbernes, Spitzes niederfahren. Bin wie gelähmt. Dann nur noch Schmerz …«

»Aufgewacht bin ich dann im Krankenhaus«, setzte Braunhofer wieder ruhiger hinzu. »Meine Hand hat sich angefühlt wie ein Ballon, der gleich platzt. Da war sie noch dran. Nach ein paar Tagen haben sie es mir dann gesagt.«

»Wieso hat Ihr Bruder das getan, Signore Braunhofer?«

»Ich würde meinen, dass das offensichtlich ist, Commissario.« Magnus Braunhofer hatte seine arrogante Überlegenheit zurückgewonnen. »Michael hat mich gehasst, seit ich denken kann. Hat mir wohl den Erfolg geneidet. Er war nirgendwo besser als der Durchschnitt.« Magnus Braunhofer zuckte die Achseln. »Ich kann mich nicht erinnern, dass mein Vater mehr als das Nötigste mit ihm gesprochen hätte. Das hat Michael wahrscheinlich gestunken.«

»Warum hat sich Ihr Bruder gerade diesen Moment ausgesucht? Was hat den Angriff auf Sie ausgelöst?«

»Woher soll ich das wissen, Commissario? Ich hatte hinterher was anderes im Kopf, als mich das zu fragen.« Seine Stimme hatte einen ätzenden Tonfall angenommen, aber die Augen wichen Pavarotti aus. »Man hätte ihn schon früher einsperren sollen. Diese schwarzen Klamotten, der Kerl sah aus wie der Blutsauger persönlich. Er hätte in die Klapse gehört. Aber meine Alten, die sind groß darin, alles unter den Teppich zu kehren.«

»Hassen Sie Ihren Bruder, Signore Braunhofer?«

»Was glauben Sie wohl? Der Kerl hat mein Leben kaputt gemacht, bloß weil er es nicht ertragen hat, dass ich es besser hatte«, spuckte Braunhofer. »Aber am meisten … am meisten … hasse ich …«

Ein dumpfer Schlag.

Entsetzt wich Pavarotti zurück. Braunhofer hatte mit seinem Stumpf mit solcher Wucht auf die Schreibtischplatte gehämmert, dass der zugenähte Hemdärmel vorne aufgeplatzt war.

»… meine eigene Dummheit. Dass ich damals geglaubt hab, es könnt was aus mir werden.«

Pavarotti sah, dass sich der Ärmel rot färbte. »Sie bluten!«, rief er erschrocken.

»Und wenn schon. Vielleicht krieg ich endlich mal die Blutvergiftung, die ich vor dreißig Jahren leider nicht bekommen hab, und kann krepieren. Ich bin fertig. Das war ich damals schon, und mein Alter hat das genau gewusst. Von einer Sekunde auf die andere hat der mich fallen lassen, als ob ich mich in Luft aufgelöst hätte.«

Braunhofer stand auf und riss das Fenster auf. Nach ein paar vergeblichen Versuchen schaffte er es, sich eine Zigarette anzuzünden. »Ich war gut, aber nicht talentiert genug. Und nicht hart genug für das Musikgeschäft. Ohne meinen Vater wär ich nie so weit gekommen. Früher oder später wär eh alles aus gewesen.«

Pavarotti holte tief Luft. »Signore Braunhofer, ich frage Sie jetzt noch einmal: Haben Sie Ihren Bruder ermordet?«

Braunhofer schloss die Augen, dann öffnete er sie wieder und schüttelte den Kopf. »Nein, ich war es nicht, Commissario. Ich wusste gar nicht, dass dieser Cabruni, über den ich geschrieben hab, mein Bruder ist. Ich hab den Kerl gar nicht getroffen. Wäre Zeitverschwendung gewesen, denn mehr als einen Einspalter war die Story eh nicht wert.«

»Bitte bleiben Sie vorerst in Meran und halten Sie sich zur Verfügung für weitere Vernehmungen, Signore«, sagte Pavarotti förmlich.

Magnus Braunhofer bleckte die Zähne und winkte ihm zum Abschied mit dem blutenden Stumpf zu wie eine chinesische Winkekatze.

10

Meran – Freitag, 27. Juli, am frühen Nachmittag

Kaum hatte Lissie das Nikolausstift betreten, verflüchtigte sich ihre Euphorie.

Das mulmige Gefühl, das sie in den letzten Tagen überkommen hatte, kehrte zurück. Sollte sie Pavarotti die Vorkommnisse in der Villa Speranza anvertrauen? Außerdem war da noch der mysteriöse Tablettenfund.

Nein. Noch nicht.

Pavarotti würde bloß wieder nicht zuhören. Oder ihr die Therapie madig machen. Was schadete es schon, wenn Matern glaubte, sie sei von der Presse? Umso mehr würde er sich bei ihr anstrengen.

Im Nikolausstift war kein Laut zu hören.

Ihr schlechtes Gewissen meldete sich. Sie war am Morgen aus dem Haus gerannt, ohne nach ihren beiden Schützlingen zu sehen.

»Justus! Spock!«

Keine Antwort. Kein Bellen.

Das Bett in Justus' Zimmer war unberührt.

Im Abfalleimer in der Küche herrschte dieselbe gähnende Leere wie gestern Abend, nachdem sie den Inhalt entsorgt hatte. Keine geöffneten Futterdosen. Lissies Magen zog sich zusammen. Wo war ihr Hund?

Mit einem Mal begann das Telefon im Flur mit einem unheilverkündenden Unterton zu läuten.

★★★

Warum ging sie nicht dran? Als Lissie sich endlich meldete, klang ihre Stimme beunruhigt, was seine eigene Sorge sofort vervielfachte.

»Er ist weg! Wie vom Erdboden verschluckt!«, rief Pavarotti statt einer Begrüßung.

»Um Gottes willen, wie konnte das bloß passieren? Ich hab Justus x-mal gesagt, er muss scharf auf ihn aufpassen, damit er nicht abhaut!«

Justus, der auf Emmenegger aufpassen soll, damit der nicht abhaut? Pavarotti schaute den Hörer in seiner Hand an.

»Er hat einen Chip. Damit müssten wir ihn eigentlich orten können!«

Jetzt redete sie ganz und gar irre.

»Himmel, wenn ich mir vorstelle, er könnte vor ein Auto gelaufen sein! Hoffentlich ist es noch nicht zu spät!«

»Lissie, was faselst du denn da?«, sagte er. »Spock geht's prima. Der sitzt vor mir. Ich rufe wegen Emmenegger an. Der ist verschwunden!«

***

»Jetzt mal schön der Reihe nach«, sagte Lissie. Der Hund schob Justus' Hand weg, trottete zu ihr und legte seinen Kopf auf ihren Oberschenkel. »Was genau ist passiert?«

Pavarotti stöhnte. »Wenn ich das bloß wüsste. Der Mann ist wie vom Erdboden verschluckt. Auch sein Einsatzwagen ist weg. Ich hab mir zuerst nichts dabei gedacht, als Emmenegger heute Morgen nicht zum Dienst erschien. Er sollte ein paar Spuren nachgehen. Als er den ganzen Vormittag nichts von sich hat hören lassen, hab ich bei ihm zu Hause angerufen.«

Pavarotti massierte seinen Nasenrücken. »Da kam dann raus, dass seine Frau und er sich getrennt haben. Er hat jetzt eine kleine Wohnung, oben in Dorf Tirol. Ich war vorhin dort. Ein Teller mit Spiegeleiresten stand auf dem Küchentisch, die garantiert nicht von heute Morgen sind. Die Zeitung steckte noch in seinem Briefkasten. Was auch immer passiert ist, es muss ihm schon gestern zugestoßen sein.«

»Sein Handy?«

»Mailbox.«

Lissie überlegte. »Wer hat ihn als Letzter gesehen?«

»So wie es im Moment ausschaut, war ich das selbst, gestern

Vormittag, vor dem Eingang der Burg. Wir haben uns über den zweiten Mord unterhalten. Dann ist er weggefahren, Richtung Lauben. Er wollte zu einem Geschäft, in dem Albrecht Klausner ebenfalls geputzt hat. Bloß dass er dort nie angekommen ist.«

»Und dann hatte ich die Idee, dass Spock ihn bestimmt findet!«, sagte Justus wichtig.

Auf einmal wurde die Tür des Kommissariats aufgerissen, und ein Mann in schwarzer Kutte stapfte herein. Lissie hatte den Mann zum letzten Mal gesehen, als er sich mit Klara Braunhofer unterhalten hatte. Der Pfarrer von Sankt Nikolaus sah aufgebracht aus.

»Bitte fahren Sie endlich einmal diesen Polizeiwagen weg, der hinter der Kirche parkt. Der Wagen steht jetzt schon seit gestern im absoluten Halteverbot, direkt vor der Tür zur Sakristei. Ich muss mich daran vorbeidrücken, wenn ich in meine Kirche will«, sagte er empört. »Hofft ihr vielleicht, dass der Heilige Geist in eure Fahrzeuge reinfährt, wenn ihr sie so nah wie möglich an die Kirche stellt?«

★★★

Spock hechelte, warf den Kopf hin und her und zerrte an der Leine.

»Langsam, mein Dicker«, sagte Lissie in ruhigem Ton und legte die Hand auf seinen Hals.

Die Passanten, denen sie begegneten, wichen zurück und starrten Spocks kupierte Ohren an. Um Emmeneggers Wagen zu erreichen, mussten sie durch die gesamten Lauben. Das bedeutete einen halben Kilometer dichtestes Touristengewühl. Lissie berührte Justus an der Schulter. »Es gibt keinen anderen Weg, oder?«

»Schon. Aber der ist inoffiziell.«

Der Junge bog von der Galileistraße in einen schmalen Zwischenraum zwischen zwei Häusern ein. Sie durchquerten Durchgänge mit der Aufschrift »privat«, passierten baufällige

Holztore und tauchten in Hinterhöfe ein, die Lissie völlig fremd waren.

Justus öffnete eine Tür, und plötzlich befanden sie sich in einer kleinen Kapelle unmittelbar an der Stadtmauer. Durch eine weitere Öffnung zur anderen Seite konnten sie das Heck eines Polizeiwagens sehen. Der Junge musste die Meraner Altstadt wie seine Westentasche kennen. Sie hatten die Lauben kein einziges Mal betreten.

★★★

Pavarotti zückte den Zweitschlüssel zum Dienstwagen. Als er ein Klacken hörte, zog er sich vorsichtshalber Schutzhandschuhe über.

Der Himmel möge es verhüten, dass der Wagen ein Tatort ist, dachte er und schaute zur Kirchturmspitze hoch, die als Funkantenne zum Allmächtigen ins wolkenlose Blau hineinstach.

Im Wagen selbst war nur eins festzustellen: eine Temperatur von gefühlten fünfzig Grad. Es stank nach Kartoffelchips. Bröselige Reste zierten die Polsterung des Beifahrersitzes und verteilten sich rund um den Schaltknauf.

Das Handschuhfach enthielt nichts außer der von Emmenegger überall gehorteten Notration: den obligatorischen Marsriegel, allerdings in einem nicht mehr essbaren Aggregatzustand.

Pavarotti ging zum Heck. Spock schlug an. Eine kalte Hand presste sich auf Pavarottis Brust, als er den Kofferraum entriegelte.

Zu seiner unendlichen Erleichterung befanden sich drinnen nur ein paar leere PET-Flaschen, ein Wanderstock, eine Flasche Frostschutzmittel, eine ausgemusterte Uniformjacke und eine angebrochene XXL-Packung BiFi, deren Inhalt genauso wenig genießbar war wie der Marsriegel. Das sah Spock völlig anders. Seine Zunge hing aus dem Maul.

Pavarotti schnappte sich die Jacke.

»Die müsste eigentlich reichen. Jetzt lasst ihn mal dran schnuppern. Und sagt ihm, ohne Fleiß kein Preis. Die BiFi rück ich erst hinterher raus.«

Lissie grinste und legte die Jacke zwischen Spocks Vorderbeine, der sofort seine feuchte Nase in den Stoff senkte.

»Und jetzt?«

»Was fragst du mich?« Lissie stemmte die Arme in die Seiten. »Bin ich vielleicht Hundeführerin oder was?«

»Nun stell dich doch nicht so an!«

Justus streifte beide mit einem genervten Blick. Dann sagte er zu Spock mit einer Stimme, mit der er mannhaft versuchte, seine Unsicherheit zu kaschieren: »Spock, such!«

***

Nach drei Stunden ließen sie sich erschöpft vor einer heruntergekommen Bar in Steinach nieder. Der Hund machte keinen Mucks, dazu war das Tier zu enttäuscht. Spock lag neben Lissie flach am Boden, Kopf zwischen den Pfoten. Nur seine Augen bewegten sich.

Emmeneggers Spur hatte zum vorderen Eingang von Sankt Nikolaus geführt, dann verlor sie sich. Zu viele andere Duftnoten.

Pavarotti hatte die Verzweiflungsthese aufgestellt, dass Emmenegger hinter der Kirche geparkt hatte, weil er nach Steinach gewollt hatte, wo es praktisch keine Parkplätze gab.

Also hatten sie die gesamte Altstadt abgegrast. Spock war es nicht gelungen, Emmeneggers Witterung aufzunehmen.

Der Wirt kam aus dem Lokal und hockte sich vor Spock hin. »Jo gea, wen hom miar iaz do? Des isch aber a gonz a Schneidiger!«

Spock schloss die Augen. Das erste Mal in seinem Leben fühlte Pavarotti eine tiefe Seelenverwandtschaft zu einem Hund.

Er lehnte den Kopf an die warme Hauswand. Wer auch immer Emmenegger aus dem Verkehr gezogen hatte, auf Lösegeld war er bestimmt nicht aus gewesen. Nur ein Geistesgestörter würde annehmen, in Emmeneggers Familie sei etwas zu holen.

»Vielleicht ist er in die Kirche rein?«

»Was?« Pavarotti wurde unsanft aus seinen Gedanken gerissen. »Wie kommst du denn darauf?«

Justus kaute an seiner Unterlippe. »Ich mein ja bloß. Weil die Spur da aufhört.«

»Hm.« Schweigen.

Dann: »Wollte er vielleicht beten?«

»Deswegen gehen die Leute normalerweise in die Kirche.« Justus schaute ihn empört an. »Wahrscheinlich hat er eine Kerze anzünden wollen, dass du aufhörst, ihn zu behandeln, als wär er doof.«

Betroffen schwieg Pavarotti. War er wirklich dermaßen herablassend?

»Er selbst ist es, der sich für nicht sonderlich schlau hält«, rechtfertigte er sich. »Hat mich gefragt, ob er seinen Job wohl packt.«

»Und wie hast du darauf reagiert?«

»Dass wir das erst hinterher wüssten«, sagte Pavarotti achselzuckend.

»Super!«, rief Justus. »Jeder andere hätt ihm auf die Schulter geklopft und gesagt, na klar packst du das. Aber du, du musst immer den Klugscheißer spielen, oder?«

Touché.

»Vielleicht hatte Emmenegger etwas vor, um dich zu beeindrucken?«, schaltete sich Lissie ein, die dem Schlagabtausch schweigend gefolgt war.

»Ich hab gesagt, seine Durchsuchungen seien … scheiße.« Pavarotti schlug sich an die Stirn. Abrupt stand er auf.

»Wir müssen zurück zu seinem Wagen.«

★★★

Chipsreste, das war alles. Sie fanden ihn weder auf dem Sitz noch in der Ritze neben der Tür, auch nicht auf dem Boden.

Der Schlüsselbund, den Emmenegger mit Schwung auf den Beifahrersitz geworfen hatte, blieb verschwunden.

»Garantiert waren Schlüssel zu allen Putzstellen an dem Bund«, sagte Pavarotti verzweifelt. »Wo ist er hin?«

»Er ist zur Wohnung von Albrecht Klausner«, sagte Lissie entschieden. »Weil du ihm die Durchsuchung nicht zugetraut hast. Er wollte dir zuvorkommen.«

»Aber ich war doch am Nachmittag …«, sagte Pavarotti.

Lissie hörte schon nicht mehr zu. »Klausners Wohnung ist gleich um die Ecke. Deswegen parkt der Wagen hier. Jetzt kommt endlich!«

***

Spock bellte schon im Treppenhaus. Als Justus mit ihm in die Wohnung stürmte, kannte der Hund kein Halten mehr. Er rannte schnüffelnd durch die Zimmer.

Von Emmenegger keine Spur.

»Wie auch?«, murmelte Pavarotti.

»Wir gehen mit ihm noch einmal zurück zum Hauseingang«, kommandierte Lissie.

Spocks Nase brauchte nur wenige Sekunden, und schon lief der Hund los. Nach wenigen Metern blieb er stehen und setzte sich.

»Aber das ist doch …«, entfuhr es Pavarotti. Sie standen am Eingang der Enoteca, die Albrecht Klausner betrieben hatte.

»Der Laden ist doch längst geschlossen«, murmelte er.

»Jetzt mach schon«, befahl Lissie. Kopfschüttelnd holte Pavarotti seinen Zweitschlüssel heraus, den ihm Albrecht vor Jahren gegeben hatte. Vielleicht passte er noch.

Kaum war die Tür offen, riss Spock sich los. Als sie in das Halbdunkel des Ladens traten, war entferntes Bellen zu hören.

Im gleichen Moment rief Justus: »Da liegt ein Handy auf der Fensterbank!«

»Nicht anfassen!« Pavarotti stürmte los. Eindeutig Emmeneggers Handy, uraltes Nokia-Brikett, und daneben lag Emmeneggers hässliche, von der Martl mit Edelweiß bestickte Handytasche.

Lissie schaltete das Licht ein. »Dahinten!« Und schon war sie in einer Türöffnung verschwunden.

»Du bleibst hier, Justus!«

Pavarotti begann zu rennen.

Ein paar Sekunden hörte er nur sein eigenes Keuchen, doch dann hallte der Gang von einem Laut wider, der durch die Akustik wie das Heulen eines ganzen Wolfsrudels klang. Spock, irgendwo vor ihm.

Pavarotti beschleunigte und wäre fast ins Schleudern gekommen, als der Gang eine scharfe Biegung machte. Um ein Haar wäre er auf Lissie geprallt. Eine Eisentür versperrte ihnen den Weg. Spock sprang an der Tür hoch und veranstaltete einen fürchterlichen Radau.

»Hinter dieser Tür ist er. Hundertprozentig.«

Vermutlich eine Art Kellergewölbe.

»Emmenegger, können Sie mich hören?«, schrie Pavarotti.

Keine Antwort.

»Bleib du hier. Ich hole Hilfe, hier ist kein Empfang«, rief er Lissie zu.

Pavarotti rannte. Sie brauchten schwere Artillerie, und zwar sofort. Keuchend erreichte er den Verkaufsraum.

Kohlgruber stellte keine dummen Fragen. In fünf Minuten würde er mit Hinterseiser, seinem besten Schlosser, und dem Gerätewagen inklusive Türramme und Druckluftkanone vor Ort sein. Der Hinterseiser bekam jede Tür auf.

Hoffentlich war es nicht zu spät.

***

Emmenegger war mit Verdacht auf leichtes Schädel-Hirn-Trauma ins Krankenhaus gebracht worden. Er hatte noch Glück gehabt.

Pavarotti sah sich um. Das Gewölbe, in dem der Sergente

niedergeschlagen worden war, entpuppte sich als fast perfektes Halbrund. Schreibtische aus Holz, hinter denen Holzbänke standen, gruppierten sich um ein Pult. In die Wand war eine Video-und-Sound-Anlage von Bose eingelassen, die Zigtausende gekostet haben musste. In der kuppelförmigen, nachtblau gestrichenen Decke saßen Hunderte von kleinen Halogenlämpchen. Wäre die schlechte Luft nicht gewesen, hätte man sich fast wie unter freiem Sternenhimmel fühlen können. Es war eine perfekte Inszenierung.

Pavarotti schnupperte. Ein schwacher Geruch nach frischer Farbe hing noch in der Luft.

Die meiste Aufmerksamkeit zog aber nicht die kunstvolle Raumgestaltung auf sich, sondern das, was die Wände bedeckte: Hunderte von sorgfältig gerahmten Schwarz-Weiß-Fotos.

Das Mauerwerk, das auf den Fotos zu sehen war, war fleckig. Aber die charakteristische Deckenwölbung war unverkennbar die des Raums, in dem Pavarotti sich befand.

Als er die Aufnahmen betrachtete, wurde ihm klar, was sich früher in diesem Gewölbe abgespielt hatte.

Deutschunterricht.

Die ältesten der Kinder schätzte er auf vierzehn, fünfzehn. Einige waren sicher erst eingeschult worden, ihre Beine baumelten über dem Boden. Einige Namen klangen vertraut. Zu seiner Überraschung entdeckte er einen Emmenegger. Einen Alfons. Das Foto war datiert. Pavarotti betrachtete den Jungen, der an jenem 5. Oktober 1942 breit in die Kamera gegrinst hatte. Die Augen sprachen eine andere Sprache.

Pavarotti fragte sich, wie sich Justus wohl verhalten hätte, wäre er in diesem geheimen Klassenzimmer aus dem Zweiten Weltkrieg unterrichtet worden. Hätte er zu denjenigen gehört, die dem Ernst der Lage trotzten, sich in die Bank lümmelten und feixten? Oder hätte er seine Angst nicht verbergen können und hätte still und mit großen Augen dagesessen?

Auf Deutschunterricht stand unter Mussolini Straflager.

Als Pavarotti bei den Fotos angekommen war, die hinter dem Pult hingen, sah er es. Auf der Innenseite des Möbels befand sich ein kleiner Tresor. Die Tür stand offen.

Der Tresor war leer.

11

Meran – Samstag, 28. Juli

Emmeneggers Blick hing an der Schnabeltasse auf seinem Nachttisch.

»Ein Schluck Tee?« Pavarotti reichte ihm die Tasse, die der Sergente mit zittrigen Händen an die Lippen setzte.

»Nur das Wichtigste, dann wird wieder geschlafen. Wie ist es passiert?«

»Kann mich nicht erinnern«, krächzte Emmenegger. »Hab mir die Fotos angeschaut, dann … schwarz.«

»Haben Sie da unten etwas gehört oder gesehen, was uns helfen könnte, Ihren Angreifer zu identifizieren?«

Emmenegger schüttelte den Kopf.

»Wie sind Sie überhaupt in den Laden gekommen? An Klausners Schlüsselbund gibt es keinen Schlüssel, der passt.«

»Tür … Spalt offen. Neugierig … geworden.«

Genau wie Pavarotti vermutet hatte.

»Kopfschmerzen?«

Gequält nickte der Sergente. Pavarotti beschloss, für den Moment nicht weiter zu insistieren. Seine zehn Minuten waren sowieso fast um.

Da richtete sich Emmenegger unter größter Anstrengung halb im Bett auf. »Der Keller …«

»Ich weiß, was das für ein Gewölbe ist«, sagte Pavarotti. »In dem Keller war eine Katakombenschule aus dem Zweiten Weltkrieg untergebracht.«

Er räusperte sich. »Ohne Sie hätten wir den Raum vermutlich nie gefunden. Gut gemacht, Sergente.«

★★★

Pavarotti saß auf einer Bank, die früher weiß gewesen war. Der alte Weinberg oberhalb des Grundstücks warf seinen Schatten über ihn.

Drinnen, hinter dem Küchenfenster des Nikolausstifts, war ein Umriss zu sehen. Lissie, die geschäftig hin und her huschte. Der Hund lag zu Pavarottis Füßen und hechelte.

Justus war nicht da. Wahrscheinlich klebte der Junge an einer Kletterwand im Passeiertal. Allein der Gedanke an diese körperliche Anstrengung trieb Pavarotti den Schweiß auf die Stirn. Ihn hatte es bereits erschöpft, den Chef des Grundbuchamts und einen Abteilungsleiter der Sparkasse am Wochenende aufzustöbern und in ihre Büros zu zitieren.

Als er aus dem Krankenhaus getreten war, hatte er auf einmal gewusst, was ihn bei der Durchsicht von Albrechts Unterlagen gestört hatte. Von Albrechts Konto waren keine Mietzahlungen abgebucht worden.

Es stellte sich heraus, dass Albrecht Klausner selbst der Eigentümer des Hauses am Pfarrplatz gewesen war, in dem er gewohnt und früher seine Enoteca betrieben hatte. Er hatte die Immobilie kürzlich einer Erbengemeinschaft für den lächerlichen Betrag von zweihunderttausend Euro abgekauft. Klausner hatte fünfzigtausend bar auf den Tisch geblättert. Die Sparkasse hatte ihm ein Hypothekendarlehen in Höhe von einhundertfünfzigtausend Euro gewährt.

Pavarotti hatte den Kopf geschüttelt. »Herr Klausner hätte mit seinen geringen Einkünften die Zinsen doch gar nicht aufbringen können.«

»Spielt für uns keine Rolle«, hatte der Leiter der Hypothekenabteilung gesagt und die Arme verschränkt. »Die Liegenschaft ist ein Vielfaches der Kreditsumme wert. Außerdem wollte Herr Klausner sehr schnell eine Sondertilgung vornehmen.« Der Bankmensch konsultierte seine Unterlagen. »Der Rückzahlungstermin wäre … übermorgen gewesen.«

Man brauchte nicht viel Phantasie, um den richtigen Schluss zu ziehen. Albrecht Klausner hatte seiner ersten Erpressung eine zweite, wesentlich höhere Geldforderung folgen lassen. Anstatt der hundertfünfzigtausend Euro hatte er dann allerdings einen tödlichen Schlag auf den Kopf bekommen.

Was war in dem Safe gewesen, das der Täter unbedingt

finden und beiseiteschaffen musste? Fotos, die ihn bei der Ermordung Michael Braunhofers zeigten? Ein belastendes Schriftstück? Albrecht war dumm genug gewesen, jeden seiner vielen Schlüssel zu beschriften. Der Mörder hatte den Schlüssel zur Enoteca und den Safeschlüssel an sich genommen und den Bund anschließend seelenruhig auf den Boden neben die Leiche gelegt.

***

Pavarotti beobachtete, wie Lissie mit einem schwankenden Tablett, auf dem ein Bierkrug und eine Weinflasche nebst Glas gefährlich kippelten, über die unebenen Trittplatten auf ihn zukam.

»Ich war heute im Krankenhaus. Ein paar Tage Bettruhe, und er ist wieder ganz der Alte«, sagte Pavarotti.

Lissie nickte nur. Dann sagte sie: »Du glaubst, dein Schwager ist ermordet worden, weil er ein altes Klassenzimmer retten wollte?«

Pavarotti fing das Weinglas gerade noch auf. »So wie du das darstellst, klingt es ausgesprochen nobel. Hier geht's aber nicht um ein Kavaliersdelikt. Albrecht hat jemanden erpresst. Anscheinend hatte er den Verstand verloren. Ich hätte es merken müssen. Er hat schon die ganze Zeit Endzeitstimmung verbreitet und konfuse Reden geführt.« Über geldgierige Investoren, denen das Grundstück ins Auge steche. Über Komplettrenovierungen, Ausschachtungen und das unaufhaltsam näher rückende Ende einer historischen Gedenkstätte.

Warum war Albrecht die Katakombenschule so wichtig gewesen? Pavarotti war damals über Albrechts Rolle in dem Mordfall zu wütend gewesen, um seinem Schwager zuzuhören.

Und jetzt war es zu spät.

Pavarotti nahm einen Schluck Bier. »Ich tippe auf Magnus Braunhofer. Er war es, den Albrecht in der Mordnacht beobachtet hat.«

Lissie kaute auf ihrer Lippe herum und schwieg. Nach einer

Weile sagte sie: »Woher sollte ein Journalist wie Magnus Braunhofer fünfzigtausend Euro nehmen? Wahrscheinlich war die
erste Zahlung sogar höher, denn die Renovierung des Kellers
muss eine Menge Geld gekostet haben.« Sie hielt kurz inne.
»Außerdem glaube ich nicht, dass es so einfach ist.«
Pavarotti wurde ärgerlich. »Doch. Es ist so einfach. Michael
Braunhofer hat die Karriere und das Leben seines Bruders
zerstört.«
»Welches Leben? Welche Karriere?«, entgegnete Lissie.
»Magnus hatte gar kein eigenes Leben. Er existierte bloß von
seines Vaters Gnaden. Heinrich Braunhofer hat seinen Jüngsten
dressiert wie ein Zirkuspferd. Ich könnte mir vorstellen, dass
der Junge erleichtert war, als alles vorbei war.«
»Grandiose Fehleinschätzung. Ich habe mit dem Mann gesprochen.«
»Und ich mit Klara Braunhofer«, konterte sie. »Die ganze
Familie ist zerrüttet. Und das mittlerweile in der dritten Ge-
neration. Da sind noch viele Rechnungen offen. So viele
Untiefen, die wir nicht kennen.«
Pavarotti presste die Lippen zusammen. Er wollte nichts über
zerrüttete Familien hören.
»Kannst du dir vorstellen, was ein Kind empfindet, wenn es
von den Eltern so gut wie gar nicht zur Kenntnis genommen
wird? Michael muss ungefähr acht gewesen sein, als die Bega-
bung seines kleinen Bruders erkannt wurde. Ab diesem Zeitpunkt war er nicht viel mehr als ein sperriges Möbelstück, das
Platz wegnimmt. Klara Braunhofer sagt, ihr Mann habe Michael
nie beim Vornamen genannt. Er hieß immer nur ›der‹. Klara
hatte Anweisung, ihre Zeit nicht mit ›dem‹ zu verschwenden.
Wenn der Alte mitgekriegt hat, dass sie sich mit ihrem Ältesten
abgegeben hat, ist er dazwischengefahren.« Lissies Augen waren
groß und dunkel. »Diese Eltern haben ihren Sohn behandelt, als
ob er es nicht wert sei, zu leben. Dreißig Jahre früher hätten sie
ihn wahrscheinlich ohne mit der Wimper zu zucken ins Lager
eingeliefert.«
Sie beugte sich vor. »Als Heranwachsender war Michael

Braunhofer vermutlich bereits schwer gestört. Er hatte seine Lektion gelernt. Du bist ein Niemand. Keiner wird dir freiwillig etwas geben. Nur dann, wenn du sie zwingst. Oder sie zerstörst. Als Erstes war sein Bruder an der Reihe, der sein Zimmer bekommen sollte. Später sein alter Freund Emil Ladinser, weil der ihn erkannt hat und auf den gleichen Job scharf war.«

»Wie war das mit dem Zimmer?«

»Ach, das weißt du nicht?«, sagte Lissie. »Als Magnus Drittplatzierter in diesem Jugendwettbewerb wurde, hat sein Vater einen Steinway-Konzertflügel bestellt. Der passte aber nicht in Magnus' Zimmer. Michael als der älteste Sohn hatte das größere. Ein paar Minuten bevor es passierte, hat Klara Braunhofer den Vorschlag gemacht, Michael solle Magnus sein Zimmer abtreten. Seinen Zufluchtsort ... Da muss etwas in seinem Kopf ausgerastet sein.«

Pavarotti nickte langsam. »Das war es also.«

»Klara Braunhofer macht sich seit dreißig Jahren Vorwürfe, weil sie diesen einen Satz gesagt hat.« Lissie massierte sich die Schläfen.

»Mich wundert jetzt nicht mehr, dass der Junge abgehauen ist.« Pavarotti schüttelte den Kopf.

»Da fällt mir etwas ein.« Lissie griff sich ihre Handtasche. »Eines hab ich dir noch nicht gezeigt.« Sie wühlte und förderte ein kleines Viereck zutage.

»Michael ist am 5. Juli 1985 nicht mehr nach Hause gekommen. Ein paar Tage später hat Klara die Wohnung ausgeräumt. Das war, bevor die Familie zurück nach Meran ist. Dabei hat Klara Braunhofer unter dem Bett ihres Sohnes dieses Polaroid gefunden.«

Das Foto zeigte einen Jungen und ein Mädchen, beide im Alter von achtzehn oder neunzehn. Rechts neben dem Mädchen verlief eine Schnittkante. Es sah ganz so aus, als sei ursprünglich eine dritte Person mit auf dem Foto gewesen.

Lissie drehte das Foto um. »Schau, was da steht: ›Frankfurt, 1985, H.T. Emma, du gehörst mir!‹ Das klingt besitzergreifend, fast drohend, findest du nicht?«

»Ist das Michael Braunhofer?«

Lissie nickte. »Das Mädchen auf dem Foto hat Klara Braunhofer angeblich noch nie gesehen. Wir müssen wissen, wer das Mädel ist. Sie ist der Schlüssel zu Michael Braunhofers Verschwinden, das spüre ich.«

»Das spürst du.«

Lissie bedachte ihn mit einem giftigen Blick. Sie griff nach ihrer Lesebrille und starrte lange auf die Gesichter. Schließlich ließ sie das Polaroid sinken.

»Jetzt weiß ich, warum mir der tote Braunhofer so bekannt vorkam!«, sagte sie triumphierend. »Dieser Junge, der sieht Simon Le Bon zum Verwechseln ähnlich.« Sie wedelte mit dem Foto. »Diese geschürzten Lippen und diese Schlafzimmeraugen. Scheinbar ist die Ähnlichkeit geblieben. Ich war letztes Jahr in ihrem Konzert. Ich verstehe nicht, warum ich so lange gebraucht habe, um drauf zu kommen.«

»Ich versteh nur Bahnhof. Wer zum Teufel ist Simon Löbong?«

»Simon Le Bon. Was hast du in den Achtzigern gemacht, Winterschlaf gehalten?«, gab Lissie zurück. »Simon Le Bon ist der Leadsänger von Duran Duran. Die Band gibt's heute noch, aber ihre große Zeit war vor dreißig Jahren. Mensch, was für eine Ähnlichkeit!«

»Ja und?«

»Jetzt streng mal deine Phantasie an. Wenn der süße Simon die Bühne betrat, dann kriegten alle Mädels feuchte Höschen.«

»Sprichst wohl aus Erfahrung?«

Lissie wurde rot und streckte Pavarotti die Zunge heraus. »Hör doch mal zu. Wir sehen hier einen jungen Mann mit enormem Minderwertigkeitskomplex, der plötzlich merkt, dass die Mädels auf ihn fliegen. Er ist ein hübscher Junge, aber das sind viele. Er aber ist einzigartig, denn er sieht einem Megastar zum Verwechseln ähnlich. Jetzt hat er endlich etwas, womit er punkten kann. Sein Minderwertigkeitskomplex schlägt in Größenwahn um. Jetzt glaubt er, er kann jede haben. Ich will mir nicht ausmalen, was passiert, wenn er eine Abfuhr kassiert. So krank, wie er inzwischen ist …«

Sie zeigte auf das Mädchen. »Wetten, in diesem Mordfall geht es um irgendeine verkorkste Liebesgeschichte! Um dieses Mädel.« Lissie tippte auf das Zelluloid.

»Die Kleine auf dem Foto ist ein Schulmädel. Keine Femme fatale. Lissie, du phantasierst.« Pavarotti stand auf. »Es wird Zeit, dass wir Magnus Braunhofer einkassieren. Ich muss zu Alberti.«

»Warte, Luciano«, sagte Lissie schnell. »Die Klinik. Ich war seither ein paarmal dort und …«

»Stopp diese Therapie«, unterbrach sie Pavarotti. »Die bekommt dir nicht, das sieht ein Blinder. Deine Schnüffelei ist gänzlich überflüssig. Die Klinik war bloß der Tatort. Ansonsten hat sie mit dem Mord an Michael Braunhofer nichts zu tun.«

12

Meran – Montag, 13. August

6. Gesprächsprotokoll von Dr. Sigmund Frahm,
Kriminalpsych.

Nachmittagssitzung

Ich kann mich nicht beschweren. Es gibt ein kleines Internet-
Center im Knast, und in einer halben Stunde kann man eine
Menge herausfinden. Dr. Damian Frahm. So hieß er, Ihr Vater. Damian. Meine
Güte, das klingt ja fast wie Dorian.
Vielleicht führen ähnliche Namen zwangsläufig zu einer
gewissen Duplizität der Ereignisse. Wer weiß?
Ein paar Dinge sind in der Tat auffällig. Ihr Vater ist im sel-
ben Jahr von der Bildfläche verschwunden wie Dorian. Nämlich
1985. Und beide Male geschah es unter recht … mysteriösen
Umständen.
Ich frage mich, warum der Bericht im »Südtiroler« so kurz
war. »Dr. Damian Frahm wurde am Morgen des 6. September
unter ungeklärten Umständen tot in seinem Arbeitszimmer
aufgefunden.« Mehr stand nicht in der Zeitung, obwohl Ihr
Herr Papa eine bekannte Persönlichkeit war.
Eine kleine Gefälligkeit des Verlegers, hmm?
Ich vermute, es war Selbstmord. Ihr gequälter Blick spricht
Bände, Herr Doktor.
Sehen Sie ihn vor sich, wie er dalag in seinem Blut? War
es vielleicht sogar der junge Sigmund, der seinen toten Vater
gefunden hat? Vielleicht ist Ihre Geschichte sogar besser als meine.
Mich beschleicht das Gefühl, dass ich mich ein wenig ins
Zeug legen muss. Nun, eine meiner schönsten Geschichten hab
ich sowieso noch nicht erzählt.
Eine von Dorians Wetten, die ich nie vergessen werde.

Eines Sonntagnachmittags fuhren Dorian, Emma und ich mit dem Aufzug hoch ins Drehrestaurant vom Henninger Turm, das wie üblich brechend voll war. Wir ergatterten den letzten Tisch.

Gleich darauf begannen wir, die Bühne für unseren Auftritt vorzubereiten. Dorian hatte gewettet, dass es keine volle Umdrehung dauern würde, bis einer der Nebentische die Segel strich. Die Wette lief ab dem Zeitpunkt, an dem unser Giftgasangriff einsetzte.

Hinter uns saß eine Familie mit zwei kleinen Mädchen. Die optimalen Komparsen.

Sofort verschwand Emma in Richtung Toilette, um den Inhalt einer ganzen Flasche »Poison« auf ihrer Haut, den Haaren und ihren Klamotten zu verteilen.

»Poison«, sagt Ihnen das etwas? Als das Parfüm auf den Markt kam, waren Sie wie alt? Ich schätze dreizehn, vierzehn. Bestimmt waren Sie ein stilles Wasser. Bei erwachsenen Frauen bekamen Sie Stielaugen, aber getraut haben Sie sich garantiert nicht. Ich kann förmlich sehen, wie sich der junge Sigmund im Flur vor der Praxis an den Mänteln reibt, die nach dem Parfüm riechen, und danach auf der Toilette verschwindet. Derweil liegen die frustrierten Trägerinnen der Mäntel beim Papa auf der Couch, um sich über ihr dürftiges Liebesleben zu beklagen.

»Poison« war besser als jeder Psychiater. Es bewirkte, dass sich die Männer umdrehten.

Ich sehe es an Ihrem Gesicht. Sie erinnern sich.

Emma kam aus der Toilette und roch derart nach Puff, dass der Kellner vor ihr zurückwich. Ich hörte Dorian leise kichern.

Meine Schwester setzte sich zu uns, an die Tischseite, die direkt an den Tisch mit den Kindern grenzte, und machte ein Pokerface. Es dauerte keine Minute, da stand eins der beiden kleinen Mädchen neben uns und sagte mit einer dieser durchdringenden Kinderstimmen, die einen ganzen Raum beschallen können: »Mami, warum stinkt die Frau da so?«

Überall ruckten Köpfe, die Leute lachten und starrten

Emma an. Der Kellner eilte herbei und berührte Emma an der Schulter. »Ich muss Sie bitten, das Restaurant zu verlassen. Wir achten hier auf ein … gewisses … Publikum.« Derselbe Kellner übrigens, der jedes Mal gierige Augen bekam, sobald er Emma lachen hörte, und der einmal extra seinen Fotoapparat mitbrachte, damit er sich mit ihr ablichten lassen konnte.

Mit hochrotem Kopf schob meine Schwester ihren Stuhl zurück und rannte hinaus. »Geh ihr nach«, sagte ich zu Dorian. »Wahrscheinlich ist sie oben, an der frischen Luft. Könnte jedenfalls nicht schaden.«

Als ich auf die kleine Aussichtsterrasse über dem Restaurant trat, lachte ich immer noch.

Dorian stand da, an ein Münzfernrohr gelehnt, und streichelte Emma, die heulend an seinem Hals hing.

Ich sehe ihn vor mir, wie der Feldberg hinter ihm vorbeizieht. Die Sonne kommt raus und bringt seine Sternsaphiraugen zum Glühen, als er meine Schadenfreude registriert.

13

Meran – Sonntag, 29. Juli, am späten Nachmittag und Abend

Der Rote in der Weinstube Renzinger schmeckte diesmal bitter. Sie trank ihn trotzdem.

Die Vergrößerung des Fotos, das Lissie in einem Fotoladen hatte anfertigen lassen, gab auch nach intensivem Betrachten nur wenig preis. Lissie machte der Kellnerin ein Zeichen, dass sie zahlen wollte.

Ein letztes Mal strich sie das DIN-A3-Papier auf dem Bistrotischchen glatt.

Was war das für ein unscharfer Umriss im Hintergrund des Fotos, zwischen dem Jungen und dem Mädchen? Ein dunkler Fleck. Seine Form erinnerte Lissie vage an eine Schachfigur. Einen Bauern.

Frankfurt, 1985, H.T.

H.T.

Auf einmal durchzuckte sie die Erkenntnis. Die Figur im Hintergrund war der Fernmeldeturm auf dem Feldberg im Taunus. Man konnte ihn von vielen Aussichtspunkten in Frankfurt gut erkennen, aber nur einer davon ließ sich mit H.T. abkürzen.

Der Henninger Turm, der alte Kornspeicher der Henninger Brauerei. Oben war ein Restaurant untergebracht gewesen, das sich drehte. Sie war selbst einmal dort gewesen, in ihrem ersten Winter in Frankfurt, kurz nach ihrem Start bei der Dresdner Bank.

Sie schloss die Augen. Sachsenhausen, Dezember 1990. Die Weihnachtsfeier hatte wegen heftiger Schneefälle früh angefangen. Irgendwann hatten sie sich nach draußen auf die kleine Plattform verkrümelt, Alexander und sie. Plötzlich war Lissie auf einer vereisten Stelle ausgerutscht, und Alexander bekam sie gerade noch am Mantelkragen zu fassen. Dann tat er das, worauf sie die ganze Zeit gehofft hatte. Als sie sich voneinander lösten, zeigte er auf den Großen Feldberg, der noch als bläulicher Schemen durch den Schneefall zu erkennen war. »Im Sommer machen wir mal 'ne kleine Spritztour mit der Harley da hoch, ja?«

Ganz benommen hatte sie genickt. Sie hasste Motorräder inbrünstig und wünschte sich, dass der Berg mitsamt dem Fernmeldeturm obendrauf verschwände, bevor der Sommer kam. Aber mit der Zeit waren es andere Dinge gewesen, die verschwanden. Alexander …

In einem anderen Land, in einer anderen Zeit …

Sollte sie …?

Unentschlossen scrollte sie durch den Telefonspeicher ihres Handys. Bevor sie es sich anders überlegen konnte, wählte sie eine Nummer, die zu einer Finanzzeitung in Frankfurt gehörte. Nach dem ersten Freizeichen drückte Lissie den Anruf weg und ließ das Gerät sinken. Zehn Sekunden später klingelte es. Lissie starrte das Gerät an.

»Mensch, dass du dich auch mal meldest!« Alexander klang vorwurfsvoll. Als wäre sie es gewesen, die Schluss gemacht hatte.

»Könntest du etwas für mich erledigen?«, sagte sie, statt auf seine Bemerkung einzugehen. »Es geht um den Henninger Turm.«

»Den Henninger Turm? Na, wenn das kein Zufall ist.«

»Wieso?«

»Ich schreib gerade eine Geschichte darüber. Immobilienskandal. Anstatt diesen Schandfleck von Sachsenhausen für immer abzureißen, soll der hässliche Kasten wieder aufgebaut werden. Mit Luxuswohnungen.«

»Und wo ist der Skandal? Bist du jetzt unter die Ästheten gegangen?«

»Quatsch. Der Fonds, der das Ganze finanzieren soll, ist pleite, und die Anleger schauen in die Röhre. Also, was soll ich für dich tun? Ein Anruf, höchstens«, sagte Alexander. »Ich muss Geld verdienen. Nicht jeder ist so ein Abfindungsgeier wie du.«

Die Attacke war so aus dem Nichts gekommen, dass es Lissie die Beine wegzog. Die Tränen schossen ihr in die Augen. Zornig wischte sie sie weg.

»Ich will, dass du einen Kellner vom Drehrestaurant ausfindig machst. Aber keine Aushilfe, sondern einen, der lange dabei war. Möglichst das komplette Jahr 1985. Noch besser wäre auch das Vorjahr. Ich maile dir ein Foto mit zwei Jugendlichen. Es ist unter Garantie da oben auf der Plattform aufgenommen worden. Vielleicht erinnert sich jemand an die beiden.«

Die Chance war minimal. Aber vielleicht …

Sie gab Alexander die Nummer vom Nikolausstift durch.

»Du bist in Meran? Da warst du doch schon im Frühjahr. Hast du da unten jemanden?«, fragte er misstrauisch.

»Nein«, sagte Lissie. »Nicht, dass es dich was anginge.«

Verlegene Pause. »Wollen wir mal wieder essen gehen, wenn du zurück bist?«

Lissie richtete sich kerzengerade auf. Glaubte Alexander, dass er sie ab- und wieder anschalten konnte, so wie es ihm passte?

»Mal sehen«, sagte sie vage.

»Na dann. Ich melde mich, wenn ich was habe«, sagte Alexander. »Viel Spaß noch mit deinem schneidigen Lederhosen-Lover.«

14

Meran – Montag, 30. Juli, tagsüber

Als Pavarotti seine Hände in das Wasser tauchen wollte, merkte er, dass der Brunnen abgestellt war. Auf dem glühend heißen Innenhof der Polizia Municipale fühlte sich Pavarotti wie ein durstiger Mann in der Wüste.

Die bevorstehende Verhaftung von Magnus Braunhofer hatte sich als Fata Morgana erwiesen. Polizeichef Alberti, dem die Verdachtsmomente gegen Braunhofer höchst ungelegen kamen, hatte Pavarotti Insubordination vorgeworfen. Dann hatte sich Alberti darauf gestürzt, dass die DNA-Analyse noch nicht vorlag. »Also wissen wir überhaupt nicht mit Sicherheit, dass es sich bei diesem ... äh ... Cabruni wirklich um Michael Braunhofer handelt?«

»Direttore, gerade kam der Anruf von der Gerichtsmedizin. Emil Ladinser hat Braunhofer id–«

»Hören Sie mir auf mit dem!«, unterbrach ihn Alberti. »Dieser alte Säufer. Stellen Sie sich vor, die DNA-Analyse ergibt, dass der Tote überhaupt nichts mit den Braunhofers zu tun hat! Sind die Blutgruppen wenigstens kompatibel?«

Die Blutgruppen passten. Klara hatte Blutgruppe 0, Heinrich Braunhofer A. Ebenfalls A bei Magnus Braunhofer und dem Toten aus der Klinik.

Trotzdem hatte ihn Alberti mit einem ungnädigen »Wir warten!« entlassen.

Merdosa politica!

Zur Strafe für seinen Fluch klingelte Pavarottis Handy. Pavarotti schloss die Augen. Es war Dr. Frahm.

Er verstand anfangs nicht, was der Mann von ihm wollte.

»Kann das bis morgen warten? Heute habe ich noch ...«

Konnte es nicht.

***

Anselm Matern war der Erste, der den Stier bei den Hörnern packte.

Aber warum fühlte sie sich mittlerweile nach jeder Sitzung schlechter als zuvor? Der Druck hinter Lissies Augen nahm zu. Die schwarze Welle leckte an ihrer Bindehaut. Wenn Lissie nicht aufpasste, würde sie über die Augenhöhle nach draußen schwappen und ihr Gesichtsfeld verdunkeln.

Lissie rieb sich die Augen. Sie wurde das Gefühl nicht los, dass sich Matern über sie amüsierte. Sie schüttelte es ab. Dieses Gefühl wurde ihr lediglich von dem Teil ihres Ichs vorgegaukelt, der sich partout nicht helfen lassen wollte. Mit Sicherheit verfolgte Matern eine Art Provokativtherapie, und es wäre das Beste, sich tatsächlich einmal auf etwas einzulassen.

Er hatte sie dort erwischt, wo sie es nicht erwartet hatte.

Ob sie schon Freunde in Meran gefunden habe?

»Ich fand ... Hanna nett. Hanna Landsberg«, sagte Lissie in der Hoffnung, Matern würde den Köder schlucken. Als der Psychiater ein Wolfslächeln aufsetzte, wusste sie, dass sie einen Fehler gemacht hatte.

»Eine Patientin? An gesunde Menschen trauen Sie sich nicht heran, Frau von Spiegel? Wie steht es denn beispielsweise mit Ihren Arbeitskollegen? Welches Verhältnis haben Sie zu ihnen?«

Plötzlich war Lissie auf der Hut.

»Gar keines. Ich bin freiberuflich tätig«, sagte sie und schaute Matern herausfordernd in die Augen.

»Wer ist Ihre beste Freundin?«

»Ich habe keine«, rutschte es ihr heraus.

Matern sagte nichts. Das Schweigen dehnte sich aus.

»Das heißt, ich hatte mal eine, ein Jahr lang, so in etwa«, stammelte sie. Zweiter kardinaler Bock.

Matern musterte sie. »Was ist passiert?«

»Wir haben uns nicht mehr getroffen.«

»Wieso nicht?«

»Es hat sich herausgestellt, dass ich Falco-Fan war und sie ihn nicht leiden konnte.« Es war das Erste, was ihr eingefallen war.

»Na, wenn das kein Trennungsgrund ist!« Er zwinkerte ihr zu, aber seine Stimme klang boshaft. »Immer dieses morbide ›Out of the dark, into the light, the light, the light‹. Ziemlich bezeichnend, finden Sie nicht auch? Dieser Zwiespalt in Ihnen. Ihre Todesangst. Und Ihre Todessehnsucht. Erinnern Sie sich, wann diese Gefühle bei Ihnen angefangen haben?«

Lissie starrte ihn an.

Matern griff nach ihrer Hand und drückte sie. »Ich spüre, wie wütend Sie auf Ihre Freundin sind. Aber jetzt mal ehrlich: Können Sie es ihr wirklich verdenken, dass sie den Kontakt abgebrochen hat?«

✳✳✳

Lissie klopfte an die Tür der Klinikapotheke. Sie musste das starke Schlafmittel, das ihr Matern verschrieben hatte, unbedingt jetzt haben. Jetzt sofort.

Als sich die Tür öffnete, fuhr sie zurück. Vor ihr stand der Pfleger, der ihr neulich mit der Spritze gedroht hatte.

»Sie …?«

»Was wollen Sie?«, fragte er unfreundlich und deutete auf einen Aushang. »Können Sie nicht lesen? Es ist fast sieben. Nur noch Akutfälle um diese Zeit.«

»Ihr Chef hat mir die Tabletten eben erst verschrieben«, sagte sie fester, als ihr zumute war. »Er möchte, dass ich schon heute Abend mit der Einnahme beginne.«

Der Mann riss ihr das Rezept aus der Hand und verschwand nach hinten.

Lissie war perplex.

Wieso war der Kerl noch hier? Vermutlich lag eine Verwechslung vor. Sie hatte Matern neulich ja nicht sagen können, wie die Pfleger hießen, die Paul Tschugg aufs Bett gedrückt hatten.

Lissie beäugte den Aushang mit den Öffnungszeiten, auf dem auch die diensthabenden Pfleger vermerkt waren. Ein Bruno Slawicz hatte gerade den Nachtdienst angetreten.

Ihr fiel auf, dass der Mann seit Wochen Nachtdienst schob. Seltsam. Sie zog ihr Handy heraus und wählte Pavarottis Nummer.

Ein leises Geräusch ließ sie herumfahren. Bruno Slawicz stand lächelnd hinter ihr, eine Medikamentenpackung in der Hand.

★★★

Die Villen auf beiden Seiten des Winkelwegs schienen ihn aus sicherer Distanz hinter Hecken und Gartenpforten zu beobachten.

Pavarottis Mailbox meldete sich mit einer kurzen Nachricht. »Ich bin in der Klinik. Ich weiß einfach nicht ...«

Dann knackte es in der Leitung. Rauschen.

Er stöhnte. Warum tat sich Lissie diese Behandlung an? Der Fall war doch so gut wie aufgeklärt. Außerdem würde er seinen Durchsuchungsbeschluss für die Villa Speranza jetzt bekommen, sollte es doch noch nötig werden.

Er wählte ihre Nummer. Zu seiner Überraschung hörte er statt eines Freizeichens Discomusik. Synthesizer dröhnten in sein Ohr: »I'm hungry like a wolf ...« Machte Lissie sich erneut über ihn lustig? Zuerst der Aufkleber, und nun ... Zorn brandete gegen seine Stirn.

Plötzlich hörte er, wie der Sänger plärrte: »I'm on the hunt, I'm after you ...«

Pavarotti bekam einen knallroten Kopf. »Verschont mich doch endlich alle mit dieser vermaledeiten Klinik!«, schrie er in den Hörer. »Der Fall ist aufgeklärt. Und du kannst endlich wieder verschwinden, zurück nach Frankfurt!«

★★★

Schweren Herzens nahm Pavarotti in dem blauen Sessel Platz. Er war es so leid, über psychische Probleme zu sprechen.

Doch dann begrüßte ihn der Sessel mit einem Knarzen,

wie ein vertrauter Freund, und nahm klaglos und ohne Spott seine Fülle in sich auf. Pavarotti dachte, dass er vielleicht längst bei Dr. Frahm in Therapie war und es lediglich nicht gemerkt hatte. Wie immer schien es Frahm auch diesmal schwerzufallen, den Anfang zu finden. Der Psychologe starrte aus dem Fenster. Pavarotti fühlte sich unbeschreiblich müde. Die Augen fielen ihm zu. Was schadete es schon? Er konnte zurzeit sowieso nichts unternehmen.

Seine feinen Ohren fingen ein leises, tickendes Geräusch auf. Pavarotti erinnerte sich an ein silbernes Ührchen auf einer Kommode. Je länger die Stille dauerte, desto lauter schien das Ührchen zu ticken.

»Ich hatte bei unserem letzten Treffen ja angekündigt, dass ich mich melden würde, Commissario«, hörte er Frahm schließlich sagen. »Es geht um Sylvie Steyrer.«

Pavarotti öffnete die Augen zur Hälfte.

Frahms Blick glitt über die Regale, als suche er die Antwort in seinen Büchern. »Ich dürfte Ihnen das überhaupt nicht sagen.«

Pavarotti richtete sich auf. »Jetzt bin ich aber gespannt, Dottore.«

»Nun.« Dem Psychologen war offenkundig nicht wohl in seiner Haut. »Sie wissen ja, dass Psychiatriepatienten bei uns in Italien nicht zum Aufenthalt in einem privaten Sanatorium gezwungen werden können. Sie dürfen grundsätzlich nicht eingeschlossen, geschweige denn am Bett fixiert werden.«

Dr. Frahm nahm einen Schluck Wasser. »Sylvie Steyrers Mann hat ein Dokument vorgelegt, in dem seine Frau sich selbst in die Klinik einweist. Im Klinikalltag ist der freie Wille des Patienten allerdings nicht immer gegeben. Viele psychisch Kranke können ihre Impulse nicht kontrollieren und verletzen dabei sich und andere. »In diesem Fall …«, Dr. Frahm hielt kurz inne, »… gibt es keine andere Möglichkeit, als Medikamente zu verabreichen, um den Erregungszustand der Patienten zu dämpfen. Wie im Fall von Sylvie Steyrer. Deshalb wird immer wieder überprüft, ob ein stationärer Aufenthalt im Einzelfall angemessen ist.«

Frahm holte Luft. »Es kommt vor, dass ich solche Gutachten auch auf Betreiben von Privatpersonen erstelle.«

Frahm beugte sich vor. »Bei Sylvie Steyrer war es die Schwester, die gegen den Klinikaufenthalt Sturm gelaufen ist. Sie behauptet, bei der Verfügung ihrer Schwester sei es nicht mit rechten Dingen zugegangen. Die Schwester lebt in Deutschland, hat Sylvie Steyrer aber regelmäßig in Innsbruck besucht, das letzte Mal einen Monat vor der Einweisung. Sylvie hatte angeblich bei diesem Zusammentreffen keinen einzigen Schnitt an den Armen.«

Frahm hüstelte. »Nun. Die Schwester gab zu Protokoll, Sylvie sei immer schon ein wenig überdreht gewesen. Klamotten, Partys, Geld vom Papa. Sie beschrieb sie als oberflächlicher und lebenslustiger, als ihr guttat, aber trotzdem ... fröhlich. Im Grunde ein positiv eingestellter Typ. Keine Selbstmorddrohungen oder andere Anzeichen für einen bevorstehenden Suizidversuch. Sylvie Steyrer trank wohl in letzter Zeit mehr als gewöhnlich. Etwas habe sie stark beschäftigt, sie habe aber nicht mit ihrer Schwester darüber reden wollen.«

Frahm seufzte. »Dass Verwandte die Anzeichen psychischer Krankheiten bei einem nahestehenden Menschen nicht wahrhaben wollen, ist eher der Normalfall als die Ausnahme, Commissario. Aber die Schwester ... nun. Ich habe mit ihr gesprochen. Schulrektorin, glaube ich. Sie schien mir ... resolut. Nicht der Typ, der Problemen ausweicht. Was mich aber am meisten überzeugt hat, war, wie differenziert sie Sylvie beschrieben hat. Keine Scheuklappen. Andererseits: Eine Störung kann auch innerhalb eines Monats voll aufblühen. Bei der entsprechenden Prädisposition ... und einem Trigger ...«

Frahm hielt inne und schaute wieder aus dem Fenster.

Psychokauderwelsch. Worauf will der Kerl eigentlich hinaus?

»Nun. Ich hatte mehrere Gespräche mit Sylvie Steyrer. Sie zeigte eine Reihe von Symptomen, die auf eine Borderline-Störung hindeuten. Sie ...« Er unterbrach sich. »Nein. Ich

274

möchte Sylvies Persönlichkeitsrechte nicht noch mehr verletzen, indem ich hier Details ausbreite. Die nützen Ihnen sowieso nichts. Aber … nun. Etwas störte mich, doch es waren nur kleine Punkte, die nicht in das Gesamtbild zu passen schienen. Ich hatte keinen handfesten Grund, die Diagnose anzuzweifeln.«

»Aber Sie waren nicht ganz zufrieden?«

Frahm schüttelte den Kopf. »Es kam ein paarmal vor, dass ich Sylvies Verhalten eine Grenze setzen musste. Sie stellte … nun … unmissverständliche Forderungen an mich, denen ich natürlich nicht nachkommen konnte. Daraufhin reagierte sie beleidigt. Sie … äh … sie schmollte. So wie neulich bei Ihnen.«

»Ja und?«

»Wie soll ich Ihnen das erklären?« Frahm überlegte kurz. »Borderliner überfordern andere Menschen mit ihrem Wunsch nach Nähe und Zuwendung. Funktioniert das nicht, dann kommt es sehr oft zu einem spontanen, in seiner Heftigkeit völlig unangemessenen Wutausbruch.«

Er hielt inne. »Vielleicht verstehen Sie jetzt, dass ich ausgesprochen überrascht war, als dieser Borderline-Zorn bei Sylvie ausblieb, und zwar durchgängig. Und als Sie mir neulich sagten, dass auch bei Ihnen …« Frahm verstummte.

»Und da ist noch etwas«, fuhr er nach ein paar Augenblicken fort. »Sylvie hatte unmittelbar vor ihrer Aufnahme in die Villa einen Selbstmordversuch unternommen. Ich habe mir die Schnitte an ihrem Arm angesehen. Sie verliefen zwar längs, konnten aber nicht sehr viel tiefer als die anderen Ritzungsschnitte gewesen sein, die den ganzen Arm bedeckten, und sie hatte auch die Vene nicht getroffen. Ich glaube nicht, dass sie die Selbsttötung wirklich ernst gemeint hat. Nun, auch das kommt häufig vor.«

Frahm biss sich auf die Lippen und suchte Pavarottis Blick. »Alle ihre Verletzungen sahen recht frisch aus. Mir wurde gesagt, Sylvie kratze den Schorf ständig wieder auf.« Frahm zuckte mit den Schultern.

Pavarotti war nachdenklich geworden.

275

»Wahrscheinlich ist meine Phantasie mit mir durchgegangen«, hörte er den Arzt murmeln. »Aber als Sie mir beim letzten Mal sagten, dass Sie den Täter in der Villa Speranza vermuten … Ich möchte nicht, dass andere Patienten in Gefahr sind. Und da habe ich gedacht, alles könnte wichtig sein …«

Plötzlich kam Pavarotti zu Bewusstsein, dass der Fall ja so gut wie aufgeklärt war. Er rappelte sich aus dem Sessel hoch. »Ich bin Ihnen wirklich dankbar. Aber es besteht kein Grund zur Sorge. Wir haben inzwischen einen Hauptverdächtigen außerhalb der Klinik, auf den alle Hinweise deuten.«

Dr. Frahm schaute ihn an. »Darf ich erfahren, wer es ist?«

Das war zwar vertraulich, aber angesichts der Tatsache, dass auch Frahm über seinen Schatten gesprungen war …

»Es handelt sich um den Bruder des Toten.« Während sie zur Tür gingen, schilderte Pavarotti ihm den Fall in groben Zügen, aber ohne den Familiennamen preiszugeben.

Frahm blieb stehen.

»Entschuldigen Sie, Commissario, dass ich mich in Ihre Ermittlungen mische. Bitte nehmen Sie mir meine Meinung nicht übel.«

Pavarotti schüttelte den Kopf und lächelte.

»Das psychologische Profil des Verdächtigen, so wie Sie ihn mir geschildert haben, passt aus meiner Sicht nicht zu der Tat«, sagte Frahm vorsichtig.

»Aber sein Bruder hat ihn schwer verletzt und seine Pianistenkarriere zerstört!«, begehrte Pavarotti auf.

»Das mag schon sein«, erwiderte Frahm. »Aber es war der Vater, der seine Seele zerstört hat. Zuerst hat er seinen Sohn zum Objekt seiner Wünsche gemacht. Der Junge war mit Sicherheit nie in der Lage, eine eigenständige Identität zu entwickeln. Und dann, aus heiterem Himmel, kam die endgültige Abwertung durch sein Ideal. Seelische Verletzungen schmerzen oft noch viel mehr und heilen weit schlechter als körperliche.«

»Na, in diesem Fall war die körperliche Verletzung ziemlich endgültig«, versetzte Pavarotti trocken. Er schüttelte den Kopf. »Bei allem Respekt, Dottore. Magnus … äh … der Verdächtige hat ausgesagt, er könne verstehen, dass ihn sein Vater ablehnt. Der Mann hält sich selbst für den totalen Versager.«

Dr. Frahm lächelte mechanisch. »Seinem Vater die Schuld zu geben, bringt er nicht fertig. Viel einfacher ist es, sich selbst zu hassen.«

Pavarotti stöhnte innerlich. Wäre es allzu unhöflich, sich jetzt zu verabschieden?

Frahm musterte ihn und öffnete die Tür. »Verstehen Sie mich nicht falsch, Commissario. Rache kann ein starker Antrieb sein, auch nach vielen Jahren. Aber ich glaube, dass es im Falle Ihres Verdächtigen nicht in erster Linie seine körperliche Verstümmelung war, die ihn für den Rest seines Lebens gezeichnet hat.«

Die Hand auf der Klinke, sagte der Psychologe: »Aus psychologischer Sicht am interessantesten finde ich aber Ihr Mordopfer. Wie es ist, zu lieben und geliebt zu werden, hat dieser Junge nie erfahren. Er muss sich seit frühester Kindheit vollkommen wertlos gefühlt haben.«

Dr. Frahm schüttelte langsam den Kopf. »Ich würde mich nicht wundern, Commissario, wenn er später, als Erwachsener, bedenkenlos Menschen benutzt hat, um sich Anerkennung zu verschaffen. Das funktioniert am besten, wenn man Macht über andere ausübt. Eine klassische Narzisstenkarriere.«

15

Meran – Montag, 30. Juli, abends

Lissie warf die Tablettenpackung in den Mülleimer, den auf-
gefalteten Beipackzettel hinterher. »Gefahr psychischer und
physischer Abhängigkeit!« stand in dicken Lettern unter der
Überschrift »Nebenwirkungen«.

Stattdessen holte sie einen Roten aus den Beständen der toten
Elsbeth Hochleitner aus dem Keller. Den ersten Schluck nahm
sie direkt aus der Flasche. Auf dem Küchentisch lag ein Zettel.

*Der Alte mault rum und hockt vor der Glotze, deshalb bin ich
mit Spock zu dir.*
Ich hau mich jetzt hin.
*Schönen Gruß von einem Alexander. Ist das dein Freund? Er
hat irgendeinen alten Kellner ausgegraben, der jetzt in Rente
ist. Der Alte scheint aber noch halbwegs klar im Kopf zu sein.
Er erinnert sich an das Mädel, sagt Alexander. Was denn für
ein Mädel? Sollst den Alten anrufen, gerne auch später am
Abend. Die über sechzig können sowieso nicht mehr anständig
pennen, oder?*
Erwin Sitterer heißt der Gruftie, 069/38374.
Ciao.
Ach übrigens, →

Lissie ließ die Nachricht auf den Boden fallen.

Sie setzte sich an den Tisch und stützte ihr Gesicht in die
Hände.

Rotwein war definitiv gesünder, als sich mit Tabletten voll-
zustopfen.

Lissie schenkte sich das vierte Glas ein, hob den Zettel wieder auf und griff zum Telefon.

***

Die Glocke im Glockenturm läutet. Kim Novak klettert die enge Wendeltreppe zum Turm hinauf. James Stewart versucht verzweifelt, sie aufzuhalten. Aber seine Höhenangst ist stärker. Stewart ist langsam, so verdammt langsam. In seinem Gesicht spiegelt sich seine Qual. Jede Stufe, die nach oben führt, bringt ihn dem Abgrund zehn Zentimeter näher.

Jetzt steig doch endlich da hoch, du Schisser!

An der Stelle sprang Pavarotti jedes Mal vom Sessel auf, obwohl er ja wusste, dass alles bloß inszeniert war und Stewart sowieso keine Chance hatte.

Schneller! Soll ich dich vielleicht anschieben? Nur ein paar Stufen noch. Mann Gottes, jetzt pack sie doch endlich, bevor sie springen kann!

Es war wie ein böser Traum. Man spürt, dass man hinaufmuss, aber es geht einfach nicht. Man hebt das Knie, man versucht sich hochzuziehen, kommt aber keinen Schritt vorwärts.

Scheiße, jetzt fällt sie, ihr Kleid flattert beim Fallen, und das Geräusch ihres Körpers, wenn er unten auf dem Pflaster aufschlägt ...

Etwas knallte heftig an Pavarottis Fensterscheibe. Pavarotti fuhr zusammen. Dann stürzte er zum Fenster und riss es auf. Unten stand Lissie und fuchtelte mit den Armen. »Ich läute schon seit fünf Minuten Sturm bei dir! Hast du deine Klingel abgestellt oder was?«

Beunruhigt schaltete Pavarotti den Fernseher aus und ging öffnen. Was sollte dieser Überraschungsbesuch mitten in der Nacht?

»Darf ich reinkommen?« Sie klang durcheinander.

»Ist was passiert?«, fragte er, auf einmal besorgt.

»Nee. Das heißt, ich weiß nicht so genau«, sagte Lissie. »Keine Ahnung, was das Ganze bedeuten soll. Aber ...«, sie zögerte, »... zumindest wollte ich es dir erzählen.«

Um halb zwölf Uhr nachts.

Hatte sie ihre Mailbox abgehört? Sie machte einen verstörten, aber keinen zornigen Eindruck. »Komm rein«, sagte er schließlich, mit gemischten Gefühlen.

Sie ließ ihren Blick im Zimmer umherschweifen. Pavarotti

wurde bewusst, dass sie noch nie hier gewesen war. Plötzlich schämte er sich für seine spärliche Wohnzimmereinrichtung, die aus riesigen Bücherstapeln, einem behelfsmäßigen Schreibtisch in einer Nische, seinem Plasmafernseher und zwei Fernsehsesseln bestand.

Zum Glück ersparte sie ihm einen Kommentar.

»Ich habe mit einem alten Mann aus Frankfurt telefoniert. Es ist ein bisschen kompliziert. Alexander hat ihn aufgetrieben.«

Alexander.

»Wenn du Wein dahast, ich würde ein Glas nehmen.«

Pavarotti brauchte eine Sekunde, bis er merkte, dass sie ihn etwas gefragt hatte. Er schaute in ihr gerötetes Gesicht.

Ein Glas? Wohl eher das dritte oder vierte.

★★★

Saß er wirklich so oft vor dem Fernseher, wie Justus behauptete? Als Pavarotti in der Küche verschwunden war, sprang Lissie vom Sessel auf und betastete den Bildschirm. Das Gerät war noch warm.

Sie waren viel zu verschieden. Lissie hatte mehr Drama in ihrem Leben, als sie vertragen konnte. Pavarotti hatte den Fernseher.

Als Pavarotti mit einer Flasche und zwei Gläsern um die Ecke bog, sagte Lissie: »Dieser alte Kellner war anscheinend total verschossen in die Kleine. ›Ich erinnere mich an sie, als ob es gestern gewesen wäre‹, hat er gesagt. Rührend, nicht?«

»Also jetzt noch mal zum Mitschreiben. Das Mädchen auf dem Polaroid war also in diesem Lokal, in diesem Bier…turm.«

»Genau. Und ein, zwei andere in ihrem Alter hingen dort ebenfalls ab. An die erinnert sich Sitterer aber nicht mehr. Ich habe das Gespräch mitgeschnitten.«

Lissie nahm ihr Handy und drückte eine Taste.

Die Stimme klang leise und zittrig. Lissie und Pavarotti rückten unwillkürlich näher an das Gerät heran.

»… stundenlang wertvolle Plätze belegt, ohne viel zu konsumieren«, hörte sie den alten Mann sagen. »Dem Geschäftsführer hat das gar nicht gefallen, wissen Sie. Ich hab dann angefangen, dem Mädel was auszugeben. Bacardi Cola, das hat sie gern getrunken ...«

Stille. »Direkt hübsch war sie nicht«, fing Erwin Sitterer wieder an. »Quirlig, das ja. Konnte nicht stillsitzen. Klebte permanent mit der Nase am Fenster. Und dann dieses Lachen. Ganz kehlig, so ein Glucksen. Es war ...« Er verstummte erneut. »Aber mit einem Mal war es aus. Nach dem Tag tauchte sie nicht mehr auf. Sie hätte sowieso beinahe Lokalverbot gekriegt«, sagte er mit einer Stimme, die auf einmal flach klang.

»Was war denn los?«, hörte Lissie sich selbst fragen.

»Was los war? Irgendwann kam halt ihr wahrer Charakter zum Vorschein«, sagte die Stimme. »Eines Nachmittags kehrte sie von der Toilette zurück. Ich hätte sie fast nicht wiedererkannt. Sie sah aus wie eine ...« Sitterer räusperte sich. »Der Rock ... ich glaub, die hatte nichts ... Und dann der Lurexpulli, knalleng, mit den Noppen über ...« Erneut war ein Räuspern zu hören.

»Aber das Schlimmste war ihr Geruch. Sie roch ... stank.« Der alte Mann flüsterte, als müsse er sich zu dem Wort durchringen. »Es war ... widerlich. Die in den Puffs in der Moselstraße, die benutzen so ... Parfüms. Aber in unserem Restaurant ...«

Nach einer Pause fuhr Sitterer mit festerer Stimme fort. »Der Gestank zog durchs ganze Lokal. Und die Fenster gingen ja nicht zu öffnen. Können Sie sich vorstellen, was da los war? Nach fünf Minuten stand ein Dutzend Gäste bei mir auf der Matte, die sich beschwert haben. Vor allem die Frauen, angeblich wegen der Kinder.« Er lachte spöttisch.

»Ich hab Angst gehabt, dass mir die Gäste weglaufen. Da hab ich das Mädel mitsamt ihrer Bagage kurzerhand rausgeworfen.«

Eine Art Keuchen war zu hören, das in ein Husten überging. »Sie können sich nicht vorstellen, wie mir diese Kleine schöngetan hat. Monatelang! Und ich Esel, ich bin drauf reingefallen. Aber an dem Tag ist mir aufgegangen, was sie für eine war. Sie war bloß darauf aus, dass ich ihr die Bacardi Cola ausgeb. Eine ganz ordinäre Abzocke. Die kleine Nutte.«

»Ach kommen Sie! Das können Sie doch gar nicht wissen! Wegen eines einzigen Nachmittags ...?« Lissie hörte ihre eigene raue Stimme auf dem Band.

Der Alte lachte höhnisch. »Was soll's denn sonst gewesen sein? Für mich hatte Püppi nicht das Geringste übrig. Ich war bloß der Kerl für die Drinks. Die Flasche steht immer noch bei mir zu Hause rum. War als Gedächtnisstütze gelegentlich ganz hilfreich.«

Pause. »Was denn für eine Flasche?«

»Na, die leere Flasche, in der das Nuttenparfüm gewesen war. Die Putzfrau hat sie hinterher gefunden, auf der Toilette. Poison, das steht dadrauf. Gift.« Er kicherte. »Kommt selten genug vor, dass es stimmt, was auf einer Verpackung draufsteht.«

Das Gerät war verstummt.

Sie schwiegen.

»Hm«, sagte Pavarotti nachdenklich. »Eigenartige Geschichte. Ich kann sie mir nicht zusammenreimen. Dieses Schulmädel kann doch unmöglich eine Prostituierte gewesen sein. Was wollte die Kleine mit diesem Auftritt?«

Er schaute zu Lissie hinüber und sah, dass sie nach wie vor ihr Handy anstarrte. Sie war bleich im Gesicht. Blindlings griff sie nach dem Weinglas, stieß es beinahe um, nahm einen großen Schluck, setzte es mit einer Wucht wieder ab, dass das Glas knirschte. Entsetzt beobachtete Pavarotti, dass Tränen zu fließen begannen.

»Lissie, *cara*, was ...?«

Lissies Schultern bebten. Von ihrem Gesicht war nichts zu sehen. Sie hatte die Knie hochgezogen, die Arme um die Beine geschlungen, und schluchzte in ihre Oberschenkel. Pavarotti konnte nur die Nase erkennen, die zwischen den Beinen herausschaute. Er streckte den Arm nach ihr aus, doch dann zog er ihn wieder zurück. Stattdessen schenkte er gegen seine Überzeugung Wein nach und hielt ihr das Glas und ein Taschentuch hin.

Endlich hob sie den Kopf und schnäuzte sich. Dann nahm sie einen Schluck. »Damals, mit achtzehn, bin ich auf Wein umgestiegen. Von Bacardi Cola. Keine Ahnung, wie wir das klebrige Zeug runtergekriegt haben. Habt ihr das auch getrunken?« Pavarotti schüttelte den Kopf. Was er zusammenkratzen konnte, hatte er in Essen für sich und seine vierzehnjährige Schwester umgesetzt. Sie waren spindeldürr gewesen, alle beide.

»Wenn ich bloß wüsste, wie es ihr heute geht«, flüsterte Lissie. »Manchmal denke ich, dass sie vielleicht tot ist.«

»Tot? Wer?«

Der Wein geriet in Bewegung. Pavarotti dachte an seinen schlecht versiegelten Holzboden.

»Es war ein Wahnsinnssommer in Frankfurt, damals. Angie und ich … Die Seminararbeiten für uns beide hab ich geschrieben, ratzfatz.« Lissie grinste schief. »Irgendwie müssen wir geahnt haben, dass es nicht ewig so weitergehen würde. Und dann, eines Nachts in der Music Hall …«

Schwankend stand sie auf und lehnte sich an die Zimmerwand. »Wo … wo isses bei dir?«

»Gleich die nächste Tür. Licht innen links.«

Sorgenvoll schaute Pavarotti ihr nach. Sie konnte sich kaum noch aufrecht halten. Gut, dass Justus beschlossen hatte, mit Spock im Stift zu schlafen, und sein Bett frei war.

★★★

Lissie betrachtete ihr Gesicht in Pavarottis Toilettenspiegel. Reue und Selbstmitleid ließen Tränen in ihre Augen schießen. Sie erinnerte sich, wie sie nach dieser verkorksten Nacht in der Disco aus der letzten S-Bahn gestiegen und durch den Regen gerannt war. Die Kälte hatte ihren Zorn nicht kühlen können.

Der Streit hatte begonnen, als der Abend zu Ende war. Angie, die damals schon ein Auto gehabt hatte, weigerte sich, Lissie wie üblich heimzufahren. Nach wildem Herumgeknutsche mit irgendeinem Kerl hatte sie offensichtlich mit dem Auto was anderes vor.

Wie konnte sie mich an diesen besoffenen Harley-Typen abschieben? Ich hätte tot sein können!

Als Lissie in dieser Nacht endlich ihre Wohnung erreichte, hatte ihr Entschluss festgestanden.

Angie ist Schnee von gestern.

***

»Und? Was war los mit Angie?«, fragte Pavarotti neugierig, als sie es sich wieder im Sessel bequem gemacht hatte.

»Nichts.«

»Lissie.« Pavarotti zögerte. »Sag mal, wieso kommst du gerade jetzt darauf?«

Als Pavarotti keine Antwort erhielt, stand er auf und ging zu ihr hinüber. Lissie war im Sessel eingeschlafen. Er bezog das Bett in Justus' Zimmer neu. Dann hob er sie hoch. Ein Federgewicht. Behutsam legte er sie aufs Bett und zog ihre Tennisschuhe und Socken aus. An den Rest traute er sich nicht heran.

Was, wenn sie mitten in der Nacht aufwacht?

Kurz entschlossen nahm er einen von Justus' Schlafanzügen aus dem Schrank und legte ihn neben Lissie aufs Bett.

Dann beugte er sich zu ihr herunter und gab ihr einen Kuss auf die Wange. Als er sah, wie sie lächelte, fuhr er zurück. Um Gottes willen, sie war doch nicht etwa wach? Erleichtert beobachtete er, wie Lissie sich umdrehte und einen Schnarchlaut von sich gab. Leise schloss er die Tür hinter sich.

***

Im Zimmer war es heiß. Sie setzte sich auf. Es war überhaupt nicht ihr Zimmer. Wo war sie? Ihr war schlecht, alles drehte sich.

Da fiel es ihr ein. Pavarotti. Angie.

Ihr Kopf fühlte sich an, als wollten sich die Erinnerungssplitter durch ihre Stirn ins Freie bohren. Sie stöhnte.

So leise sie konnte, schlich sie auf den Flur hinaus zur Toilette.

Als sie sich übergeben hatte, ging es ihr etwas besser.

In die Music Hall war sie nie mehr gegangen. Dafür hatte Angie permanent angerufen, mindestens fünf Mal am Tag. Lissie hatte sich verleugnen lassen.

Bloß wegen einer einzigen blöden Sache …

Nach einer Weile hatten die Anrufe aufgehört.

Als Lissie in einen unruhigen Schlaf fiel, träumte sie von dem grünen Telefon in dem alten Telefonzimmer ihrer Mutter. Der Hörer lag neben der Gabel auf der Kommode. Aus der Muschel war eine Stimme zu hören, aber Lissie konnte nicht verstehen, was sie sagte. Lissie griff nach dem Hörer, aber er war riesig und schwer wie ein Stein. Sie packte mit beiden Händen zu, klammerte sich am Griff fest, wuchtete, zog. Doch sosehr sie es auch versuchte, sie schaffte es einfach nicht, den Hörer an ihr Ohr zu heben.

16

Meran – Dienstag, 14. August

7. Gesprächsprotokoll von Dr. Sigmund Frahm,
Kriminalpsych.

Vormittagssitzung

*Wem hab ich das Internetverbot zu verdanken, Herr Doktor?
Ich hab da einen Verdacht. Sie sind ganz schön hinterhältig
neuerdings. Ich hab's Ihnen ja prophezeit, dass ich ganz neue
Saiten in Ihnen zum Klingen bringe.*

*Ich beobachte, wie Sie die Spitze Ihres Stifts ausrichten,
und sehe, wie Ihre Finger dabei zittern. Gestern Nacht keine
Ruhe gefunden? Wieder einmal nach Hause gekommen und
in den Badezimmerspiegel geguckt? Und da sind sie, all die
widerlichen Geschichten, die auf Ihren Schultern sitzen, Sie
aus Ihren eigenen Augen anglotzen und sich von Ihrer Angst
ernähren.*

*Und dann öffnen Sie eine neue Flasche, heben Ihr Glas und
schauen zu, wie sie immer kleiner werden.*

*Vorsicht, Herr Doktor. Lassen Sie sich meine Geschichte als
Warnung dienen.*

*Wenn ich nicht getrunken hätte, wäre das Schlimmste nie
passiert.*

*Ich sitze oft einfach nur da und sinne darüber nach, wie sich
die Dinge entwickelt hätten, wäre ich bei klarem Verstand
gewesen.*

*Das meiste wäre natürlich ganz genauso gekommen. Der
überwiegende Teil der Ereignisse nahm seinen Lauf, ohne dass
irgendeiner von uns ihn hätte beeinflussen oder gar stoppen können. Abgesehen von ein paar Sekunden, die alles veränderten.
Und daran bin ich schuld.*

Seit diesem Tag habe ich keinen Tropfen Alkohol angerührt,

*keine Schnapspraline gegessen und auch keine Soße gekostet,
die mit Wein versetzt ist. Als ob das noch etwas nützte.*

*Das Kreuzfahrtschiff, auf dem Dorian, Emma und ich gebucht
hatten, entpuppte sich als Seelenverkäufer. Es sah aus, als
würden seine Einzelteile nur noch von Rost zusammengehalten. Als wir nach der Einschiffung die wacklige Gangway
hinaufgeklettert waren und endlich in der Lobby standen, sahen
wir uns fassungslos an.*

*Für den Preis unserer Tickets hatten wir zwar nicht gerade
allerfeinsten Marmor, Meißner-Porzellan, Kristalllüster und
Wasserhähne aus Gold erwartet. Aber die durchgesessenen Fauteuils, die gekachelten Fußböden und das schlecht übertünchte
Sperrholz trafen uns unvorbereitet.*

*Es gab ständig etwas zu essen, aber das Essen, das wir auf
Plastikstühlen und an Plastiktischen einnahmen, schmeckte
nach nichts. Sogar Dorian, dessen Magen ständig zu knurren
schien, begnügte sich mit dem Nötigsten.*

*Die wenigen Tage, die uns auf diesem Luxusliner beschieden
sein sollten, verbrachten wir in Decken gehüllt in Liegestühlen
auf dem Vorderdeck.*

*Dort zog es, dafür war diese Stelle der einzige ruhige Platz
auf dem Schiff.*

*In dem großen Swimmingpool mittschiffs, der einen intensiven
Chlorgeruch verströmte, veranstaltete eine Hostess tagtäglich
Wasserball für die lieben Kleinen. Andere Kinder spielten
Fangen und balgten sich lärmend auf den Decksplanken. Ihre
Eltern waren damit beschäftigt, ihnen nutzlose Ermahnungen
zuzurufen. Sie können sich die Geräuschkulisse auf unserem
Ozeandampfer sicher in etwa vorstellen.*

*In all dem Trubel, inmitten von lachenden und rufenden
Menschen, die ständig über das gesamte Schiff zu eilen schienen, meldete sich ein eigenartiges Unbehagen in mir, das ich
mir nicht recht erklären konnte. Ich schob es darauf, dass mir
das Schiff unwirklich erschien, wie eine Erinnerung an einen
Ocean Liner, auf dem man früher einmal gefahren ist und der*

nun im Schiffsfriedhof mit anderen alten Kähnen vor sich hin rostet.

Ich sagte mir auch, dass wir uns reichlich deplatziert fühlen mussten zwischen der Kinderschar, die die Schiffsmitte belagerte, und den älteren Reisenden, mit denen wir uns das Vorderdeck teilten.

Wenn wir meiner warnenden Stimme gefolgt wären und das Schiff verlassen hätten, solange noch die Möglichkeit dazu bestand – ja, was dann? Falls das Schicksal sich mit einer einzigen Bosheit dieses Ausmaßes begnügt hätte, dann, ja dann hätten wir vielleicht glücklich werden können. Vielleicht am Ende sogar auch Dorian.

Doch wer hört schon auf innere Warnungen? Hören Sie auf die Ihren, Herr Doktor? Oder geht es Ihnen so wie mir damals, dass die Gewissheit einer herannahenden Katastrophe im Brennglas von Spötteleien und der eigenen Angst vor Lächerlichkeit ihre Kontur verliert? Übrig bleibt nur noch eine formlose Gefühlsmasse. Man traut sich kaum, darüber zu sprechen.

In meinem Fall war es Emma, die über meine düstere Stimmung witzelte. Notgedrungen hatten wir beschlossen, uns eine Kabine auf dem untersten Deck zu teilen, weil unser Geld nicht für mehr gereicht hatte. Jedenfalls nicht, ohne unsere Eltern darum zu bitten, was uns den ganzen Spaß verdorben hätte. Die Kabine besaß ein Bullauge, das sich nicht öffnen ließ. Ich sagte, sollte das Schiff untergehen und wir wären in der Kabine, dann müssten wir ertrinken, weil der Flur draußen dermaßen mit Menschen verstopft wäre, dass wir nicht herauskämen.

Emma spottete, ich litte an einer Angstpsychose und sollte mich schleunigst in ärztliche Behandlung begeben. Und tatsächlich, jetzt bin ich hier, dreißig Jahre später. Nennt man das nicht Ironie des Schicksals?

Aber auch Emma war keineswegs blendender Laune. Sie war es schließlich gewesen, die sich diese Kreuzfahrt in den Kopf gesetzt hatte. Und wie sie uns die Schiffspassage im Allgemeinen und das Tyrrhenische Meer im Besonderen – das sie *übrigens noch nie zuvor gesehen hatte – schmackhaft gemacht hatte!*

Einzig am Tyrrhenischen Meer gab es nicht das Geringste auszusetzen. Jedes Mal, wenn Emma unser kleines Reich inspizierte, begann sie wie ein Rohrspatz über das winzige Spind zu schimpfen und beklagte sich, dass der größte Teil ihrer Kleidung unweigerlich im Koffer zerdrückt werde. Das Mädel hatte sogar ein Abendkleid mitgenommen! Als ich es in ihrem Koffer sah, konnte ich nur den Kopf schütteln. Doch es stellte sich heraus, dass die »Duchessa di Malfi« immerhin eine gewisse Form zu wahren wusste.

Emma konnte ihr Abendkleid noch einmal tragen. Als Wirbelwind aus hellblauem Taft erschien sie beim Captain's Dinner, am letzten Abend, bevor wir vor Amalfi vor Anker gingen und die Katastrophe über uns hereinbrach.

Nachträgliche handschriftliche Notiz von Dr. Frahm:

Wegen Übelkeit und Erbrechen wurde die Sitzung vorzeitig abgebrochen. Vermutlich akutes psychovegetatives Überforderungssyndrom.
Nachmittagssitzung fällt aus.

17

Meran – Dienstag, 31. Juli, am Vormittag

Lissie blickte noch einmal prüfend auf das, was sie aufs Papier gekritzelt hatte.

Ein Kunstwerk war es nicht. Matern hatte jedem von ihnen dieselbe Aufgabe gestellt, nämlich die Gruppe zu zeichnen. Sich selbst und die drei anderen Teilnehmer der Gruppentherapie.

Hanna Landsberg zeichnete langsam, mit ungelenken Fingern. Bei Sylvie Steyrer schaute eine rosa Zunge aus dem Mund, die sich bewegte. Paul Tschugg starrte die Zunge an. Lissie hatte hin und her überlegt, welche Position sie selbst in ihrem Bild einnehmen wollte. Bloß nicht in die Mitte, aber auch nicht ganz außen. Um Gottes willen nicht abseits von den anderen. Dann leckten die Psychologen Blut.

Leider war es bei vier Teilnehmern etwas schwierig, eine psychologisch unverfängliche Position im Bild einzunehmen. Man stand entweder außen oder mittig. Oder entweder vorn oder hinten.

Kurzerhand entschied sich Lissie für eine Draufsicht. Sie zeichnete ein Quadrat und in den Ecken vier Köpfe, die mit Strichen verbunden waren. Sich selbst setzte sie neben Sylvie und dann Paul.

Als alle abgegeben hatten, begutachtete Matern die Blätter. Die Minuten verstrichen. Immer wieder schaute er prüfend hoch und musterte jeden Einzelnen von ihnen.

Lissie sah, dass Hanna Landsberg die Wand über Materns Kopf anstarrte. Paul konnte überhaupt nicht still sitzen. Sylvie kauerte auf ihrem Stuhl und beschäftigte sich mit der Armlehne, indem sie mit ihrem Kugelschreiber auf das Plastikteil einstach. Tock-tock, tock-tock.

»Hören Sie auf, Sylvie«, sagte Matern scharf.

Die junge Frau fuhr zusammen und ließ den Stift auf den Boden fallen. Die hat eine Scheißangst vor ihm, dachte Lissie.

Schließlich war der Psychiater bei Lissies Zeichnung angekommen.

»Wer hätte das gedacht? Unser Neuzugang, die liebe Liselotte – Liselotte, ich darf Sie doch so nennen –, unsere Liselotte hat sich heute mit ihrem Bild besonders hervorgetan.«

Lissie krümmte sich innerlich.

Ihr Blick fiel auf Paul, der neben ihr saß und einen Flunsch zog.

»Wir wollen uns einmal so aufstellen, wie Liselotte das gemalt hat«, kommandierte Matern. »Also, bilden Sie bitte ein Viereck. Paul und Sylvie stehen sich gegenüber und Hanna und Liselotte. Schön, sehr schön.«

»Ich heiße Lissie«, sagte Lissie verdrossen.

»Ja, aber Ihr richtiger Vorname ist Liselotte, nicht wahr?«, sagte Matern strahlend.

Der hat mich gegoogelt.

»Vielleicht sollten wir damit beginnen, warum Sie Ihren Namen ablehnen?«

»Der ist mir viel zu lang«, sagte Lissie verdrossen.

»Zu laa-ang.« Matern zog den Vokal derart die Länge, als würde er mit einem Tier oder einem Kleinkind sprechen. »Wir werden jetzt Ihrem Gefühl, keinen Vornamen mit vier Silben zu verdienen, etwas entgegensetzen. Wir nennen Sie künftig Li-se-lot-te. Und zwar alle.«

»Li-se-lot-te!«, echoten die anderen drei brav im Chor.

Ich muss hier raus. Der Scheißkerl amüsiert sich auf meine Kosten.

Doch wie gelähmt blieb sie stehen.

»Nun, Liselotte«, nahm Matern den Faden wieder auf. »Dann erklären Sie uns doch mal, was Ihnen bei Ihrem Bild durch den Kopf gegangen ist.«

»Ich wollte zeigen, dass wir alle gleich wichtig sind und dass wir uns gegenseitig unterstützen. Deshalb stehen wir im Kreis und halten uns an den Händen.«

»Aber Sie haben keinen Kreis gezeichnet, liebe Liselotte«, korrigierte sie Matern lächelnd. »Sondern ein Viereck. Unserer Hanna, der Ältesten in unserer kleinen Gruppe, stellen Sie sich frontal gegenüber. Gleichzeitig nehmen Sie Sylvie und Paul an den Händen, die wesentlich jünger sind als Sie. Der Kontakt mit ihnen macht Ihnen keine Angst, ist es nicht so?« Matern pausierte, um seine Worte wirken zu lassen. »Es sieht fast so aus, als möchten Sie sie gegen Hanna auf Ihre Seite ziehen. Liselotte, haben Sie sich schon einmal gefragt, ob Sie ein Problem mit Autoritäten haben? Das Sie vorzugsweise mit Konfrontation lösen möchten? Ich wette, dass Sie gerne einmal die Kontrolle verlieren. Vielleicht möchten Sie die Gruppe an einem diesbezüglichen Ereignis teilhaben lassen?«

»Nein, das möchte ich nicht«, sagte Lissie. Sie musste sich anstrengen, dass ihre Stimme nicht zitterte.

Matern schüttelte langsam den Kopf. »Schade. Es hilft Ihnen nicht, wenn Sie sich verweigern.« Er zeigte auf Paul. »Paul, wie fühlen Sie sich dabei, dass Liselotte sich neben Sie platziert hat?«

Pauls Lippen bebten. »Sie hat das absichtlich getan, damit ich nicht neben Sylvie sitzen kann. Sie will uns auseinanderbringen!«

Lissie sah, wie Sylvie Paul einen angeekelten Blick zuwarf.

»Ich mag die Frau nicht«, schrie der Junge. Er schlug die Hände vors Gesicht. »Sie ähnelt … Sie soll wegbleiben!«

»Sylvie. Haben Sie Paul etwa ermutigt, zu glauben, Sie empfänden etwas für ihn? Was Sie nicht tun, weil Sie dazu gar nicht fähig sind. Es geht immer nur um ein bisschen Drama, nicht?«

Die blasse junge Frau riss die Augen auf. »Nein … nein! Nein! Ich … er … er denkt sich das alles nur aus! Ich habe nie …!«

»Hören Sie endlich auf zu lügen, Sylvie. Dann wären wir schon ein großes Stück weiter«, sagte Matern ruhig.

Er schaute sich um. »Hanna. Was empfinden Sie dabei, dass Liselotte Ihnen jegliche Unterstützung verweigert?«

Hanna Landsberg warf Lissie einen spekulativen Blick zu, den sie nicht einordnen konnte. »Hab ich nicht anders erwartet«, sagte sie dann. »Arrogante Ziege. Hält sich für was Besseres. Die hat sich ihr Leben lang die Hände nicht schmutzig gemacht.«

Plötzlich stand die Landsberg auf und ballte die rechte Hand zur Faust. Lissie fiel auf, wie kräftig ihre Hände waren.

»Hanna, setzen Sie sich wieder hin«, rief Matern, aber die Frau schien ihn nicht zu hören.

»So eine wie sie nimmt anständigen Frauen die Männer weg«, keifte sie, und bevor Lissie reagieren konnte, hatte sich die Frau auf sie gestürzt, zog sie an den Haaren und war drauf und dran, ihren Kopf mit Fäusten zu bearbeiten. Lissie, die die Linke schützend vors Gesicht hielt und sich mit der Rechten zu wehren versuchte, hörte plötzlich, wie die Frau ihr zuraunte: »Bleiben Sie weg von hier.«

In dem Moment kamen Bruno und der zweite Pfleger hereingestürzt, packten Hanna grob an beiden Armen und zerrten sie aus dem Zimmer.

Schulterzuckend sagte Matern: »Wie Sie sehen, müssen wir jetzt abbrechen, da die gute Hanna ... äh ... etwas indisponiert ist.«

Und zu Lissie gewandt: »Liebe Liselotte, jetzt sehen Sie, was Sie mit Ihrem Konfrontationskurs angerichtet haben. Wir müssen schleunigst etwas gegen Ihre Aggressionen unternehmen und Ihrem geringen Selbstwertgefühl auf die Spur kommen.«

Sorgfältig glättete er die Zeichnungen. Als er hinausging, warf er sie in den Papierkorb neben der Tür.

★★★

»Packst du etwa?«

»Und wenn?« Lissie zuckte die Achseln. Unschlüssig stand sie zwischen dem geöffneten Kleiderschrank und dem Bett, auf dem ihr Koffer lag. Sie schob ihn zur Seite und setzte sich. »Vielen Dank für heute Nacht.«

Pavarotti winkte verlegen ab. »Was ist jetzt? Willst du fahren?«

»Du hast ja selbst gesagt, ich soll verschwinden, oder?«

Er blickte zur Seite. »Lissie, es tut mir leid. Ich war bloß gestresst.«

Mieser Lügner. Ich nerve dich doch nur noch.
Lissie massierte ihre Augen mit den Handballen, um zu
verhindern, dass ihr erneut Tränen in die Augen schossen. »Ich
verstehe es nicht. Beim letzten Mal hat mir die Luftveränderung
gutgetan. Aber diesmal …« Sie schnitt eine Grimasse. »Diesmal
scheint's, als ob ich hier in meinem eigenen Sumpf ersaufe.«
Sie pickte Quittungen vom Schiff aus dem Koffer und zer-
knüllte sie. Pavarotti griff nach dem Museumsführer aus Amalfi
und blätterte darin, ohne hinzusehen.
»Diese Psychoklinik ist nichts für dich. Ich hab doch gesagt,
dass du die Termine bei Matern abblasen sollst.«
»Du warst es doch …« Lissie unterbrach sich. »Zuerst fand
ich ihn … kompetent und vertrauenswürdig. Aber mittlerweile … Ich hab endgültig genug. Ich glaube, Matern genießt
es, mit Patienten zu spielen. Ich war eben in seiner Gruppentherapie. Du hättest hören sollen, wie er die Leute aufgehetzt
hat.« Lissie kaute auf ihrer Lippe herum. »In der Klinik gehen
sowieso komische Dinge vor sich. Patienten, die grob behandelt und ruhiggestellt werden. Und Psychopharmaka an den
merkwürdigsten Stellen. Aber jetzt interessiert dich die Klinik
eh nicht mehr. Du hast ja deinen Mann.«
Pavarotti verengte die Augen. »Psychopharmaka an merkwürdigen Stellen?«
Plötzlich versteifte er sich und hörte auf zu blättern. »Ach
du liebe Zeit«, sagte er leise.
Überrascht schaute Lissie ihn an.
»Daran hab ich schon lang nicht mehr gedacht.« Ungläubig
starrte Pavarotti auf den Katalog.
Neugierig trat Lissie neben ihn.
Auf der Seite, die Pavarotti aufgeschlagen hatte, war ein
Schiff abgebildet. Es sah nach einem gewöhnlichen Passagier-
dampfer aus, eher klein im Vergleich zu den Ozeanriesen, die
einige Reedereien mittlerweile bauen ließen.
Lissie nahm Pavarotti den Katalog aus der Hand, um die
Bildunterschrift lesen zu können. »Das venezianische Kreuz-
fahrtschiff ›Duchessa di Malfi‹ im Hafen von Amalfi nach der

Kaperung durch palästinensische Terroristen am 13. Juli 1985«, stand da.

Der Katalog glitt ihr aus den Fingern. Schlagartig wurde ihr klar, auf welche Katastrophe Guiseppe Alvese in seinem Brief an Emil Ladinser angespielt hatte.

Die zeitgeschichtliche Abteilung des Museo Arsenale in Amalfi war Lissie komplett entgangen.

Kein Wunder, dass Seeleute den Hafen mieden. Piraten und Terroristen, die Schiffe kaperten, um Lösegeld zu verlangen und Gesinnungsgenossen freizupressen, stellten mittlerweile eine der größten Gefahren auf See dar. Amalfitanischen Boden zu betreten, bedeutete in Seemannskreisen vermutlich so viel wie den Teufel herauszufordern.

»Ich war mit meiner Einheit dabei, damals in Amalfi«, hörte sie Pavarotti sagen.

»Du?«

Pavarotti verzog das Gesicht. »Ja, ich. Das war, bevor ich so zugenommen hab.«

»Aber …« Lissie schluckte. »Ist so was nicht Aufgabe eines … du weißt schon. Eines Sondereinsatzkommandos, mit Leuten, die speziell ausgebildet sind? Ich meine …«

»Sicher«, nickte Pavarotti. »Einer solchen Einheit habe ich angehört. Die haben mich nach dem Militärdienst damals mit Kusshand genommen, weil ich … Nun, es stellte sich heraus, dass ich ein erstklassiger Schütze war.«

»Du warst Scharfschütze?« Lissie konnte es nicht glauben. »Aber …?«

»Lange her. Schon nicht mehr wahr.« Pavarotti setzte dem Thema mit einer Handbewegung ein Ende. »Jedenfalls war die ›Duchessa di Malfi‹ einer meiner ersten Einsätze. So etwas vergisst man nicht. Die Sache ist komplett aus dem Ruder gelaufen. Es war grauenvoll.«

»Erzähl.«

Pavarotti beugte sich im Sessel vor und stützte das Gesicht in die Hände. »Das Schiff befand sich auf einer Mittelmeerkreuzfahrt in Richtung Haifa. Wie sich hinterher herausstellte, hatten die vier Palästinenser überhaupt nicht vorgehabt, die ›Duchessa‹ zu kapern. Sie waren auf dem Weg nach Israel, um dort einen Anschlag zu verüben, und hatten eine Schiffspassage gewählt. Damals gab es auf Passagierschiffen weit geringere Sicherheitsüberprüfungen als im Flugverkehr. Noch dazu ...« Pavarotti schwieg verlegen.

»Noch dazu auf einem italienischen Schiff«, ergänzte Lissie.

»Ja, das war wohl so. Die Reederei hatte sowieso einen schlechten Ruf. Nach dem Desaster war sie dann pleite.« Pavarottis Blick war nach innen gerichtet. »Wenn sie doch an diesem Tag genauso schlampig gewesen wären wie sonst. Unglücklicherweise wurden die zerlegten Waffen aber von einem neugierigen Steward entdeckt. Dem Kapitän fiel nichts Besseres ein, als die Männer zur Rede zu stellen, anstatt still und heimlich die Behörden zu informieren.«

Er pausierte kurz. »Daraufhin nahmen die Kerle Besatzung und Passagiere als Geiseln und ließen das Schiff vor Amalfi vor Anker gehen. Sie wollten ein Schnellboot und freies Geleit nach Libyen, außerdem, da sie ja schon mal dabei waren, die Freilassung weiterer palästinensischer Terroristen. Dann erschossen sie den nächstbesten Passagier und warfen ihn ins Meer. Damit alle sehen konnten, wie ernst sie es meinten.«

Lissie schauderte. »Habt ihr das Schiff gestürmt?«

Pavarotti schüttelte den Kopf. »Das hätte ein Blutbad gegeben. Ich habe im Hafen auf dem Dach gelegen und vergeblich darauf gewartet, dass ich in Schussposition komme«, sagte Pavarotti tonlos. »Aber die Kerle waren natürlich nicht so dumm, für mich die Zielscheibe zu spielen.«

»Und dann?«

Pavarotti gab einen dumpfen Laut von sich. »Dann schalteten sich die Amerikaner ein. Und natürlich die Israelis. Es gab ein Geziehe und Gezerre, wer das Oberkommando hat. Die Amis wollten das Schiff stürmen, aber unsere Regierung hat das gottlob verhindert. Sonst wäre alles nur noch schlimmer geworden. Es wurde ohnehin schrecklich genug.«

»Was ist passiert?«

»Die Italiener haben durchgesetzt, dass die Terroristen ihr Boot bekommen. Sie haben ein halbes Dutzend Geiseln mitgenommen und sind abgedüst. Weit geschafft haben sie es nicht. Die Amis haben das Boot von Kampfhubschraubern aus beschossen, um die Terroristen zum Abdrehen zu zwingen. Leider hat eine Rakete das Boot tatsächlich getroffen. Volltreffer. Es gab eine riesige Explosion. Keiner hat überlebt.«

»Ach du Scheiße«, flüsterte Lissie.

Sie spürte, wie Spock seine Schnauze an ihrem Bein rieb.

Pavarotti starrte seine Schuhspitzen an.

Lissie bückte sich, um den Katalog vom Boden aufzuheben. Ihr Blick fiel auf den letzten Teil der Bildunterschrift. Das Datum. Der 13. Juli. Die Härchen an ihren Oberarmen stellten sich auf.

»Luciano«, sagte sie ganz vorsichtig. »Was war das noch mal für ein Tag, an dem Michael Braunhofer ermordet worden ist?«

Pavarotti schaute auf. »In der Nacht vom 12. auf den 13. Juli. So wie es aussieht, in den frühen Morgenstunden.«

»Also am 13. Juli, wenn man's genau nimmt, oder?«

»Ja, das stimmt wohl. Aber wieso ist das so wichtig?«

»Da, schau dir mal das Datum an. Der 13. Juli! Die ›Duchessa di Malfi‹ ist genau am gleichen Tag überfallen worden! Und … Scheiße.« Lissie stolperte vor lauter Aufregung über ihre Worte. »… Venedig. Die ›Stella Maris‹ stammt … auch aus Venedig. Mittelmeerkreuzfahrten um den Stiefel! Genau wie diese … ›Duchessa‹! Ich wette, LeStelle hat nach der Pleite die Reste dieser Unglücksreederei übernommen und mit Billigfahrten um den Stiefel weitergemacht, wo die anderen 1985 aufgehört haben. Und dann Braunhofer, der bei dieser Reederei seit 1986 … Luciano, das kann doch kein Zufall sein!«

Lissie griff erneut nach dem Katalog. Ihr Zeigefinger bohrte sich in die Abbildung des Unglücksschiffs.

»Noch was. Schau dir das gesamte Datum an. 13. Juli 1985! Eine Woche vorher, am 5. Juli 1985, ist Michael Braunhofer verschwunden!«

Pavarotti starrte sie mit offenem Mund an. »Geburtsort

Amalfi. In seiner Akte …« Plötzlich rappelte er sich auf. »Ich muss gehen. Ich … muss das … nachprüfen.«

Lissie sah ihm nach, wie er aus dem Zimmer stolperte. Spock bellte hinter ihm her.

18

Meran – Mittwoch, 15. August (Ferragosto)
8. Gesprächsprotokoll von Dr. Sigmund Frahm,
Kriminalpsych.

Vermerk: Berechn. erh. Stundensatz Sonn- u. Feiert.

Vormittagssitzung

Es tut mir leid, dass ich mich gestern derart habe gehen lassen. Man sollte doch meinen, dass Ereignisse, die sich vor dreißig Jahren abgespielt haben, nicht mehr dazu angetan sind, physische Übelkeit zu verursachen. Bis auf mich sind jetzt ohnehin alle tot. Trotzdem spüre ich eine seltsame Beklemmung, über diese Tage zu sprechen. Es ist, als würde ich die Büchse der Pandora nach langer Zeit wieder einmal zur Hand nehmen und den Deckel ein Stückchen anheben ...

Mir war von vornherein klar, dass Emmas Rollstuhlfahrer Elias das schwächste Glied in unserem Plan war, sang- und klanglos zu verschwinden. Deshalb hatte ich Emma zu überreden versucht, die Reise so zu machen, wie sie ursprünglich geplant war, ohne Elias, nur mit uns dreien, dem eingeschworenen Kernteam. Aussichtsloses Unterfangen. Er brauchte sie, und sie liebte ihn dafür.

Elias war mir von Anfang an unsympathisch. Er war der geborene Bedenkenträger. Ein Moralist, wie er im Buche stand. Sein Humor, von dem sowieso nicht viel zu erkennen war, passte überhaupt nicht zu unserer Art, Spaß zu haben.

Einige Wochen vor unserer Abreise hatte sich Elias über unsere kleine Showeinlage auf dem Henninger Turm künstlich aufgeregt. Emma war so dumm gewesen, ihm davon zu erzählen.

Die »Poison«-Wette war etwas aus dem Ruder gelaufen, das gebe ich gern zu. Aber was war schon groß passiert? Es hatte sich gezeigt, dass Dorian eine sadistische Ader hatte. Mich hat das nicht schockiert. Ich hatte vorher schon geahnt, dass mit ihm etwas nicht stimmte. Aber ich war felsenfest davon überzeugt, ihn im Griff zu haben.

Womit ich nicht rechnete, war die Störung des Kräftegleichgewichts, die durch Elias eingetreten war. Aus dem gleichschenkligen Dreieck war ein instabiles Viereck geworden, das Form und Eigenschaften stündlich änderte. Unser Verhältnis, das halbwegs berechenbar gewesen war, geriet in einen Strudel. Zu spät wurde mir klar, dass auch ich mich diesem Strudel nicht entziehen konnte.

Als Elias auf der Bildfläche erschien, war in mir so etwas wie Hoffnung aufgekeimt, auch wenn es keinen Anlass dazu gab. Ich hatte nie die geringste Chance bei Dorian. Denn ich war ja immer noch derselbe Mensch wie zuvor.

Aber man kann nichts dagegen tun, nicht wahr?

Haben Sie jemals echte Leidenschaft empfunden, Herr Doktor? Ich glaube nicht. Sie sind jemand, der sich verliebt, wenn er es gefahrlos aus der Ferne tun kann. Damit war ich nicht zufrieden, und der Alkohol weckte meine niedersten Instinkte.

Das Fiasko mit uns dreien begann während des Desserts am Abend des Captain's Dinner. Dummerweise erfuhr Elias durch einen Versprecher von Dorian, dass unsere Eltern nicht in unsere Reisepläne eingeweiht waren, ja dass wir nicht einmal eine kurze Notiz hinterlassen hatten.

Als das Dinner vorbei war, zitierte er uns an Deck und veranstaltete einen unglaublichen Rabatz. Auch Rabeneltern wie die unseren hätten es nicht verdient, solche Ängste auszustehen, sagte er und beharrte darauf, dass wir schleunigst zu Hause anriefen.

Emma hielt dagegen. »Die merken es doch sowieso nicht, dass wir weg sind«, sagte sie störrisch. »Und falls ja, dann sehen sie mal, wie das ist.«

Da fing Elias mit Martha an. Ob es uns egal sei, welche

Angst sie ausstünde und dass sie sich für unser Verschwinden rechtfertigen müsse? Emma, die Martha nicht besonders mochte, zuckte bloß mit den Achseln.

Sicher, der Plan war kindisch und gemein. Da hatte Elias ausnahmsweise recht. Aber ich wusste, dass Emma ihn trotzdem durchziehen würde, denn er stammte von Dorian, dem unangefochtenen Master of Desaster. Emma hatte ganz entschieden Geschmack an der dunklen Seite der Macht gefunden. Dagegen kam Elias mit seiner moralinsauren Art nicht an. Am Ende wusste er sich nicht anders zu helfen, als uns zu drohen, selbst in Frankfurt anzurufen.

Ich habe Emma niemals vorher in einem solchen Zustand erlebt wie nach dieser Bemerkung. Ihre Stimme klang so ... kalt und unglaublich distanziert. Sie erwiderte, dass sie auf der Stelle mit ihm Schluss machen würde, wenn er es wage, das zu tun. Dann ging sie hocherhobenen Hauptes in unsere Kabine. Ich wollte ihr folgen, doch sie schlug mir die Tür vor der Nase zu und rief von drinnen, ich solle sie in Ruhe lassen. Am anderen Ende des Flurs hörte ich die zweite Tür knallen. Elias.

Ich dachte, es sei besser, die Sache eine Weile auf sich beruhen zu lassen, und bin mit Dorian aufs Vorderdeck. Es war ein wunderbarer Abend, vollkommen sternenklar. Dorian war schon den ganzen Abend in Hochstimmung gewesen. In den Streit zwischen Elias und Emma hatte er sich mit keinem Wort eingemischt. Er saß bloß mit glänzenden Augen da, als handle es sich um die Premiere eines Theaterstücks, und er wäre der Regisseur.

Ich weiß noch genau, dass wir lange in die dunklen Tiefen hinunterschauten und schwiegen. Ich hatte während des Dinners viel zu viel getrunken, und mir war schwindlig.

Wenn ich die Augen schließe, dann kann ich noch heute spüren, wie das Schiff plötzlich rollt, wie ich stolpere, und wie Dorian mich packt und an sich zieht.

Ich machte mir keine Illusionen über ihn, aber das war mir in diesem Moment gleichgültig. Mir wurde auf einmal klar, wie sehr ich ihn liebte. *Eins weiß ich genau. Wenn der Alkohol nicht gewesen wäre, hätte ich meiner Gefühle zum Trotz einen kühlen Kopf bewahrt. Ich wusste, wie gefährlich es sein kann, solchen Menschen wie Dorian die Tür zur eigenen Seele zu öffnen.*

Plötzlich waren wir in seiner Kabine im Bett, und ich wusste nur noch, dass ich ihn behalten will, ihn für mich haben, jetzt und für alle Zeit. Mein einziger Gedanke war: Wie kriege ich ihn dazu, dass er mich liebt? Mich und nicht Emma.

Plötzlich flossen die Worte aus mir heraus. Ich sagte, dass eine Frau, die es mit einem jüdischen Krüppel treibt, Dorian überhaupt nicht wert sei.

Da schaute er mich ganz eigenartig an, und plötzlich zuckte es um seine Mundwinkel. Als er sich von mir herunterrollte und hochstemmte, sagte er mit einem halben Lächeln: »Da hast du völlig recht. Der Typ ist tatsächlich Jude?«

Das war der letzte Satz, den Dorian zu mir gesagt hat. Dann zog er seine Hosen an und verließ ohne ein weiteres Wort seine Kabine. Ich wusste gleich, dass ich ihn wegen meiner ekelhaften Bemerkung über Emma verloren hatte. Mir graute davor, mich neben sie ins Bett zu legen. Ich bin dann noch in die Bar gegangen und habe weitergetrunken, bis ich sicher sein konnte, dass sie schlief.

Am nächsten Tag hatte ich einen schrecklichen Kater. Aufgestanden bin ich erst, als es fast Mittag war. Zu dem Zeitpunkt war es aber schon zu spät.

19

Meran – Dienstag, 31. Juli, Mittagszeit

Es war nur eine einzige Sekunde gewesen. Ein Lidschlag. Eine winzige Zeitspanne, die sich nicht mehr verändern ließ, gnadenlos unverrückbar und für alle Ewigkeit in die Zeit gemeißelt. Pavarotti bog aus den Lauben in einen dunklen Gang ein und lehnte seine Stirn an die kühle, feuchte Wand. Niemals würde er es fertigbringen, Lissie die Wahrheit zu sagen.

Er war der beste Schütze der Einheit gewesen. Die Spezialausbildung hatte er ein paar Wochen vor Amalfi mit Bravour abgeschlossen. Als sie vor Ort waren und die Taktik feststand, wurde ihm ohne Zögern vom Teamchef die beste Position zugewiesen, auf dem Dach der Poste Italiane, fast unmittelbar am Wasser.

Die Terroristen hatten einen Anführer gehabt, der die Verhandlungen führte. Pavarottis Befehl lautete, den Mann zu erschießen. Diesen Augenblick der Verwirrung wollte das Taucherkommando nutzen, das bereits draußen im Wasser auf Position war. Sobald der Kopf der Bande ausgeschaltet war, würden die Taucher das Schiff entern und die übrigen Terroristen überwältigen.

Doch dazu kam es nicht.

In seiner Einheit waren alle davon überzeugt, Pavarotti habe schlicht keine Schussmöglichkeit gehabt. Seine Kameraden klopften ihm auf die Schulter und sagten, wenn *er* keinen Treffer hätte erzielen können, dann sei niemand dazu in der Lage gewesen. Pavarotti hätte schreien können, aber er war stumm geblieben und hatte bloß genickt.

Eine Sekunde lang war der Kopf des Mannes am Fenster der Brücke zu sehen gewesen. Der Mann hatte einen Telefonhörer am Ohr gehabt. Vermutlich verhandelte er gerade mit den Amerikanern oder sonst wem und war kurz abgelenkt. Es handelte sich um eine minimale Chance, aber Pavarotti wusste, dass ihm der Kopfschuss dennoch gelungen wäre.

Er hatte es nicht gekonnt. Einfach nicht fertiggebracht. Sein rechter Zeigefinger hatte den Abzug berührt, aber sein Gehirn war nicht in der Lage gewesen, seinem Finger diesen winzigen Impuls zu übermitteln, der genügt hätte, die Kugel auf ihren tödlichen Weg zu bringen.

Er hatte noch niemals zuvor einen Menschen getötet. Damals, auf dem Dach, als er bäuchlings mit der Waffe im Anschlag dalag, war ihm mit einem Mal klar geworden, wie groß der Unterschied zwischen einem Menschen und einem Pappkameraden war. Dabei spielte es keine Rolle, ob der Mensch, auf den er zielte, selbst ein Mörder war.

So groß die Entfernung zwischen ihm auf dem Dach und dem Mann da draußen auf dem Meer damals auch war, sie war nicht groß genug gewesen, um seine Hemmung verschwinden zu lassen.

Pavarotti hörte, wie ein paar Meter weiter, draußen in den Lauben, Menschen vorbeieilten. Kinder schnatterten. Gelächter. Das Klack-klack eines Wanderstocks auf dem Pflaster. Aus dem rhythmischen Klacken wurde das Schrab-schrab eines Helikopters, und Pavarotti sah sich aus der Kabine des Helis stürzen und die Lage auf dem Schiff erfassen.

Menschen, die auf dem Boden sitzen und wimmern. Blut auf den Decksplanken. Eine Mutter, die ihr Kind umklammert. Ein Schaumstoffkissen treibt im Wasser.

Dann schaute er hoch zu den riesigen Kampfhubschraubern, die über seinen Kopf hinwegdonnerten, und wenig später hörte er eine gigantische Explosion und sah eine Feuersäule, die in der Ferne aus dem Wasser aufstieg.

***

Als Pavarotti die Treppe zum Kommissariat erklomm, wurde die Tür aufgerissen. Im Eingang stand Emmenegger und grinste von einem Ohr zum anderen.

Unwillkürlich musste Pavarotti lächeln. »Sergente! Wie

schön, Sie wieder in der Dienststelle zu sehen. Aber ich dachte, Sie müssen noch ein paar Tage liegen?«

»Hab mich schneller erholt, als die Ärzte dachten«, grinste Emmenegger. »Trinken wir einen Espresso?«

Als sie zehn Minuten später über den Kornplatz schritten, blickte der Sergente prüfend nach oben. »Da bahnt sich was an, Commissario. Wird eh Zeit.«

Der Himmel hatte die Farbe von Blei. Pavarotti meinte, ein dumpfes Grollen in der Ferne zu hören.

Der Sergente hörte aufmerksam zu. Nachdem Pavarotti geendet hatte, blieb es eine Weile still. Emmenegger kratzte sich hinter dem Ohr. »Glauben Sie ernsthaft, dieser Dampfer, diese … Unglücksherzogin … die hat was mit der Sache zu tun? Ich glaub, es ist viel einfacher. Der Magnus Braunhofer war's. Wie Sie vermutet haben.«

Pavarotti zuckte mit den Schultern. »Sie haben ja recht. Andererseits … Schauen Sie sich die Daten an. Und es war tatsächlich LeStelle – für die Braunhofer fast dreißig Jahre lang gearbeitet hat –, die die Routen und Schiffe der Reederei Starmalfi übernommen hat.«

Emmenegger schaute ihn überrascht an.

»Das hat mir die Personalchefin von LeStelle eben bestätigt«, sagte Pavarotti. »Die Übernahme der Starmalfi war LeStelles Einstieg ins Kreuzfahrtgeschäft, damals, Mitte der Achtziger. Als sie gemerkt haben, was sie da erworben haben, war es zu spät. Die vorhandenen Unterlagen waren ein Witz, und plötzlich kamen weitere Schulden zum Vorschein. Um ein Haar wäre LeStelle ebenfalls in Konkurs gegangen, wie ihre Vorgängerin.«

Pavarotti trank seinen Espresso aus und klappte die Mordakte zu. »Auf jeden Fall sollten wir der Sache nachgehen. Uns sind ohnehin die Hände gebunden, solange Braunhofers DNA-Analyse noch nicht vorliegt.«

Er überlegte. Die Presse war damals wie ein Heuschrecken-schwarm über Amalfi hergefallen. »Emmenegger, Sie sind doch so ein Internetfuchs. Schaffen Sie mal die Zeitungsberichte über die Katastrophe herbei. Möglichst komplett.«

»Es geht um Fotos, Commissario. Stimmt's?«

Pavarotti warf ihm einen anerkennenden Blick zu. »Richtig, Sergente. Als die Passagiere von Bord gingen, haben sich die Paparazzi regelrecht auf sie gestürzt. Die Chance ist natürlich nur minimal. Aber vielleicht findet sich ja doch irgendwo ein Foto von Braunhofer oder diesem Mädchen. Und danach besorgen Sie die Passagier- und Besatzungsliste der ›Duchessa di Malfi‹. Es kann natürlich sein, dass Braunhofer wieder einen anderen Namen benutzt hat.« Er verzog das Gesicht. »Oder dass er überhaupt nicht auf dem Schiff war und wir einer Schimäre nachjagen.«

»Und Sie, was tun Sie derweil, Commissario?«

»Ich versuche, den Ispettore aus Amalfi zu erreichen. Er müsste inzwischen um die achtzig sein. Ich hoffe, er lebt noch.«

Während sie über den nach Kohlendioxid stinkenden Kornplatz zurückgingen, sagte Emmenegger mit einem Seitenblick: »Bei allem Respekt, Commissario. Gesetzt den Fall, der junge Braunhofer ist irgendwie auf dieses Schiff geraten. Was kann denn das mit seiner Ermordung nach so langer Zeit zu tun haben?«

Pavarotti blieb stehen und schaute Emmenegger an. »Ich weiß es nicht, Sergente. Es ist nur ein Gefühl. Dieser Mann besaß die Gabe, Menschen ins Unglück zu stürzen. Mein Bauchgefühl sagt mir: Wenn sich einer wie Braunhofer plötzlich inmitten von Gewalt und Mord wiederfindet, dann muss das wie ein … Stimulans auf ihn gewirkt haben.«

Emmenegger fing an zu nicken. »Ich versteh, was Sie meinen, Commissario. Es ist so ähnlich wie bei einem Theaterschauspieler. Wenn man den auf eine Bühne stellt, dann fängt er automatisch an, seine Rolle zu spielen.«

»So ähnlich. Vielleicht ist an diesem fürchterlichen Tag etwas passiert, von dem wir noch nichts wissen. Etwas, das Michael Braunhofer bis in den Tod verfolgt hat.«

★★★

»Luciano! Was für eine Überraschung. Wie lang ist es her?«

»Fast auf den Tag genau siebenundzwanzig Jahre, Ispettore Bassida«, sagte Pavarotti.

»Nicola, wenn ich bitten darf. Den Ispettore kannst du vergessen. Ich bin seit über fünfzehn Jahren pensioniert.« Bassida lachte glucksend. »Der Ruhestand schmeckt mir nicht. Ich komme um vor Langeweile. Aber ich will mich nicht beschweren. Bin zumindest im Kopf noch fit. Sprechen wir nicht von mir. Wie alle alten Männer bin ich boshaft und rieche schlecht. Damit ist alles gesagt. Was ist mit dir, Luciano? Wie ist es dir ergangen?«

Dazu hätte es eine ganze Menge zu sagen gegeben. Pavarotti entschied sich für eine radikale Kurzfassung. »Ich bin inzwischen bei der Kripo, Isp… hrmmm. In Südtirol, genauer gesagt, in Meran.« Er schaute an sich herunter. »Vermutlich würden Sie mich gar nicht wiedererkennen. Ich habe etwas … zugelegt seit damals.«

Bassida lachte schallend. »Kein Wunder, bei der ruhigen Kugel, die du da oben schiebst. Meran, ja?« Erneutes Glucksen. »Aber beruhig dich. Wenn du die achtzig noch erlebst, ist der Appetit plötzlich wie weggeblasen. Was ist in Meran so Fürchterliches passiert, das dich zu einem Anruf bei dem alten Nicola treibt?«

Pavarotti holte Luft. »Es geht wieder um diese alte Sache, bei der wir uns kennengelernt haben. Die ›Duchessa di Malfi‹. Erinnern Sie sich daran?«

»Ob ich mich daran erinnere, fragt er. Bist du jetzt verrückt geworden? Wie sollte das irgendjemand vergessen? Mein Gott. Dieser Knall. Und dann der verdammte Wind. Er trieb den ganzen Gestank in die Stadt, den Gestank nach verbranntem …« Bassida sprach nicht zu Ende, wofür ihm Pavarotti dankbar war. »Weißt du noch, wie du mir geholfen hast, den Gemeindesaal auszuräumen und Decken zu organisieren? Wie die Leute geschlottert haben, trotz der Hitze? Dann kamen die Reporter. Erinnerst du dich, wie wir die Türen verrammelt haben?«

»Ja, ich weiß«, sagte Pavarotti nur.

Er hörte das Klicken eines Feuerzeugs, danach Bassidas trockenen Husten. Über sechshundert Passagiere hatten sich in dem Saal aneinandergedrängt. Die Krankenwagen waren gekommen, hatten Menschen auf Tragen gelegt und waren wieder gefahren. Unermüdlich hatten die Amalfitaner für die Leute gekocht und Essen und Wein zum überfüllten Gemeindesaal gebracht. Es war ein ständiges Kommen und Gehen, die ganze Stadt war auf den Beinen.

Während die Leute aßen, hatte Bassida begonnen, die Zeugenaussagen aufzunehmen, den Pfarrer von Amalfi im Schlepptau. »Konnte nicht viel ausrichten, der Pfarrer«, sagte Bassida. »Ein Kind stand direkt daneben, als sie den Passagier erschossen haben. Hat Blut und Gehirnmasse ins Gesicht bekommen.«

»Können Sie sich an einen Jungen namens Michael Braunhofer erinnern?«, fragte Pavarotti. »Wir haben hier einen Toten in einem Mordfall, der sich als Michael Braunhofer entpuppt hat. Wir vermuten, dass er Passagier auf der ›Duchessa di Malfi‹ war.«

Ein paar Sekunden blieb es still. Bis auf das typische Knistern, wenn die Glut der Zigarettenspitze Tabak und Zigarettenpapier ansengt.

»Michael Braunhofer«, sagte Bassida schließlich. »Ist lange her, dass ich den Namen auf der Zunge gehabt hab.«

»Sie kennen ihn? Tatsächlich?«, sagte Pavarotti aufgeregt. Also doch.

»Kennen wäre zu viel gesagt«, erwiderte Bassida. »Michael Braunhofer kann unmöglich euer Mordopfer sein, Luciano. Er war schon tot, bevor ich damals seinen Namen das erste Mal gehört habe.«

Bassida seufzte. »Michael Braunhofer war eine der Geiseln, die von den Palästinensern zum Umsteigen in das Schnellboot gezwungen worden sind. Die Explosion hat ihn zerfetzt, von ihm ist nichts übrig geblieben. Genauso wenig wie von den anderen vier Passagieren.«

Drittes Buch

Wer war der Tote im Pavillon?

1

Meran – Dienstag, 31. Juli, am Nachmittag

Unruhig tigerte Lissie durchs Haus. Seit Pavarotti am Vormittag völlig aufgelöst aus dem Nikolausstift gerannt war, hatte sie nichts mehr von ihm gehört. Sie wählte seine Handynummer. Mailbox.

Was ging da vor?

Lissie war fest davon überzeugt, dass es einen Zusammenhang zwischen Michael Braunhofer und der »Duchessa di Malfi« gab. Es sprang einem ja förmlich ins Auge. Vermutlich hatte ihm seine Freundin Emma den Laufpass gegeben. Seine Eltern würden ihn nicht vermissen. Und da beschloss Michael Braunhofer kurzerhand, das zu tun, wovon er als kleiner Junge immer geträumt hatte. Nämlich zur See zu fahren.

Die Reederei, sowieso chronisch knapp bei Kasse, hatte bestimmt nicht lange gezaudert, einen kräftigen jungen Kerl einzustellen, der volljährig war. Und dann hatte sich Michael Braunhofer schnell nach oben gearbeitet, wobei ihm sein Geschick, andere für seine Zwecke zu missbrauchen, sicher geholfen hatte.

Lissie klappte ihren Koffer zu, dann wieder auf. Sie setzte sich auf die freie Seite des Bettes. Auf der anderen Seite lag Spock und schlief.

Plötzlich erstarrte sie. Sie blieb einen Moment ganz still sitzen und spitzte die Ohren. Auch der Hund hatte kurz den Kopf gehoben.

Bloß das übliche Knarzen der Eichenbalken.

Lissie wählte die Festnetznummer des Kommissariats. Besetzt.

Pavarotti wäre sie liebend gern los, das war nur zu offensichtlich. Aber er war ein netter Kerl; er würde es nicht über sich bringen, sie zum Teufel zu jagen.

Also musste sie das selbst übernehmen. Adieu, Detektivarbeit. Zurück in ihr altes, überflüssiges Leben.

Es war vorbei.

Sie merkte erst, dass sie weinte, als etwas auf ihre Hose tropfte.

Ein trockener Roter, dann packe ich endgültig, beschloss sie.

★★★

Als Lissie die zweite Flasche geleert hatte, war der Nachmittag vorbei. Die Außenbeleuchtung im Garten sprang an. Lissie schreckte hoch und stieß dabei ihr Glas um, das auf dem Küchenboden in tausend Scherben zersprang.

»Scheiße!« Als sie laut fluchend die Glassplitter zusammenfegte, fiel ihr Blick auf einen Zettel, der unter dem Küchentisch auf dem Boden lag.

Es war die Nachricht von Justus, die der Junge ihr neulich hinterlassen hatte. Sie wollte sie schon zusammenknüllen, da stach ihr etwas ins Auge.

Ach übrigens, →

Lissie drehte den Zettel um. Als sie sah, was Justus auf die Rückseite geschrieben hatte, gefroren ihre Nerven zu Eis.

Du hast recht gehabt, neulich. Okay, okay. In der Apotheke von dieser Irrenanstalt, da unten an der Passer, da wird nachts das Zeug vertickt.

Sie hatte gespürt, dass mit der Klinik etwas nicht stimmte!

Bruno und seine Nachtschichten fielen ihr ein. Deshalb ließ sich der Kerl ständig für den Nachtdienst einteilen!

Und deshalb standen Pforte und Eingangstür der Klinik permanent offen! Von wegen Freiheit heilt!

Bestimmt hatte Bruno wieder Dienst heute Nacht.

Lissie kochte sich einen starken Kaffee und warf zwei Paracetamol ein.

Ihr Gehirn funktionierte tadellos, nicht aber die Koordination ihrer Gliedmaßen. Als sie das Haus verließ, schwankte sie und suchte Halt am Zaun neben der Eingangstür.

Plötzlich war ihr, als seien die Fenster im obersten Stock des Nikolausstifts für einen kurzen Moment hell erleuchtet gewesen. Sie kniff die Augen zusammen.

Das Erkerzimmer, in dem die alte Hochleitnerin gewohnt hatte, war dunkel wie eh und je.

2

Bozen – Dienstag, 31. Juli, am Abend

»Ich hab's dir doch gesagt. Der Mord an Cabruni hat mit den Hiesigen nichts zu tun. Das war ein Profi.« Kohlgruber gestikulierte, anstatt sich aufs Fahren zu konzentrieren. »Denk dran, was deine Deutsche herausgefunden hat. Die Offiziere auf der ›Stella Maris‹ haben sich verschworen und einen Killer nach Meran geschickt.«

Pavarotti hörte gar nicht hin. Sein Kopf hämmerte, und seine Augen brannten. Trotzdem kam es nicht in Frage, das Kinoticket verfallen zu lassen. Ein Besuch im Bozner Filmclub war ein bewährtes Anti-Frust-Mittel. Warum hatte er eigentlich nicht Lissie statt Kohlgruber gefragt, ob sie Lust hätte, ihn zu begleiten?

»Kohlgruber, da links ist eine Parklücke.«

Aber Kohlgruber fuhr stur weiter. »Meinst du vielleicht, ich lauf einen Kilometer? Ich kriege eine nähere.«

»Kriegst du nie.«

Kohlgruber warf ihm einen verächtlichen Blick zu und bog zum zweiten Mal in die Dr.-Streiter-Gasse ein. Nicht alle Fahrradständer vor dem Filmclub waren besetzt. Ein junges Paar wollte gerade vom Rad steigen, da scherte Kohlgruber aus und stellte sich mit seinem Mini vor die freien Plätze. Der Junge rief empört: »Sie fahren jetzt sofort da weg!«

Kohlgruber stieg lässig aus. »Polizeieinsatz, undercover«, sagte er und stieß Pavarotti an. Der nickte schwach.

»Lass uns noch eine Runde um den Block drehen. Ich brauche frische Luft.« Kohlgruber schaute Pavarotti prüfend an. »Du bist käseweiß im Gesicht. Ist es wegen des Falls?«

Pavarotti zuckte die Schultern. »Jetzt können wir wieder von vorn anfangen. Wahrscheinlich hieß der Kerl wirklich Cabruni und ist einfach vom Himmel gefallen.« Er sog die Abendluft ein. Der Druck auf seinen Magen ließ etwas nach.

»Aber ich dachte, Ladinser hat ihn erkannt?«

Pavarotti stöhnte. »Den hätte ich viel härter anfassen müssen. Er hat den Mann nicht wirklich erkannt. Sondern bloß ein Foto.«

»Ein Foto?«

»Ladinser hat heute ausgesagt, dass er damals aus Versehen einmal die Uniformjacke von Cabruni angezogen hat. In der Tasche hat Ladinser ein Foto entdeckt, auf dem der junge Braunhofer mit einem Mädchen zu sehen war. Es war dasselbe Foto, das wir von Braunhofers Mutter bekommen haben.«

»Ihr habt euch auf die Braunhofers versteift, und das wegen eines einzigen Fotos? Die Aufnahme konnte Cabruni doch sonst woher haben. Ich bitte dich.«

Pavarotti kniff die Lippen zusammen. »Ladinser sagt, es hat klick gemacht, als er das Foto gesehen hat.«

Kohlgruber verdrehte die Augen. »Klick macht's bei dem bloß, wenn er den Verschluss einer Schnapsflasche aufschraubt. Ich jedenfalls würde niemanden wiedererkennen, den ich zum letzten Mal im Alter von zehn gesehen hab.«

Pavarotti spielte seinen letzten Trumpf aus. »Aber warum hätte der Mann sonst zu Ladinser sagen sollen: ›Ja gut, du hast recht, ich bin Michael Braunhofer?‹«

Kohlgruber zuckte die Achseln. »Wahrscheinlich war Ladinser damals schon ständig betrunken. Was würdest du machen, wenn dich unbedingt einer erkannt haben will, der einen Rausch hat? Luciano, da hast du dir einen schönen Bären aufbinden lassen. Komm, es fängt gleich an.«

All die vertane Zeit.

Mit Grauen dachte Pavarotti an die Psychiatriepatienten in der Klinik, die er noch einmal befragen musste.

Im Kino griff Kohlgruber sofort nach einer Tüte Popcorn. Pavarotti knirschte mit den Zähnen und versuchte, die Geräuschkulisse auszublenden.

Raschel. Knister. Popp.

★★★

Ingrid Bergman zeichnet mit den Zinken einer Gabel einen Umriss auf ein weißes Tischtuch. Plötzlich fängt Gregory Peck an, sich zu winden und schreit, dass sie aufhören soll.

Pavarotti wäre am liebsten aufgestanden und wieder gegangen.

Als die ersten Szenen über die Leinwand flimmerten, hatte er zu seinem Schrecken feststellen müssen, dass der Film in einer psychiatrischen Klinik spielte.

Kohlgruber stieß ihm im Dunkeln in die Seite und kicherte.

»Spellbound« war einer der wenigen Hitchcock-Streifen, die Pavarotti nicht kannte. Seine Lieblingshelden waren James Stewart und Cary Grant. Gregory Peck hat er nie besonders gemocht.

Gregory Peck als neuer Chef einer psychiatrischen Klinik. Sein Benehmen ist eigenartig. *Viel zu jung*, sagt Pecks Vorgänger.

... nicht der Richtige. Jung.

War es Anselm Matern, an den ihn diese Worte erinnerten? Vielleicht war auch er ein falscher Fünfziger, genauso wie Gregory Peck einer war?

Pavarotti beobachtete, wie Ingrid Bergman ihre Post mit einem spitzen Brieföffner aufmachte. Der Brieföffner verursachte ein scharfes Geräusch.

Brieföffner. Schere. Magnus und Michael Braunhofer. Immerhin wussten die Eltern jetzt Bescheid, wie ihr Sohn ums Leben kam. Nicht, dass es sie sonderlich interessiert hatte. Bassida hatte schon damals alles unternommen, um die Familie ausfindig zu machen. Die Frankfurter Adresse im Pass des toten Jungen war eine Sackgasse. Niemand hatte gewusst, wohin die Braunhofers mit Sack und Pack verschwunden waren.

Gedächtnisverlust. Schuldkomplex.

Gregory Peck hat furchtbare Angst, dass er jemanden ermordet hat.

Vielleicht hatte auch Cabruni einen Gedächtnisverlust? Wusste er nicht mehr, wer er war? Vielleicht brauchte er eine neue Identität, weil er sonst keine hatte?

Es ist, als ob ich in einen Spiegel schaue und bin doch nicht da.
Hatte sich Michael Cabruni so gefühlt?

Zeigen Sie sein Foto, hörte Pavarotti jemanden auf der Leinwand sprechen.

Warum hatte Cabruni das Foto des jungen Braunhofer mit dem Mädchen in der Tasche gehabt? Kein Zufall, unmöglich. Zwischen Cabruni und Braunhofer musste es eine Verbindung gegeben haben.

Kohlgruber hatte unrecht. Ladinser war aus dem Weg geräumt worden.

Wegen des Fotos, das er gesehen hatte.

Pavarotti hörte Gregory Peck sagen:»Ich nahm seine Stelle ein. Ich hab ihn ermordet.«

Nahm seine Stelle ein. Hab ihn ermordet.

Die Sätze fingen an, in Pavarottis Kopf zu kreisen.

Weil ich mit ihm zuletzt zusammen war. Weil ich mich mit ihm identifizierte.

Hinter Pavarottis Augen pochte der Kopfschmerz. Er drückte sich durch die Sitzreihen und schaffte es gerade noch bis zur Toilette, bevor er eine gelbliche, nach Galle schmeckende Flüssigkeit erbrach.

Als er so weit war, wieder in den Flur hinauszutreten, öffneten sich die Saaltüren. Kohlgruber kam kopfschüttelnd heraus.

»Es ist nicht zu fassen. Stell dir vor, der Kerl hat es wegen eines Jobs getan. Du siehst noch schlechter aus als vorhin. Komm, wir fahren.«

Wegen eines Jobs? Als sie auf der Autobahn waren, formte sich in seinem Kopf eine Idee.

Er holte sein Handy hervor und schaltete es ein.

Sieben Anrufe in Abwesenheit, der letzte vor ein paar Minuten. Seine eigene Festnetznummer. Justus! Er wählte, aber es hob keiner ab.

Lissie. Fünf Mal hatte sie versucht, ihn zu erreichen. Mit fliegenden Fingern wählte er ihre Nummer. Mailbox.

Der dritte Anrufer war Emmenegger. Die Passagierliste der »Duchessa di Malfi« war eingetroffen und lag auf Pavarottis

Schreibtisch. »Und Sie werden's nicht glauben, wer da draufsteht, Commissario!« Der Name, den Pavarotti hörte, verstärkte das enge Gefühl in seiner Brust.

Er schaute auf die Uhr. Kurz nach zehn. Trotz der späten Stunde wählte er eine Nummer in Amalfi. Nach dem Telefonat schwieg er eine Weile.

»Fahr schneller«, sagte er zu Kohlgruber.

»Ist dir schlecht? Soll ich anhalten?«

»Nein. Du hältst nachher am Kornplatz an. Und jetzt drück aufs Gas.«

»Wieso denn? Ich bin doch eh schon am Tempolimit!«, begehrte Kohlgruber auf.

»Tu's einfach.«

3

Meran – Dienstag, 31. Juli, zur selben Zeit

Lissie hangelte sich am Geländer des Steinernen Stegs entlang. Manchmal wechselte sie zur anderen Seite der Brücke, weil ihre Beine das so wollten.

Sie tastete in der Tasche nach ihrer Taschenlampe. Ach so. Nicht mehr da. Egal.

Endlich drüben.

Da waren mehrere Gartenpforten. Welche war die richtige? Lissie griff nach einem Knauf – und ins Leere. Das Gebäude bekam Schlagseite, und Lissie klammerte sich an der rauen Oberfläche der Mauersteine fest.

Wütend schlug sie mit ihrem Fuß gegen die Gitterstäbe. Gaben nach. Na also.

Als sie sich aufs Klinikgelände geschleppt hatte, beschloss sie, erst einmal in einen Wacholderbusch zu kriechen.

Nachdenken.

Ihre Füße verhedderten sich im Gestrüpp. Lissie fiel hin und begrub einen Teil des Wacholders unter sich.

Als sie sich stöhnend aufzurichten versuchte, hörte sie ein Rascheln.

Bevor sie darüber nachdenken konnte, spürte sie einen stechenden Schmerz im Hals. In der nächsten Sekunde wurde alles schwarz.

***

Lissie wollte die Augen öffnen. Es klappte nicht. Sie versuchte sich zu erinnern, wer ihr die Lider zugeklebt hatte. Doch sie hatte Ohrensausen und konnte ihre Gedanken nicht hören.

Sie fühlte, dass sie ausgestreckt dalag. Die Beine ließen sich nicht bewegen.

Arme?

Nein.

Schmerzen an den Gelenken. Riemen. Schnitten tief ein. Ihre Füße schmerzten. Das Blut in ihnen pochte.

Lissie tastete mit den Fingerspitzen. Gittermuster. Chemiefaser.

Das Gemurmel hinter ihr wurde lauter. Lissie hörte aber nur Vokale. UUU. OU. AAA.

Zwei Männer. Wütend.

Auf einmal purzelten die Konsonanten zwischen die Vokale, und sie konnte einige Worte verstehen.

»… die Bullen auf den Hals hetzen? Und das wegen ein paar Euro, die … Scheißverdienst! Ich hätte dir niemals trauen sollen.«

Lissie kannte die Stimme.

Murmeln. Wer war der andere?

»Mit der Frau stimmt was nicht. Ach nein. Stell dir vor, das hab ich auch schon gemerkt … besser gewesen … auf den Zahn zu fühlen!«

Schritte näherten sich. Auf einmal kreisten die Stimmen über ihrem Kopf.

»Leg sie zu der kleinen Steyrer ins Zimmer. Ich wollte eigentlich noch warten, aber das hast du mir jetzt verpatzt. Machen wir halt einen Doppel-Selbstmord draus.« Leises Lachen.

Lissie erschrak.

Ihr Körper bewegte sich. Schritte auf den Fliesen. Es hallte.

Ruckeln. Nach oben. Ihr Kopf fiel zur Seite und stieß gegen etwas. Schmerzen.

Herzklopfen hinter den Ohren. Brust platzt. Wie ein Ballon. ANGST.

Ein weißer Punkt. In der Ferne. Will nicht.

Ihre Lider flattern.

Punkt kommt näher. Wird größer,

nur noch weißes Rauschen

***

Ihre Schulter zuckt auf und nieder. Ihr Kopf pendelt hin und her. Hämmern. So weh.

Lissie versucht zu blinzeln. Eine Hand, die sich in ihre Haare krallt.

Ein Finger, der sich zwischen ihre Schulterblätter bohrt. Jemand leuchtet ihr ins Gesicht. Sie öffnet die Augen, stechender Schmerz zuckt durch ihren Kopf.

»Mensch, so wachen Sie doch endlich auf!«

Etwas ziept am Fuß. Röcheln im Hals. Eine widerwärtige dickliche Flüssigkeit in ihrer Mundhöhle. Bitter. Gallert.

Lissie rollte sich zur Seite und übergab sich neben die Trage. Dann versuchte sie sich aufzurichten. Es funktionierte.

Über ihr stand Hanna Landsberg, die an ihrem Fußgelenk nestelte.

»Ich hab mir schon gedacht, dass sie die alten Lederriemen aufgehoben haben«, sagte Hanna in neutralem Ton. »Uralt, aber tadellos. Können Sie aufstehen?«

Lissie öffnete den Mund, aber es kam nur Krächzen heraus. Sie brauchte mehrere Versuche, dann stand sie schließlich mit schlotternden Knien neben dem Bett.

»Kommen Sie. Wir müssen hier weg, bevor die zurück sind. Sie müssen mir mit der Kleinen helfen.« Langsam drehte Lissie den Kopf. Sylvie Steyrer saß zitternd und mit schreckgeweiteten Augen auf ihrem Bett neben dem Fenster.

»Was ist jetzt? Los!«, drängte die Landsberg. »Die haben Ihnen auf die Schnelle bloß Pentothal gespritzt, sonst wären Sie nicht schon wieder auf den Beinen. Ich wette, die sind gleich wieder da. Dann sind wir erledigt.«

»Materns Stimme ...«, stammelte Lissie.

Die Landsberg warf ihr einen verächtlichen Blick zu. »Sie haben sich erwischen lassen, Sie dumme Kuh.« Sie schnupperte an Lissie. »Wie blöd kann man sein, vorher zu saufen?«

Lissie gab keine Antwort. Ihre Hand krampfte sich um den Metallrahmen der Liege, auf der sie festgeschnallt gewesen war.

Alk muss weg. Sie steckte den Finger in den Mund und erbrach sich zum zweiten Mal. *Besser.*

Hanna Landsberg war gerade dabei, Sylvie um die schmale

Taille zu fassen und sie vom Bett zu ziehen. Sylvie machte nicht mit, sondern sank auf dem Boden in sich zusammen. Sie zitterte noch stärker als vorher.

»Jetzt helfen Sie mir endlich.« Die Landsberg stieß Lissie in die Seite. »Die Kleine ist wieder vollkommen zugedröhnt.«

Lissie legte Sylvies linken Arm um ihre Schulter, Hanna zog auf der anderen Seite. Gemeinsam stellten sie die junge Frau auf die Füße.

Als sie draußen auf dem Flur waren, zeigte Hanna auf eine kleine Tür am Ende des Gangs.

»Die Tür dahinten. Da geht's zu einem Quergang, der zum Turm führt. Der ist baufällig und wird nicht mehr benutzt. Da sucht uns hoffentlich keiner.«

Sylvies Füße schleiften über den Boden und machten ein schabendes Geräusch.

»Ich muss ihr erst was gegen ihren Zustand geben. So kommen wir nicht weit.«

Mit klopfendem Herzen schaute sich Lissie um. Der Flur lag dunkel und leer hinter ihnen. Hatte sich dort ein Türknauf bewegt?

★★★

Im Turmzimmer war es drückend schwül. Es roch nach feuchtem Holz und altem Putz, dessen Überreste überall herumlagen. Der Dielenboden knarzte unter ihren Schritten. Sie setzten Sylvie in einen alten Schaukelstuhl.

Hanna stöhnte und fasste sich an den Rücken, als sie sich aufrichtete. »Mannomann. Wie kann jemand so schwer sein, der kaum noch Fleisch auf den Knochen hat? Machen Sie das Fenster auf. Wir brauchen Frischluft.«

Sylvie war kalkweiß im Gesicht. Ihr Körper sah aus wie ein Skelett aus einer Arztpraxis, dem ein Spaßvogel ein weißes Nachthemd übergezogen hatte. Ihre Augen waren riesig. Sie bewegten sich nicht. Ihre Lider schienen vergessen zu haben, wie man blinzelte.

Hanna Landsberg wühlte in der Tasche ihrer unförmigen Hose und förderte eine kleine Wasserflasche und zwei weiße Tabletten zutage.

»Sind die aus Ihrem Gartenvorrat?«

Hanna begann, die Tabletten in dem Wasser aufzulösen. Sie grinste.

»Ich hab Sie neulich beobachtet, wie Sie mir hinterhergeschnüffelt haben da draußen. Als nichts passiert ist, hab ich gewusst, dass Sie okay sind. Hab mehrere Verstecke. Ist sicherer so.« Sie ging vor dem Schaukelstuhl in die Hocke. »Im Garten, die sind alle von Sylvie. Ich hab geschaut, dass sie so wenig wie möglich nimmt. Aber sie haben sie oft gespritzt, da konnte ich nichts tun.«

»Aber … die Tüte … das waren Hunderte!«, rief Lissie entsetzt.

Hanna Landsberg zuckte mit den Achseln.

»Was geben Sie ihr da?«

»Codein«, antwortet Hanna. »Ich hoffe, es macht sie wach. Was Besseres hab ich nicht.« Sie schüttelte die Flasche, öffnete den Mund der jungen Frau und goss ihr das Tablettenwasser in die Kehle.

»Sylvie hat nie versucht, sich umzubringen«, sagte Hanna Landsberg. »Das ist eine Lüge. Nach ihrer Einweisung hat der feine Matern sofort damit begonnen, ihr Psychopharmaka zu verabreichen. Ich vermute, sie haben sie auch mit Drogen vollgepumpt. Sie bekam Halluzinationen, sie fing an, sich Löcher ins Fleisch zu bohren, und zeigt mittlerweile jedem ihre Muschi. Sie wollte sogar, dass ich sie …« Hanna Landsberg verzog angeekelt das Gesicht. »Pfui Teufel … So weit haben die Schweine sie gebracht.«

»Woher wissen Sie das alles?«

»Schreien Sie doch nicht so! Wollen Sie, dass die uns finden?« Die Frau runzelte ärgerlich die Stirn. »Sylvie gehört das Geld. Ich vermute, Max hat Matern eine Menge bezahlt, damit er Sylvie unauffällig beiseiteschafft.«

»So ist das. Die Schweine sorgen dafür, dass sich ihr Zustand

mehr und mehr verschlechtert. Am Ende begeht sie Selbstmord, diesmal mit Erfolg. Niemand wird Verdacht schöpfen«,
flüsterte Lissie.

Hanna Landsberg nickte. »Die Selbstmordrate ist extrem
hoch hier.«

Sylvies Oberkörper kippte nach vorn.

»Um Gottes willen«, stieß Hanna Landsberg hervor. »Sie
hat viel zu viel intus. Das bisschen Codein kommt dagegen
nicht an.« Sie schüttelte das Mädchen. Keine Reaktion. »Ihr
Atem wird immer flacher. Wir brauchen mehr von dem Zeug.
Ich hab noch eine Ration in meinem Zimmer, hinter dem
Spülkasten.«

»Ich hole es«, sagte Lissie entschlossen. Hanna Landsberg
schaute sie an. »Erdgeschoss, nach der Treppe rechts, drittes
Zimmer. Aufpassen, die letzte Treppenstufe knarzt.«

Lissie nickte und huschte aus dem Turmzimmer.

★★★

Als Pavarotti kurz vor elf am Steinachplatz um die Ecke bog,
sah er eine Gestalt auf der Türschwelle sitzen.

»Justus«, rief er. »Was tust du hier? Wo ist dein Schlüssel?«

Der Junge rappelte sich auf und lief auf ihn zu.

»Luzi, wo warst du denn? Ich hab gewartet und gewartet.«
Aufgeregt trat Justus von einem Bein auf das andere.

»Was ist los?«

»Es ist wegen Tante Liz. Sie ist nicht im Stift. Und dabei
wollten wir morgen ganz früh um fünf los, zum Ifinger, damit
wir vor dem Mittag oben sind!«

Pavarotti legte Justus einen Arm auf die Schulter. »Vielleicht
ist ihr was dazwischengekommen.«

Aber Justus schüttelte heftig den Kopf. »Nein!« Dann schaute
er verlegen zur Seite. »Es ist so … Ich hab …« Der Junge ver-
haspelte sich, hörte auf zu sprechen. Aber dann brach es doch
aus ihm heraus. »Ich hab ihr einen Zettel geschrieben. Da steht
drauf, wo ich das Muckipulver herhab. Und jetzt …« Er schrie

inzwischen fast. »Der Zettel liegt auf dem Tisch, daneben zwei leere Weinflaschen. Luzi, die ist da hin, mitten in der Nacht!«

★★★

Lissie griff hinter den Spülkasten und ertastete ein kleines Röhrchen. Sie öffnete es. Zwei bräunliche Tabletten. Verdammt, die würden nie und nimmer reichen. Gab es vielleicht noch ein Depot? Lissie fasste in die Wandritze hinter dem Spiegelschrank im Bad, dann ging sie ins Schlafzimmer und tastete in die Zwischenräume zwischen Bett und Matratze. Nichts.

Erneut wechselte sie ins Bad. Eine der Fliesen an der Badewanne besaß einen Schnappverschluss. Lissie fingerte an dem Verschluss, und die kleine Tür sprang auf. Drin befanden sich Überlaufrohre für die Wasserzufuhr der Badewanne, ansonsten – nichts.

Schon im Gehen öffnete sie aus alter Gewohnheit den Spiegelschrank.

Keine Medikamente. Der Schrank war leer bis auf eine bauchige violette Flasche mit Sprühkopf und der goldenen Aufschrift

Poison
Dior

Eine Stimme in Lissies Unterbewusstsein meldete sich, aber sie hatte jetzt keine Zeit. Im Flur drückte sich Lissie hinter einen Mauervorsprung, um die Lage zu peilen.

Unter der Tür zur Apotheke war ein dünner Lichtstreifen zu sehen. Bruno, der überlegte, wie er sie beiseiteschaffen sollte?

Plötzlich hörte sie ein dumpfes »Plopp«. Kurz danach wurde die Tür zur Apotheke aufgestoßen.

Bitte mach, dass er nicht das Flurlicht einschaltet, betete Lissie.

Sie sah, dass Matern auf den Lichtschalter drückte, und schloss die Augen. Aber nur das Licht in der Haupthalle ging an.

Matern war an der offenen Tür stehen geblieben und schaute zurück in die Apotheke. Im Schein der Deckenbeleuchtung sah Lissie, dass er einen länglichen Gegenstand in seiner Jackentasche verschwinden ließ.

Matern grinste ekelhaft. Mit dem Fuß gab er der Tür einen Schubs, dass sie zufiel. Sein Blick wanderte zur Treppe. Lissies Nackenhaare richteten sich auf. Doch dann machte Matern auf dem Absatz kehrt und verließ das Haus.

Lissie schlich zur Apotheke und legte das Ohr an die Tür. Kein Laut.

Vielleicht hatte sie die Chance, Medikamente zu beschaffen, solange niemand …

Lissie öffnete die Tür einen Spalt. Was sie sah, ließ sie zurücktaumeln.

Bruno Slawicz saß mit gespreizten Beinen am Boden. Sein Oberkörper lehnte an der Kühlschranktür. Sein Mund stand offen, Blut quoll über die Unterlippe und tropfte auf sein Hemd. Die Augen starrten an die Zimmerdecke. Rotes Sprühmuster verteilte sich auf der Kühlschranktür und dem danebenstehenden Medikamentenschrank. In dem Rot klebten weißgraue Flocken. Dort, wo die Flocken nach unten gerutscht waren, verliefen Schmierspuren. Eine Pistole lag auf Brunos Schoß.

Lissie stolperte zurück und erbrach sich auf den Flurboden. Dann atmete sie tief durch und betrat den Raum. Bloß die Leiche nicht ansehen. Ihr Atem ging stoßweise, aber sie versuchte sich zu beruhigen. Auf dem Tisch lag eine mit dem Computer geschriebene Nachricht. Sie hob sie auf. Darin bezichtigte sich Bruno des illegalen Medikamentenhandels und nahm die Schuld an den Morden an Braunhofer und Klausner auf sich.

Sie brauchten mehr Codein. Schnell. Vielleicht kam Matern noch einmal zurück. Lissie griff nach einem Handtuch, wickelte es sich um die Hand und öffnete den zweiten Medikamentenschrank, der neben dem Fenster stand.

Ihre Augen flitzten über die Regale. Hunderte von Fläschchen und Röhrchen. Aber keine bräunlichen Tabletten. Alles andere war vertreten. Rosa, hellblau. Und weiß. Große und kleine weiße. Kleine weiße …? Etwas passte nicht zusammen. Lissie ging langsam zur Tür, wobei sie es vermied, die Leiche anzusehen. Als sie in der Halle war, hörte sie draußen einen Wagen vorfahren. Sie fing an zu rennen. Keuchend und stolpernd kämpfte sie sich die Treppe zum Turmzimmer hoch.

★★★

Sylvie saß im Schaukelstuhl. Ihre Augen waren geschlossen, der Kopf auf ein Kissen gebettet. Lissie schaute sich um. Wo war Hanna?

Der Mond schien ins Zimmer. Unter dem Schaukelstuhl glänzte etwas im Mondlicht. Als Lissie näher trat, erschrak sie. Unter Sylvies Körper hatte sich eine Blutlache gebildet.

Erst jetzt erkannte sie, dass Sylvies Handgelenke zerfetzt und blutverschmiert waren und dass Blut an Sylvies Fingern entlang zu Boden tropfte. In der Blutlache lag ein großes Messer.

In Panik irrten Lissies Augen im Zimmer hin und her. Nichts zum Abbinden. Sie schaute an sich herunter. Bluse mit Gürtel. Sie riss das Stoffband aus den Schlaufen und kniete sich vor die junge Frau. Mit zitternden Fingern fing sie an, die Wunden zu verbinden.

»Zu spät«, sagte die Stimme von Hanna Landsberg hinter ihr.

»Nein«, rief Lissie und drehte sich um. »Haben Sie …«

Hanna Landsberg stand in der Tür und zielte mit einer Pistole auf sie.

»Was …?«, stammelte Lissie. Dann kam ihr die Erkenntnis. »Falsche Tabletten.«

Die Landsberg lächelte. »Ich hab mir schon gedacht, dass Sie mir drauf kommen würden, wenn Sie erst die richtigen Codeintabletten sehen. Die sind halt nun mal nicht weiß. Aber irgendwie musste ich Sie ja von hier wegkriegen.«

Sie wedelte mit der Pistole. »Lassen Sie die Kleine. Rüber da.«

Lissie warf der Gestalt im Schaukelstuhl einen Blick zu. Hellrot sprudelte es aus dem nicht abgebundenen Arm. Sylvies Nachthemd troff inzwischen vor Blut. Vom Saum sickerten mehrere Rinnsale auf den Boden. Die Blutlache war mittlerweile so groß, dass sie fast Lissies Füße erreichte.

»Wenn Sie nicht sofort von der Kleinen weggehen, schieße ich Sie über den Haufen«, sagte Hanna Landsberg mit ruhiger Stimme. Lissie wich zurück.

Die Pistole weiter auf Lissie gerichtet, trat die Landsberg zu Sylvie und legte ihr zwei Finger an den Hals. »Kaum noch Puls. Gleich hat sie's überstanden.«

Verstohlen fasste Lissie mit einer Hand hinter sich. Fensterrahmen. Fensterbrett. Verbeultes Blech. Staub. Sonst – nichts. Hanna Landsberg würde sie ebenfalls umbringen, kein Zweifel.

»Nehmen Sie Ihre Hände nach vorn«, befahl die Frau.

Zeit gewinnen.

»Dann wollten Sie Sylvie überhaupt nicht retten?« Lissie legte so viel echte Neugier in ihre Stimme, wie sie aufbringen konnte.

Hanna Landsbergs Blick ruhte auf der jungen Frau, die im Sterben lag. »Bis vor Kurzem schon. Die Kleine erinnert mich an meine … eigene Schwester. Die war auch so … ein Spatz. Flattert mit den Flügeln und piepst: Fang mich, quäl mich, töt mich.«

Hanna kniff die Lippen zusammen. »Mir war schnell klar, dass in der Klinik etwas faul ist. Die Patienten haben Angst. Gerüchte über getürkte Selbstmorde. Und das Bargeld. Viel Geld, in einer Tasche, kurz nachdem Sylvie kam. Dank Brunos Vorliebe für seine eigenen Pillencocktails konnte ich mich im Haus ziemlich frei bewegen. Nachts auch im Chefzimmer.«

Ihre Stimme bekam einen missbilligenden Tonfall. »Das einzige Problem war, dass Sylvie mich in der Nacht gesehen hat, als ich den Kerl erledigt hab. Woher hätte ich wissen sollen, dass sie schlafwandelt? Ihr Pech.«

»Sie waren es, die im Pavillon …«, entfuhr es Lissie.

Die Landsberg grinste und hob die Waffe. »Dass er in einem Rollstuhl starb, war das Beste.«

Redenredenredenreden!

»Eine Frage noch.«

»Was bringt es Ihnen, wenn Sie zwei Minuten herausschinden?«

»Warum haben Sie den Mann ermordet? Und was haben Sie davon, Sylvie umzubringen? Das Mädel wusste doch nicht mal mehr seinen eigenen Namen. Von der hätten Sie doch nichts zu befürchten gehabt!«

Die Landsberg nickte langsam. »Das sind zwei Fragen. Sie kriegen eine Antwort. Für mehr reicht Ihre Zeit nicht. Heute hab ich gemerkt, dass sich die Kleine erinnert. Trotzdem wollte ich abwarten. Matern hätte mir die Arbeit abgenommen. Aber dann komme ich heute Nacht in ihr Zimmer, weil ich ihr noch ein paar Pillen verpassen will, und was seh ich? Sie im Zimmer der Kleinen. Das Risiko, dass Sylvies Gefasel Sie misstrauisch macht und Sie doch noch lebend hier rauskommen, war mir zu hoch.«

Ein metallisches Klicken. Hanna Landsberg hatte die Pistole entsichert. »Und jetzt hat mir der liebe Bruno durch seinen Tod einen großen Gefallen getan. Friede seiner Asche. Leben Sie wohl.« Entsetzt sah Lissie, dass die Frau die Pistole hob. Ihr Verstand raste.

»Das ist die Pistole, die bei Brunos Leiche lag, stimmt's?«

Lissie sah, dass die Frau zögerte.

»Und jetzt wollen Sie Bruno den Mord an Sylvie und an mir in die Schuhe schieben?«

Lissie hoffte, dass ihre Nerven sie nicht im Stich ließen. »Was wollen Sie der Polizei weismachen? Dass Sylvie Bruno in der fraglichen Nacht beobachtet hat, wie er mit einem Messer in den Pavillon schlich? Dann werden die denken, dass er mich als Augenzeugin vom Mord an Sylvie auch zum Schweigen bringen musste.«

Hanna Landsbergs Augen blickten kalt. »Sie sind schnell von Kapee, das muss man Ihnen lassen.«

Lissie versuchte, eine überlegene Miene aufzusetzen. »Tja, nur leider wird das alles nicht hinkommen. Bruno hat sich nicht umgebracht. Matern hat ihn erledigt.«

Sie sah, wie Hanna die Augen aufriss.

»Es gibt einen getürkten Abschiedsbrief, und der ist ziemlich verräterisch. Wenn Bruno sein Gewissen erleichtern wollte, würde er alles gestehen, also auch den Mord an Sylvie und mir.«

In Hannas Augen flackerte es. »Danke für den Tipp. Dann vernichte ich halt den Brief.«

»Geht nicht«, log Lissie. »Ich hab den Brief versteckt, aber die Polizei wird ihn schon finden.«

Das Gesicht der Frau färbte sich rot. »Wo ist er? Her damit!«

»Nein!«

Hanna Landsberg sah aus, als wollte sie sich auf Lissie stürzen. Aber dann hielt sie inne. »Sie wollen mich bloß aus der Fassung bringen!«

Ruhig streckte Lissie die Hand aus. »Geben Sie mir die Waffe. Es ist aus und vorbei.«

Hanna Landsberg fletschte die Zähne und stieß einen entsetzlichen Laut aus, der nach Angst und Wut klang. »Dann war es eben die Verrückte hier«, knurrte sie, ließ die Waffe fallen und stürzte sich auf Lissie.

Blitzschnell wich Lissie aus. Dabei verlor sie das Gleichgewicht und knallte gegen das Fenster. Die morsche Fensterscheibe knirschte und brach.

Die spitzen Scherben schlitzten Lissies Haut auf, und sie schrie laut. Da versetzte ihr Hanna einen heftigen Stoß. Verzweifelt ruderte Lissie mit den Armen. Um ein Haar wäre sie rücklings in die Tiefe gestürzt, doch dann bekam sie den Mittelholm des Fensters zu fassen. Glasscherben bohrten sich in ihre Finger.

Die Landsberg packte sie am Unterarm, um ihre Hand von dem Holz zu lösen, das unter Lissies Gewicht ächzte. Mit der anderen Hand versuchte die Frau, Lissies Beine zu packen, um sie über die Fensterbrüstung zu hieven. Lissie wehrte sich und strampelte, doch die Landsberg war kräftig und flink wie eine Bärin.

Lissie trat der Frau mit aller Kraft in den Bauch und merkte leider zu spät, wie dumm das war. Dadurch bekam die Landsberg ihren Fuß zu fassen, den sie eisern umklammert hielt. Dann begann sie, mit der Faust auf Lissies Knie einzudreschen. Schließlich gab das Kniegelenk nach, und eine Schmerzwelle überrollte Lissies ganzen Körper.

Plötzlich wurde ihr Kopf zur Seite geschleudert. Sie hörte einen Schrei und ein Poltern. Ganz weit entfernt. War es ihr eigener Schrei gewesen? War sie vom Turm gestürzt und unten am Boden aufgeschlagen?

Bevor Lissie das Bewusstsein verlor, fragte sie sich verwundert, wie es sein konnte, dass sie immer noch solche Schmerzen hatte. Hörten die Schmerzen nicht auf, wenn man starb?

4

Commissario Luciano Pavarotti saß auf einem Besucherstuhl in der Eingangshalle. Auf demselben Stuhl hatte ein paar Tage zuvor Anselm Matern gesessen und in einer Zeitschrift geblättert.

Seine Augen brannten wie Feuer. Sein Magen revoltierte, und er drückte ein Taschentuch auf den Mund.

Neben ihm kauerte Paul Tschugg, der Held des Abends, der aber momentan alles andere als heldenhaft aussah. Der Junge kratzte an einigen Pickeln auf den Wangen, sodass ihm der Eiter übers Kinn lief. Er weinte, und sein Körper zuckte vor und zurück.

Das Haus war ein Schlachtfeld.

Die Leichen von Sylvie Steyrer und Bruno Slawicz waren vor ein paar Minuten weggebracht worden. Lissies Leben hing an einem seidenen Faden. Dass sie noch nicht tot war, verdankte sie allein Paul.

Pavarotti warf dem Jungen einen dankbaren Blick zu. Viel war nicht aus ihm herauszubringen. Nur dass Paul von Stimmen geweckt worden war. Er hatte Geräusche auf dem Flur gehört und aus seinem Zimmer geschaut. Als Paul das hervorgestoßen hatte, war es mit seiner Vernehmungsfähigkeit vorbei gewesen. Er hatte in einem fort gestammelt: »Sie dürfen sie mir nicht wegnehmen. Nicht wegnehmen.«

Pavarotti konnte sich den Rest auch so zusammenreimen. Offensichtlich hatte Paul die drei Frauen beobachtet und gemerkt, dass mit Sylvie etwas nicht stimmte. Er war ihnen hinterhergeschlichen, hatte sich versteckt und abgewartet. Dann hatte er wohl den Lärm aus dem Zimmer gehört, als Lissie und Hanna Landsberg miteinander rangen, und es mit der Angst zu tun bekommen. Er riss einen Feuerlöscher von der Wand, stürmte ins Zimmer und schlug Hanna Landsberg nieder.

Für Sylvie kam seine Hilfe zu spät. Aber Lissie wäre gerettet gewesen.

Pavarotti fuhr sich über das Gesicht. Es war ganz allein seine Schuld, dass sie jetzt auf dem OP-Tisch lag und ihre Chancen schlecht standen. Pavarotti konnte nicht verhindern, dass ihm Tränen über das Gesicht liefen. Er schloss die Augen. Der Film in seinem Inneren würde nie zu Ende sein.

★★★

Der Film begann damit, dass Kohlgruber und er vor der Villa Speranza aus dem Auto sprangen.

Kohlgruber zeigte nach oben und schrie:»Oh Gott! Gleich stürzt sie ab!«

Pavarotti schaute hoch und sah, dass oben im Turm zwei Gestalten miteinander rangen. Ein sehniger Körper mit kurzen hellblonden Haaren ragte halb aus einem kaputten Fenster. Die Hände waren blutig und klammerten sich am Fensterrahmen fest.

Eine dunkle Gestalt versuchte, die Hände der Blonden vom Holz zu lösen.

Lissie!

Ohne nachzudenken, zog Pavarotti seine Dienstwaffe. Plötzlich war er wieder zwanzig, ein junger, sehniger Elitesoldat mit dermaßen scharfen Augen, dass sie vielfach kein Zielfernrohr brauchten. Und mit Händen, die so ruhig waren, dass seine Freunde Wetten darauf abschlossen, wie lange die Kartenhäuser auf seinen Handflächen wohl stehen blieben.

Pavarottis Augen, Hand und Hirn waren eins. Er zielte auf den Arm, dessen Finger sich in Lissies Hand krallten.

Doch plötzlich durchzuckte ein Blitz den Himmel über Meran, und Pavarottis Finger verkrampften sich den Bruchteil einer Sekunde.

In dem Moment, als er abdrückte, bewegte sich der helle Kopf ruckartig nach links und verdeckte den Arm, auf den er gezielt hatte.

Pavarotti spürte, wie er schrie. Der Kopf verschwand aus seinem Blickfeld, wie vom Blitz getroffen.

Plötzlich ertönte aus dem Turmzimmer ein lautes Poltern. Dann grollte der Donner, als habe das Poltern ein dumpfes Echo ausgelöst.

Pavarotti merkte nicht mehr, wie er auf dem Trottoir zusammensank und der Regen auf ihn niederprasselte.

★★★

Sanitäter hatten den blutenden Kopf verbunden und Lissie vorsichtig auf die Trage gelegt. »Kopfschuss«, hatte einer der Sanitäter mit Grabesstimme zu seinem Kollegen gesagt, als sie Lissie in den Wagen schoben. Dann waren sie mit heulenden Sirenen abgefahren.

Ein zweites Team kümmerte sich gerade um Hanna Landsberg, auf deren Genick der Feuerlöscher herabgesaust war.

Pavarotti hätte gern etwas unternommen, um seinen Schmerz zu betäuben.

Am liebsten hätte er sich seine Waffe selbst an den Kopf gehalten. Aber Kohlgruber hatte darauf bestanden, dass er sie ihm sofort aushändigte. Anschließend hatte er ihm auf die Schulter geklopft und etwas Undefinierbares gebrummt.

Pavarotti merkte, dass sich jemand neben ihn setzte, und schaute auf. Kohlgruber.

»Du kannst doch nichts dafür. Sie wäre sonst vom Turm gestürzt.«

Pavarotti schüttelte den Kopf und zeigte mit dem Kinn auf Paul, der leise vor sich hin murmelte.

»Woher hättest du das wissen sollen?«

Pavarotti blieb stumm.

»Sie kommt durch, du wirst sehen.«

Pavarotti antwortete nicht.

Kohlgruber stieß ihn an. »Steig lieber in den neuen Fall ein. Es lenkt dich ab. Und der Deutschen hilft es nicht, wenn du deinen Job los bist.«

»Die ziehen mich nicht sofort ab?«

»Extrem schwache Besetzung überall zurzeit. Urlaub. Ein Kollege in Bozen ist wegen Hitzschlag ausgefallen, wie ich gehört hab.«

Pavarotti seufzte und sah auf. »Wo ist die Landsberg?«

»Der Gerichtsmediziner hat sie in die Krankenstation der Dantestraße überstellt.« Dantestraße, so hieß das Bozner Gefängnis bei den Eingeweihten. »Nur eine leichte Gehirnerschütterung, wie es ausschaut«, fuhr Kohlgruber fort.

»Vernehmungsfähig?«

Kohlgruber zuckte die Achseln. »Rein körperlich wird's wohl nicht mehr lange dauern. Ansonsten aber … Emmenegger ist mit Tonband vor Ort, um alles festzuhalten, was die Frau sagt. Und dieser Dr. Frahm, der ist vermutlich inzwischen auch da.«

Abrupt schaute Pavarotti auf. »Dr. Frahm?«

»Alberti hat bereits den Staatsanwalt über die Sachlage informiert. Man hat beschlossen, Dr. Frahm mit dem Gutachten zu beauftragen. Ob Hanna Landsberg schuldfähig ist oder nicht.«

Pavarotti nickte langsam. Seine Augen irrten durch die Eingangshalle. »Weiß man schon … Ich meine …«

Kohlgruber räusperte sich. »Sie operieren noch. Emmenegger hat sich eben gemeldet. Sie … ist auch in Bozen. Die haben dort viel bessere Möglichkeiten als in Meran.«

Pavarotti straffte sich. Es nützte nichts, tatenlos herumzusitzen. Kohlgruber stand ebenfalls auf.

Plötzlich wurde die Tür aufgestoßen, und ein Mann rannte ins Haus. Sein Haar troff, und er hinterließ kleine Pfützen auf dem Boden.

Pavarotti erkannte ihn sofort als Tschugg, den ehemaligen Wirt vom Malzcafé.

Als der Mann seinen Sohn erblickte, stürmte er auf ihn zu und versetzte ihm eine schallende Ohrfeige. »Was hast du jetzt schon wieder angestellt, Saubub, elendiger?«

Pavarotti ballte die Fäuste und wollte sich auf Tschugg stürzen. Doch Kohlgruber vertrat ihm den Weg. »Nichts hat er angestellt, Ihr Bub. Im Gegenteil. Ein Held ist er, Ihr Junge.«

Tschugg schaute Kohlgruber verständnislos an.

»Er hat einer Frau das Leben gerettet heut Nacht. Nehmen Sie ihn mit heim. Die Klinik ist erst mal geschlossen«, ergänzte Kohlgruber.

Der Mann stöhnte, dann packte er Paul grob an seiner Hand. »Komm jetzt, du ...«

Paul wimmerte, aber dann gehorchte er.

»Wenn dem Jungen was passiert, dann ... dann ...«, schrie Pavarotti ihm nach.

★★★

Als sie fort waren, stand Pavarotti mit hängenden Schultern da.

»Die Krankentransporte sind schon im Anmarsch«, erklärte Kohlgruber. »Alberti hat organisiert, dass die Patienten zunächst einmal auf die umliegenden Krankenhäuser aufgeteilt werden, während ihre Familien informiert werden. Meine Leute haben sie in den Aufenthaltsraum gesetzt.«

»Wie weit seid ihr? Kann ich in alle Räume?«

»So gut wie fertig«, gab Kohlgruber zurück. »Fang in der Apotheke an. Da waren wir als Erstes und sind komplett durch. Die Schusswaffe und das Messer hab ich dir eingetütet dagelassen. Es gibt übrigens auch einen Schrieb mit einem Geständnis. Bruno Slawicz war's. Er hat den Mord im Pavillon und den an Klausner gestanden.«

Pavarottis Augen weiteten sich. »Beide Morde?« Da ging sie hin, seine Theorie, die sich nach dem Kino in seinem Kopf gebildet hatte.

»Soll ich dableiben?«, fragte Kohlgruber sanft. »Die Nacht is eh futsch. Vier Augen sehen mehr als zwei. Und Emmenegger ist ja ...«

Pavarotti blieb stehen. »Danke«, sagte er zögernd. »Hat eigentlich jemand den Klinikchef benachrichtigt?«

Kohlgruber schüttelte den Kopf. »Von meiner Truppe bestimmt niemand. Vielleicht Emmenegger, bevor er gefahren ist.«

Während Pavarotti Richtung Apotheke stapfte, zog er die Visitenkarte hervor, die ihm Matern vor knapp zwei Wochen in die Hand gedrückt hatte. Unter dem Festnetzanschluss des Krankenhauses stand eine Mobilnummer.

Matern meldete sich sofort. Im Hintergrund war leise Musik zu hören.

Als ihm Pavarotti die Nachrichten über Sylvie Steyrer und Bruno Slawicz überbrachte, blieb es einige Sekunden still am anderen Ende der Leitung.

»Um Gottes willen«, sagte Matern gepresst.

Entweder war der Mann komplett ahnungslos oder ein ausgezeichneter Schauspieler.

»Ich hätte ihm doch geholfen.«

»Was meinen Sie damit?«

»Bruno Slawicz ist … war … medikamentenabhängig. Ich habe ihm versprochen, ihm aus seiner Sucht rauszuhelfen. Warum ist er bloß nicht zu mir gekommen, als es ihm schlecht ging? Und die Sache mit Hanna Landsberg und Sylvie Steyrer ist mir ein Rätsel.«

Von den Fragen, mit denen ihn der Klinikchef bestürmte, beantwortete Pavarotti nur eine einzige. »Für die Patienten wird gesorgt.« Dann bestellte er ihn für den nächsten Morgen ins Kommissariat.

Kaum hatte er aufgelegt, gab Kohlgruber seinen Kommentar zu dem Gespräch.

»Drei Todesfälle in der Villa Speranza, und der Klinikchef soll nichts damit zu tun haben? Lächerlich!«

Pavarotti pflichtete dem Spusi-Chef bei. Eine Premiere.

★★★

Pavarotti und Kohlgruber standen in der Mitte der Klinikapotheke und nahmen den Raum in Augenschein. Pavarotti war Kohlgruber dankbar, dass der vorerst den Mund hielt.

Die Befragung der Patienten, die sich im großen Aufenthaltsraum zusammengedrängt hatten, war kurz und ergebnislos verlaufen. Die Leute hatten ihn nicht einmal angesehen. Einige hatten gemurmelt; in ein Zwiegespräch mit einem imaginären Wesen versunken. Ihre Furcht, was mit ihnen geschehen würde, war Pavarotti an der Tür wie ein grauer Riese entgegengetreten und hatte ihm seine kalte Hand auf die Schulter gelegt.

In der Apotheke war es kühl. Die Neonröhren warfen ein grünliches Licht auf das Blut und die Reste der Gehirnmasse von Bruno Slawicz. Die Reinigungskräfte würden erst anrücken, wenn sämtliche Untersuchungen abgeschlossen waren.

Pavarotti warf einen Blick auf die beiden Waffen, die eingetütet auf einem Stahltisch in der Raummitte lagen. Kohlgruber, der den Blick gesehen hatte, sagte: »Das Messer stammt garantiert aus der Klinikküche. Da fehlt eines. Die Tatwaffe passt zu den übrigen im Messerblock.«

»Glaubst du, dass Sylvie Steyrer Selbstmord begangen hat? Dass sie sich in den Turm geschleppt hat, damit keiner sie findet?«

Pavarotti hatte Kohlgruber noch nie eine derartige Frage gestellt. Genauso ungewöhnlich war, dass Kohlgruber ein paar Sekunden schwieg, bevor er sich äußerte. Und dass er sich auf Fakten beschränkte.

»Der Bozner Gerichtsmediziner hat eine vorläufige Meinung. Er glaubt, dass die Frau mit Crystal Meth vollgepumpt war. Er macht die beiden Sektionen gleich morgen früh. Dann werden wir sehen, ob die Frau es überhaupt selbst in den Turm geschafft hätte.«

Was hatte Hanna Landsberg in dem Turm zu suchen, und warum hatte sie versucht, Lissie zu töten?

Sylvie Steyrers rechter Arm war abgebunden gewesen. Es konnte sein, dass Lissie versucht hatte, Sylvie das Leben zu retten.

Hanna Landsberg kam dazu, als Lissie vor Sylvie kauerte, und hatte falsche Schlüsse gezogen.

Lissie. Pavarotti versuchte nicht daran zu denken, was er angerichtet hatte.

Mysteriös war auch der Fundort der Pistole.

Als hätte er seine Gedanken gelesen, sagte Kohlgruber: »Ich frag mich, wie die Beretta Cheetah, mit der sich Slawicz angeblich erschossen hat, unter dem Körper deiner ... ähm ... zu liegen kam.«

Pavarotti war mit einem Mal schrecklich müde. Er schaute Kohlgruber an. »Kein Zweifel, dass der Schuss mit dieser Waffe abgegeben worden ist?«

Kohlgruber schüttelte den Kopf und zeigte auf ein Loch in der Kühlschranktür. »Sauberer Durchschuss. Meine Leute haben das Projektil rausgeholt. Es ist eindeutig aus der Beretta abgefeuert worden.«

»Hanna Landsberg schläft im Erdgeschoss. Vielleicht hat sie den Schuss gehört. Und dann hat sie die Pistole genommen. Aber wieso?«

Hanna Landsberg war Pavarotti ein Rätsel. Es war ihr Name gewesen, den Sergente Emmenegger auf der Passagierliste der »Duchessa di Malfi« entdeckt hatte. Weitere Landsbergs waren nicht aufgeführt. Was hatte die blutjunge Hanna ohne Eltern auf diesem Schiff zu suchen gehabt?

Als Pavarotti die Passagierliste eingesehen hatte, war er überzeugt gewesen, dass Hanna Landsberg etwas mit dem Toten im Pavillon zu tun hatte und dass alles mit dem Unglücksschiff, der »Duchessa di Malfi«, angefangen hatte.

Aber jetzt? Pavarotti warf einen Blick auf Bruno Slawiczs Geständnis, das in einer Plastikhülle steckte. Es war auf einem PC geschrieben und ausgedruckt worden.

»Habt ihr im Haus einen PC und einen Drucker gefunden?«

»Ja. Beides, aber nur einmal. Im Chefbüro.«

»Ihr habt Materns Büro gefilzt? Ohne Durchsuchungsbeschluss?«

Kohlgrubers Kopf ruckte, doch dann entspannte sich sein Gesicht. »Bozen war schnell. Die Sachen sind schon beim Gruber. Der schläft sowieso nie.« Kohlgruber kicherte, doch nach einem Seitenblick beherrschte er sich. »Für den Gruber ist das Passwort ein Klacks. In ein, zwei Stunden ist er drin.«

»Hat Slawicz einen PC in seiner Behausung?«

Kohlgruber griff nach seinem Handy und führte ein kurzes Gespräch. »Die sind grade in der Wohnung in Marling. Kein PC, kein Läppi. Das beweist aber nichts. Sein Geständnis kann er auch im Internetcafé geschrieben haben.«

Pavarotti nahm die Plastikhülle und las den kurzen Text. »Er schreibt, Cabruni und Klausner hätten ihn beide beim illegalen Medikamentenverkauf beobachtet und erpresst. Da hat er sie beiseiteschaffen müssen. Seine Sucht würde aber immer schlimmer. Da hat er keinen Ausweg gesehen.« Er schaute auf.

»Bist du sicher, dass es bei Bruno Slawicz Selbstmord war?«

»Schwer zu sagen.« Kohlgruber kratzte sich an der Stirn, die trotz der Kühle im Zimmer glänzte. »Die Waffe kann ihm theoretisch auch jemand anders in den Mund gesteckt haben. Wenn der Mann vorher ausreichend Medikamente eingenommen hat, dürfte er sich nicht gewehrt haben. Wir müssen die Sektion abwarten.« Zweifelnd fixierte Kohlgruber die Beretta. »Bin gespannt auf die Fingerabdrücke.«

»Schauen wir uns um.« Pavarotti streifte sich Handschuhe über und stellte sich neben den Kühlschrank, sodass er nicht in die Blutlache trat. Er brauchte ein paar Sekunden, um seinen Ekel zu überwinden.

»Lass mich mal«, sagte Kohlgruber. Er schob Pavarotti zur Seite und umwickelte den Kühlschrankgriff mit einem Taschentuch. Pavarotti sah Flaschen mit sterilisiertem Wasser, Fläschchen mit undefinierbaren Flüssigkeiten und lateinischen Aufschriften.

Auch in den anderen Schränken fanden sie nur Medikamente, Desinfektionsmittel und Verbandsmaterial. Ein Rollcontainer enthielt Spritzen und Katheter.

Eine Aufstellung, in der die Medikamentenausgaben an Patienten verzeichnet waren, förderte er bei seiner Durchsuchung nicht zutage. Im Normalfall hätte der Leiter einer Klinik diese

Buchhaltung regelmäßig kontrolliert. Dass solche Unterlagen komplett fehlten, fand Pavarotti höchst aufschlussreich.

An der Schmalseite des Raums stand eine Pritsche. Das Laken war verknittert und fleckig. Offenbar hatte Bruno viele Nächte hier verbracht. Widerwillig tastete Pavarotti unter die Matratze und schüttelte den dünnen Kissenbezug. Nichts.

Das Tischchen unter dem Fenster, auf dem ein Bunsenbrenner stand, nahm sich Pavarotti zuletzt vor. Unter der Tischplatte befand sich eine kleine Schublade. Pavarotti holte Slawiczs Schlüsselbund. Der dritte Schlüssel passte.

Als er das schmale Notizbuch aufschlug, pfiff er durch die Zähne. Er kannte diese verschnörkelte Handschrift.

Im Unterschied zu Bruno Slawicz hatte Albrecht Klausner über die Medikamentenabgaben der Klinikapotheke genauestens Buch geführt. Allerdings über die illegalen. Neben jeden Vermerk hatte Klausner ein Beweisfoto geheftet, das Bruno mit dem Kunden an der Apothekentür zeigte. Danach waren ein paar Seiten herausgerissen.

»Ich glaube, dass der zweite Teil des Geständnisses stimmt«, sagte Pavarotti langsam. »Bruno Slawicz hat Albrecht Klausner getötet.«

Kohlgruber zog eine Grimasse. »Bestimmt hat er nach dem Mord erst mal was genommen, um den Druck abzubauen. Und als er später die Beweise in Klausners Safe vernichten will, kommt ihm Emmenegger dazwischen. Den Rest kennen wir.«

Der Spusi-Mann raschelte mit den Notizbuchseiten. »Denkst du das Gleiche wie ich?«

Pavarotti nickte. »Den hohen Betrag, den Klausner für seine Katakombenschule erpresst hat, hätte Slawicz niemals aufbringen können.«

»Ich wette, die Geldquelle war Matern.«

Pavarotti spitzte die Lippen. »Wenn du recht hast, wissen wir auch, wer Bruno Slawicz umgebracht hat, nachdem der für ihn die Drecksarbeit erledigt hat.«

Pavarotti wog sein Mobiltelefon in der Hand, doch dann

steckte er es wieder weg. »Wir brauchen mehr als bloße Ver-
mutungen.« Er strebte zum Klinikausgang. »Morgen liegen
uns die ersten forensischen Ergebnisse vor. Wir lassen Matern
schmoren. Vielleicht hat er einen Fehler gemacht.«

★★★

Pavarotti fand keinen Schlaf in dieser Nacht. Seine Brust und
sein Bauch fühlten sich wund an. Der Schmerz tat ihm gut.
Nachdem er Justus erzählt hatte, was passiert war, hatte der
Junge die Hände zu Fäusten geballt und begonnen, auf Pavarotti
einzuhämmern. Pavarotti hatte es geschehen lassen. Dann war
Justus an ihm vorbei nach oben gestürmt. Als Pavarotti ein paar
Minuten später an Justus' Tür lauschte, hörte er den Jungen
herzzerreißend schluchzen.

Pavarotti hatte sich auf den Treppenabsatz gesetzt und den
Kopf in den Händen vergraben.

Als er wieder zu sich kam, fiel graues Morgenlicht durch
das Dachfenster.

Seine Glieder waren so steif, dass er sich nur mühsam aufrichtete.

Er tappte ins Wohnzimmer und rief im Krankenhaus an.
Eine Schwester teilte ihm mit Müdigkeit in der Stimme mit,
die Operation sei erfolgreich verlaufen und die Patientin stabil.
Mehr lasse sich noch nicht sagen.

Spock kam aus Pavarottis Schlafzimmer und stieß ihn unsanft mit der Schnauze an. Der Hund hatte seine Leine im
Maul.

Hilflos schaute Pavarotti das hechelnde Tier an, dann trat er
auf den Flur und horchte. Von oben war kein Laut zu hören.
Leise fluchend leinte Pavarotti den Hund an und trat mit ihm
auf die regennasse Straße hinaus. Das Tier trottete mit gesenktem Kopf neben ihm her. Er merkt, dass irgendetwas nicht
stimmt, dachte Pavarotti.

Zu spät wurde ihm bewusst, dass er keinen Plastiksack mitgenommen hatte. Spock hatte beschlossen, sein Geschäft mitten

auf dem Gehweg zu verrichten, doch zum Glück war die Straße menschenleer.

Mittlerweile war es kurz nach fünf Uhr am Mittwochmorgen, neunzehn Tage nach dem Mord an einem Mann, dessen Namen er immer noch nicht kannte.

5

Meran – Mittwoch, 1. August, frühmorgens

Als Pavarotti den Schlüssel in sein Haustürschloss steckte, läutete sein Mobiltelefon.

»Ich habe mir gedacht, dass Sie sowieso nicht schlafen.« Alberti klang verdächtig freundlich.

»Nein«, sagte Pavarotti nur.

»Sie haben einer deutschen Touristin einen Kopfschuss verpasst. Ist Ihnen klar, was die Medien daraus machen werden?«

»Ja.«

Alberti seufzte tief. »Ich habe heute Nacht einen Blick in Ihre Akte geworfen, Pavarotti. Ich muss sagen, alles hätte ich erwartet, aber nicht das. Spezialeinheit. Bester Schütze 1985. Alle Achtung.« Plötzlich war der Sarkasmus wieder da. »Sie haben im Ernst geglaubt, Sie können's noch, wie?«

Pavarotti fehlte die Kraft, um sich zu rechtfertigen. Er schwieg.

»Jetzt sprechen Sie endlich, Mann! Was war da los? Kohlgruber behauptet in einem fort, Ihnen sei nichts anderes übrig geblieben.«

»Die Frau wäre sonst aus dem Fenster gestoßen worden, Direttore.«

»Ach, und um die Schweinerei auf dem Pflaster zu verhindern, haben Sie sie lieber erschossen?«

Pavarotti wusste nicht, was er sagen sollte. Er fuhr sich mit der Hand über das Gesicht.

»Kohlgruber hat gesagt, es hat geblitzt in dem Moment. Stimmt das?«

Jetzt erinnerte sich Pavarotti. Er war einen Moment lang geblendet gewesen. Anstatt noch einmal neu zu zielen, hatte sein Finger ganz automatisch den Befehl ausgeführt, den sein Gehirn ihm bereits erteilt hatte.

»Ja, das stimmt. Aber das entschuldigt nichts«, antwortete er. »Ich hätte noch einmal ansetzen müssen.«

Beide schwiegen einen Moment. Dann sagte Alberti: »Eigentlich müsste ich Sie nicht nur von dem Fall abziehen, sondern beurlauben, bis die interne Untersuchung abgeschlossen ist. Aber das kann ich mir nicht leisten. Wir haben jetzt vier Tote innerhalb von knapp drei Wochen. Vier Tote! Nicht nur die Zeitungen werden meinen Kopf fordern, ganz Meran wird das tun. Die Hotelbuchungen sind schon rückläufig. Wenn das so weitergeht, bin ich erledigt.«

Pavarotti räusperte sich, aber Alberti kam ihm zuvor. »Die anderen Kommissariate in Südtirol sind schwach besetzt, auch der Personalstand in Mailand ist ein Desaster. Also bin ich wohl oder übel auf Sie angewiesen. Wir werden die Sache mit der Touristin unter den Teppich kehren, so gut es geht. Ich werde ein paar Gefallen einfordern.«

Albertis Stimme war heiser geworden. »Aber wenn Sie sämtliche vier Todesfälle nicht bis übermorgen Abend aufgeklärt haben, dann sind Sie nicht nur Ihren Job, sondern auch Ihre Pension los, Pavarotti. Haben wir uns verstanden?«

»Sie brauchen mich nicht zu entlassen. Ich reiche meine Kündigung ein«, sagte Pavarotti.

»Sie bleiben gefälligst, bis Sie die Fälle geklärt haben!«, schrie Alberti. »Und heute Vormittag habe ich Ihren Bericht über diese Sauerei in der Villa auf meinem Schreibtisch! Ist das klar?«

Ohne eine Antwort abzuwarten, legte Alberti auf.

6

Meran – Mittwoch, 1. August, wenig später

Von überallher tropfte es. Die Nässe fing sich in Pavarottis Haar, sein Hemd klebte ihm am Rücken. Es regnete nicht mehr, aber die warme Luft war schwer vor Feuchtigkeit.

Es war sieben Uhr. Emmenegger wartete in Bozen nach wie vor darauf, dass Hanna Landsberg aufwachte. Pavarotti blieb nichts übrig, als die Durchsuchung der Villa Speranza persönlich zum Abschluss zu bringen. Die Zeit drängte. Seine Füße verursachten ein schmatzendes Geräusch auf dem moosigen Boden. In den Palmblättern hatte sich der Regen gesammelt, und sie bogen sich nach unten und bildeten eine Art Torbogen. Eine vor Nässe triefende Ranke schlug ihm ins Gesicht. Pavarotti war, als schlösse sich die Pforte in einen verwunschenen Wald hinter ihm und er habe den Weg hindurch vergessen.

Spock, der neben ihm ging, schnappte nach der Ranke, blieb aber dicht an seiner Seite.

Nachdem Pavarotti den Hund am Morgen gefüttert hatte, war ihm das Tier wie selbstverständlich zur Tür und aus dem Haus gefolgt. Pavarotti hielt die Schlaufe der Leine locker in seiner Hand. Mit Muskelkraft hätte er ohnehin nichts ausrichten können, aber sie war nicht notwendig. Pavarotti und der Hund schritten in stillem Einverständnis nebeneinanderher. Das Tier schien Pavarottis Trauer zu spüren und sich ihr anzuschließen.

An sie an der überdachten Bank vorbeigingen, ruckte die Leine. Spock war stehen geblieben und schnüffelte am Boden. Pavarotti blieb nichts übrig, als dem Hund in die kleine Hütte zu folgen.

Spock kratzte mit den Vorderfüßen über das frische Holz des Hüttenbodens. Dann sprang er auf die Sitzbank und jaulte leise.

Behutsam streichelte Pavarotti den kräftigen Hundehals. Er

merkte, dass das Tier zitterte. »Komm«, sagte er ruhig. »Sie ist nicht hier.«

★★★

In der Nacht hatte der Wind den Regen durch die Fensteröffnungen gepeitscht. Auf dem Boden des Pavillons war eine Wasserlache entstanden. Einer der beiden Ortspolizisten, die Pavarotti in der Nacht aus dem Bett geklingelt hatte, lehnte an der Wand und rauchte.

»Irgendwelche Vorkommnisse heute Nacht?«

»Niente, Commissario. Wir haben uns in die Büsche geschlagen, wie Sie angeordnet hatten. Wenn sich jemand Zutritt hätte verschaffen wollen, hätten wir ihn unbemerkt beobachtet. Aber es hat sich nichts getan. Ich mach dann Schluss. Die Tagschicht ist gleich da.«

Pavarotti hörte kaum noch zu. Matern war nicht in die Falle gegangen. Er hatte wohl geahnt, dass die Villa bewacht würde. Oder er fühlte sich einfach sicher, der arrogante Hund.

Auf der Pistole waren neben den Fingerabdrücken von Bruno Slawicz auch die von Hanna Landsberg gewesen. Emmenegger hatte sie der Frau in der Dantestraße abgenommen und sofort per Mail an Kohlgruber weitergeleitet. Treffer. Keine Übereinstimmung jedoch mit den Fingerspuren, die in Materns Büro überall verteilt waren.

Die Sektion von Sylvie Steyrer und Bruno Slawicz sollte erst in zwei Stunden beginnen. Es blieb ihm nichts übrig, als sich zu gedulden.

Ein weiteres Ermittlungsergebnis, mit dem Pavarotti nicht mehr gerechnet hatte, wartete in seinem Büro auf ihn. Das Fax kam aus einer Stadt in Deutschland namens Limburg, von der Pavarotti noch nie gehört hatte. Absender des Faxes war die Firma Argus Sports Optics.

Vor knapp vierzehn Tagen hatte Pavarotti die deutschen Kollegen um Amtshilfe gebeten. Das altmodische Fernglas auf dem Schoß des Toten im Pavillon hatte ihm keine Ruhe gelassen.

Ungläubig starrte er auf das Fax. Einen Tag nach Markteinführung des neuen Argus-Feldstechers XL-20/305 im Jahr 1985 war ein Produktionsfehler entdeckt und eine Rückrufaktion der kompletten Serie eingeleitet worden. Fast alle Kunden hatten die Produkte umgetauscht. Bis auf zwei. Einer der fraglichen Händler saß im Frankfurter Bahnhofsviertel. Zum Glück war er einer vom alten Schlag, der es gewohnt war, Garantiekarten zu kopieren und über jeden Kauf penibel Buch zu führen.

Die Kundin, die im Mai des Jahres 1985 einen Feldstecher der Serie XL-20/305 erworben und den Umtausch versäumt hatte, hieß Hanna Landsberg.

★★★

Auf einmal waren laute Stimmen zu hören. Der Ortspolizist, der vor ein paar Minuten gegangen war, erschien mit einer jungen Frau in der Tür. Er hatte die Frau unsanft am Arm gepackt. Sie wehrte sich und versuchte, seinen Klammergriff abzuschütteln.

»Anna!«, rief Pavarotti erstaunt.

»Die Frau ist durch die Absperrung und wollte den Haupteingang aufschließen!«, erklärte der Beamte in strengem Ton.

»Na und? Ich arbeite schließlich hier!«, begehrte die Schwester auf, und ihre pausbäckigen Wangen färbten sich wieder so rot wie neulich. »Was ist hier eigentlich los?« Plötzlich stockte sie, und ihre Augen weiteten sich. »Ach du liebe Zeit. Paul hat es getan.«

»Nein. Nein, er ist es nicht. Kommen Sie. Wir setzen uns in die Eingangshalle.«

Als die junge Frau vom Tod Sylvie Steyrers hörte, fuhr ihre Hand zum Mund, und sie fing an, unablässig auf ihren Fingern herumzukauen. Ihre Augen wurden unstet, und Pavarotti erkannte neben Angst auch eine Portion Schuldbewusstsein in ihnen.

»War es … Selbstmord?«, wollte sie wissen. Ihre Stimme hatte einen drängenden Ton bekommen. Der energische Klang, mit dem sie sich gegen den Polizisten zur Wehr gesetzt hatte, war verschwunden.

»Das wissen wir noch nicht«, sagte Pavarotti und begann die Frau aufmerksam zu beobachten. Er beschloss, es mit Einsilbigkeit zu versuchen.

»Wie hat sie … Ich meine, wie ist sie … gestorben?«

»Pulsadern.«

»Oh Gott. Ach du lieber Gott. Was soll ich nur machen?«, schluchzte Anna.

Pavarotti sagte nichts. Er sah, dass ihre Blicke wie Pingpongbälle von den Wänden der Eingangshalle abprallten.

Schließlich kamen ihre Augen zur Ruhe. »Bruno wird mich umbringen«, sagte sie tonlos.

»Kaum.«

Die junge Frau sah auf. Sie war blass geworden. »Sie kennen ihn nicht. Er ist ein Schwein, vor allem, wenn er nichts genommen hat.«

»Bruno Slawicz ist ebenfalls tot.«

»Was? Wie …?«

Pavarotti schüttelte den Kopf. »Im Moment ist das alles. Sie können mir also jetzt getrost sagen, was Sie wissen.«

Doch Anna kaute immer noch auf ihrer Unterlippe herum.

»Was geht hier vor, Anna?«

»Es ist Anselm Matern«, flüsterte sie schließlich. »Und der lebt ja wohl noch, oder?«

Aber dann richtete sie sich auf. »Egal jetzt. Nach Sylvie ist Schluss. Wir hatten vier Selbstmorde im letzten halben Jahr. Alle mit vorläufiger Borderline-Diagnose. Ein paar Wochen nach ihrer Einweisung waren sie tot.«

Pavarotti starrte sie an.

»Allesamt haben sie sich die Pulsadern aufgeschlitzt.« Anna schniefte. »Ich hab zuerst gedacht, es liegt am Personalmangel und daran, dass hier niemand aufpasst. Aber dann hab ich gemerkt, dass was viel Schlimmeres dahintersteckt.«

Sie schaute Pavarotti an. »Ich hab gesehen, wie Max Steyrer Anselm Matern einen dicken Umschlag in die Hand gedrückt hat, bevor er abgefahren ist. Der Umschlag sah nach Bargeld aus. Danach hab ich aufgepasst und bin Matern ein paarmal gefolgt. Einmal hat er sich mit Bruno im Klinikgarten getroffen. Ich hab furchtbare Angst gehabt, dass sie mich bemerken. Alles hab ich nicht hören können. Nur so viel, dass sie diesmal länger warten müssen. Damit Sylvies Schwester und dieser Gutachter, Dr. Frahm heißt der, keinen Verdacht schöpfen. Sie haben sich gestritten. Bruno wollte nicht warten. Er sagte, er will den Rest von dem Geld jetzt.«

»Sie wollen damit sagen, dass Anselm Matern und Bruno Slawicz so etwas wie Auftragsmörder waren, die wehrlose Patienten umgebracht und die Morde als Suizide kaschiert haben?«

Anna nickte. Aus ihren Augen quollen Tränen.

Pavarotti hatte einen galligen Geschmack im Mund. Sein Hals fühlte sich geschwollen an. »Wieso haben Sie nicht die Polizei informiert?« Seine Stimme war hart geworden.

Die Frau umklammerte ihre Knie. Die Schluchzer kamen jetzt stoßweise. »Ich hab ... solche ... Angst ... gehabt. Weil vor zwei Wochen, da ...«

Das Läuten von Pavarottis Mobiltelefon schnitt ihr das Wort ab. Pavarotti riss das Gerät so schnell aus seiner Jackentasche, dass der Saum aufplatzte. Es war aber nicht das Krankenhaus in Bozen, sondern Gruber von der Kriminaltechnik.

»Hey, Commissario.« Grubers Stimme klang triumphierend. Anscheinend hatte er noch nichts gehört.

»Du hast also das Passwort geknackt«, sagte Pavarotti.

»Nicht bloß das«, sagte Gruber munter, als ob er einen zwölf-stündigen Schönheitsschlaf hinter sich hätte. »Ich hab mich auch in den Server dieser Klinik eingeklinkt. Und stell dir vor, was ich gefunden hab!«

»Mach's doch nicht so spannend«, brummte Pavarotti.

»Der letzte Befehl, den der PC erteilt hat, ist ein Druckauf-trag. Gestern Abend um exakt zweiundzwanzig Uhr neun-unddreißig. Der Titel des ausgedruckten Dokuments, den der Server gespeichert hat, ist schlicht und einfach ›Text‹.«

»Ja und? Ist das Dokument im PC abgelegt? Was steht drin?«

»Tja, leider ist der PC leer geräumt. Da hat jemand ein Löschprogramm drüberlaufen lassen.«

Pavarottis Schultern sackten durch.

»Aber dieser Jemand hat offensichtlich nicht an den Server gedacht. Der ist so programmiert, dass er die Zeichenzahl jedes gedruckten Dokuments speichert. Und was denkst du, hab ich gefunden?«

Grubers Stimme schraubte sich derart nach oben, dass sie fast im Diskant landete. »Dieses Geständnis von diesem Sla… oder so. Das ist bis auf das letzte Leerzeichen exakt so lang wie dieser ausgedruckte Text! Jetzt bist du platt, stimmt's?«

***

»Commissario, der Arzt sagt, die Landsberg kommt gleich zu sich! Was soll ich machen?«

»Ich bin so gut wie unterwegs zu Ihnen«, sagte Pavarotti zu Emmenegger. Er steckte das Handy weg und öffnete die hintere Tür seines Dienstwagens. Bevor er eine Decke über die Sitze breiten konnte, war Spock schon hineingesprungen und hatte schmutzige Pfotenabdrücke auf dem hellen Leder hinterlassen. Pavarotti betrachtete die Schweinerei, dann zuckte er die Achseln.

Die Durchsuchung der Villa hatte sich als reine Zeitverschwendung erwiesen. Die Patientenzimmer waren bis auf die von Sylvie Steyrer und Hanna Landsberg komplett geräumt. Im Aufenthaltsraum lagen zerfledderte Illustrierte herum. Auf den Tischen standen Tassen mit Resten einer gelblichen Flüssigkeit. Es roch nach Angstschweiß und abgestandenem Kamillentee. In einer Abstellkammer lehnten zusammengeklappte Rollstühle an der Wand. In der Ecke lag ein einzelner Koffer, der Kleidungsstücke enthielt. Bestimmt gehörten sie einem Patienten, der den Koffer vergessen hatte. Oder der keine Kleidung mehr brauchte. Pavarotti dachte an die Selbstmordserie.

Nach dem Gespräch mit Gruber hatte Pavarotti ein paar Minuten lang in höheren Sphären geschwebt, doch das anschließende Telefonat mit dem Staatsanwalt hatte dafür gesorgt, dass er unsanft auf dem Boden landete. Der Mann hatte sich geweigert, wegen einer »Zufälligkeit«, wie er es ausdrückte, einen Haftbefehl für einen so angesehenen Bürger wie Anselm Matern auszustellen. »Und schon gar nicht auf Basis haltloser Verdächtigungen einer subalternen Angestellten«, hatte der Staatsanwalt hinzugefügt.

Die ganze opportunistische Bande in Bozen plus Alberti konnte ihn mal. Pavarotti hatte die Tagschicht, die angerückt war, um die Villa zu bewachen, kurzerhand mit einem Zivilfahrzeug nach Dorf Tirol umgeleitet. Dort sollten sie möglichst unauffällig vor Materns Privathaus Posten beziehen und dafür sorgen, dass der Kerl nicht verduftete.

»Wenn er herauskommt, dann beschattet ihn«, hatte er ihnen befohlen. »Sollte Matern Anstalten machen, einen Zug oder ein Flugzeug zu besteigen, dann nehmt ihn fest.«

Dann war Pavarotti in Materns Büro marschiert. Doch der Raum hatte nichts enthalten, womit er den Staatsanwalt umstimmen würde. Nicht dass sich Pavarotti große Hoffnungen gemacht hätte, als er den Stahlcontainer ins Visier nahm, der hinter dem Schreibtisch an die Wand gerückt war. Er hielt Matern für ziemlich gründlich.

Es stellte sich heraus, dass der Container zu drei Vierteln leer war und Personalunterlagen sowie magere Patientenakten enthielt.

Nur wenige Patientenblätter enthielten neben einem ausgefüllten Fragebogen mit der Überschrift »Biografische Anamnese« ein weiteres Blatt mit einer vorläufigen Diagnose. Behandlungspläne, Sitzungsaufzeichnungen und Angaben zur Verordnung von Medikamenten fehlten komplett, was Pavarotti nicht überraschte.

Aufmerksam ging er die Personalunterlagen durch. Lebensläufe, Arbeitszeugnisse. Bruno Slawicz stammte aus Ljubljana. Nach ein paar Semestern Medizinstudium war er zum Militär gegangen. Ein Dokument der jugoslawischen Volksarmee, abgefasst in einer fremden Sprache, lag dabei. Nur einen

Ortsnamen und eine Jahreszahl konnte er entziffern. Vukovar. 1991.

Er blätterte weiter – und stutzte.

Dr. Rudolfo Troiano, Psychiater und Psychotherapeut in der Villa Speranza. Der Name sagte ihm nichts. Pavarotti fragte sich, warum er den Mann bisher nicht kennengelernt hatte.

Als er den Hängeordner herauszog, um sich über den Arzt zu informieren, fiel ein Zettel zu Boden, der zwischen zwei Aktendeckeln gesteckt haben musste.

Ein Urlaubsantrag von Rudolfo Troiano, genehmigt und unterschrieben von Anselm Matern. Als sein Blick auf die Daten fiel, runzelte Pavarotti die Stirn. Der letzte Urlaubstag von Dr. Rudolfo Troiano war Freitag, der 13. Juli gewesen.

***

Die Packung BiFis, die Pavarotti an einer Tankstelle auf dem Weg nach Bozen erworben hatte, machte sich sofort bezahlt. Nur mit ihrer Hilfe war Spock zu bewegen, im Pförtnerzimmer in der Dantestraße zurückzubleiben. »Eine Wurst pro Viertelstunde«, hatte Pavarotti dem skeptischen Pförtner eingeschärft. »Sonst reichen sie nie und nimmer.«

Hanna Landsberg hatte ein dickes Kissen im Kreuz, sodass sie halb aufgerichtet dalag. In ihrer Armbeuge steckte eine Nadel mit einem Infusionsschlauch. Die Handgelenke waren mit dicken Klettbändern am Bettgestell festgebunden.

»Frau Landsberg, können Sie mich verstehen?«

Im Gesicht der Frau bewegte sich kein Muskel. Ihre Augen waren fest auf Pavarotti gerichtet. Pavarotti warf Dr. Frahm, der auf der anderen Bettseite saß, einen Blick zu, doch der Mann starrte gedankenverloren aus dem Fenster. Es hatte wieder zu regnen begonnen.

»Frau Landsberg«, setzte Pavarotti noch einmal neu an. »Dies ist kein Verhör, sondern eine Befragung. Verstehen Sie den Unterschied?«

Keine Reaktion.

»Warum wollten Sie Frau von Spiegel töten?«

Auf einmal öffnete Hanna Landsberg ihren Mund. »Ist sie abgekratzt?«

»Nein, Frau von Spiegel ist nicht tot«, sagte Pavarotti ohne große Überzeugungskraft.

»Die doch nicht. Sylvie.«

»Frau Steyrer ist noch vor dem Transport in die Klinik verstorben.«

Zu Pavarottis Überraschung füllten sich die Augen der Frau mit Tränen. »Warum war sie bloß in der Nacht draußen im Garten, die dumme Nuss«, sagte Hanna Landsberg mit belegter Stimme. »Sie hätte sich unter Garantie verplappert.«

»Sie haben Sylvie Steyrer ermordet?«, fragte Pavarotti. »Aber warum denn?«

»Sind Sie schwerhörig?« Hanna Landsberg versuchte sich aufzurichten, aber die Fesseln schnitten ihr ins Fleisch. Sie fiel zurück auf das Kissen und stieß einen Fluch aus. »Ich sag doch, dass die Kleine mich in der Nacht gesehen hat.«

Pavarotti nickte langsam.

»Sie meinen die Nacht vor knapp drei Wochen, in der Sie den Mann erstochen haben?«

Plötzlich kicherte die Landsberg. »Ich hab meinen Augen kaum getraut. Ich hatte ihn schon in den Rollstuhl verfrachtet und war im Bad, um sicherheitshalber noch eine Spritze zu präparieren. Da kam irgend so ein alter Narr ins Zimmer geschlurft und hat ihn für mich in den Garten geschoben. Ist das zu fassen? Als der Alte endlich weg war, saß er fix und fertig da. Wie einer, der auf dem Stuhl auf die Hinrichtung wartet. Ich brauchte es bloß noch zu Ende zu bringen.«

Ein weiteres Puzzleteilchen in Pavarottis Kopf fiel an seinen Platz. »Deshalb also ging es mit dem Mann bergab. Weil Sie angefangen haben, ihn zu sedieren.«

»Das stimmt«, antwortete Hanna Landsberg mit verwundertem Ton, als handle es sich um eine knifflige Quizfrage, die der dümmste Kandidat zur Verblüffung aller Zuschauer korrekt beantwortet hat.

»Ich hatte mir etwas mitgebracht«, sagte sie versonnen. »Aber in dieser sogenannten Klinik war es dermaßen einfach, an das Zeug zu kommen ...«

Pavarottis Handy pingte. Die Mail stammte vom kriminaltechnischen Labor in Bozen. Jetzt kamen sie mit dem DNA-Abgleich. Typisch. Jetzt, wo er überflüssig wie sonst was war. Michael Braunhofer war ja ...

Pavarotti überflog das Dokument und erstarrte. Auf einmal verstand er überhaupt nichts mehr. Hier stand es schwarz auf weiß. Der Tote im Pavillon war ohne jeden Zweifel ein Blutsverwandter von Magnus Braunhofer.

»Michael Braunhofer ...«, flüsterte er und ließ das Mobiltelefon sinken.

Hanna Landsbergs Augen funkelten. »Das haben Sie nicht gewusst, was?«

»Aber Michael Braunhofer ist doch ...«

»Das hab ich fast dreißig Jahre lang auch gedacht«, sagte Hanna Landsberg und kniff die Lippen zusammen. »Vor ein paar Wochen waren die Zeitungen voll wegen dieser Sache vor Kap Hoorn. Eins von den Revolverblättern hatte das Foto des Unglücksingenieurs, und ich hab Michael sofort erkannt. Oder vielmehr Dorian, wie er sich in seiner Jugend nannte. Er hatte sich gar nicht so sehr verändert. Als ich mich von dem Schock erholt hatte, fing ich an, Pläne zu schmieden. Du entkommst mir nicht, hab ich gedacht, und ein Google Alert für den falschen Namen gesetzt, den er sich zugelegt hat. Schon ein paar Tage später landete der Bericht im ›Südtiroler‹ über seine Kur in Meran in meiner Mail. Da wusste ich, wo ich das Schwein erwische.«

»Sie sind überhaupt nicht psychisch krank, oder?«

Hanna Landsbergs Gesicht verschloss sich. Wie aufs Stichwort regte sich Dr. Frahm. »Das zu beurteilen, überlassen Sie bitte mir, Commissario.«

Hanna Landsberg sah zwischen Pavarotti und Frahm hin und her. Dann bohrten sich ihre Augen in die Stirn des Kriminalpsychologen, der ihrem berechnenden Blick auswich.

»Was ist damals zwischen Ihnen und Michael Braunhofer passiert?«, drängte Pavarotti.

»Ihnen erzähl ich das nicht. Nur dem da. Dem Seelenklempner«, sagte Hanna Landsberg. »Und jetzt bin ich müde. Zisch ab, Bulle.«

7

Meran – Mittwoch, 15. August (Ferragosto)

9. Gesprächsprotokoll von Dr. Sigmund Frahm,
Kriminalpsych.

Vermerk: Berechn. erh. Stundensatz Sonn- u. Feiert.

Nachmittagssitzung

Ich bin froh, dass ich mit Ihnen reden konnte und nicht mit
dem Polizisten, der die Ermittlungen geleitet hat.
   Die Polizei, das sind alles Stümper. Gerade gut genug, um
vor der Tür Ihrer Praxis Wache zu stehen, damit ich mich nicht
auf Französisch empfehle.
   Dieser Commissario Pavarotti würde bestimmt nicht begrei-
fen, warum der Name Dorian so viel besser passte als Michael.
Ich wette, er hat überhaupt noch nie von Dorian Gray gehört.
Wie ich es gehasst habe, als dieser Polizist in die Villa kam und
mit seiner Fragerei anfing. Als ob eine Unmenge von Fragen
seinen Mangel an Intuition ausgleichen könnte.
   Sie dagegen … Sie haben bisher keine einzige Frage gestellt.
Ihr Schweigetick ist mir richtiggehend ans Herz gewachsen,
wissen Sie das?
   Schweigen hat so etwas Provokantes, Herausforderndes.
Eine stumme Kriegserklärung, vor der die meisten die Waffen
strecken. Sobald ich Sie bloß sehe, löst sich meine Zunge, und
schon fließt alles aus mir heraus. Es ist ein Reflex, wie beim
Pinkeln. Wenn ich höre, wie der Regen rauscht, dann gibt's
kein Halten mehr.
   Dr. Sigmund Frahm, der stete Tropfen, der den Patienten
höhlt. Ihr Vater, der war wohl eher Blitz und Donner. Doch
nach dem Gewitter blieb von ihm nichts übrig. Alle wollten
seine Peinlichkeiten so schnell wie möglich vergessen. Und da
haben Sie gelernt, den Mund zu halten.

*Ich sehe, Sie konsultieren wieder Ihr Ührchen. Auf die Zeit
zu achten, das ist etwas Elementares für Sie.*

*Für mich nicht mehr. Seit jenem Tag vor dreißig Jahren auf
dem Schiff weiß ich, dass es keinen Sinn hat, sich darüber
Gedanken zu machen. Das Rad des Schicksals dreht sich
unaufhaltsam. Wer ihm im Weg steht, der wird zermalmt.
Was wir tun, ist nicht so wichtig. Wichtig ist das Wann.
Das gilt für unsere Liebeserklärungen und für unsere Bosheiten
gleichermaßen. Wenn ich mein Gift über Elias einen Tag später
verspritzt hätte, würde er heute noch leben.*

*Als ich nach der Nacht mit Dorian am Morgen aus der
Kabine torkelte, fiel mir als Erstes auf, dass die Flure unter
Deck der »Duchessa« menschenleer waren. Keine Kabinentür
öffnete oder schloss sich, kein Steward war im Anmarsch,
kein Schwatzen oder Gelächter wehte an mir vorbei. Nur ein
Putzwagen stand mitten im Weg. Es war spät am Vormittag,
gegen elf Uhr.*

*An Deck war ich einen Moment lang geblendet. Bevor ich
blinzeln konnte, bohrte sich mir etwas Hartes, Kaltes in den
Rücken, und jemand befahl in gebrochenem Englisch: »Rüber
da, sonst tot.« Ich bekam einen kräftigen Stoß, stolperte und
schlug mir den Kopf an der Reling an, als ich zu Boden sank.*

*Ich landete mitten unter anderen Passagieren, die eng zusam-
mengedrängt auf den Decksplanken saßen. Einige schluchzten
leise. Es roch nach Urin, Kot und Angst.*

*Drei Männer standen auf dem Deck verteilt, Maschinenpis-
tolen im Anschlag. Abgesehen von den Waffen sahen sie aus
wie Touristen. Zwei waren mit kurzen Hosen und T-Shirts
bekleidet, einer trug nur eine knapp sitzende Badehose. Der
Mann war mir tags zuvor schon aufgefallen, wie er sich am
Pool räkelte, und ich hatte mir ausgemalt ... Aber lassen wir
das.*

*Mein Herz klopfte, aber Angst fühlte ich nicht. Ich war in
einem Spionagethriller über den Nahen Osten gelandet. Es
schien so, als könne ich jederzeit meinen Kinositz verlassen*

oder Ken Follett zuklappen und mich meinen gewöhnlichen Angelegenheiten widmen.

Elias saß in seinem Rollstuhl unmittelbar am Bug, ganz in der Nähe des dritten Entführers, den er hasserfüllt anstarrte. Ich traute es ihm zu, dass er anfangen würde, den Kerl zu beschimpfen. Aber er begnügte sich damit, die Lippen zusammenzukneifen.

Dorian fehlte. Ich kann es nicht erklären, aber seine Abwesenheit flößte mir tieferes Unbehagen ein als die Männer mit den Maschinenpistolen.

Langsam robbte ich zwischen den Passagieren hindurch. Die Korpulenteren unter ihnen benutzte ich als Schutzschilde. Nach endlos scheinenden Minuten gelangte ich auf die Leeseite des Schiffs, an der eine Treppe vom Deck zur Brücke hinaufführte.

Ich schaute nach oben zu den großen Fenstern der Brücke und bemerkte zwei Gestalten, die sich in der Kommandozentrale aufhielten. Auf die Gefahr hin, dass mich die Lichtbrechung auf den Gläsern verraten würde, zog ich mein kleines Argus-Fernglas aus meiner Hosentasche.

Eine der Gestalten auf der Brücke war Dorian. Er redete auf einen anderen Mann ein, der mit einer Maschinenpistole auf ihn zielte. Langsam streckte Dorian seine Hand aus. Sein Zeigefinger wies zum Bug, und der Blick des Terroristen folgte dem Finger. Der Mann senkte seine Waffe, und plötzlich waren beide aus meinem Blickfeld verschwunden.

Jetzt hatte ich Angst. Der Kinosaal war weg. Der vierte Terrorist, den ich eben durchs Fernglas gesehen hatte, kam die Treppe heruntergerannt. Er rief seinen Kumpanen etwas zu, worauf alle drei zu feuern begannen. Die Salven fegten knapp über die Köpfe der Passagiere hinweg. Die Menschen fingen an zu schreien.

Der Anführer hob ebenfalls die Waffe. Er rief: »Passt auf, was wir mit Zionistenschweinen machen!« Wie in Hypnose folgten meine Augen dem Lauf der Pistole, die zum Bug schwenkte. Es knallte einmal, zweimal, und Elias' Kopf zerbarst. Ein kleiner Junge, auf dem fette Spritzer von Elias' Hirn gelandet *waren, kreischte wie ein Tier, das zusehen muss, wie ein anderes geschlachtet wird.*

Dann weiß ich nichts mehr. Als ich wieder zu mir kam, sah ich, dass zwei Passagiere die Überreste von Elias über Bord hievten. Einer übergab sich, aber die Terroristen zwangen ihn mit vorgehaltener Waffe. Danach warfen sie den Rollstuhl hinterher.

Ich war wie betäubt. Die Stunden vergingen. Mein Hirn produzierte nur ein Bild, aber in hundertfacher Ausführung, eins pulsierte neben dem anderen, wie die Facetten im Auge eines Insekts. Ich sehe Dorian und immer wieder Dorian, wie er die Hand hebt und seinen Zeigefinger auf etwas richtet.

Woher hatten die Entführer gewusst, dass Elias Jude war? Nicht aus der Passagierliste oder den Pässen der Passagiere. Sie hätten nicht die Zeit gehabt, sechshundert Pässe durchzusehen.

Dorian hatte es ihnen gesagt. Dorian hatte Elias verraten, weil dieser im Begriff war, ihm etwas wegzunehmen, was ihm gehörte. Und ich war es gewesen, die ihn in meiner Bosheit daran erinnert hatte, dass Elias Jude war.

Meine Wut und mein Ekel vor mir selbst besetzten jede Stelle in meiner Seele.

Es wurde Nachmittag. Keiner von uns wusste, was vorging. Hatten wir am Anfang noch sehnsüchtig zur amalfitanischen Küste hinübergestarrt, die zum Greifen nahe schien, so saßen wir bald nur noch teilnahmslos an die Reling gelehnt oder lagen rücklings auf den Decksplanken.

Es gab nichts zu essen. Sie ließen uns unsere Notdurft vor ihren Augen verrichten. Dabei lachten sie und stießen sich an. Niemand von uns wagte zu sprechen. Die einzigen Geräusche kamen von zwei Kindern, die wimmerten. Als ihnen ihre Mutter eine schallende Ohrfeige gab, waren sie still.

Plötzlich kam Bewegung in die Entführer. Wir sahen, dass sich ein Schnellboot der »Duchessa di Malfi« näherte und andockte. Die vier Männer schienen sich zu beraten. Dann trat der Anführer zwischen die Passagiere und ließ seinen Blick über die Menschenmenge schweifen. Ein paar von den Passagieren trat er mit dem Stiefelabsatz in die Seite, zum Zeichen, dass sie aufstehen sollten.

Zu meinem Schrecken sah ich, wer der Vierte war, den es traf. Als er sich aufrappelte, entdeckte er mich. Ich sehe ihn noch heute vor mir, wie er mir zulächelt, bevor sie ihn abführen.

8

Meran – Mittwoch, 1. August, am Abend

Paul Tschugg wusste, dass er gleich Seitenstechen bekommen würde. Und schon fuhr ihm der Schmerz in seine linke Seite. Stöhnend blieb er stehen. Paul presste die Hand an die Rippen und lehnte sich vornübergebeugt an die nächste Hauswand. Vor den Tabletten und den Spritzen, da war er ein guter Läufer gewesen. Doch inzwischen war sein Körper schwer, obwohl er so viel Gewicht verloren hatte.

Dieser Sergente mit Pferdegebiss hatte ihn abwimmeln wollen. »Der Commissario kommt heute nicht mehr ins Büro«, hatte er ihm beschieden. »Morgen ist auch noch ein Tag. Es wird ja wohl so lang Zeit haben.«

»Nein. Ich hab was für ihn, das er heut noch braucht.«

Das war gelogen. Die Wahrheit war, dass Paul nicht nach Hause konnte, bevor er sein Vorhaben zu Ende gebracht hatte, denn er wusste nicht, ob er ein zweites Mal den Mut dazu haben würde.

Schließlich hatte Emmenegger nachgegeben. »Am Steinachplatz wohnt er«, hatte er geknurrt. »Von mir hast du das nicht, verstanden! Und jetzt raus.«

Schwer atmend drückte Paul auf die Türklingel. Nichts geschah.

Paul klingelte und klingelte mit einer Inbrunst, als könne seine Verzweiflung den Gesuchten herbeizitieren.

Doch keine füllige Gestalt erschien. Stattdessen wurde ein kleines Dachfenster unterhalb des Giebels aufgerissen.

»Spinnst du? Hör auf mit dem Klingelterror oder ich hol die Bullen«, schrie ein Junge von oben auf die Gasse herunter.

»Krasse Idee! Am besten gleich deinen Alten! Den such ich eh«, schrie Paul hoch.

Der Junge verzog den Mund. »Wenn du den Bullen meinst, das ist nicht mein Alter.«

»Kann ich trotzdem hochkommen und auf ihn warten?«

Der Junge zuckte mit den Achseln und verschwand. Pauls Finger schwebte bereits wieder über der Klingel, da ertönte der Summer.

★★★

Als Paul oben ankam, wurde ihm klar, dass der Junge, den er für zwölf oder dreizehn gehalten hatte, älter sein musste. Die Gesichtszüge waren noch kindlich, und Paul beneidete ihn um seine makellose Haut. Der Junge war klein und schmächtig, aber sein T-Shirt spannte sich über kräftigen Oberarmen und einer muskulösen Schulterpartie.

»Ich bin Paul«, sagte Paul.

Der Junge starrte ihn bloß an.

»Kann ich reinkommen?«

Der Junge drehte sich um und schlurfte zurück in die Wohnung. Die Wohnungstür ließ er offen. Paul interpretierte das als Einladung.

»Ich dachte, du bist der Sohn vom Commissario.«

Wieder dieser abfällige Gesichtsausdruck. »Dann würd ich mich erschießen.«

Paul setzte sich in einen riesigen Fernsehsessel und schaute sich neugierig um. »Plasmafernseher. Cool. Wetten, nicht?«

Der Junge, der schon halb aus der Tür war, blieb stehen. »Was soll das heißen, wetten nicht?«

»Wetten, dass du dich nicht erschießen würdest? Ist nämlich gar nicht so einfach.« Paul grinste freundlich, um zu zeigen, dass er die Ehre des Jüngeren nicht angreifen wollte.

Doch dessen Augen sprühten Funken. »Und woher willst du das wissen, du pickliges Arschgesicht?«

Paul sprang auf und ballte die Faust, doch dann beherrschte er sich.

»Komm schon, tu dir keinen Zwang an!«, sagte der Junge spöttisch und stellte sich breitbeinig in Positur.

»Ich verprügle grundsätzlich keine Babys«, antwortete Paul.

»Pfhhh. Schau dich doch an. Dich erledige ich mit der linken

Hand«, sagte der Junge und verschränkte die muskulösen Arme. Wahrscheinlich hatte er sogar recht, befand Paul. Aber es wäre trotzdem ehrlos. Er war schließlich der Ältere.

»Ich weiß das, weil ich's schon probiert hab«, sagte er.

Der Mund des Jüngeren stand offen. »Du lügst doch! Angeber!«

Paul schüttelte den Kopf. »Ich zeig dir was.« Er krempelte seinen rechten Ärmel hoch und deutete auf eine große Narbe am Oberarm. »Hier. Ich hab einen Selbstschussapparat gebaut. Hat aber nicht so gut funktioniert.«

»Cool!« Der Junge hatte leuchtende Augen bekommen. »Ich heiß übrigens Justus.«

Er ließ sich auf den Fußboden fallen. »Mein Leben ist ätzend. Jeder, den ich mag, haut ab oder stirbt.«

»Wer denn so?«

»Meine Mutter ist abgehauen, als ich noch klein war. Und meine Großmutter hat sich umgebracht. Hat mich auch sitzen lassen, die Alte. Alle denken, ich weiß es nicht. Aber ich weiß es doch. Und jetzt ist wieder eine weg.«

»Krass«, sagte Paul.

»Da staunst du, was?«, triumphierte Justus.

»Meine Mutter, die hat versucht, mich abzustechen. Als sie das nicht geschafft hat, hat sie sich selbst umgebracht«, sagte Paul im Ton einer Gutenachtgeschichte. Bevor er sein Hemd lüften konnte, was er automatisch bei solchen Gelegenheiten tat, hörte er, wie sich ein Schlüssel im Schloss drehte.

»Jetzt, wo's spannend wird, kommt der Luzi«, stöhnte Justus.

★★★

Nach dem Besuch im Krankenhaus fühlte sich Pavarotti am Ende seiner Kraft. Lissies Arzt hatte ihm wenig Neues sagen können. »Sie liegt im künstlichen Koma«, hatte der Mann erklärt. »Wann … sie aufwacht, wissen wir nicht.« Pavarotti hatte das »ob überhaupt« deutlich herausgehört.

»Wird sie wieder ganz … ich meine …?«

Der Arzt hatte die Schultern gezuckt und ihn mitfühlend angesehen. »In Bezug auf das menschliche Gehirn lassen sich kaum Voraussagen treffen, wissen Sie? Es bleibt uns nichts übrig, als abzuwarten.«

Von Lissie war unter Infusionsschläuchen und Verbänden kaum etwas zu sehen gewesen. Abgesehen von ihrer linken Hand, die auf der Bettdecke lag. Ihre schmalen Finger waren für gewöhnlich immer in Bewegung, sie gestikulierten, zwirbelten Haarspitzen, zeigten ihm den Vogel. Jetzt bewegten sie sich nicht. Unerklärlicherweise kam ihm durch diesen Anblick erst so richtig zu Bewusstsein, wie schlimm es um Lissie stand, und er konnte die Tränen kaum zurückhalten.

Als er Spock abgeholt und sich bei der netten Schwester bedankt hatte, waren ihm vor dem Stationszimmer zwei Figuren in den Weg getreten.

Er brauchte ihre Polizeimarken nicht zu sehen. Interne Ermittlungen.

»Sie sind noch nicht beurlaubt«, sagte einer der beiden mit gespielter Freundlichkeit. »Die Betonung liegt auf ›noch‹. Sie finden sich bitte morgen um zehn Uhr bei uns in Bozen ein. Wenn wir Sie vernommen haben, werden wir sehen, wie es weitergeht.«

Und jetzt, wo er einfach nur niedersinken und den Kopf in den Händen vergraben wollte, fand er zwei Teenager statt einem in seiner Wohnung vor. Pavarotti fühlte sich wie ein Drehkreisel auf unebenem Untergrund.

★★★

»Paul, was machst du denn hier? Spock, sitz.« Lächerliche Ansage. »Justus, bitte kümmere dich um den Hund.« Pavarotti sah, dass Justus eine Grimasse zog und sich mit dem Tier in die Küche verdrückte.

»Also, was gibt's?«, fragte er unfreundlich. Sofort tat es ihm leid. Paul war ein armer Kerl.

Unbeeindruckt zog Paul einen kleinen Gegenstand aus seiner

Hosentasche und legte ihn in die Handfläche seiner anderen Hand. »USB-Stick.«

»Das sehe ich. Was ist damit?«

Paul biss sich auf die Lippen und brauchte ein paar Sekunden, bis er sich zu einer Antwort durchrang. »Ich hab gesehen, wie Anselm Matern meinem Vater den Stick zur Aufbewahrung gegeben hat. Er hat gesagt, er will das Teil weder in der Klinik noch in seiner Wohnung haben. Mein Alter wollte wissen, wieso nicht. Matern hat geantwortet, das ginge meinen Alten nichts an.«

Pavarotti atmete tief aus. »Der Stick ist hundertprozentig passwortgeschützt.«

»Na klar.«

Pavarotti tastete nach seinem Handy. Ein neuer Fall für Gruber.

»Sie brauchen keinen von Ihren Leuten anzurufen, wenn Sie wissen wollen, was drauf ist.«

Überrascht hielt Pavarotti inne.

»Ich bin der Beste«, sagte Paul einfach. Dann verfinsterte sich seine Miene. »Glauben Sie im Ernst, ich wär hier, wenn ich nicht wüsste, was der Stick enthält?«

Pavarotti antwortete nicht. Er stieß die Tür zur Küche auf.

Justus lehnte am Küchentisch und beobachtete, wie der Hund sich den Bauch vollschlug.

»Hol deinen Laptop.«

★★★

Das einzige Dokument auf dem USB-Stick war eine Videosequenz. Sie zeigte einen braun gebrannten Mann um die vierzig. Er sprach mit jemandem, der nicht von der Kamera erfasst wurde.

Pavarotti kniff die Augen zusammen. Was war das für ein Hintergrund? Verschwommene Buchstaben … Es kam ihm vage bekannt vor.

Dem Sprecher war offenkundig nicht bewusst, dass das

Gespräch aufgezeichnet wurde. Er erteilte gerade den Auftrag, seine Frau zu töten. Der Mord an Sylvie Steyrer sollte als Selbstmord getarnt werden. »Ich kapier's einfach nicht, dass Sie so viel Geld dafür wollen«, sagte der Mann gerade. »Die ganze Vorarbeit hab ich doch schon gemacht. Zweifacher Selbstmordversuch. Die getürkten Sexgeschichten. Eine bessere Steilvorlage für Ihren Job gibt's nun wirklich nicht.«

Die Aufnahme endete abrupt.

Mit fliegenden Fingern tippte Pavarotti eine Nummer ein. »Was tut sich bei euch?«

»Alles ruhig«, hörte er eine gelangweilte Stimme sagen. »Die Zielperson ist nicht ... scheiße. Der Mann kommt gerade raus. Was hat er ... einen Koffer ... Da steht ein Maserati vor dem Haus ... Jetzt geht er hin, öffnet den Kofferraum und ...«

»Festnehmen«, rief Pavarotti.

★★★

Die Verhaftung Anselm Materns war ohne Komplikationen über die Bühne gegangen. Pavarotti beschloss, ihn erst am nächsten Morgen zu verhören. Eine Nacht in der Zelle könnte dazu angetan sein, das Geständnis zu beschleunigen.

Als er gehört hatte, dass sich Matern sicher hinter Schloss und Riegel befand, legte Pavarotti den erstbesten Film ein, der keine Komödie war. »Master und Commander«. Meinetwegen. Hauptsache, Ablenkung. Nicht nachdenken.

Aber er kam nicht zur Ruhe. Irgendetwas nagte an ihm.

Sein Blick fiel auf seine Aktentasche Er schüttelte den Kopf über sich selbst und griff nach der Passagierliste der »Duchessa di Malfi«, die er auf dem Kommissariat eingesteckt hatte.

Hinter der Passagierliste klemmte ein weiterer dicker Papierpacken. Die Besatzungsliste. Flüchtig blätterte er durch. Viele asiatisch klingende Namen. Dann ein paar italienische. Offiziere. Unteroffiziere. Seekadetten.

Er hätte fast das Bier aus dem Glas verschüttet, das er zum Mund führte.

Am Schluss der Besatzungsliste war ein Name aufgeführt, den er kannte.

Michael Cabruni.

★★★

»Du.«

Pavarotti sah auf. In der Tür stand Justus, die Augen riesengroß, ein Gesicht wie ein trauriges Äffchen.

»Wird sie wieder?«

»Ich weiß es nicht.« Pavarotti hätte alles für eine andere Antwort gegeben.

Der Junge nickte und drückte Spocks Kopf gegen seine Hüfte. Er begann, an dem Halsband herumzufummeln. »Ich war gerade mit ihm draußen. Er hat keine Ruh gegeben, bis ich mit ihm zur Villa bin.«

Pavarotti, der sich bereits wieder der Besatzungsliste zugewandt hatte, fuhr herum.

»Du warst wo? Die Klinik ist ein mehrfacher Tatort, da hast du nichts verloren, verstanden!«

Justus warf ihm einen bitterbösen Blick zu und wollte raus aus dem Zimmer, doch der Hund blieb sitzen und bellte. »Beschwer dich bei Spock, nicht bei mir«, bequemte sich Justus schließlich zu einer Replik. »Da ist so eine kleine Sitzbank mit Dach. Sieht aus wie ein Wartehäuschen am Busbahnhof. In das Häuschen ist er reingesaust wie der Blitz. Dann hat er wie verrückt auf dem Boden gescharrt.«

Pavarotti starrte Justus an. Dann stand er auf.

Für Polizeichef Alberti hieß es im Sommer an fast jedem Abend »It's party time« mit einem Dutzend aufgeblasener Gäste. Pavarotti hatte immer schon mal eine von Albertis hohlen Sommerpartys sprengen wollen.

Kohlgruber war bestimmt auch noch wach.

9

Meran – Donnerstag, 2. August, am Nachmittag

»Angesichts der erdrückenden Indizien, die inzwischen gegen Matern vorliegen, sind der Chefetage die Argumente gegen einen Haftbefehl ausgegangen«, sagte Pavarotti zu Emmenegger. »Herr Matern ist ein honoriger Bürger«, imitierte Emmenegger gekonnt die Falsettstimme des Staatsanwalts. »So eine kleine Mordserie, das ist nun wirklich eine Petitesse! Einem Arzt kann doch mal das Messer ausrutschen. Bei dem Druck. Und der Verantwortung.«

Pavarotti musste grinsen, trotz der Funkstille aus dem Krankenhaus und der Farce, die er gerade mit den beiden Herren der »Internen« hinter sich gebracht hatte. Es war eh klar, dass er weitermachen sollte, bis er den perfekten Sündenbock für den gesamten Fall abgab.

Der Sockel der Sitzbank im Garten der Villa Speranza hatte unter dem Einsatz des Betonbohrers nach kurzer Zeit nachgegeben. Darunter waren Kohlgruber und sein Team sehr schnell auf Überreste einer männlichen Leiche gestoßen.

Der Tote trug eine Geldbörse mit Kreditkarten bei sich. Zahnabgleich und DNA-Analyse würden es bestätigen müssen. Aber es war so gut wie sicher, dass es sich bei der Leiche um Dr. Rudolfo Troiano handelte, der den letzten Urlaub seines Lebens nicht mehr hatte antreten können.

»Der arme Kerl hat Verdacht wegen der Selbstmorde geschöpft«, sagte Emmenegger. »Bestimmt hat er gedroht, die Polizei einzuschalten. Warum kündigen die Leute bloß so was an? Matern konnte es sich nicht leisten, ihn am Leben zu lassen.«

Pavarotti nickte. »Rudolfo Troiano ist mit einer Art Garrotte erdrosselt worden. Vermutlich durch Bruno Slawicz. Ich glaube, Bruno hat alle Tötungen für Anselm Matern begangen. Er war sein persönlicher Schlächter.«

Emmenegger verzog das Gesicht. Er öffnete die Fenster im

Bereitschaftsraum. Ein Windstoß machte kurzen Prozess mit der abgestandenen Büroluft, die nach kaltem Schweiß und dem verzweifelten Bemühen roch, das Böse zu begreifen.

Pavarotti atmete durch. »Bruno Slawicz war in Vukovar. Ich hab seine Personalakte gesehen. Ich vermute, er war an den Massenmorden der jugoslawischen Armee beteiligt. 1991 war das. Die haben das Krankenhaus Vukovar überfallen. Dann haben sie die Patienten auf einer Schweinefarm zusammengetrieben, alle abgeschlachtet und in einem Loch verscharrt. Wenn Slawicz dabei war, hatte er hinterher sicher keine Hemmungen mehr, wehrlose Patienten zu töten.«

»Oh mein Gott«, stöhnte Emmenegger.

Auf einmal läutete das Telefon.

»Ich nehm ab«, rief Emmenegger. Der Sergente hörte ein paar Minuten kommentarlos zu, dann legte er mit einem »Ich verstehe, vielen Dank« auf.

»Das waren die Kollegen aus Innsbruck. Sylvie Steyrers Mann hat gestanden, nachdem man ihm das Video auf dem USB-Stick vorgeführt hat. Praktisch im selben Atemzug hat er Matern belastet.«

»Ausgezeichnet«, sagte Pavarotti. »Den Akten zufolge sind es fünf Fälle, mit Sylvie zusammen sechs. Zwei Patienten stammten aus Italien, zwei aus Österreich, eine war Schweizerin und eine Deutsche. Überall laufen die Ermittlungen bereits. Ich bin überzeugt, dass wir weitere Geständnisse bekommen werden. Zusätzliche Sargnägel für Anselm Matern.«

Nach kurzem Nachdenken fuhr er fort: »Wenn die Kriminaltechnik den Hintergrund des Videos vergrößert, dann werden die meiner Ansicht nach feststellen, dass es sich um Buchstaben handelt. Eine Schrift auf der Wand des Aufenthaltsraums in der Villa. ›Hoffnung und Liebe‹, steht da.

»Sie denken, der Kerl war so dämlich, das in seiner eigenen Klinik aufzunehmen?«

Pavarotti zog das Telefon zu sich herüber. »Der Mann ist unglaublich arrogant. Bei einer solchen Geisteshaltung passieren monumentale Fehler.«

Er führte ein kurzes Gespräch mit Kohlgruber, der ihm in ätzendem Tonfall mitteilte: Vielen Dank, sie hätten selbst Augen im Kopf und die versteckte Kamera sowie der Rekorder seien bereits sichergestellt. »Damit haben wir ihn endgültig. Ob er gesteht oder nicht, ändert nichts. Eins ist mir aber nicht klar«, sagte Pavarotti. »Warum hat er das Gespräch mit Sylvies Mann überhaupt aufgezeichnet?«

Emmenegger räusperte sich und machte sich an der Kaffeemaschine zu schaffen. Er bückte sich, um neues Pulver aus dem Schrank zu holen. Dann füllte er Wasser ein.

»Während Sie heute Morgen in Bozen … hrrmm … beschäftigt waren, hab ich mir mal den alten Tschugg zur Brust genommen«, sagte Emmenegger über die Schulter.

»Ah so?«

»Tschugg sagt, Matern habe ihm schon ein paarmal solche USB-Sticks zur Aufbewahrung übergeben. Nach einigen Tagen hat er sie dann wieder abgeholt.«

»Und was schließen Sie daraus, Sergente?«

»Dass Anselm Matern die Aufnahmen so lange aufbewahrt hat, bis er das Geld von seinen Kunden hatte. Natürlich arbeitet er nur nach Vorkasse. Wenn der Kunde nicht zahlt, wird der Auftrag nicht erledigt. Gleichzeitig hat Matern ein Druckmittel in der Hand.«

Pavarotti nickte. »Und Tschugg senior?«

»Ich glaub nicht, dass der alte Tschugg wusste, was da ablief. Der war froh, seinem Exkollegen Matern einen kleinen Gefallen erweisen zu können. Die alten Zeiten in der Psichiatria Democratica, Sie wissen schon. Außerdem honorierte Matern diese kleinen Gefallen mit dem kostenlosen Aufenthalt von Tschuggs Sohn in der Klinik.«

Sie schwiegen eine Weile. Dann sagte Emmenegger: »Und was ist mit dem ersten Mord im Pavillon? Wie passt der da rein, Commissario?«

Pavarotti nahm die Kaffeetasse, die ihm Emmenegger zuschob, und trank todesmutig. »An Hanna Landsberg komme ich zurzeit nicht heran, Sergente. Ich kann sie nicht zwingen, und sie will bloß mit Dr. Frahm, dem Kriminalpsychologen, sprechen. Ich hoffe, dass ich in ein paar Tagen mehr weiß. Aber eins ist inzwischen klar.«

Emmenegger zog die Augenbrauen hoch.

»Nicht nur Michael Braunhofer war auf der ›Duchessa di Malfi‹. Sondern auch ein junger Seekadett namens Michael Cabruni.«

Meran – Donnerstag, 16. August

10. Gesprächsprotokoll von Dr. Sigmund Frahm,
Kriminalpsych.

Vormittagssitzung - letzte Sitzung

Der Polizist, der mich jedes Mal zu Ihnen bringt, sagte, dies
sei unsere letzte Sitzung. Ist das wahr?
Also doch. Ich hätte nicht geglaubt, dass Sie sich so schnell
eine Meinung über mich bilden. Oder haben Sie mich einfach
satt, mich und das verfluchte Schiff? Nein. Ich bin Ihnen nicht
geheuer.
Sie fliehen vergebens, Herr Doktor. Ihr eigener Fluch hat Sie
doch längst erreicht.
Der Weg in die Vergangenheit ist ein Weg ohne Wiederkehr.
Wappnen Sie sich gegen Ihre Erinnerungen, Dottore.

Es waren zwei Frauen und drei Männer. Wir dachten zuerst,
sie würden zusammengetrieben, um ebenfalls getötet zu werden.
Hinterher hieß es, sie seien als Druckmittel gedacht gewesen,
um andere Palästinenser freizupressen.
Nach welchen Kriterien die Entführer die Geiseln aussuch-
ten, ist mir bis heute schleierhaft. Ein Kind war nicht dabei.
Wahrscheinlich war ihnen das Gebrüll lästig.
Der Vierte der fünf war Michael Cabruni.
Er lächelte mir zu. Dieser wissende, traurige Blick, den er
mir zuwarf.
Mein Gott, der Junge war erst zwanzig. Kaum älter als
Dorian und doch ganz anders. Eine gewisse Ähnlichkeit
war vorhanden, aber nur äußerlich. Michael Cabruni war
einfach ein netter Kerl. Einer, den alle Mädels vom Fleck
weg adoptieren wollen, aber schlafen wollen sie mit den fiesen
Typen.

Michael Cabruni hatte am Vorabend als Vertreter der Besatzung an unserem Tisch gesessen. Jeder Tisch bekam einen Offizier oder Unteroffizier zur abendlichen Bespaßung während des Essens gestellt. Die Wichtigen, Wohlhabenden bekamen den Kapitän. Wir bekamen Michael.

Er war der jüngste Seekadett auf der »Duchessa di Malfi«.

Dorian und er saßen nebeneinander. Ich hörte, wie sie über die Ähnlichkeit ihrer Nachnamen ins Gespräch kamen. »Mein Name ist ja praktisch die Übersetzung des deinen«, sagte der Junge zu Dorian. Als sie feststellten, dass sie nur ein paar Monate auseinander waren, steckten sie für den Rest des Abends die Köpfe zusammen. Dorian feuerte eine Frage nach der anderen über Seekarten, Manöver und Meeresströmungen auf Michael ab. Der glühte vor Stolz, sein Wissen zum Besten geben zu können. In wenigen Tagen würde sein Praxishalbjahr auf See zu Ende sein. Er war bereits im Institut »Nautico San Giorgio« in Genua eingeschrieben und wollte sein Studium im September aufnehmen.

Stattdessen wurde er jetzt mit den anderen Passagieren gefesselt und nach unten getrieben. Auf einmal war da auch Dorian unter den Geiseln. Auch er war gefesselt. Schweigend ging er hinter Cabruni drein. Einer der Männer stieß beide durch die Tür, die nach unten zur Einstiegsluke führte.

Die Motoren des Schnellboots sprangen an, und wir sahen, dass die Kerle an Bord waren. Ich versuchte aufzustehen, doch meine Glieder waren taub.

Auf einmal brummte die Luft. Wir hoben die Köpfe und schauten zu den riesigen Helikoptern hoch, die aus dem Nichts aufgetaucht waren.

Kurz darauf gab es eine ohrenbetäubende Explosion. Unter den Passagieren brach Panik aus. Jeder trampelte den anderen nieder und versuchte, zum Heck zu gelangen, wo der Lärm hergekommen war.

Das Schnellboot war verschwunden, stattdessen stieg eine gigantische Feuersäule in die Höhe.

Ich hab mir den Kopf zermartert, wie Dorian den Entführern entwischen und dem Inferno auf dem Schnellboot entkommen konnte. Ich finde nur eine Erklärung: Dorian hat mit dem Teufel paktiert und den Namen eines Juden gegen seine Freiheit eingetauscht.

Vielleicht hatten die Entführer ihren großzügigen Tag und haben Dorian nicht nur seine Freiheit, sondern eine weitere Gegenleistung gewährt – den Tod von Michael Cabruni. Oder es war der Teufel, der seine Hand im Spiel hatte und dafür sorgte, dass ausgerechnet der junge Seekadett als Geisel ausgewählt wurde.

Ein junger Mann, in dessen Leben Dorian schlüpfen konnte wie ein Parasit in einen hohlen Wirt.

Dass er genau das getan hatte, wurde mir erst klar, als ich nach den Zeitungsberichten über die Beinahe-Havarie vor Kap Hoorn Michaels Namen unter Dorians Foto sah.

Ich stelle mir vor, wie er hinter Michael dreingeht. Seine Fesseln sind nur Makulatur. Er greift in Michaels Gesäßtasche und fischt nach dem Kartenschlüssel für die Kabine.

Dann nickt er dem Terroristen zu und wendet sich nach rechts zu den Aufzügen, während alle anderen über die Gangway ins Schnellboot klettern.

Als er in Michaels Kabine ist, um seine Ausweise, seine Studienunterlagen, seine Kleidung, sein Leben an sich zu nehmen, hört er die Explosion. Er blickt aus dem Fenster und lächelt.

Später legt die »Duchessa di Malfi« im Hafen an. Rotkreuzhelfer kommen an Bord, die Polizei versucht, die Meute der Fotografen fernzuhalten und die Passagiere dazu zu bewegen, geordnet von Bord zu gehen. Menschen rennen herum und suchen ihre Angehörigen, andere weinen laut. In diesem Durcheinander schleicht sich Dorian vom Schiff und aus seinem alten Ich.

Doch das sind Spekulationen, Bilder, die meine Phantasie erzeugt. Was immer es war, das Dorian an diesem 13. Juli 1985 getan hat, wird wohl für immer im Dunkeln bleiben.

Wo Emma geblieben ist? Das fragen Sie mich ernsthaft, Herr Doktor? Jetzt habe ich Sie tatsächlich überschätzt.

Emma starb in der Nacht, in der ich Elias verriet. An dem Morgen, als die Schießerei begann, war sie bereits für immer verschwunden.

Sie war mein besseres, mein verletzliches, liebenswertes Ich. Sie war der Mensch, der ich immer sein wollte, aber es ohne ihre Hilfe nicht sein konnte. Warum sie so hässlich war, kann ich nur vermuten. Wäre sie perfekt gewesen, hätte sie mich wahrscheinlich nicht ganz machen können.

Aber das tat sie. Emma war großzügig, wenn ich zynisch war, und heiter, wenn ich dunklen Gedanken nachhing. Sie tröstete mich, wenn ich litt, weil ich für meine Eltern bloß ein Vogelschiss auf der Windschutzscheibe ihres voll ausgestatteten Jeep Cherokee XJ bedeutete. Unappetitlich und schmierig. Ein Ärgernis.

Immer öfter hab ich Emma vorgeschickt, wenn ich keinen Nerv hatte, unter Menschen zu sein. Und hab gefühlt, wie die Wärme, die sie erzeugte, auf mich abstrahlte. Ich hab mir angewöhnt, sie zu beobachten, wenn sie für mich in die Bresche sprang.

Sie war nicht echt, aber das war mir egal. Sie war meine Laterna magica, meine Projektion in ein anderes Leben. Insofern kann ich Dorians Wunsch, ein anderer zu sein, ziemlich gut verstehen.

Doch irgendwann im Frühjahr 1985 hab ich angefangen, Emma zu verachten.

Sie war einfach zu weich, zu beeinflussbar. Total uncool. Eine unglaubliche Heulsuse. Dieses Helfersyndrom, Sie wissen schon. Und dann dieser öde Elias, den sie angeschleppt hatte und der vor Selbstgerechtigkeit nur so strotzte, was sollte ich mit dem?

Emma konnte mir nicht das Wasser reichen. Sie war bloß ein dummes Baby, und ich war die Erwachsene, die wusste, wo es im Leben langging.

Es war ein schleichender Prozess. Unter Dorians Einfluss

kamen meine schlechtesten Eigenschaften zum Vorschein. Auch Emma veränderte sich. Sie wurde trotzig und depressiv. Ich habe zu spät gemerkt, worauf die Sache hinauslief. Es war Dorian, der mich dazu gebracht hat, Emma zu zerstören.

Und deshalb habe ich ihn am Ende auch zerstört.

11

Meran – Freitag, 17. August, am Vormittag

Als sich Pavarotti der Eingangstür zu Dr. Frahms Praxis näherte, wurde die Tür so heftig aufgestoßen, dass sie mit einem knirschenden Geräusch gegen das Treppengeländer prallte.

Das Gesicht seiner Schwester war zu einer wütenden Grimasse verzogen.

»Ist es das, was du wolltest?«, fauchte Editha und schlug ihn so heftig in die Seite, dass er taumelte.

Pavarotti blieb stehen und schaute ihr nach, wie sie mit ungelenken Bewegungen auf den Winkelweg hinauslief, als sei sie nicht ganz bei Sinnen.

Dr. Frahm war auf der Schwelle erschienen. »Kommen Sie bitte, Commissario«, sagte er in einem Tonfall, als sei nichts geschehen.

Doch als Pavarotti dem Psychologen die Hand gab, registrierte er, dass Dr. Frahm in den vergangenen Tagen, in denen sie sich nicht gesehen hatten, merklich gealtert zu sein schien. Seine Haut war grau, und die Linien in seinem Gesicht waren tiefer eingegraben als bei ihrem letzten Gespräch.

Als Pavarotti das Sprechzimmer betrat, roch er Edithas Parfüm, angereichert mit einer Prise Restalkohol. Die lederne Sitzfläche des blauen Sessels warf noch Falten.

»Was halten Sie von einem Spaziergang zum Schloss Pienzenau? Ist ja nicht weit«, schlug Pavarotti dem Psychologen ohne viel Hoffnung vor. Bestimmt stand der nächste Patient bereits in wenigen Minuten ins Haus. Doch Frahm nickte.

Als sie auf die Straße traten, sagte Frahm: »Ihre Schwester hat die Stunde nicht ausgeschöpft, wissen Sie. Sie ist … Nun, Sie haben sie ja gesehen.«

Pavarotti biss sich auf die Lippen. War er als enger Verwandter berechtigt zu erfahren, wie es Editha ging? Er beschloss, einen Vorstoß zu wagen.

»Meine Schwester ist … sehr aufbrausend«, tastete er sich vor.

»Wenn sie die Fassung verliert … Aber sobald sie sich wieder beruhigt hat, wird ihr klar werden, dass es zu ihrem Besten ist, wenn sie sich von Ihnen helfen lässt.«

Dr. Frahm wich Pavarottis Blick aus. »Ich kann mit Ihnen nicht über Ihre Schwester sprechen, Commissario.«

Als sie den Pienzenauweg erreichten, atmete Frahm heftiger, als es dem Anstieg zugeschrieben werden konnte.

Ein großes Holztor stand weit offen und gewährte die Sicht auf eine Zufahrt, die zum Schloss, zum schlosseigenen Restaurant und zu verschiedenen Gartenbereichen führte. Ihre Schritte knirschten auf dem Kies, als sie in den Schatten eintauchten. Niemand war zu sehen.

★★★

»Ich habe eine grässliche Woche hinter mir.« Frahm stützte sich schwer auf einen eisernen Gartenstuhl.

Da bist du nicht der Einzige, dachte Pavarotti.

Lissie lag immer noch im künstlichen Koma. Als er am Vorabend bei ihr gewesen war, hatte sie den kleinen Finger bewegt. Pavarotti war ganz außer sich geraten, aber bei dem Finger war es geblieben.

»Hanna Landsbergs Begutachtung hat mich vollkommen ausgelaugt. Ich habe alle anderen Termine absagen müssen. Dabei habe ich noch nicht einmal das Gutachten geschrieben. Deswegen wollten Sie doch mit mir sprechen, oder? Und jetzt …« Frahms Stimme verlor sich.

»Aber eine Meinung zu der Frau haben Sie sich doch gebildet? Ist sie nun schuldfähig oder nicht?«

Frahm schaute ihn an, doch es schien Pavarotti, als blickte der Mann durch ihn hindurch, auf etwas, das für Pavarotti nicht sichtbar war.

»Ich bin mir nicht sicher …«

Pavarotti hätte Frahm am liebsten gepackt und geschüttelt. Die Unentschlossenheit dieses Menschen war nicht zu ertragen. Besäße der Mann ein Mindestmaß an Mumm, würde Sylvie

Steyrer vermutlich noch leben. Aber Frahm war den Weg des geringsten Widerstands gegangen. Trotz seiner Zweifel hatte er Materns Diagnose bestätigt und damit das Todesurteil der jungen Frau unterzeichnet.

»Ich will die Mordakte abschließen«, sagte Pavarotti kühl. »Dazu muss ich wissen, worin Hanna Landsbergs Motiv für die Ermordung Michael Braunhofers bestand. Und da ich sie nicht befragen konnte …«

Frahm seufzte. »Ihre Frage ist nicht in einem Satz zu beantworten. Kommen Sie, trinken wir einen Kaffee auf der Schlossterrasse.«

★★★

Als Frahm geendet hatte, beugte sich Pavarotti vor. Seinen Cappuccino hatte er nicht angerührt.

»Jetzt noch mal zum Mitschreiben, Dottore. Hanna Landsberg hat Michael Braunhofer getötet, weil … Ich weiß gar nicht, wie ich es formulieren soll. Weil … weil Michael Braunhofer durch sein Verhalten vor zig Jahren eine imaginäre Person hat verschwinden lassen, die sowieso nur in der Phantasie der Landsberg existiert hat?«

Er nippte an seinem Kaffee. »Jetzt ist mir klar, warum Sie an der Schuldfähigkeit der Frau zweifeln.«

Was für ein Fall. Pavarotti lehnte sich zurück und legte den Kopf in den Nacken. Sein Blick wand sich um die dürren Zweige einer Glyzinie, die im Frühjahr blaue Blütentrauben auf das rosa Mauerwerk zaubern würde. Dann kletterte sein Blick hoch bis zur Zinne. Da oben … Lissie …

Weit entfernt hörte er Frahm sagen: »Wie Sie es ausdrücken, klingt es natürlich lächerlich. Aber innerhalb Hannas Gedankenwelt ist es vollkommen logisch. Sie hat ihre Schwester Emma erschaffen, weil sie sonst zugrunde gegangen wäre. Bedenken Sie, dass Hanna Landsberg vom Tag ihrer Geburt an ohne Liebe auskommen musste. Ihre Eltern waren Schatzsucher, die kein Interesse an ihrem Kind hatten. Vielleicht hätten sie es geliebt, wäre Hanna ein entzückendes kleines Mädchen gewesen. Aber sie machte wohl schon als Kind nichts her. Hanna wuchs zu einer farblosen, eher männlich wirkenden jungen Frau mit stärksten Kontaktschwierigkeiten heran. Sie muss furchtbar einsam gewesen sein.«

»Aber ...«

Der Psychologe hob die Hand.»Vielleicht hat es neben der extremen Vernachlässigung noch ein weiteres kindliches Trauma gegeben, an das sich Hanna nicht erinnert. Durch Emma konnte sie damit fertigwerden, in eine andere Rolle schlüpfen. Erst dadurch erfuhr sie so etwas wie Glück. Ihr Verhängnis war, dass sie Michael Braunhofer traf. Er muss sofort gespürt haben, was mit ihr los war und welch fabelhaftes Versuchsobjekt sie für seine manipulativen Experimente abgab. In dem Maße, in dem sie seiner dunklen Seite erlag, wurde Emmas fröhliche, naive Stimme schwächer.«

»Aber ... die Sache mit Elias Rosenfeldt begreife ich überhaupt nicht«, sagte Pavarotti.»Wieso hat sie sich mit diesem Mann angefreundet? So wie Sie die Sache darstellen, ist Hanna Landsberg doch von Anfang an in Michael Braunhofer verliebt gewesen!«

Dr. Frahm lächelte.»So überaus logisch. Was müssen Sie für ein klar strukturiertes Gefühlsleben haben, Commissario. Beneidenswert.«

Pavarotti errötete.

»Nun, wenn Sie unbedingt eine Deutung von mir hören wollen, dann bitte. Dass Hanna mit Elias Rosenfeldt anbandelte, war meiner Meinung nach der letzte verzweifelte Versuch der Emma-Persönlichkeit, dem Einfluss Braunhofers zu entkommen. Doch es war zu spät. Ein Narzisst wie Braunhofer lässt jemanden, den er einmal unter seinen Einfluss gebracht hat, nicht einfach ziehen. Braunhofers Gift bewirkte, dass Hanna begann, Emma abzuwerten, zu disqualifizieren. An jenem verhängnisvollen Tag auf dem Schiff wurde Hanna klar, dass Michael Braunhofer sie manipuliert und benutzt hatte. Sie trug eine Mitschuld daran, dass zwei Menschen ums Leben gekommen waren. Elias Rosenfeldt. Und Michael Cabruni. Als ihr das klar wurde, starb Emma, die Unbeschwerte, die so gern lachte, für immer in ihr.«

Nachdem sie ihre Cappuccini bezahlt hatten, machten sich Frahm und Pavarotti auf den Rückweg. Ein paar Minuten hingen beide ihren Gedanken nach. Dann unterbrach Pavarotti die Stille. »Hanna Landsberg ist offenbar schizophren. Damit steht das Ergebnis Ihres Gutachtens fest, nicht wahr?«

»Ich glaube nicht, dass Hanna Landsberg schizophren ist, Commissario«, versetzte Dr. Frahm. »Ich habe keine Halluzinationen feststellen können. Sie zeigt keine gestörte Wahrnehmung der Realität. Meiner Meinung nach leidet Hanna Landsberg unter einer dissoziativen Identitätsstörung. Sie kennen die Krankheit vermutlich unter dem Begriff ›multiple Persönlichkeitsstörung‹.«

Mittlerweile waren sie auf den Winkelweg eingebogen.

»Eine gespaltene Persönlichkeit? Wollen Sie damit sagen, dass sich Hanna Landsberg ihre Emma gar nicht eingebildet hat? Dass sie tatsächlich existiert hat?«

Dr. Frahm war neben einem Gartentürchen stehen geblieben. Sein Blick verhakte sich in den schmiedeeisernen Ornamenten. Zwei Schlangen, die sich aus einem Korb ringelten. Pavarotti glaubte nicht, dass Frahm rein zufällig vor der Braunhofer-Villa eine Rast einlegte.

»Ich glaube tatsächlich, dass Emma existiert hat, Commissario. Menschen mit einer dissoziativen Identitätsstörung können mehrere Teilpersönlichkeiten ausbilden, die unabhängig voneinander leben. Diese Teilpersönlichkeiten besitzen unterschiedliche Charaktere, sprechen mit unterschiedlichen Stimmen, manchmal schreiben sie sogar mit verschiedenen Handschriften.«

Dr. Frahms Augen ruhten abwechselnd auf dem linken, dann dem rechten Schlangenkopf. »Ungewöhnlich ist im Fall Hanna Landsbergs allerdings, dass ihre Teilpersönlichkeiten nicht nur abwechselnd, sondern auch gleichzeitig auftreten konnten. Hanna hat Emma *gesehen*. Und sie hat mit ihr *gesprochen*.«

Er seufzte. »Eine eindeutige Diagnose und eine davon ab-geleitete Beurteilung der Schuldfähigkeit ist in einem solchen Fall besonders schwierig. Einerseits ist Hanna Landsberg zurzeit eindeutig in der Lage, Recht von Unrecht zu unterscheiden. Andererseits ist der Mord auf ihre Krankheit zurückzuführen, auch wenn das alles viele Jahre zurückliegt.«

Pavarotti sah, dass der Psychologe durch die Zaunstäbe hindurch auf das Grundstück spähte. Die Efeuvilla lag dunkel und still im Baumschatten. Die Blätter des Efeus, der sich an der Hauswand entlangrankte, waren welk und braun, als habe man sie versehentlich mit Unkrautvertilger eingesprüht. Die geschlossenen Fenster wirkten hermetisch abgeriegelt.

»Ich wüsste zu gerne …«, murmelte Dr. Frahm.

»Gehen wir weiter, Dottore. Das Klima auf diesem Grund-stück ist ungesund«, sagte Pavarotti. »Was auch immer den Aus-schlag gegeben hat, dass Michael Braunhofer zu dem Menschen wurde, der er war – von diesen Leuten werden Sie es bestimmt nicht erfahren.«

12

Meran – Freitag, 17. August, am Nachmittag

Sigmund Frahm hatte die Zeit verloren. Sein Ührchen hatte er in einer Schublade versenkt. Er hievte sich aus seinem blauen Sessel. Zu müde zum Sitzen. Die einzige Alternative war, sich wieder auf die Couch zu legen, auf der er bereits den gestrigen Nachmittag zugebracht hatte.

Mit ihrer Bosheit hatte Hanna Landsberg die längst vergessen geglaubte Erinnerung an seinen Vater wieder aufgerührt. Anders als der Rest des Kollegiums an der Universität hatte sein Vater nicht an das Böse als Resultat sozialer Ungerechtigkeit geglaubt. Damian Frahm hatte die Demokratische Psychiatrie scharf attackiert und als »Propagandapsychiatrie« bezeichnet. Für ihn war das Böse Teil des menschlichen Erbguts und in der Lage, eine gesunde Psyche vollständig zu zerstören. Dafür erntete er Spott und Hohn. Schließlich verlor er jeglichen Rückhalt seiner Standeskollegen.

Professor Damian Frahm, der nach dem frühen Tod seiner Frau mit seinem Sohn Sigmund in dem Haus am Winkelweg lebte, wurde mürrisch und reizbar. Stundenlang schloss er sich in seiner Bibliothek ein, um das Buch zu schreiben, das ihn rehabilitieren sollte. Am Ende war es mit dem Vater kaum noch auszuhalten. Dessen frühere Tatkraft war einer penetranten Rechthaberei gewichen.

Eines Morgens hatte Sigmund seinen Vater mit einem Loch in der Stirn in seiner Bibliothek gefunden. Die Pistole war ihm aus der Hand geglitten und lag in seinem Schoß.

Selbstmord, hatte es geheißen. Das Motiv lag auf der Hand. Verlust der beruflichen Reputation, die seinem Vater ungeheuer wichtig gewesen war. Verbitterung wegen der erlittenen Schmach, die er nicht länger ertragen konnte.

Sigmund hatte sich gewundert, dass er den Schuss nicht gehört hatte, doch wie immer, wenn Autoritäten anderer Meinung waren, behielt er seine Zweifel für sich.

Frahm setzte sich auf. Dort drüben hatte früher der Schreibtisch seines Vaters gestanden. Dass er aus Vaters Allerheiligstem sein eigenes Sprechzimmer gemacht hatte, war seine einzige Rebellion, und die hatte er erst posthum gewagt.

Die Erinnerungen brandeten heran, als habe sich in seinem Gehirn eine Schleuse geöffnet.

Es war ein großer Transporter mit einer Frankfurter Nummer gewesen, der an einem heißen Tag im Juli 1985 in den Hof der Efeuvilla eingebogen war. Sigmund Frahm war stehen geblieben und hatte ihm nachgeblickt. Umzugswagen waren selten am Winkelweg, wo altes Geld und alte Traditionen herrschten.

Drei Menschen stiegen aus. Ein Mann und ein Junge, ein paar Jahre jünger als Sigmund. Der Junge trug einen Arm in der Schlinge. Der Arm endete am Handgelenk. Sigmund tat der Junge leid, aber als die Frau aus dem Wagen kletterte, vergaß er ihn. Kohlrabenschwarze Augen, ein Gesicht wie eine Madonna.

Er beobachtete, wie sie sich bückte, um etwas auszuzupfen. Die Geste wirkte seltsam verloren. Eine verdrossene Tapferkeit ging von ihr aus. Das Unkraut im Hof spross aus jeder Ritze.

Sigmund hatte zwar nie eine Meinung, dafür leise Schritte und einen leichten Schlaf. Er beobachtete die Frau in den nächsten Monaten ein paarmal, wie sie sich aus seines Vaters Haus schlich, sehr früh am Morgen. Dabei spürte Sigmund ihre Anwesenheit mehr, als dass er sie wirklich sah. Mal war es das leise Klappen der Haustür, mal ihr Schatten auf der Treppe, ein einziges Mal ihr Profil für ein paar winzige Augenblicke im Schein des Mondes.

Hatte sich sein Vater in etwas hineinziehen lassen, das ihn am Ende verschlang? Nachdem Professor Damian Frahm alle Welt mit Feuer und Schwert vor dem Bösen gewarnt hatte, kamen seine Gefühle auf leisen Sohlen daher und legten seinem wehrlosen Verstand Fesseln an.

Als der entladene Umzugswagen vom Hof rollte, dauerte es zwei Monate. Dann war sein Vater tot.

13

Meran – Samstag, 18. August

Es war die falsche Zeit für Beerdigungen. Schwarze Kleidung eignete sich nicht für einen schwülen Mittag im August. Pavarotti trug sowieso Schwarz, und er schwitzte in jeder Kleidung. Insofern kam es für ihn nicht darauf an. Klara Braunhofer schluchzte und zerrte an ihrem Blusenkragen. Ladinser schwankte leicht, aber nicht nur wegen der Hitze. Emmeneggers Hand fuhr unters schwarze Jackett und lüftete den Hosenbund, wenn er sich einen Moment unbeobachtet glaubte. Bei Magnus Braunhofer bewegten sich nur die Augen. Er ließ den Sarg, den zwei Totengräber in die Grube hinabsenkten, keinen Moment aus den Augen.

Die Trauergemeinde war überschaubar. Nur sechs Menschen, Pavarotti und Emmenegger eingeschlossen, waren zur Beerdigung von Michael Braunhofer erschienen.

Pavarotti blickte über die Schulter in Richtung Friedhofseingang. Eine ältere Frau mit Gießkanne lugte hinter einem Grabstein hervor. Kein Rollstuhl, der eilig um die Ecke bog. Pavarotti war nicht besonders überrascht, dass Heinrich Braunhofer fehlte.

Direkt am Rand der Grube balancierte Paul Tschugg. Er trug einen schwarzen Anzug und einen kleinen schwarzen Hut, den er keck in den Nacken geschoben hatte. Fröhlich lächelte er zu dem Sarg hinunter. Er fing Pavarottis strengen Blick auf und grinste breit.

Vor ein paar Minuten hatte ihn Pavarotti hinter der Aussegnungshalle abgefangen und am Kragen gepackt. »Paul. Was in aller Welt machst du hier?«

»Ich bin oft auf Beerdigungen. Am liebsten hier auf dem Städtischen. Die kennen mich alle«, informierte ihn der Junge ernsthaft. »Ich stelle mir immer vor, ich bin das in der Grube«, sagte er. »Dann geht's wieder besser, Commissario.«

Als sie zusammen in Richtung Arkaden gingen, sagte Paul

leise: »Ich hätte auch gern so ein Arkadengrab wie die Braun-hofers. Da liegt man schön kühl. Und es ist geräumig. Aber die sind rar ...«

Pavarotti nahm sich vor, bei nächster Gelegenheit einmal mit dem Friedhofsamt Rücksprache zu halten. Vermutlich wäre es in Pauls Fall klug, dieses Gespräch nicht mehr allzu lange aufzuschieben.

Vom Friedhofseingang ertönte Geheul. Spock, der mit Justus zum Draußenbleiben verdonnert worden war. Paul grinste, dann sagte er: »Justus sagt, er findet es krass mutig, dass Sie geschossen haben, Commissario.«

Pavarotti blieb stehen und packte Paul an den Schultern: »Er findet was?«

Paul schaute ihn erstaunt an. »Hab ich doch gerade gesagt.« Dann scharrte er mit seinen Schuhspitzen Moos von den Stein-platten des Friedhofswegs. Pavarotti wartete.

»Ich bin doch schuld, dass Sie sie anstelle von dieser fiesen Kuh getroffen haben«, sagte Paul schließlich. »Hätte ich nicht zugeschlagen und wäre die Kuh nicht zu Boden gegangen, dann wäre sie nicht nach vorn gefallen, und Sie hätten sie nicht getroffen. Ich bin mindestens genauso schuld. Ich hab Justus erklärt, so was ist typisch für das Scheißleben.«

Paul deutete mit dem Finger gen Himmel und warf einen verächtlichen Blick hinterher. »Irgend so ein Arschloch sitzt da oben und lacht sich kaputt über uns. Komisch. Justus hat gesagt, dass er keine Angst vor dem da oben hat. Wegen dem Luzi. Angeblich ein Superhirn, ein scharfer Hund und megacool. Das sind Sie, oder?«

Pavarotti standen die Tränen in den Augen. Er drückte den Arm des Jungen und sagte: »Wir müssen uns beeilen. Die stehen schon alle am Grab.«

Aber dann dauerte es doch noch ein paar Minuten länger, weil sich der Pfarrer verspätete. Während sie auf den Geistli-chen warteten, nahm Emmenegger Pavarotti beiseite. »Michael Braunhofer hatte den Teufel auf seiner Seite«, flüsterte der Sergente. »Irgendwer da unten« – Pavarottis Blick folgte dem auf den Boden gerichteten Zeigefinger – »hat's dem Burschen verdammt leicht gemacht. Es gab nach dem Desaster auf der ›Duchessa‹ reichlich Unklarheiten, wer die Geiseln waren, die mit dem Schnellboot in die Luft geflogen sind. Die Passagiere haben widersprüchliche Angaben gemacht.«

Emmenegger versenkte seine Hand in der Tasche seines schwarzen Jacketts. Das Blöckchen kam zum Vorschein. »Michael Cabrunis einzige Verwandte war seine verwitwete Mutter, die in Portofino gelebt hat. Sie war krebskrank, und ein paar Wochen nach der Entführung der ›Duchessa‹ ist sie gestorben. Es gab keine anderen Familienmitglieder, die nach dem Verbleib Michael Cabrunis geforscht hätten.«

»Und so konnte Braunhofer sein neues Leben mit Hilfe eines Ausweises, einer Bescheinigung über ein halbes praktisches Jahr auf See und einer Immatrikulationsbescheinigung antreten, ohne dass jemand dumme Fragen gestellt hätte«, ergänzte Pavarotti.

Emmenegger nickte bloß.

Ladinser stolperte und fiel gegen Emmenegger. Der zischte: »Ladinser, jetzt nimm dich zusammen, Mensch!« Pavarotti trat neben den Alten und hielt ihn fest. Mit einer Kopfbewegung bedeutete er dem Sergente, er solle Ladinser ebenfalls unterhaken. Emmenegger verzog das Gesicht, gehorchte aber.

Emil Ladinser beugte sich zu Pavarotti herüber und machte eine Handbewegung in Richtung Grube. »Bitte, Comiss… ario. Der … Micha…el … War er's … damals …?«

Mit großer Überwindung hielt Pavarotti der Schnapsfahne stand. Er drückte Ladinsers Arm. »Es sieht ganz so aus.«

Der Mann nickte. Pavarotti sah, wie sich seine Brust hob und senkte.

Ladinser weinte.

Endlich sahen sie den Pfarrer mit wehender Soutane auf sie zueilen.

»Es tut mir leid, mir ist noch eine letzte Ölung dazwischengekommen«, keuchte er und griff ins bereitstehende Weihwasserbecken. »Im Namen des Vaters, des Sohnes und des Heiligen Geistes.« Dann breitete er die Hände aus.

Im Augenwinkel registrierte Pavarotti eine Bewegung. Emmenegger war ein wenig zur Seite getreten und hatte Platz für einen verspäteten Trauergast gemacht. Jetzt waren sie sieben. Was zum Teufel machte Dr. Frahm auf Michael Braunhofers Beerdigung?

★★★

Sigmund Frahm hörte nicht zu, was der Priester sagte.

Er konnte seinen Blick nicht von den Gesichtszügen der alten Frau abwenden. Die Haare hatten ihre schwarze Farbe eingebüßt, nicht aber die Augen. Sie starrten zu ihm herüber. Als sich ihre Blicke kreuzten, nickte die Frau unmerklich.

★★★

Plötzlich wurde der Singsang des Priesters durch ein lautes Gedudel unterbrochen. Alle starrten Pavarotti an, der mit betretenem Gesicht ein Handy aus seiner Tasche zog.

Sein Gesicht wurde blass, dann rot. Pavarotti schluckte. »Oh Gott. Ich muss … fort«, sagte er laut, ohne seinen Blick vom Telefon zu nehmen.

Dann fing er an zu rennen. Der Kies knirschte unter seinen Schritten, und die Rockschöße seines Anzugs flatterten rechts und links wie die Flügel einer schwarzen Kampfwachtel.

★★★

Der Beatmungsschlauch war verschwunden.

Als Pavarotti durch die kleine Glasscheibe in Lissies Zimmer hineinstarrte, sah er das erste Mal seit Wochen ihren Mund. Die ganze Zeit war ihr Gesicht unter dem grässlichen Mundstück aus Plastik und den Schläuchen, die in ihre Luftröhre führten, nicht zu sehen gewesen.

Er betrachtete ihre hohlen Wangen und die tiefen Einkerbungen, die entlang ihrer Nasenflügel verliefen und an den

Mundwinkeln endeten, und stöhnte auf. Selbst wenn ihr Gehirn die Operation unbeschadet überstanden hatte – was niemand vorhersehen konnte –, würde Lissie nie wieder dieselbe sein wie früher. Das war seine Schuld. Alles war seine Schuld.

Pavarotti wagte sich nicht hinein, ohne die Erlaubnis vom Krankenhauspersonal einzuholen. Eine Schwester kam auf ihn zugerannt, und er ging ihr einen Schritt entgegen. Doch bevor er sie fragen konnte, lief sie an ihm vorbei ins Nebenzimmer. Ein rotes Licht blinkte über der Tür. Ein Mann im weißen Kittel eilte herbei und verschwand im Zimmer.

Frustriert wandte er sich ab und schaute erneut durch die Glasscheibe. Lissies Mund war geschlossen, und er konnte kein Flattern der Nasenflügel oder ein Heben und Senken ihrer Brust sehen.

Der Schreck fuhr ihm in die Glieder.

Sie atmet nicht!

Pavarotti drehte sich um und stieß mit einem Arzt zusammen. »Kommen Sie! Frau von Spiegel atmet nicht!«, rief er und packte den Mann am Arm.

Der Arzt trat an die Glasscheibe – und lächelte. »Beruhigen Sie sich. Natürlich atmet sie. Schauen Sie.« Er zeigte auf Apparate, die neben Lissies Bett standen. »Lungenfunktion, Herztöne, alles recht stabil.«

»Und … und jetzt?«, stammelte Pavarotti. Trotz der Auskunft des Arztes hämmerte sein Herz immer noch hart gegen seinen Brustkorb.

»Wir haben die Narkosemittel kontinuierlich reduziert und vorgestern ganz abgesetzt. Die Reflextests sind positiv verlaufen.«

»Was bedeutet das?«, wollte Pavarotti wissen.

»Die Nervenleitungen von den Muskeln zum Gehirn funktionieren. Das war schon mal ein ziemlich gutes Zeichen. Gestern hat sie angefangen, selbstständig zu atmen. Und heute morgen, da konnte sie mich hören. Ich hab sie gebeten, eine Faust zu machen, und sie hat's getan.«

Der Arzt klopfte Pavarotti auf die Schulter. »Sie wird bald aufwachen, Sie werden sehen.«

»Wird sie …« Pavarotti war nicht in der Lage, den Satz zu beenden.

»Ich bin überzeugt davon, dass sie wieder ganz gesund wird«, sagte der Arzt freundlich. »Gehen Sie zu ihr und sprechen Sie mit ihr. Umso schneller wird sie zu sich kommen. Es würde mich allerdings nicht überraschen, wenn sie ein paar Erinnerungslücken hat.«

Pavarotti nickte. Er hatte die Hand auf der Türklinke, da sah er Emmenegger durch den Krankenhausflur auf ihn zueilen.

»Warten Sie, Commissario!«, rief Emmenegger. Japsend blieb der Sergente vor Pavarotti stehen. »Bevor sie aufwacht … wollte ich Ihnen was sagen.«

»Ja?«

»Sagen Sie ihr, dass ich geschossen hab. Mich kann sie sowieso nicht leiden. Vielleicht …« Verlegen fixierte Emmenegger seine Schuhspitzen.

Pavarotti fehlten die Worte.

Er angelte nach einem Taschentuch und schnäuzte sich. Als seine Stimme ihm wieder gehorchte, sagte er: »Sergente, Sie wissen nicht, was mir das bedeutet. Aber das kann ich nicht annehmen. Ich kann sie nicht belügen. Trotzdem. Ich danke Ihnen.«

Er streckte Emmenegger seine Hand hin, und der Sergente ergriff sie, schüttelte sie und wollte nicht mehr damit aufhören.

»Ich gehe jetzt rein, Sergente. Und Sie machen, dass Sie heimkommen. Es ist schließlich Sonnabend.«

Emmenegger nickte. Dann schlug er die Hacken zusammen und stiefelte den Flur hinunter. Pavarotti sah ihm nach. Immer kleiner und kleiner wurde Emmenegger, bis er schließlich durch die Tür der Intensivstation verschwand.

★★★

Ihre Hand war eiskalt. Pavarottis Blick flackerte hinüber zu den Geräten. Es gab oszillierende Kurven und Leuchtpunkte, die sich hin und her bewegten.

»Lissie«, sagte Pavarotti leise. »Ich weiß nicht, ob du mich hören kannst. Es tut mir so leid, was ich dir angetan hab. So unsagbar leid. Ich kann es nie wiedergutmachen. Mir ist klar, dass du mich nie mehr sehen willst, wenn du aufwachst. Aber bitte wach auf. Wach endlich auf …«

Er sah, wie ihre Lider zuckten und ihr Mund sich öffnete. Plötzlich erinnerte er sich an den Kuss, den er ihr gegeben hatte, als sie in seiner Wohnung eingeschlafen war. Er würde sie nie wieder …

Bevor er wusste, was er tat, hatte er sich über sie gebeugt. Seine Lippen berührten leicht die ihren. Er spürte, dass Lissies Mund warm und voller Leben war, und ein unbeschreibliches Gefühl durchströmte ihn.

Auf einmal wurde ihm klar, was er da tat, und er fuhr entsetzt zurück.

Da sah er, dass sich ihre Augäpfel unter den geschlossenen Lidern bewegten.

Lissie schlug die Augen auf.

Pavarottis Herz machte einen Satz. Er wollte sprechen, aber es kam kein Ton heraus.

Er sah, dass ihr Blick unstet durch den Raum irrte, als habe sie Schwierigkeiten, sich zu orientieren.

»Cara«, flüsterte er.

Er sah, wie sich ihre Augen auf sein Gesicht richteten. Sie kniff die Lider zusammen und versuchte erneut zu fokussieren. Dann öffnete sie den Mund und sagte:

»Wer zum Teufel sind Sie?«

Nachwort zum zeitgeschichtlichen Hintergrund des Buches

Handlung und Personen dieses Buches sind der Phantasie der Autorin entsprungen. Die beschriebenen Straßen, Plätze und Gassen in Meran, Frankfurt und Amalfi hingegen sind weitgehend real, allenfalls wurden kleine Anpassungen vorgenommen, die der literarischen Freiheit und dem Erzählfluss geschuldet sind. Die Namen von Läden, Restaurants, Bars und auch der Zeitung, bei der Magnus Braunhofer beschäftigt ist, wurden hingegen überwiegend geändert. Schließlich möchte nicht jeder – und sei es nur literarisch – in einen Mordfall verwickelt sein.

Es mag für Leserinnen und Leser spannend sein, sich vor Ort auf die Suche zu begeben, um Übereinstimmungen von Fiktion und Wirklichkeit auf die Spur zu kommen.

Von besonderer Bedeutung in dem Roman sind die Klinik Villa Speranza, die Familiengeschichte der Braunhofers am Meraner Winkelweg und die beiden Kreuzfahrtschiffe »Stella Maris« und »Duchessa di Malfi« – dabei handelt es sich durchweg um Phantasieprodukte. Sie stehen jedoch symbolisch für den realen Hintergrund, der diesem Buch zugrunde liegt. Die Fakten hierzu sind sorgfältig recherchiert, dennoch kann eine Romanhandlung sie nicht in aller Breite wiedergeben. Und so bleibt es interessierten Leserinnen und Lesern überlassen, die Materie selbst zu vertiefen. An dieser Stelle soll nur eine sehr kurze Einführung gegeben werden.

Die Villa Speranza des Romans ist eine psychiatrische Privatklinik. Sie steht damit im Gegensatz zu staatlichen psychiatrischen Anstalten. Deren Schließung unter dem Motto »La libertà è terapeutica« (Freiheit ist therapeutisch) war ein wesentliches Ziel der italienischen Psychiatriereform des Jahres 1978. Mit dieser Reform gingen die Demokratische Psychiatrie (Psichiatria Democratica) in Italien und besonders der Psychiater Franco Basaglia neue Wege, die international stark beachtet und sehr kontrovers diskutiert wurden. Grundlage der Reform war das »Gesetz 180«, das im Mai 1978 vom italienischen Parlament beschlossen wurde.

Die bisherigen »Irrenhäuser« (ital.: »*manicomi*«) mit zum Teil menschenunwürdigen Zuständen sollten damit der Vergangenheit angehören. Die rund hundert staatlichen psychiatrischen Krankenhäuser in Italien durften keine neuen Patienten mehr aufnehmen, neue Kliniken durften nicht gebaut werden. Zwangseinweisungen sowie Zwangsbehandlungen wurden deutlich reduziert. Anstelle der Unterbringung in den geschlossenen staatlichen Anstalten traten ambulante Angebote und zusätzliche Betten für Psychiatriepatienten in allgemeinen Krankenhäusern. Auch dem Einsatz von Psychopharmaka steht die Demokratische Psychiatrie sehr kritisch gegenüber. Tausende Patienten wurden aufgrund der Reform zu ihren Familien entlassen – neben positiven Effekten führte dies nicht selten zu deutlichen Überlastungssituationen.

Es dauerte jedoch Jahrzehnte, bis die meisten staatlichen Anstalten tatsächlich geschlossen wurden. Auch Befürworter der Reform beklagen, dass der Umfang der Alternativangebote der psychiatrischen Versorgung unzureichend ist. Südtirol nahm dabei phasenweise unter allen italienischen Regionen den letzten Platz ein.

Eine Wertung der »Basaglia-Reform« erfolgt in diesem Buch nicht. Dies möge der wissenschaftlichen Fachliteratur vorbehalten bleiben.

Die tragische Geschichte der Familie Braunhofer und ihres düsteren Hauses am Meraner Winkelweg ist maßgeblich geprägt durch die »Option« in Südtirol. Im Hitler-Mussolini-Abkommen des Jahres 1939 war für die deutschsprachige Bevölkerung Südtirols die Möglichkeit vorgesehen, ins Deutsche Reich überzusiedeln. Hierzu sollte sich bis Ende Dezember 1939 jeder Südtiroler erklären, ob er diese Option wahrnehmen (die sogenannten »Optanten«) oder in Südtirol bleiben und sich der verstärkten Italianisierung unterwerfen wollte.

In der zweiten Jahreshälfte 1939 wurde ein erbitterter Propagandakrieg zwischen den Befürwortern und Gegnern der Option geführt. Dabei wurde die Angst geschürt, jenen Südtirolern, die sich für die italienische Staatsbürgerschaft entschieden, drohe die Zwangsumsiedlung in Gebiete südlich des Po. Letztlich optierten 86 Prozent aller Südtiroler in der heutigen Provinz Bozen, insgesamt 211.799 Menschen, für die deutsche Staatsbürgerschaft und damit für die Abwanderung ins Deutsche Reich. Tatsächlich umgesetzt wurde das Vorhaben in den folgenden Jahren dann von rund 75.000 Südtirolern.

Nach Ende des Zweiten Weltkriegs und der faschistischen Diktaturen in Deutschland und Italien führten unter anderem zähe Verhandlungen zwischen Österreich (die meisten Optanten hatten sich in Österreich angesiedelt) und Italien zum sogenannten »Optantendekret«, das am 2. Februar 1948 vom italienischen Ministerrat genehmigt wurde. Es ermöglichte den Optanten die Rücknahme der Option und damit den erneuten Erwerb der italienischen Staatsbürgerschaft. Rund 4.000 Optanten wurde das Rückkehrrecht verwehrt, den meisten wegen angeblicher Nähe zum Naziregime.

Zehntausende Südtiroler kehrten in den folgenden Jahren zurück. Es kam dabei zu heftigen Konflikten der rückkehrenden Optanten mit den »Dableibern«, die die Südtiroler Gesellschaft über Jahre hinweg spalteten.

Wer tiefer in die Geschichte Südtirols seit dem Ersten Weltkrieg eintaucht, wird in diesem Zuge auch auf sogenannte »Katakombenschulen« stoßen, die im Buch ebenfalls eine gewisse Rolle spielen. In diesen verborgenen Schulen wurde ab Mitte der 1920er-Jahre in Südtirol heimlich die deutsche Sprache unterrichtet, als dies offiziell streng verboten war.

Die beiden Kreuzfahrtschiffe »Stella Maris« und »Duchessa di Malfi« haben nie existiert. Allerdings haben reale Ereignisse der vergangenen Jahrzehnte den Anstoß zu ihrer literarischen Erschaffung gegeben. Die im Roman dargestellten Ereignisse sind durchaus realistisch.

Am 22. Februar 2001 wurde das deutsche Kreuzfahrtschiff »MS Bremen« im Südatlantik von einer rund dreißig Meter hohen Riesenwelle getroffen. Als Folge eindringenden Wassers fielen die Hauptmaschine des Schiffs und die Elektrik an Bord aus. Von den drei Hilfsdieseln der Bremen waren zur Zeit des Unglücks zwei – unter anderem wartungsbedingt – nicht verfügbar. Der einzige einsatzfähige Hilfsdiesel reichte nicht aus, die Maschine des Schiffes erneut zu starten. Die antriebslose und manövrierunfähige Bremen legte sich quer in die Wellen. Eine hochgefährliche Lage, in der das Schiff mit vierzig Prozent Schlagseite eine halbe Stunde lang gegen seinen Untergang kämpfte. Schließlich gelang es der Besatzung, einen zweiten Hilfsdiesel einsatzbereit zu machen, sodass die Maschine wieder in Betrieb gesetzt und das Schiff gesteuert werden konnte. Nach Meinung von Experten stellt diese Aktion in Anbetracht der Umstände eine Meisterleistung des Chiefs und seiner Crew dar.

Wenn in meinem Buch die Krisensituation durch vorherige Fahrlässigkeit des Chefingenieurs verschuldet wurde, ist dies ohne den geringsten realen Bezug und dient allein der Entwicklung der Handlung.

Im vorliegenden Roman wird zudem das Kreuzfahrtschiff »Duchessa di Malfi« Mitte der 1980er-Jahre durch ein Terrorkommando besetzt. Einen solchen Vorfall hat es tatsächlich gegeben.

Bei einer Mittelmeerkreuzfahrt mit 680 Passagieren und rund 350 Besatzungsmitgliedern im Oktober 1985 brachten Angehörige der terroristischen palästinensischen Befreiungsfront, PLF, das für eine italienische Reederei fahrende Kreuzfahrtschiff »Achille Lauro« in ihre Gewalt. Die Terroristen forderten die Freilassung in Israel inhaftierter Palästinenser und eines deutsches PLF-Mitglieds. Sie ermordeten am zweiten Tag der

Entführung einen jüdischen US-amerikanischen Bürger, der im Rollstuhl saß, und ließen ihn über Bord werfen. Drei der vier Entführer wurden von italienischen Gerichten zu langjährigen Haftstrafen verurteilt. Der mutmaßliche Drahtzieher der Aktion und PLF-Chef Mohammed (Abu) Abbas wurde erst 2003 von US-Militärs in Bagdad verhaftet. Die »Achille Lauro« wurde auch in der Folgezeit ihrem Ruf als Unglücksschiff gerecht. Sie sank 1994 nach einem Brand im Maschinenraum. Drei Menschen starben.

Übersicht über die Gesprächsprotokolle
von Dr. Sigmund Frahm, Kriminalpsychologe

Danksagung

Mein erster Dank gilt meinen Lesern, die den Erfolg des ersten »Commissario Pavarotti« möglich gemacht haben.

Auch beim vorliegenden Band hat sich gezeigt, dass rechercheintensive Bücher nur durch die Mitwirkung vieler Fachleute möglich sind. Ich kann an dieser Stelle leider nur einige wenige nennen.

Ein besonderer Dank gilt **Uwe Simon**, der als psychologischer Psychotherapeut in einer Klinik für Psychiatrie und Psychotherapie arbeitet. Ich weiß seine Unterstützung zu schätzen – gerade weil die Darstellung der Villa Speranza im Roman in keiner Weise seiner Arbeit und seinen Überzeugungen entspricht. Es zeichnet ihn als besonderen Menschen und hervorragenden Psychotherapeuten aus, dass er so leidenschaftlich für die Antistigmatisierung der Psychiatrie eintritt. Als er das Manuskript zum ersten Mal las, sagte er denn auch mit Überzeugung: »Solche Psychiater wie in Ihrem Buch gibt es heute nicht mehr und eine Klinik wie die Ihre schon gar nicht!« Das unterschreibe ich mit Blick auf die Institution, in der er arbeitet. Uwe Simon war mir wertvoller, geschätzter und fachkundiger Berater in allen Fragen der Psychologie, Psychotherapie und ihrer Rahmenbedingungen. Ich möchte allen Gesprächspartnern, die nicht genannt sein möchten, ebenfalls für ihr Vertrauen und ihre Hilfe danken.

Meine Kenntnisse über das, was sich im »Bauch« und hinter den Kulissen eines Kreuzfahrtschiffes abspielt, verdanke ich **Karl F. Scheer**. Er war als Chefingenieur (»Chief«) auf den Schiffen einer großen deutschen Kreuzfahrtreederei tätig. Ich habe Karl Scheer auf einer seiner letzten Fahrten kennengelernt. Er machte den Fehler, sich für eine Raucherpause zu uns Passagieren zu gesellen. Wer Romane schreibt, weiß, dass die Gesetze vornehmer Zurückhaltung für Autoren nicht gelten. Ein paar Monate später haben wir gemeinsam Katastrophen im

Maschinenraum in Szene gesetzt. Amüsiert sah er zu, wie mir die Haare zu Berge standen, als ich erfuhr, was alles passieren kann.

Annette Ochs gebürt das Verdienst, dass der Romanhund »Spock« ein echter Dobermann wurde. Sie und ihr Mann Anton Ochs machen sich seit Jahren um diese schönen Hunde verdient, indem sie vernachlässigte und vereinsamte Tiere aus Heimen holen. Ihr Hund Rocco ist im Sommer 2014 gestorben. Spock soll zu seinem Andenken beitragen.

Elisabeth Gamper danke ich sehr herzlich für ihre Hilfe bei den mundartlichen Textstellen. Ich hoffe, dass die gefundenen Lösungen Verständlichkeit und Richtigkeit gleichermaßen berücksichtigen. Sollten mir fachliche Fehler unterlaufen sein, dann sind sie keinesfalls einer der oben aufgeführten Personen, sondern allein mir anzulasten.

Von **Birgit Preusse** stammt auch diesmal wieder die erste außenstehende Meinung. Meine erste Leserin ist erneut gottlob nicht in die Falle der Lobhudelei getappt. Es war ein Genuss, mit ihr über die Charaktere meiner Romanfiguren zu diskutieren.

Größtes Lob verdient **mein Ehemann.** Es ist schrecklich, mit einer Autorin zu leben. Man muss ihre Launen ertragen, was besonders in der Endphase der Bucherstellung eine Herausforderung darstellt. Darüber hinaus wird man andauernd genötigt, Texte zu lesen. Dass sich mein Mann meist ohne Klagen in sein Schicksal fügt, ist ihm hoch anzurechnen.

Darüber hinaus möchte ich allen **Mitarbeitern des Emons-Verlages** für ihre engagierte Unterstützung danken. Sie haben es möglich gemacht, dass dieses Buch erscheint.

Meinem Lektor **Carlos Westerkamp** danke ich für sein großartiges und feinfühliges Lektorat, wodurch das Buch noch einmal entscheidend verbessert wurde.

Elisabeth Florin
COMMISSARIO PAVAROTTI TRIFFT KEINEN TON
Broschur, 384 Seiten
ISBN 978-3-95451-122-8

»Ein beeindruckendes Debüt. Elisabeth Florin ist der Kunstgriff gelungen, den Roman nicht zu überfrachten, sondern Südtiroler Geschichte als spannenden und mitreißenden Kriminalfall zu verpacken. Das Ganze wird getragen vom sympathischen Ermittlerduo, das sich humorvoll-intelligente Schlagabtausche liefert.« Dolomiten

»Hoffentlich ist das Auftakt zu einer neuen Serie. Geschichte, Schreibweise und das ungleiche Ermittlerduo sind einfach spitze!«
Frankfurter Stadtzeitung

www.emons-verlag.de